제 6권
조선 디아스포라

고조선 역사대하소설

九夷原
구이원

무곡성 【武曲星】 지음

삼현미디어

서 문

"현재를 지배하는 자가 과거를 지배하고 과거를 지배하는 자가 미래를 지배한다."
조지오웰이 '1984'에서 했던 말이다.
고조선, 고구려 시대 우리의 활동 무대였던 구이원(九夷原: 캄차카 반도에서 곤륜산맥에 이르는 광활한 영토)을 잃어버린 것은 애석하나,
고향을 잃고도 기억하지 못하는 우리의 모습을 경계하며 옛 선조의 기상과 포부를 회복하길 바라는 마음으로 집필하게 되었다

시대는 단군 조선 말기와 해모수가 부여를 세웠던 시절이며,
고조선의 제후국들인 오가(五加: 백호국, 청룡국, 주작국, 현무국, 웅가국)와
동호국, 흉노국, 번조선, 마한(막조선), 동예, 동옥저, 북옥저, 동예, 읍루, 구리국, 낙랑국 협객들의 의협행을 모티브로 구이원의 모습을 그려보고자 하였다.

춘추필법(春秋筆法)의 요지 중 하나인 "중국을 자랑하고 오랑캐의 것을 깎아 내린다."는 원칙으로 서술된 중원의 역사를,
중화사상에 물든 조선의 유학자들이 그대로 가져다 비판 없이 수용함으로써 우리 스스로가 선조들을 비하시켜왔다.
그들은 우리 땅에 명멸했던 선조들의 나라 이름부터 비하시켜
예맥(獩貊: 돼지), 흉노(匈奴: 가슴부터 노예), 동호(東胡: 동쪽의 오랑캐), 물길(勿吉: 기분 나쁜 놈), 선비(鮮卑: 분명히 비천한 놈) 등으로

적어왔다.

특히, 중국 사서에 부여 제후국을 '오가(五加: 우가, 마가, 구가, 저가)'로 기록하고 있는데,
이는
당시 고조선이나 부여의 고대 문명이 실제로 낙후되고 미개한 사회여서 나라 이름을 그렇게 밖에 짓지 못했던 것이 아니고,
중원 사가들이 우리의 오가(五加)를 낮추어 '소, 말, 개, 돼지'들이라고 기록한 것에 불과한 것을,
필자는 이 책에서 백호가, 청룡가, 주작가, 현무가, 웅가로 이름을 바로 잡았다.

쏟아져 나온 '홍산문화'의 유물들과 고구려 고분 벽화의 장엄한 사신도를 보면, 상고시대 우리 배달국과 조선은 고도의 문명국이었음을 알 수 있다.
진시황의 폭정으로 도탄에 빠진 중원의 백성들을 구하고 친구인 협객 형가의 복수를 하기 위해, 철기병의 호위 속에 순행 중인 진시황의 마차를 120근 철퇴로 박살낸 주인공 창해신검 여홍의 의거가, 중원을 통일하고 기고만장하던 진시황의 간담을 서늘하게 하였고, 이를 본 중원의 백성들이, 신(神)처럼 여겼던 진시황을 더 이상 두려워하지 않고 들불 같은 항거를 일으키게 되었음을 알아야 할 것이다.

구이원의 하늘에 주작이 날아오를 날을 기다린다.

주작도

아득히 장백산 산록부터 서풍이 강하게
불어오는 몽골의 메마른 하늘가 까지
지배하던 신국(神國)의 수호자

고대의 하늘을 날아서
벽화(壁畫) 속에서 잠이 든다

어둡고 캄캄한 석실의 무덤 속에서
길고 긴 시간의 지층을 뚫고 오늘에 깨어나
세계 도처에 흩어진 신국(神國)의 후예들에게
불멸의 영광된 시간을 기억하게하고

홍익인간(弘益人間)의 꿈이 모든 들과 산으로
사해(四海)로 무한 우주공간으로 퍼져나가고
저 멀리 북두칠성과 우주의 질서를
교감하던 혼(魂)을 일깨우노니

불새가
향나무 불속에서 장엄히 몸을 태우고
아름다운 새로 다시 태어나
영원을 날았듯이

너희 겨레도 모든 회의와 나약함을
죽여 버리고 사소한 어려움
반목과 질시를 태워버리고

불새처럼
영원할 것을 기억해 주고자 함이니

목 차

프롤로그

제 6권 조선 디아스포라

태양이 떠오르는 땅을 찾아가는 예족	1
흥개호(興凱湖)의 풍운	37
불타는 흥귀방(興鬼邦)	78
장비족(長臂族)	115
비리성(卑離城)	133
대양을 건너려는 사람들	167
흑전방(黑箭幇) 정벌	203
여홍의 12제자	250
이면족 정복	261
거인족 축출	322
양심이 없는 관흉족(貫胸族)	338
작별	365

프롤로그

환웅천황이 하늘에서 내려오시기 전, 이 세상은 말 그대로 혼돈의 세상이었다.
마귀, 요괴, 축생과 인간이 마구 뒤섞여 살며 사람과 짐승의 구별이 없었고, 식인과 수간(獸姦)이 빈번하게 행해지다 보니 마귀, 요괴는 물론이고 반인반수(半人半獸)의 요괴인간들까지 돌아다녔다.
인간들은 수백만 년을 하늘의 도(道)와 참 인간의 도리 그리고 선과 악을 모르고 오직 추위와 굶주림, 공포 아래 야수처럼 생존해 왔다.

이를 보다 못한 어지신 환웅이, 온 우주를 지배하시는 아버지 한울님께 청하여 세상에 내려가 다스릴 포부를 말씀드리고 천부인을 받아
4대 신장(神將) 풍백, 우사, 운사, 뇌공 등 무리 삼천 인을 데리고 천도(天都)인 신시(神市)를 세우셨다.
천황께선 제일 먼저 백두산 천평(天坪)에 천정(天井)을 파고 나라 이름을 배달국이라 하시며,
'홍익인간 이화세계(- 세상을 이롭게 하고 이치로 세계를 다스린다)를 개국이념으로 선언하시었다.
이에 구이원(九夷原)의 모든 사람들이 환호하며 환웅천황을 따랐다.

그러나 환웅천황을 처음부터 싫어하고 증오하며 저주하는 무리가 있었으니,

그들은 바로 그 동안의 혼돈의 세상을 지배하며 거짓과 악행을 일삼던 가달마황이라는 자와
그를 추종하는 수많은 마왕, 마귀, 요괴, 귀신, 맹수, 야수, 식인귀 등의 무리였다.
그들은 아예 교화주 천황이 가르쳐주는 천도와 인도를 외면하며 귀를 막고 눈을 감아버렸다. 세상을 뒤덮은 악의 무리들은 충혈된 붉은 눈을 당장 튀어나갈 듯 부라리고 으르렁거리며 사나운 이와 발톱, 무시무시한 뿔로 사람들을 해치고 다녔는데 식인이 예사로 이루어졌다.
그들은 환웅천황이 세운 신시 주변을 한시도 떠나지 않고 노리며 파괴하려 했고, 사람들을 죽이고 잡아먹고 노예로 부리며 환웅천황 교화를 방해했다.

 마침내 이로 인하여 선계(仙界)의 환웅천황과 마계(魔界)의 가달마황 간의 인류 최초의 대 혈전인 정마전쟁(正魔戰爭)이 일어났다. 정마전쟁은 수백 년간이나 계속되었는데,
전쟁이 시작되어 중반까지 마도의 무리의 수가 너무나 많고 헤아릴 수 없는 기나긴 세월 동안 어두운 곳에 깊숙이 박혀 있는 악의 세력과 뿌리가 세상을 뒤덮고 있어 오랜 시간 교착상태를 유지하고 있었다.
더구나 헤아릴 수 없이 많은 마왕과 요괴의 무리는 흑마법까지 써가며 사람들을 공격해와 그 피해를 차마 눈뜨고는 볼 수 없는 지경이었다.
이에 환웅천황은 다시 천계에 올라가 환인 천제께 상주하여 우주 칠백 누리를 수호하던 천장(天將) 해사자와 원수 게세르 그리고 10천 간장과 12지 신장을 데려와 사람들을 이끌고 마도의 무리와 싸웠다.
천장(天將) 해사자는 천계에서 태양을 실은 마차를 운행하던 마부로

그는 일월성신의 주천(周天)을 능히 헤아리고 무기는 불 채찍을 사용하였으며,
원수 게세르는 수백 만 천병을 통솔하던 자로 천계 용기의 화신으로 금검(金劍)과 천궁(天弓)을 사용하고
4대 신장(神將) 풍백, 우사, 운사, 뇌공은 무궁무진한 풍운조화를 부렸다. 10천간장(天干將)은 모두 지장으로 지략이 높고 용맹하며, 12지 신장(神將)은 무리를 이끄는 용맹한 장사였다.
환웅천황은 무엇보다 먼저 사람들에게 수행법과 단공(丹攻), 선(仙) 무예를 가르쳐주어, 선계의 힘이 강해지면서 싸움은 마침내 선계가 마도의 무리를 패퇴시키게 되었다.
최후로 환웅천황과 가달마황과의 결투는 건곤일척의 승부였는데 천황께서 천부신공(天府神功)으로 가달마황의 가달마공과 자웅을 겨루었다.
그 싸움은 개벽 이래 정마(正魔)간의 처음 있었던 큰 싸움이었다. 세상은 칠일칠야(七日七夜)동안 하늘이 찢어질 정도로 천둥과 벼락이 내리쳤고 땅의 속불이 터져 땅이 갈라지고 꺼지는 등 그야말로 무시무시했다. 그 순간 사람들과 마귀 요괴 짐승들은 모두 숨어서 숨을 죽이고 떨며 오직 싸움이 빨리 끝나기를 간절히 기다릴 뿐이었다.
마침내 천황이 가달마황을 죽여 그의 머리는 잘라서 비밀스런 절지(絶地)에 묻어버렸고, 피와 오장육부는 항아리에 담아 동해 해저(海底) 땅속 화옥(火獄)에 가두고 봉인하여 동해 용왕에게 지키게 하였다.
그리고 신장(神將)들에게 명하여 가달을 따르며 악을 행하던 마왕, 마귀, 요괴, 귀신, 식인귀, 괴수들을 끝까지 추적하여 제거하도록 하였는데,
이때 살아남은 일부 가달의 무리들은 사람이 살 수 없는 북쪽 동토

의 땅으로 쫓기고 도망쳐서 흑림의 어둡고 추운 지하 동굴, 황량한 계곡, 늪지, 호수에 숨어 선계를 증오하며 수천 년을 견뎌왔다. 그동안 구이원의 주인 배달국, 조선은 수천 년 동안 은성(殷盛)하며 태평성대를 누리었고 가달의 무리는 전혀 보이질 않아 사람들은 모두 그들이 영원히 세상에서 사라진 줄 알았다.

그러나 마도의 무리는 절대 없어지지 않고 오히려 무리가 불어나 죽은 가달마황을 신으로 받드는 가달마교를 조직하여, 세상 사람들의 정신이 타락해질 때마다 숨어들어와 세상을 차지하려고 넘보고 있었다.

삼신교(仙敎)가 문란해진 조선 마지막 47대 고열가 단제 시기에 조선은 열국시대에 접어들었고 가달마교의 세력은 최고조(最高潮)에 달했다.

소설 '구이원'은 당시 조선 열국의 선협(仙俠: 협객)들의 이야기이다.

고조선 역사포털 소설
'구이원 [고조선]' 으로의
시공간 이동

http://blog.naver.com/bhnah

제 1권 동 호
제 2권 흉 노
제 3권 해모수
제 4권 창해신검 여홍
제 5권 백두선문
제 6권 조선 디아스포라

'태양이 떠오르는 땅'을 찾아가는 예족

조선의 읍루는 산이 많고 험준했다. 동북쪽 드넓은 삼강평원 일대와 가라무렌강(江) 북쪽 비로강(江) 백리 지역이 읍루에 속했다. 남동(南東)으로는 흥개호(湖) 일대, 우수리강(江)을 경계로 북옥저와 접했다.

산림지역에 사는 읍루인(人)들은 주로 사냥을 했지만 강에서 고기를 잡거나 농사와 목축으로 삶을 이어가는 사람들도 많았으며, 흉년(凶年)이 들면 배를 타고 사할린 일대로 나가 해적(海賊)질을 하기도 했다.

참고 고대 읍루의 땅이었던 비로강(江) 유역은 현재 러시아 유대인 자치주(- 남한의 1/3, 36,000 km²)가 있다.
이 자치주는 구 소련 스탈린의 민족이주 정책에 따라 1934년, 러시아 서부의 유대인들을 극동지역으로 이주시켜 세워진 곳이다.
이와 반대로 1937년 11월 연해주(- 북옥저)에 살고 있던 고려인 수십만 명을 중앙아시아로 강제이주 시켰으니, 스탈린의 타 인종에 대한 혹독함은 인류역사상 유래를 찾기 어렵다고 할 것이다.
비록 머나먼 땅이지만, 세계를 유랑하며 살던 유대인들은 이천년 만에 최초의 자치주를 갖게 되었다고 할 수 있으나, 고려인들은 자치주는커녕 평생 이룬 터전을 하루아침에 스탈린에게 빼앗기고 맨몸으로 가축처럼 기차에 실려 황량한 들판에 버려졌다.
이 땅에서 일어난 먼 훗날의 이야기이나, 너무나 가슴 아픈 사연들이 깃들어있는 있는 곳이다.

가라무렌강 북쪽 울창한 밀림, 늑대가죽 옷을 입은 소년 한 명이 죽기 살기로 도망치고 있었다.
소년의 뒤로, 이십여 장 뒤에 사슴만한 크기의 괴견(怪犬: 괴이한 개) 세 마리가 쫓아오고 있었는데 모두 흉측하고 사나워 보였다.
"껑! 껑! 껑! 껑!"
생김새는 개를 닮았으나, 소름 끼치는 괴성을 질러대며 입에 거품을 물고 쫓아왔다. 일반 소년들 같았으면 오금이 저려 도망도 못갈 일이었다.
괴견들 뒤로 거인(巨人) 셋이 씩씩거리며 달려오고 있었다. 뒤뚱거리며 일장씩 성큼성큼 내딛는 보폭(步幅)이 보통의 사람들과는 비교할 수 없을 만큼 넓었다. 거인들의 키는 소년의 두 배쯤 되어보였다.
한참을 도망치던 소년이 문득 옆의 아름드리나무에 기대어 섰다. 순간 소년의 손이 어깨의 전통(箭筒)과 활 사이를 번개 치듯 움직이자, 거친 파공음을 일으키며 날아간 화살이 제일 앞에서 달려오던 괴견(怪犬)의 왼쪽 눈에 정확하게 꽂혔다. 눈이 번쩍 뜨이는 예사롭지 않은 솜씨였다.
소년을 정신없이 쫓던 개가
"캑!"
하고 고통스러운 괴성을 토해내는 순간, 소년이 연이어 날린 두 대의 화살이 어떻게 해볼 틈도 없이 나머지 괴견들의 왼쪽 눈을 대못을 박듯 뚫고 들어갔다.
고통스러운 괴견들의 비명이 짙은 밀림(密林) 속을 길게 메아리쳤다. 기가 막힌 솜씨였다. 세 마리가 모두 다 왼눈을 맞고 죽어 버린 것이다.
그 사이 쫓아온 거인 하나가 맷돌만한 돌도끼를 내려치자 엄청난 힘이 실린 도끼가 후욱-! 소리를 내며 소년의 머리 위로 떨어져 내렸다.
순간 소년(少年)이 돌도끼를 피해 옆으로 비켜서자, 온 힘을 다해 휘두른 거인이 도끼의 가속도에 앞으로 고꾸라질 것처럼 휘청거렸고
그 틈을 놓치지 않고 파고든 소년의 쇠도끼가 벼락같이 원을 그리며 거인의 오른쪽 옆구리와 간(肝)을 무자비하게 쪼개고 빠져나갔다.
너무도 빠른 도끼질에 거인은 울부짖듯 신음하며 그 자리에 쿵- 하고 자빠졌다.
이어 소년은 또 다시 도망을 치기 시작했다. 화가 머리끝까지 난 거인 둘이 숲이 떠나갈듯 소리를 지르며 계속 추격해 왔다. 다람쥐처럼 달리는 소년의 앞에 문득 높은 목책으로 둘러친 성(城)이 나타났

다.
목책의 높이는 칠장 정도로 높았다. 성루(城壘) 위의 병사들이 소년이 달려오는 것을 보고 급히 성문을 열어주었다. 소년이 안으로 쏙 들어가자마자 성문(城門)이 닫혔고 소년을 기다리기나 한 듯 십여 명의 궁수들이 나타나 목책을 향해 달려오는 거인들에게 화살을 날렸다.
거인들은 더 이상 접근하지 못하고 성을 노려보다, 날이 어두워지자 씩씩거리며 돌아갔다.

소년 무사의 이름은 소북(小北)이었다. 소북은 읍루국(國) 제일 북쪽 끝에 있는 이곳 혈성(穴城)에 살고 있었다.
혈성은 아름드리 통나무들을 이용하여 울타리를 친 동서 5리 남북 4리의 큰 목책 산성(山城)으로, 능선과 바위의 자연지형을 그대로 이용하여 지었고 곳곳에 2중, 3중으로 높은 방책(防柵) 벽을 세웠다.
목책들의 간격은 일 내지 삼장 정도였고 목책들 사이에는 쇠 덫이나 기관 매복으로 적(敵)의 침입에 대비하였으며, 서남쪽으로는 비로강(江)이 흐르고 있었다. 그야말로 밀림 속의 철옹성(鐵甕城)이었다.
혈성은 조선어로는 갑홀(甲忽)이라 불렸으며, 주로 흙과 나무를 이용하여 집을 짓고 바닥에는 온돌을 놓았다. 이들의 온돌 기술은 북옥저로부터 들여온 것이다.
그리고 주민의 상당수가 산 남쪽 경사면에 암벽과 굴을 파고 혈거 생활을 하고 있었다. 지하 동굴의 깊이는 계단이 보통 9개쯤 수직으로 내려갈 정도로 깊었다.

각 동굴은 중앙 계단을 중심으로 개미집처럼 구성되어, 굴마다 수십 가구가 거주 하였다.

이들은 봄부터 가을까지는 주로 굴 밖의 집에 거주하다, 추운 겨울이 오면 동굴 속 혈거(穴居) 주택으로 옮겼다.

소북은 혈성 성주 북대(北大)의 아들로, 열 살 때 북옥저에서 이름을 날리고 있는 연해선인(沿海仙人)의 문하에 들어가 무예(武藝)를 배웠다.

밀림에 위치하여 도끼를 많이 쓸 수밖에 없는 읍루국(國)의 소북이 '곰처럼 두툼한 가슴'을 지닌 것을 본 연해선인은 그의 체형에 어울리는 두 자루의 묵직한 쇠도끼를 골라주고 쌍(雙)도끼 무예를 가르쳤다.

활은 부친 북대의 지시로 혈성 궁수대에 편입되어 병사들과 함께 배웠다.

구이원의 열국들은 기본적으로 활을 잘 쏘았으나, 특히 읍루의 궁수대는 공포스러운 존재로 양원(兩原: 구이원과 중원)에 널리 알려져 있었다.

궁수(弓手)들은 호랑이든 늑대든, 그 어떤 짐승이든지 눈만을 노렸다.

궁술(弓術)을 배우는 자들은 반드시 1년 365일, 안력(眼力) 강화 훈련 과정을 거쳐야만 했다. 처음 4개월은 삼십 보(步) 거리의 좁쌀을 보고,

다음 4개월은 오십 보(步) 밖 곤충의 눈을, 나머지 4개월은 백보 밖에서 걷고 뛰고 날아다니는 참새들의 눈을 응시(凝視)하여야만 했다.

이 지루하고도 기나긴 수련에 성실히 임하지 않는 자들은 가차 없이 쫓아냈으며,

좁쌀과 곤충과 참새의 눈이 밥그릇만큼 크게 보일 때에야 비로소 활을 잡을 수 있는 자격을 주었다.

따라서 읍루의 궁수들은 백발백중을 자랑했고 그 영향으로 보병과 기병(騎兵)에 이르기까지 거의 모든 병사들이 기가 막히도록 활을 잘 쏘았다.

그 탓으로 전장(戰場)에 나아가면 누구의 궁술이 더 뛰어난지를 가리기 위해, 화살에 자기 고유의 표기를 하는 걸 당연시하고 예사로 여겼다.

이와 같은 이유로 읍루와 싸울 때에는, 전쟁이 끝날 때까지 방패로 한쪽 눈을 가리고 움직여야 한다는 말이 있을 정도였다.

훗날,

고구려의 안시성(城) 전투에서 당(唐)태종의 눈에 박힌 화살을 중국의 사서(史書)는 유시(流矢: 목표물에서 빗나간 화살)에 맞은 것이라고 하나,

사실은 읍루와 같이 고도(高度)로 훈련된 고구려 궁수(弓手)의 솜씨였다.

읍루의 무사들은 대(大) 삼림의 무사들답게 '산악 전(戰)'에 매우 능했으며, 활은 길이가 4척으로 그 힘이 쇠뇌와 같았다.

1척 8촌의 화살대는 삼림(森林) 속에 지천으로 나는 싸리나무로 만들고, 청동(靑銅)이나 쇠가 부족할 때에는 청석(靑石: 푸른빛의 응회암)을 이용해 화살촉을 만들었으며, 때로는 화살촉에 독(毒)을 바르

기도 했다.

혈성 북쪽 외흥안령 산악지대에는 여러 종족의 야인들이 살고 있었다.

멀리 고원 지역의 파곡산(山)이라는 곳에 거인족이 살고 있었는데, 이들이 언제부터 살았는지 어디에서 왔는지는 누구도 아는 사람이 없었다.

키는 읍루인의 두 배였으며 발자국은 한 자나 되었다. 기장(- 벼과에 속하는 1년생 초본식물)을 주식으로 하는 그들은, 쇠갈고리처럼 생긴 손톱으로 사람을 잡아 톱날 같은 어금니로 씹어 먹거나 기름을 짜서 먹기도 하였다.

그들은 커다란 '푸른 뱀'을 신(神)으로 받들고, 수시로 고라니를 잡아 바쳤다.

다만, 한 가지 다행인 것은 그들의 지능(知能)이 떨어진다는 것이었으나,

호시탐탐 혈성을 넘보다 식량이 떨어지면 어김없이 국경(國境)을 넘어와 약탈을 하는 통에, 혈성(穴城)은 잠시라도 마음을 놓을 수가 없었다.

혈성의 성주(城主) 북대는 이들을 막기 위해 성책을 이중 삼중으로 높이 쌓고

궁수대의 양성에 심혈을 기울이는 한편, 어떻게 하면 거인족을 더 멀리 쫓아 낼 수 있을까를 허구한 날 고민하다,

위험을 무릅쓰고 소북과 병사 두 명에게 거인족의 동태(動態)를 알아 오도록 지시했다.

밀림 속을 구석구석 돌아다닌 끝에 기어이 거인들의 거주지를 발견하고 살펴보다, 거인들이 키우는 사슴만한 괴견(怪犬)들에게 들켜

쫓기던 중, 병사들은 물려 죽었고 소북만이 겨우 살아 돌아온 것이다.
성주 북대가 거인족 마을을 염탐하고 돌아온 아들 소북에게 물었다.
"그래, 파곡산(山)을 가보았느냐?"
"예, 아주 가까이 가서 살펴보았습니다."
"산이 험하더냐?"
"예, 파곡산은 장대한 외흥안령(外興安嶺: 스타노보이 산맥) 깊은 곳에 있었으며, 지경은 수백 리이고 높은 봉우리와 깊은 계곡들이 무수히 많았습니다.
골짜기마다 야인들이나 요괴들이 살고 있었고, 파곡산 무초봉(無草峰) 계곡을 따라 들어가니 거인족은 좌우의 절벽에 동굴을 깊이 파고 살고 있었습니다. 가는 도중에 본 다른 골짜기에도 야인들이 득실거렸습니다."
"음, 거인과 야인들의 수가 얼마나 될 것 같더냐?"
"거인 족은 육칠백 명이었고 또 다른 계곡 여러 곳에 흩어져 살고 있는 야인들은 수천 명이 넘어보였습니다. 어떤 골짜기에는 요괴들도 사는 것 같았으나, 그 수가 얼마나 되는지는 확인 할 수 없었습니다."
북대는 야인들의 숫자가 수천 명도 더 된다는 말에 심각한 표정을 지었다.
혈성의 병력은 모두 합쳐봐야 이천 명으로, 그들을 몰아내기에는 턱없이 부족했다.
더구나 거인들과는 일대일의 단병접전(短兵接戰)이 불가능하여 거인 한 명당 무사 세 명이 달라붙어야 할 것이니, 가볍게 정벌할 수도 없었다. 거기에 파곡산(山)에 가려면 수백 리 밀림을 행군해야 하니,

도중에 공격받을 위험도 많았다.
북대는 봉림성(鳳林城: 읍루국의 도성)의 가한에게 보고해야겠다고 생각했다. 부친이 생각에 빠진 것을 지켜보던 소북이 이야기를 이어갔다.
"거인들 문제보다도 더 큰 문제가 있습니다."
"뭐라! 또 다른 문제가?"
"네,
거인들의 실태를 조사하다, 주변의 야인들이 결집하는 모습과 다양한 무기와 직제(職制)를 갖추고 이동하는 야인들의 군(軍)부대를 여러 차례 목격했습니다.
그동안 그들을 무시해왔습니다만, 새로이 나타난 알 수 없는 세력이 야인들을 무력으로 점령하고 훈련시켜 강병(强兵)으로 바뀌어가고 있는 것으로 보였습니다. 그들은 예전의 단순한 야인들이 아니었습니다."
"어떤 세력?"
"예, 거인들보다 마족(魔族), 귀신족(鬼神族) 요괴들이 더 문제가 될 것 같습니다.
사실, 거인들은 덩치만 컸지 지능은 매우 떨어집니다. 그러나 다른 종족들이 살쾡이의 지혜와 괴수(怪獸)의 힘을 갖추어가기 시작했습니다."
성주 북대는 소북이 정찰해온 이야기를 자세하게 들은 후, 편히 쉬도록 했다.
며칠 후, 성주는 소북과 주조를 불렀다.
주조는 소북과 함께 읍차(- 장군) 중의 한 명이었다. 소북과 나이가 같은 주조는 혈성의 천인장(千人長)으로, 검술(劍術)이 뛰어났으며 검 외에 단도를 늘 허리에 차고 다녔는데, 아직까지 소북 외에는 주조가 단검을 쓰는 것을 보지 못했다.
당시, 구이원의 병제(兵制)는 십인장, 백인장, 오백인장, 천인장, 만인장으로 이루어져 있었다.
소북과 주조는 둘도 없이 친했으며, 늘 무공 실력을 경쟁하는 사이이기도 했다.
"두 사람은 봉림성(城)에 가서 악탕카 가한을 뵙고, 거인들과 야만족의 동정을 말씀드리고 지시를 받아와라."
소북이 성주에게 물었다.
"지시만 받고 오면 됩니까?"
"그렇다.
네가 본 거인족과 야인들에 대한 이야기를 보고 드리면 된다. 뭔가 말씀이 있을 것이니라.
그리고 단제님이나 읍루 밖의 소식도 알아 오너라. 오가의 소식 같은 것 말이다. 이곳은 장당경과 너무 멀고, 가라무렌강(江) 이북이라 열국의 소식을 들을 수가 없다.
그리고 그곳에 간 김에 구경도 하고 며칠 푹 쉬다 돌아와도 된다."
다음날
소북은 주조와 봉림성(城)으로 떠났다. 소북은 긴 도끼와 작은 손도끼를 허리 양쪽에 둘러맸고, 주조는 허리에 검을 찼다. 두 사람 모두 등에 활을 맸다.
읍루의 영토는 가라무렌강(江)이 통과하고 있어 강북의 혈진과 강남의 동강홀을 왕래하는 배편이 있었다.
두 사람은 비로강 혈진(穴津)에서 배를 타고 가라무렌강(江)을 건넜다.

강을 건너 동강홀에 도착하자 여관에서 하룻밤을 보내고 아침 일찍 길을 나섰다.

나서기 전, 여관 주인이 걱정스러운 표정으로 말했다.

"봉림성(城)은 이틀을 가야하고, 길이 밀림지대입니다. 맹수를 만날 수도 있고

근래에는 산적들이 떼 지어 나타나니 며칠 더 지내며 일행을 모아 함께 가시는 것이 좋지 않겠습니까?"

이에 소북이 호탕하게 웃었다.

"하하하하, 우리도 맹수입니다. 너무 염려하지 마십시오."

이틀 후,

앵가협(峽) 밀림 속을 가고 있을 때였다. 앞 쪽에서 싸우는 소리가 들려 달려가 보니, 홍의(紅衣)의 장한 열 한명이 세 명의 무사를 공격하고 있었다.

이들이 어느 나라 사람인지는 알 수 없었으나, 무공으로 보아 조선의 '선(仙)무예'는 아니었다. 홍의를 걸친 자들이 펼치는 무예는 괴이했다.

세 사람은 방어하기에 급급했는데 각기 회색, 밤색, 푸른색 가죽 옷에 어딘지 모르게 고운 티가 나는 것이 여인들이 남장(男裝)을 하고 있는 것 같았다.

소북과 주조는 가까이 다가가 팔짱을 끼고 구경했다. 홍의 무사들은 하나같이 악랄하고 흉악한 초식들을 사용하고 있었다. 아무리 보아도 좋은 사람들 같지는 않았다. 이윽고, 소북이 한창 싸우고 있는 홍의인들을 향해 소리쳤다.

"당신들은 어느 나라 사람인데, 읍루국에 들어와 함부로 싸움을 벌이는가?"

우두머리인 듯한 자(者)가 인상을 쓰며 돌아서자, 그의 귀두도에 살기가 번득였다.
"엉? 네놈들은 또 어디서 굴러온 개뼈다귀냐? 남의 일에 끼지 말고 가던 길이나 가라!"
험악한 얼굴과 무례하고 불손한 말투 그리고 귀두도(鬼頭刀)를 본 소북이
'나쁜 놈들이다. 상대가 여자들이라, 음심(淫心)을 품은 놈들일 것이다.'
"우리는, 남의 나라에서 행패 부리는 자들을 좌시하지 않는 사람들이다. 빨리 싸움을 멈춰라!"
"흐흐흐, 그래도 이놈이... 아직도 상황 판단이 안 되나?"
상대의 말에 소북이 허리의 도끼를 손에 쥐자, 곁에 있던 주조도 말없이 검을 빼어 들었다.
이때, 몸을 돌린 홍의(紅衣) 넷이 칼을 휘두르며 두 사람에게 달려들자
소북의 도끼와 주조의 검(劍)이 각기 두 개의 칼을 향해 질풍처럼 날았다.
삼 합이 채 지나기 전, 홍의(紅衣)의 칼을 흘리고 놈의 어깨를 찍은 소북의 도끼가 목으로 쇄도하는 또 하나의 칼을 막는 순간, 소북의 왼발이 후욱- 소리를 내며 상대의 옆구리를 타격(打擊)했다. 간결하고도 강력한 도끼질과 더 없이 빠른 각법이 어우러진 무예(武藝)였다.
"컥! 우드득!"
숨이 넘어가고 갈비뼈가 부서지는 소리를 뒤로 하고, 주조를 돌아보는 소북의 눈앞에

"어딜!"

하는, 주조의 호통 소리와 함께 차가운 검광(劍光)이 홍의 무사를 가르고 지나갔다. 이를 본 우두머리가 소리치자 세 명이 더 합류하며 덤벼들었다.

나자빠진 동료들의 복수를 위해 악을 쓰며 칼을 휘두르는 모습이 포악하기 이를 데 없었다. 푸르스름한 3개의 칼날이 소북의 목을 향해 들이닥치자, 밀림의 나무들을 찍으며 길을 내듯 소북의 도끼질이 빨라졌다.

중앙과 좌측의 칼을 막은 도끼가 급회전하며 오른쪽 홍의(紅衣)의 도신(刀身)을 강타하자, 놈의 손아귀가 팔뚝까지 찢어지며 칼이 주인을 떠나갔다.

훅-훅 바람을 쪼개는 도끼가 홍의무사들을 움츠리게 하는 사이, 광폭(狂暴)한 검풍(劍風)을 일으키며 무사의 팔꿈치를 베어버린 주조가

왠지 다급한 눈빛으로 소북에게 달라붙은 두 놈을 향해 몸을 날리자,

이를 느낀 소북이 한 일자로 입을 굳게 다물며 더욱 빠르고 사납게 도끼를 휘둘렀다.

사실, 소북과 주조는 평소와 같이 '적들을 누가 더 많이 해치울까'를 경쟁하고 있었다.

둘을 없앤 주조가 이미 셋을 나동그라지게 한 소북에게 밀리자 '안 되겠다'

하고 서두른 것이고,

소북 또한 이에 질세라 눈에 불을 켜고, 있는 힘을 다해 도끼를 휘두른 것이다.

이를 알 리 없는 홍의인 둘은, 정신을 차릴 수 없을 정도로 쏟아지는
검과 도끼에 공격도 몇 번 해보지 못하고 맥없이 바닥을 뒹굴고 말았다.
어느새 일곱이 나가떨어지자, 여인들에게 공격을 퍼붓고 있는 부하 셋을 향해 우두머리가 황급히 소리쳤다.
"그것들은 놔두고, 모두 이리 와서 이 들개 같은 놈들을 쳐 죽여라!"
세 여자는, 둘은 검에 맞아 부상을 입었고 하나는 이미 기진맥진하여 모두가 쓰러지기 일보 직전이었다. 흉한(兇漢)들에게 붙잡힐 위기의 순간, 무사(武士)들이 포위를 풀고 소북과 주조에게 덤벼들었다.
우두머리가 귀두도(鬼頭刀)를 사납게 휘두르며 부하들에게 악을 썼다.
"놈들을 죽이는 자에겐 계집 하나씩을 안겨주겠다!"
수괴(首魁)의 말이 떨어지자, 입이 찢어진 홍의 무사들이 없는 힘까지 끌어올리며 죽기 살기로 거품을 물고 소북과 주조를 협공해 들어갔다.
붉은 옷과 음욕으로 번들거리는 눈빛이 타오르며 무사들의 칼이 소북과 주조를 금방이라도 난도질할 듯 광란(狂亂)의 춤을 추기 시작했다.
세 명의 흉한과 수괴는 앞서 쓰러진 일곱 명과는 격(格)이 확연히 달랐다.
번개 치듯 주고받다 생기는 공수(攻守)의 틈을 영악하게 파고들며, 소북과 주조가 지닌 본래의 실력을 갉아먹는 정교한 도법을 펼치고

있었다.

소북의 도끼가 상대의 머리를 찍을 때면 다른 흉한의 묵직한 칼이 무릎을 베어왔고,

주조의 검이 홍의의 허리를 갈라 가면 어느새 수괴의 귀두도가 주조의 옆구리를 치고 들어갔다. 진법을 펼치는 것도 같은 4인의 칼에 소북과 주조는 잠시 수세를 취하며 반격의 수를 궁리하기 시작했다.

이때, 곧 쓰러질 듯 보였던 세 여인이 숨을 돌린 듯 흉한들의 배후를 공격했다.

일순(一瞬) 앞뒤로 적을 맞은 괴한들의 움직임이 둔해지자, 손도끼를 꺼내든 소북이 '화가 폭발한 곰'처럼 쌍(雙)도끼를 무섭게 휘둘렀고,

이를 본 주조가 '네가 하면 나도 한다'는 검법(劍法)이 있기나 한 듯,

벼락같이 검을 휘두르자 '동서남북'에 네 개의 검화(劍花)가 찬란하게 피어났다.

싸움은 괴한들에게 불리해져 갔다. 소북과 주조는 용암(鎔巖)과도 같은 기운이 솟아오르고 있었다. 여인들에게서 얼핏 연꽃과도 같은 분위기를 느낀 소북은 이들을 괴롭히는 자들을 더욱 용서할 수 없었다.

거목을 찍듯 폭풍처럼 몰아치는 소북의 쌍 도끼가 밀림을 갈기갈기 찢어갔다.

주조는 혈성의 5대 고수 중 하나로 성주(城主) 북대로부터 검법을 전수받았다. 병사들의 훈련을 지켜보던 북대가 그의 근골(筋骨)과 재능을 높이 평가하고 무예를 직접 전수한 후, 천인장으로 임명하였

다.
밀림에서의 격투는 읍루에서 나고 자란 소북과 주조에게 유리할 수밖에 없었다. 홍의 괴한들은 숲의 원시림이 불편하고 걸리적거렸으나,
소북과 주조는 지붕을 타고 달리듯, 나무를 오르내리며 짐승처럼 공격하고 방어했다. 바람처럼 움직이는 쌍(雙)도끼와 검(劍)이 여인들의 눈을 어지럽게 하는 가운데,
점점 밀리는 걸 용납할 수 없는 듯 흉한들이 이를 악물고 칼을 휘두르자
돌연 '지(之)'자를 휘갈기듯, 흉한들의 공격을 막아낸 주조의 검(劍)이 전광석화(電光石火)처럼 튀어 오르며 한 놈의 목을 가르고 지나갔다.
"큭!"하며 고꾸라지는 부하를 본 수괴(首魁)가 다급하게 퇴각을 명령했다.
"돌아가자!"
부하 둘이 그 말을 내내 기다렸다는 듯 마구잡이로 칼을 휘두르며 몸을 빼는 순간
"이얏!"
소리와 함께 여인들이 뿌린 수리검이 질풍처럼 날았다. 두 개의 수리검이 놈들의 등에 깊이 박혔으나, 수괴(首魁)를 노린 또 하나의 수리검은 수괴(首魁)가 돌아보며 휘두른 칼에 멀리 땅바닥으로 떨어졌다.
수괴는 낭패한 얼굴로 꽁지에 불이 붙은 꿩처럼 죽을힘을 다해 숲속으로 달아났다.
이를 본 소북이 도끼를 허리춤에 수습하며 돌아섰다. 그때 세 명의

무사가 소북과 주조에게 다가와 포권의 예를 취하며 감사의 인사를 했다.
"저희들을 구해 주셔서 감사합니다. 어떻게 이 은혜를 갚아야 할지..."
소북이 겸손하게 대답했다.
"별 말씀을요. 우린 다 같은 조선 사람 아닙니까. 당연히 도와야죠. 그런데 세 분은 읍루국(國) 분들이 아닌 것 같은데, 어디에서 오셨습니까?"
소북의 말에 세 사람은 감격했다. 밤색 가죽옷의 무사(武士)가 대답했다.
"저희는 구다국(國) 청성산(靑星山)의 독로문 신녀(神女)들입니다. 저는 다연, 여긴 다혜 그리고 이쪽은 다빙이라 하오며 북옥저의 신녀국(國)을 방문하고 돌아가는 중에 홍의 괴인(怪人)들을 만났습니다."

구다국(勾茶國)은 대흥안령(嶺) 깊은 곳에 있는 역사가 오랜 나라였다.
소북은 구다국을 말로만 들었지. 그 나라 사람들을 만난 것은 이번이 처음이었다.
구다국은 일생(一生)을 삼신을 모시고 도(道)를 구하는 도인과 신녀들의 수행국(修行國)이며, 배달국 제14 대 치우천황이 소년시절 심신(心身)을 수련하던 연공대(鍊攻臺)가 있다고 들었다. 그러나 구다국(國)은 타(他) 지역과 거의 왕래를 하지 않아, 알려진 것이 적었다.

신녀(神女)들은 오늘과 같은 일을 피하기 위해 남장(男裝)을 하였으나,
본래의 아리따운 자태가 다 감추어지지 않아, 이를 알아본 홍의(紅衣)괴한들이 납치를 시도했던 것이다. 소북과 주조가 고개를 끄덕였다.
"아! 신녀님들이시군요. 저는 혈성(穴城)에 살고 있는 소북이라고 하며 이쪽은 주조라고 합니다. 우리는 읍루국의 도성 봉림성(城)으로 가는 중입니다."
이어 품속에서 옥색 합을 꺼낸 소북이 환약 한 알씩을 꺼내 신녀들에게 나누어 주었다. 향긋한 냄새가 귀한 약이라는 것을 단번에 알게 했다.
"이것은 조설단(鳥舌丹)이라고 합니다. 읍루국(國) 밀림의 세 종류 텃새들의 침과 음지의 이끼를 배합하여 만든 저희 가문의 단약(丹藥)으로 기사회생의 영단은 아니나,
상처에 좋습니다. 삼키신 후 약 기운을 단전에 잠시 가두어 두십시오."
세 사람은 더 없이 감사해 하며 자리를 잡고 앉아 약을 삼켰다. 약의 기운이 단전으로 흘러든 후, 얼마 지나지 않아 상쾌한 기운이 사지백해로 퍼져 나갔다. 지혈과 함께 기운이 솟으며 몸이 가벼워졌다.
운기조식을 끝낸 신녀들이 환하게 웃으며 일어나, 소북에게 다시 한 번 감사의 인사를 드렸다.
"영약을 주셔서 감사합니다."
세 여인의 진달래 꽃잎 같은 입술이 동시에 열리며 새하얀 이가 드러나자,

읍루의 철한(鐵漢) 소북과 주조는 자기도 모르게 가슴이 떨리며 두근거렸다. 이를 들키지 않으려는 듯 주조가 화제를 돌리며 질문을 했다.
"그런데, 아까 홍의괴인들은 누굽니까?"
푸른색 가죽옷을 입은 다빙이 대답했다.
"괴인들은 십리 전부터 따라 왔는데, 우리가 숲으로 들어가자마자 본색을 드러냈습니다. 그들이 누군지는 저희도 모릅니다. 혹, 저들의 옷을 뒤져보면 단서가 나오지 않을까요?"
소북과 주조가 쓰러진 자들의 품속을 뒤지다, 한 홍의인의 옷에서 서찰을 발견했다.

「 음마신군(陰魔神君)은 보아라. 세상에 널리 악을 전파하라. 악을 퍼뜨리는 것은 그리 어렵지 않다. 악의 씨는 따로 있지 않고, 선교의 가르침을 없애면 저절로 싹틀 것이다.
 수천 년간 그들의 마음속에 갇혀 숨도 못 쉬고 눌려있는 악을 살려야 하느니라.
 인의(仁義)와 예(禮)는 거추장스러운 것이니 모두 잊고 제멋대로 살도록 유도하면서,
 어떻게든 서로 만나기만 하면 물어뜯고 싸우도록 만들어라. 남이 어려운 일을 겪어도 외면하고, 근검절약은 궁핍한 거지들의 좌우명이니 빚을 내서라도 기분 내키는 대로 쓰고 살아야 건강에 좋다고 가르쳐라.
 시기, 질투, 탐욕, 교만, 두려움은 생명체라면 누구나 갖고 있는 것이니 부끄러워하지 말고 하고 싶은 대로 일을 저지르도록 인도

하라.
관리들에게는 뇌물을 뿌려 돈에 젖은 그들이 청렴의 덕을 잊게 하고,
사람들은 한 번이라도 선행을 해서는 안 되며, 신분과 위아래를 가리지 않고 성(性)과 음욕의 늪에 빠지도록 지극정성으로 이끌고 가르쳐라.
서로를 증오하고, 죽이고, 해치고, 힘 있는 자가 약자를 짓밟고 사는 것이야말로 반드시 따라야할 '대자연(大自然)의 율법(律法)'임을 깨우쳐 주거라.
이 모든 것은 '가달마교魔敎'를 위하는 일이니 잠시도 한 눈 팔지 말고 앉으나 서나 자나 깨나 밤낮 없이 행하여야 할 것이니라.

가달마교 사도, **사달** 」

소북과 주조가 먼저 서찰(書札)을 읽고 세 신녀들에게 건네주며 말했다.
"이들은 마교(魔敎)의 교도들 같은데 '사달'과 음마신군은 누굴까요?"
주조가 고개를 갸웃거리며 말했다.
"가달마교와 사달, 음마신군 모두 처음 들어봅니다. 그들이 누구인지 도무지 짐작할 수 없군요."
서신을 읽은 신녀들의 안색이 바뀌었다.

"가달마교라는 사악한 무리가 수천 년간 세상을 교화해온 선교(仙敎)를 없애려 하는군요. 가달마교에 대해서는 우리도 전혀 아는 바가 없습니다. 빨리 사문(師門)으로 돌아가 사부님께 말씀드려야겠습니다."
그들은 이런 저런 이야기를 나누다가 헤어졌다.
신녀(神女)들은 구다국(國)으로 향했다. 밤색 옷의 다연이 작별하며 말했다.
"두 분께 큰 은혜를 입었습니다. 일생을 두고 잊지 않겠습니다. 저희 구다국은
'나라의 큰 행사'가 있을 때가 아니면 나라 밖으로 잘 나오지 않습니다. 조용하게 수행하는 도인국(道人國)입니다.
기회가 되시면 언제든 구다국의 청성산(山)에 꼭 한번 들러주십시오."
"네, 편안히 돌아가시기 바랍니다."
신녀들과 헤어진 소북과 주조는 이틀이 지나 봉림성(城)에 도착했다.

봉림성. 읍루국의 도성으로 밀림 속에 있었다. 하늘 높이 솟아오른 성의 위용이 웅장하게 드러났다.
육장 높이의 성벽 아래에는 두 겹의 깊은 해자(垓字)가 파져 있었고 성루는 하늘을 찌를 것만 같았다. 성벽의 둘레는 이십 리는 되어보였다.
성은 사방이 숲으로 둘러싸여 있었는데 숲 속에 이런 큰 성이 있다는 것이 상상이 안 될 정도였다.

삼림국(國) 답게 숲속에는 기이한 새들과 수많은 야생화가 만발했다.
소북이 살고 있는 혈성이 칙칙한 수목들로 빽빽한 밀림의 성이라면, 봉림성(城)은 마치 천계(天界)의 화원 속에 자리 잡은 성(城) 같았다.
이 성의 사람들은, 아주 옛날 이 곳에 봉황이 살았었다고 자랑삼아 이야기했다.
소북과 주조는 성을 구경하지 않고, 곧바로 악탕카 가한이 계시는 궁으로 갔다.
대궐은 수백 년 아름드리나무들을 이용하여 지어져 있었는데 기둥마다 읍루지역의 고대(古代) 신화(神話)들이 그림으로 그려져 있었다.
가한이 계시는 정광전(精光殿)으로 찾아간 소북과 주조는 그곳에서 가한을 뵙고 인사를 올렸다. 가한 악탕카는 육십이 넘어 보였다. 몸이 말라 왜소해 보였으나, 구레나룻에 흰 수염이 멋지게 나 있어 위엄이 느껴졌다.
"가한께 문후 여쭈옵니다. 혈성의 읍차 소북이라 하옵니다."
"읍차 주조라 하옵니다."
인사를 올린 후, 소북은 혈성 성주 북대의 보고서를 국왕께 올렸다. 악탕카는 보고서를 받아 한참 읽어 본 후, 소북을 지그시 바라보았다.
"네가 혈성 욕살 북대의 아들이냐?"
"예"
악탕카가 고개를 끄덕였다.
"북대가 아들을 잘 키웠군. 장차 나라를 위해 큰일을 할 수 있겠구

나. 그래, 오다가 별일은 없었느냐?"
시립해 있던 대사자 초곤이 대신 아뢰었다.
"오는 도중,
구다국(國) 독로문의 신녀 세 사람이 십여 명의 홍의괴한들에게 공격 받고 있는 것을 구해주었다고 하였습니다. 용맹하고 무예가 뛰어난 젊은이들이옵니다."
"오!
너희들이 의로운 일을 했구나. 그런데 그 괴한들은 도대체 누구란 말이냐?"
대사자 초곤이 국왕에게 소북에게서 받은 서신(書信)을 올리며 대답했다.
"소북과 주조가 홍의괴한들을 죽이고 그들의 몸에서 가져온 것입니다.
가달마교의 사도, 사달이란 자가 음마신군이라는 부하에게 보내는 서찰입니다."
악탕카 가한이 놀란 표정으로 서한을 읽어갔다.
"가달마교 사달? 음마신군..? 가달마교는 한 번도 들어보지 못한 무리인데 그들은 어떤 자들이요?"
"강호 무림의 악도들 같습니다. 시간을 두고 자세히 알아보도록 하겠습니다."
"음.. 구이원의 열국(列國)이 분열하는 사이 중원의 범죄자들이 이곳까지 기어 들어와 못된 풍속을 퍼뜨리고 백성들을 괴롭히고 있다고 하니, 강호(江湖)의 일이라고 소홀히 보지 말고 제대로 잘 조사하시오."
이어, 국왕은 소북을 돌아보며 말했다.

"국경을 침범하는 거인들과 야인족 토벌을 위해 병력지원을 해달라는 것인데,

당연히 군사를 급파해야 할 일이나 이곳에는 딱한 사정이 있다. 지금 조선은 전쟁 중이다. 구리국(國)의 해모수가 수유후 기비와 함께 군사를 일으켰다. 이를 진압하려는 단제 측의 오가연합군과 큰 전쟁이 있었고, 해모수는 부여국(國)을 선포하고 스스로 단제의 자리에 올랐다.

오가연합군이 아사벌 전투에서 참패하였다고는 하나 여전히 막강한 힘을 가지고 있어, 해모수와 대치하며 현재 소강상태를 유지하고 있다.

조정에서 '읍루국도 군사를 내어 해모수의 북단을 압박해 달라.' 고 여러 차례 연락이 왔었고,

해모수 또한 '오가는 부패하고 타락해 더 이상 구이원을 통치할 수 없으니 자기들 편에 서 달라.' 고 사신까지 보내왔었다.

자칫하면 우리까지 전쟁에 휘말리게 될 상황이다. 읍루는 오가와 같이 조선의 핵심 제후국이 아니고, 조선의 패권과는 관계가 먼 땅이다.

천하의 패권에 관심이 없는 나는 그 어느 쪽도 편들고 싶지 않다. 오직, 백성들과 함께 선교의 가르침에 따라 평화롭게 살고 싶을 뿐이다.

그들 모두 백성을 위한다고 말하고 있으나, 진정으로 백성을 생각한다면 전쟁이 없는 게 제일 좋지.

이런 상황이라, 멀리 있는 야만족을 토벌하기 위해 군사를 보내기가 어렵다.

그렇다고 읍루를 괴롭히는 거인들과 야만족들이 세력을 키워가는

걸 두고 볼 수도 없고..”
말을 끝낸 국왕 악탕카는 이내 눈을 감으며 깊은 고민(苦悶)에 빠져들었다.
혈성은 조선 황도에서 가장 먼 밀림의 오지(奧地)에 있었다. 소북과 주조는 오가(五加)와 해모수가 전쟁을 하고 있다는 이야기를 오늘 처음 들었다.
두 사람은 국왕이 언급한 조선의 정세는 잘 모르나, 군사를 선뜻 내주기 어려운 사정이라는 것은 알아들었다.
소북은 그래도 꼭 알려드려야겠다는 생각에 걱정되는 점을 국왕에게 말씀드렸다.
“가한, 걱정 되는 것이 있습니다. 거인들은 원체 미개하고 지능이 떨어져 지금까지는 크게 위협을 느끼지 못했습니다만 이번에 제가 직접 정찰한 바에 의하면,
구이원 밖 미개한 지역의 마귀와 요괴들이 집결하며 일사불란한 대오를 이루어가고 있습니다. 누군가 힘 있는 자가 이들을 제압하고 통제하는 듯합니다.
아무리 야만인이라도 뭉치면 무서운 세력이 될 것입니다. 세력이 더 커지기 전에 제거하거나 북쪽으로 더 멀리 몰아내지 않으면, 후일 큰 위협 될 것 같습니다.”
소북의 말을 듣고 있던 악탕카가 이윽고 눈을 뜨며 큰소리로 대사자 초곤에게 물었다.
“초곤..
십여 년 전 자기들 영토를 떠나, 이곳을 거쳐 ‘태양이 떠오르는 땅’을 찾아 동쪽으로, 동쪽으로 이동해 간 예족(族) 수천 명의 소식을 혹 들은 적이 있는가?”

초곤은 국왕이 묻는 의미를 몰라 눈을 깜박이며 대답했다.
"벌써 5년이 지난 일이옵니다.
그들이 이동하는 통에 온 밀림이 한참 들썩였었지요. 우리 백성들 중에도 일부 그들을 따라 간 사람들이 있었습니다. 그 후 전해 듣기로, 그들은 동쪽 땅 끝까지 갔던 모양입니다. 거기에서 바다를 만난 그들은 바닷가에서 한동안 머무르다 바다 끝에서 떠오르는 태양을 보고,
그 바다를 건너겠다는 생각으로 길을 찾아 북쪽 해안을 따라 올라 갔다는 이야기를 들었습니다. 그들이 그 후 어떻게 되었는지는 소신 (小臣), 듣지 못했사옵니다. 가한, 왜 갑자기 오래된 일을 하문하시는 것이옵니까?"
가한 악탕카가 정광전(精光殿) 창 밖 멀리 보이는 산(山)으로 눈길을 던지며 말했다.
"비록 오래 전 일이나, 간혹 그 사람들이 어떻게 되었을까 생각이 나곤 했다.
순박한 예족(族) 주민들을 충동질해 이끌고 간 달단 족장(族長)이 잘못 한 것이라고 생각되다가도,
한편으로는 '태양이 떠오르는 땅'을 찾아 떠난 그들의 용기와 모험심이 부럽기도 했다.
그들은 아침마다 태양이 떠오르는 땅을 찾아 이 조선에서는 '실현 불가능한 새로운 나라'를 세우는 꿈에 부풀어 있었지.
당시 달단이 데리고 간 사람들 중에는 무예가 뛰어난 사람들이 많이 있었다. 특히 장로들은 선문의 무공이 절정에 이른 고수들이었다.
과연 바다를 무사히 건너 태양이 떠오르는 신세계를 찾아 갔는지,

아니면 동쪽 땅 끝 해안을 따라 올라가다 포기하고 적당한 곳에 정착했는지…
그들은 남녀노소가 섞여있어 신속하게 이동할 수는 없었을 것이니, 아직 대양(大洋)을 건너지 못했을지도…
음, 그들과 어떻게든 연락해서 힘을 한 번 빌릴 수 없을까 생각 중이오.”
좀 황당한, 국왕(國王) 악탕카의 말에 대사자 초곤이 입을 쩍 벌렸다.
"가한, 조선을 살기 싫다고 떠난 자들이옵니다. 정(情)을 끊어버린 곳에 다시 돌아오겠습니까?”
“대사자,
내 답답해서 한 말이오. 난들 왜 모르겠소? 그러나, 읍루국(國)을 지날 때 우리가 그들에게 식량과 옷, 무기, 약품 등을 많이 도와주지 않았는가. 당시, 달단이 내게 감사의 표시로 단검 경로도(徑路刀)를 주고 갔지. 그들이 어딘가에 머무르고 있다면, 도움을 요청해 볼 수도 있고…”
소북과 주조는 이건 또 무슨 말씀이신가 하고 악탕카와 대사자 초곤이 나누는 대화를, 두 귀를 쫑긋 세우고 들었다. 초곤이 아뢰었다.
“가한, 벌써 오년 전 일이옵니다. 달단이 어디에 있는지 찾는 것은 매우 어렵습니다.
그리고 북옥저의 북쪽은 우리 읍루에서는 가본 사람이 없어 지리를 아는 자가 없습니다.
가라무렌강(江) 너머의 지역은 늪과 강, 산맥, 고원이 가로막고 있으며 그곳을 지나면 황폐한 초지(草地)와 끝없는 늪지가 나온다고 합니다.
여름은 짧고, 길고 긴 겨울이 이어지는 탓에 모든 것이 얼어붙는 땅이라 하옵고, 인간은 살 수 없는 늪지, 강(江), 화산에 요괴와 괴수들이 득실댄다고 들었습니다. 가한, 그들을 찾는 것은 불가능에 가깝습니다."
악탕카는 무언가 결심한 듯 입을 꽉 다물고 소북과 주조에게 말했다.
"욕살 북대의 요청을 들어줄 수 없구나. 그러나 대신 방책(方策)을 내놓을 테니 네가 한 번 해 보겠느냐?"
소북이 앞으로 나서며 씩씩하게 대답했다.
"가한, 말씀만 내리십시오. 명을 받들겠습니다."
"음, 그래.
젊어서 그런지 두려움이 전혀 없어 보이는구나. 그러니까 5년 전, 예족 수천 명이 새로운 땅을 찾아 떠났다. 족장 달단은 선인이며 대(大) 무당이었다.
아침마다 태양이 떠오르는 '하루의 시간'이 시작되는 따뜻하고 살기 좋은 땅이 있다고 믿는 달단이 부족들을 이끌고 그 곳을 찾아 나선 것이다.
엄청난 고생이 따르는 여정임을 너희들도 쉽게 짐작할 수 있을 것이다.
달단은 서쪽 멀리 흐르는 눈강(江) 너머 호눈평원(呼嫩平原)에 흩어져 살던 사람들과 자기의 말에 호응하는 여러 부족들을 모아 출발했다.
원래, 달단과 나는 친구 사이이며, 그는 '바이칼선문(仙門)' 나을선

사의 사제이기도 하지.
그는 선도(仙道), 천문, 의술, 법, 예악, 무공 등 모든 분야에 능력 있는 자였는데,
어느 날, 주보전(宙寶殿)에서 고대부터의 천문기록이 적힌 기록을 검토하다 무엇을 발견했는지, 미련 없이 바이칼 선문을 떠났고 그 후 자기 부족들을 찾아가 새로운 땅으로 갈 것을 설득하고 다녔다. 그리고 마침내 달단족의 족장이 된 후, 부족을 데리고 먼 길을 떠났지.
그들이 우리 읍루를 지날 때, 나는 그의 황당한 주장을 듣고 가지 말라고 말렸었다. 부족하더라도 여기서 함께 살며 잘못된 것이 있으면 고치고 서로 도우며 살자고 권했으나 그의 신념을 꺾을 수는 없었다.
나는 그때 창고를 열어 식량, 옷, 약, 무기, 도구 등을 지원해주었고 달단은 소중히 지니고 있던 흉노국 오르도스산(産) 단도를 작별 선물로 주면서
'혹시 내 도움이 필요해서 이 단도를 신물(信物)로 보내면 도와주겠다.'
고 했다. 아.. 달단 족이 떠난 지 벌써 5년이 넘었다. 그들의 일이 이제는 모두의 기억 속에서 사라져 가는구나.
너희들이 달단을 찾아 도움을 청하고 그들과 함께 파곡산(山)의 거인들을 물리쳐 보겠느냐? 두려우면 하지 않아도 좋다. 이는 명령이 아니다."
소북과 주조는 이미 국왕의 이야기에 깊이 빠져 들었고 달단족에 대한 호기심과 깊은 연민을 느꼈다.
'아!

그런 일이 있었다니. 정말 해가 뜨는 곳에서 '시간'이 시작되겠구나. 나는 왜 그 생각을 못했을까.
그들은 무사할까? 아니면 동쪽에 있다는 바다를 건넜을까? 도중에 거쳐 가는 땅은 생명체가 자라지 않아, 사람이 살수 없는 곳이라고 하던데.'
소북이 결심을 하고 대답했다.
"예,
한 번 찾아보겠습니다. 이 기회에 북쪽 지리도 파악하고 그 지역 야만인들의 동정도 살펴보겠습니다."
"오, 그래.
너희들의 용기와 충성심이 가상하구나. 내 특별히 상을 주마. 그리고 기한을 정해 주겠다. 일 년 내에 찾지 못하면, 모든 걸 포기하고 돌아오너라."
국왕은 편지를 써주고, 예리하기 이를 데 없는 달단의 신표 '경로도(徑路刀)'와 함께 음루국 보고(寶庫)에 간직해온, 천 년 묵은 흑(黑)누에가 토해낸 실로 짠 '장갑(掌匣)'을 소북에게 상(賞)으로 하사했다.
천잠(天蠶)장갑은 그 옛날, 영웅 술호(術虎)가 읍루국(國)을 세울 때 받은 신녀국(國)의 선물이었다.
당시,
'잠신(蠶神)'이라 불리는 신녀국의 신녀가 '가라무렌강(江) 이무기의 기름과 운석가루를 섞은 물'에
흑잠이 토해낸 '물처럼 투명한 실'을 담가 다섯 번을 삶은 후 49일에 걸쳐 짠 것으로,
착용감이 좋았고 잠자리 날개처럼 얇고 투명하여 손에 끼고 있어도

맨 살과 같아 보였다.
소북이 쇠를 썩은 무처럼 자르는 경로도로 손목 부위를 그어 보았으나, 작은 흠조차 나지 않는 더 없이 뛰어난 '방검(防劍) 장갑'이었다.
그리고 주조에게는 보검을 주었다. 청동검을 지니고 있던 주조는 검은 한철로 단조(鍛造)된 보검을 하사받자,
며칠을 보고 또 보며 잠을 잘 때조차 끌어안고 잘 정도로 기뻐했다.

왕궁에서 나온 소북과 주조는 즉시 달단족을 찾으러 갈 준비를 했다.
혈성에는 가한이 대신 사정을 전해주기로 했다. 그들은 봉림성(城)에 며칠 머물면서 5년 전에 떠난 족장 달단과 그 일행에 대한 정보를 수집했다.
소북과 주조가 오년 전 떠난 부족에 대한 정보를 수집하고 다닌다는 소문이 나자,
어느 날 육십이 넘어 보이는 노파가 소북이 묵고 있는 객사로 찾아왔다.
남루한 옷에 머리가 하얗게 세고 허리도 굽어 지팡이를 짚고 있었으나, 어딘지 모르게 우아한 기품(氣品)이 흘렀고 목소리에는 힘이 있었다.
"두 분이, 5년 전에 떠난 달단족(族)을 찾아 가실 것이라고 하던데 맞습니까?"
소북이 물끄러미 노파를 보다가 물었다.
"무슨 일이 있으신지요?"

"소문을 듣고 왔습니다만 소협, 정말로 그들을 찾아가실 겁니까?"
소북이 대답했다.
"네, 한 번 찾아볼까 합니다. 그러나 세월이 많이 흐른 데다 길도 험하고 위험이 도사리고 있어 찾을 수 있을 지는 장담할 수 없습니다."
대답을 들은 노파(老婆)의 얼굴이 밝아졌다.
"역시 소문대로군요. 그럼 제가 바로 찾아온 겁니다. 사실은 부탁드릴 것이 있어서 왔습니다."
소북이 물었다.
"무슨 부탁이신지..?"
"다름이 아니고,
원래는 나도 아들과 함께 가다가, 갑자기 허리가 아프고 여기저기 건강이 나빠져 가지 못했습니다. 당시, 아들도 나 때문에 포기하려는 걸 말렸다오.
나는 다 산 사람이고, 내 곁에 아들을 평생 잡아둘 수는 없었습니다.
난 괜찮으니 족장을 따라가라고 등을 밀어 보냈지요. 남자에게 포부는 중요한 것이니, 반드시 태양이 떠오르는 땅을 찾아 태평성세의 나라를 세우라고 했습니다."
소북은 참으로 대단한 어머니라는 생각이 들었다. 대부분의 노인들은 자식 곁에 있고 싶어 하는데 노파는 그 반대이니 어찌 감동하지 않겠는가.
"아, 네..."
"그렇게 자식을 보냈으나, 이제는 살날이 얼마 남지 않아 그런지.. 아들이 보고 싶기도 하고, 건강한지도 궁금합니다.

혹, 두 분이 내 아들을 만나게 되면 이것을 좀 전해주시기 바랍니다.
떠날 때 너무 슬픔에만 빠져 있느라 줄 생각을 미처 못 했어요. 아들의 이름은 범표라고 합니다."
이어,
노파는 품속에서 푸른 비단으로 싼 작은 물건을 소북에게 꺼내 건네주었다.
소북이 받아들고 물어보았다.
"안에 무엇이 들었나요?"
"남편의 유품인 옥반지가 들어 있어요. 아들이 결혼하면 며느리에게 전해 주려고 했는데, 사정이 이러하니 반지는 당연히 내 아들이 지니고 있다가, 정인(情人)이 생기면 주어야 하지 않겠어요?"
"옥반지요?"
"네,
옛날 범가의 시조 할아버지께서 범가 부족을 이끌고, 구이원에 쳐들어 온 중원의 야만인들을 물리친 적이 있었지요.
그때 여인들도 남자들과 함께 무기를 들고 나서서 함께 싸웠는데 당시, 단제께서 저희 시조 할머님에게 옥(玉)반지를 하사하셨고 반지는 그 후,
우리 범씨 가문의 시어머니가 며느리에게 전해주는 물건이 되었지요."
소북은 반지를 싼 푸른 비단을 품속에 넣고 미소를 지으며 대답했다.
"염려 마셔요. 아드님을 보면 꼭 전해드리겠습니다."
노파가 소북의 두 손을 잡고 눈물을 글썽이며 말했다.

"고맙소.
범표에게 이 어미는 봉림성(城) 소도에서 신녀들과 함께 수행하며 잘 있다고 전해주시오."
노파는 반지를 소북에게 전하자 마음이 놓인 듯, 밝게 웃으며 객사를 떠났다.
다음날 소북과 주조는 읍루에서 지리에 제일 밝다는 선관(仙官) 달백을 찾아갔다. 그는 두 사람이 찾아올 것을 미리 알고 기다리고 있었다.
대사자 초곤이 미리 연락해 놓은 것 같았다. 두 사람이 서재에 들어서자 양면 벽에 걸린 여러 개의 가죽과 천 위에 그려진 지도들이 눈에 띄었다. 한 눈에 이 서재의 주인이 지리에 밝은 사람임을 짐작할 수 있었다.
소북과 주조가 벽의 지도들을 들여다보고 있자, 선관 달백이 말했다.
"구경은 천천히 하시고, 먼저 여기 앉아 야생화차(茶) 한 잔 드시지요."
달백의 말에 정신을 차린 소북과 주조가 자리에 앉아 차를 마셨다. 은은한 향기가 마음을 차분하게 가라앉혀 주었다. 잠시 후 소북이 물었다.
"벽에 걸린 지도(地圖)는 어디서 얻으셨나요?"
"상인이나 여행객, 사냥꾼들의 이야기를 토대로 제가 그린 것도 있고, 그들에게 얻거나 돈을 주고 산 것들도 있습니다."
"주로 어느 곳의 지도입니까?"
"주로 구이원 여러 곳의 지도이지요. 멀리 서역의 지도들도 있습니다."

"이미 들어서 아시겠지만, 저희들은 5년 전에 떠난 달단의 무리를 찾아가려고 합니다. 그러자면 대강이라도 지리를 알고 가야 하지 않겠습니까?"
"매우 현명한 생각입니다. 그러나 저도 읍루 이북의 지리는 잘 모릅니다.
모두 사냥꾼이나 약초 채집꾼들의 이야기를 듣고 추측으로 그려 본 정도이지 정확한 것은 아닙니다.
그러니까 제가 알려 드리는 것은 어디까지나 참고만 하셔야 할 겁니다."
소북이 조심스럽게 물었다.
"달단 족이 간 곳은 우리 읍루국(國) 북쪽이 아니고 북옥저 방향이라고 들었습니다."
"네.. 제 말은 읍루 이북만이 아니고 읍루와 북옥저 북쪽 야만의 땅을 모두 지칭하는 것으로,
조선의 북쪽 강역 너머 광대무변의 동토지대를 말하는 것입니다."
"아, 네.."
소북이 다시 정중하게 부탁을 했다.
"저희는 국왕의 명을 받았습니다. 과연 그들이 어느 방향으로 이동했을 것 같습니까?"
"두 분은 동쪽으로 가면 땅이 끝나고, 거기에 대양(大洋)이 있는 것을 알고 계십니까?"
"지난 번 궁에서 들어 알게 되었습니다. 그러나 저희는 아직 바다를 본 적이 한 번도 없습니다."
"아, 그렇군요. 그렇다면 먼저 차를 드시지요. 제가 자세히 설명해 드리겠습니다."

소부과 주조는 달백의 집에서 여러 날을 지내며, 읍루와 북옥저국(國)의 지리를 배웠다.

흥개호의 풍운

여러 날을 객사에 머물며 여행 준비를 마친 소북과 주조는 말을 타고 봉림성(城)을 떠나, 선관 달백(達伯)이 가르쳐 준 대로 동쪽 북옥저 방향으로 향했다.

달백은, 달단 부족이 떠난 지 비록 5년이 지났으나 한 두 명도 아니고 수천 명이 이동했는지라, 지나가는 모습을 누군가는 보았을 터이니, 그 정보를 수집해가며 따라 가는 것이 좋을 것이라고 조언했다.

무턱대고 가다가는, 방향이 조금만 틀어져도 끝없는 초원이나 밀림 또는 늪지를 헤매다 실패할 것이라고 덧붙였다. 그들은 성을 떠난 지 여러 날이 지나 바다를 보았다. 소북이 기뻐서 손뼉을 치며 외쳤다.

"주조! 드디어 우리가 땅 끝까지 온 모양이야. 과연 대양은 넓고도 끝이 없어!"

주조가 미소를 지었다.

"작은 성주님, 여기는 바다같이 보여도 바다는 아니에요. 달백님이 말하기를,

북옥저 가까이 가면 바다 같은 큰 호수(湖水)가 있다고 했는데, 제가 보기에는 이곳이 그 호수인 것 같아요"
"뭐라?
이렇게 어마어마하게 넓고 큰데 호수라고? 호수라면 건너편이 보일텐데? 아.. 이곳이 바로 달백님이 이야기한 바다 같은 호수, 흥개호(湖)?"
"예, 그런 것 같습니다."
"달백님이, 이 호수는 북쪽에서 8개의 강물이 흘러들고 남쪽에서도 무려 15개의 강(江)이 유입한다고 했던 것 같은데?"
"예,
둘레가 무려 천 리가 넘는다고 하니 어마어마하죠? 너무 넓고 험해서
이곳의 지리를 제대로 아는 자가 없으며, 남쪽으로는 습지와 늪이 끝없이 전개 된다고 했습니다.
흥개호에서 잡히는 물고기가 백여 종이 넘고, 또한 이 일대는 새들의 낙원으로 멀리 남으로 이동하는 수백 종의 철새들이 쉬었다 가고,
수많은 새들이 알을 낳고 서식하고 있으며, 이십 여개의 강물이 밀림과 연결 되어있고 많은 소수 부족들이 흥개호 연안에 살고 있다고 합니다.
그 옛날 제16 대, 위나 단군께서 옥저를 순행하실 때 흥개호를 돌아보시고 그 신비로움에 감탄하셨다고 합니다.
그리고
모든 강이 흥개호로 들어오고, 오직 하나의 강물만이 흥개호에서 흘러나가는데,

그 이름을 우수리강(江)이라고 하며 동북으로 흘러나가 가라무렌강(江)과 합수한다고 했습니다."
두 사람은 말을 타고 유람하듯 천천히 흥개호를 돌아보았다. 정말 끝이 보이지 않는 호수였다. 멀리 수면 위로 평화롭게 고기를 잡고 있는 배들이 보였다.
때마침 수많은 철새들이 무리를 지어 날아오는 것이 보였다. 수십만 마리의 철새 떼가 머리 위를 지나가자, 하늘이 삽시간에 어두워졌다.
그렇게 새들이 가고 나자, 끝없이 펼쳐진 모래가 어느새 석양의 노을을 받아 붉게 빛나고 있었다.
소북과 주조는 흥개호의 풍광에 취해 자기들이 무엇 하러 온 사람인지 잊어버리고 말았다. 두 사람은 호수에 인접한 촌락에 들어섰다.
흥개호(湖) 근처에서 가장 부유하고 사람들이 제일 많이 사는 마을이라고 했다. 북옥저의 뱅어성(白魚城: 백어로 쓰고 '뱅어' 라고 읽음)이었다.
특이한 이름이었다. 성 이름이 물고기의 이름을 딴 뱅어(- 白魚)라니! 아마도 뱅어가 이곳 사람들의 삶과 밀접한 관계가 있는 듯 보였다.
유람객들이 많이 찾는 곳이라 그런지, 촌락은 생활수준이 괜찮아 보였고 제법 붐비고 있었다.
두 사람은 '대하(大蝦: 왕새우)객잔'이라는 간판이 걸린 식당으로 들어섰다.
여기서 잡히는 왕새우, 대하는 흥개호의 뱅어와 함께 별미를 자랑한다고 했다.

두 사람은 서로 마주보고 웃었다. '뱅어성'에 '왕새우 객잔'이라니! 객잔에서 별미라는 대하와 뱅어를 안주삼아 술 한 잔 마시고 하룻밤 쉬어 갈 참이었다.

주조가 점원을 불렀다. 소문을 들어 알고 있었으나 그래도 넌지시 물어보았다.

"이곳은 뭐가 맛이 있소?"

"역시, 흥개호에서 잡은 뱅어와 왕새우 요리가 제일입지요."

점원이 자신 있게 대답했다.

"그럼, 좋은 술 한 병, 뱅어 두 접시, 왕새우 한 접시 얼른 가져 오시오."

"네"

얼마 후 술과 음식이 나왔다. 두 사람은 며칠 만에 식사다운 식사를 하는지라 정신없이 먹고 마셨다.

밀림에서만 살던 이들이 처음 맛본 뱅어, 왕새우는 정말이지 천상의 요리 같았다.

멧돼지, 소, 양고기들과 달리 입에서 살살 녹아내리며 씹기도 전에 목구멍으로 스르르 넘어갔다.

두 사람은 밤늦도록 술을 마시며 집을 떠난 이후 겪었던 일들과 앞으로의 계획을 이야기하며 그간의 여독을 풀었다.

자정(- 밤 12시) 가까이 되어 두 사람이 잠자리에 든 지 얼마 지나지 않아,

갑자기 객잔 밖이 소란스러워졌고, 누군가 황급히 방문을 두드렸다. 소북과 주조가 문을 여니 객잔의 점원이었는데, 잔뜩 겁에 질려 있었다.

"손님들, 어서 피하셔요! 수적(水賊) 떼가 쳐들어 왔어요!"

주조가 놀라며 물었다.
"뭐라, 아닌 밤중에 웬 수적(水賊)?"
"네, 수적이요. 흥개호에는 십년 전 부터 수적들이 자주 출몰합니다."
주조가 기가 막혀 물었다.
"수적들을 성주나 조정에서는 그냥 보고만 있었나?"
"조정에서 토벌군이 왔었지만 오히려 수적 떼에게 패하고 돌아갔어요.
그 이후로는 조정도 이곳의 도둑까지 잡을 여력이 없다고 하며 군사를 보내주지 않았어요. 성주보고 자체적으로 병사를 뽑아 지키라고 했다나요.
그런데 병사 양성이 어디 하루 이틀에 이루어지나요? 아이! 손님들, 얘기할 시간이 없어요! 두 분도 어디로 숨든지 말든지 알아서 하세요."
점원은 재빨리 어디론가 사라졌다. 객잔 밖에선 여기저기 비명이 터져 나왔다.
"사람 살려!"
"해적이다-!"
"불이야!"
"으아악!"
소북이 불을 끈 후 창문을 가만히 밀고 내다보았다. 촌락이 온통 불바다였다.
화광(火光)이 하늘을 찌를 듯했고 아비규환(阿鼻叫喚)이 따로 없었다.
"아악!"

"이 나쁜 놈들!"
붉은 두건을 쓴 도적 떼가 약탈과 살인, 방화를 저지르고 있었다. 수적들이 치솟는 불길 사이를 달리며 살겁을 저지르고 있었다. 술이 확 깨버린 소북이 어느새 '천잠 장갑'을 끼고 주조와 함께 몸을 날렸다.
밖으로 나서자마자 두 사람을 발견하고, 찢어진 눈으로 귀두도를 휘두르며 말을 달려오는 도적이 있었다.
붉은 전포(戰袍)에 귀신 모양의 투구를 쓰고 얼굴에 붉은 칠을 한 흉악한 자였으나,
이를 본 소북이 흥! 하고 비스듬히 서서 쌍수(雙手)를 벼락 같이 움직이자,
번뜻 야공(夜空)을 뚫고 날아간 화살이 도적의 왼쪽 눈에 콱 소리를 내며 박혔다. 입이 딱 벌어질 정도로 빠르고 놀라운 궁술(弓術)이었다.
"컥!"
도적이 외마디 비명을 토해내며 마하(馬下)에 굴러 떨어졌고, 소북이 놈의 목을 자르기 위해 도끼를 들고 접근하자, 이를 본 네 명의 수적이 황급히 앞을 가로 막았다. 순간, 슉-슉-슉-슉 소리와 함께 화광(火光)을 타고 날아든 화살이 수적들의 오른쪽 눈을 꿰뚫고 들어갔다.
주조가 전광석화와도 같이 네 대의 화살을 날린 것이다. 뽀뽀 기어 다니던 때부터
형제처럼 자란 소북과 주조는 이미 오래 전부터 한 몸과 같이 움직이는 경지에 이르러 있었다. 각기 동(東)과 서(西)로 움직이면서도 서로의 동선을 한 순간도 놓치지 않는 '바람과 천둥' 같은 사이였

다.

소북이 나동그라진 붉은 전포를 향해 움직이자, 붉은 전포의 수급(首級)으로 광란(狂亂)의 살생을 멈추게 하려는 의도를 포착한 주조가
질풍 같은 속사(速射)로 소북의 길을 열어준 것이다. 푹푹 자빠지는 수적들을 비껴간 소북의 도끼가 벼락이 치듯 붉은 전포의 목을 끊었다.
이어 맹수처럼 소리쳤다.
"붉은 전포를 입은 놈의 목이니라! 자, 눈알들을 돌려 여기를 봐랏!"
소북의 거친 일갈(一喝)이 지옥과 같은 아수라장(阿修羅場)을 뚫고 퍼졌다. 약탈에 취해있던 도적들이 영문도 모르고 눈을 돌리는 사이,
소북과 주조의 손이 화살통과 활 사이를 번개 치듯 오가자, 얼떨결에 돌아본 도적들의 눈을 향해 유명계(幽冥界)의 빗줄기 같은 화살이 날았다.
"슉-슉-슉-슉-슉!"
소리와 함께
열 개의 화살이 열 명의 도적을 삽시간에 마하(馬下)에 고꾸라뜨렸다.
그 중 다섯은 왼 눈이, 나머지 다섯은 오른 눈에 화살이 박힌 체 그대로 숨이 넘어갔다.
읍루에서도 소북과 주조는 활 솜씨를 겨루느라, 자기들이 잡은 짐승을 구분하기 위해 특정 부위를 정해놓고 활을 쏘았는데, 언제 어느 때나

소북은 왼쪽, 주조는 오른쪽 눈을 쏘기로 굳게 약속이 되어 있었다. '누구의 궁술이 뛰어나 더 많이 잡았는지'를 확실하게 구별하게 위해서였다.
자기편들이 계속 자빠지자 더럭 겁이 난 도적들이 도망을 치다 여기저기의 동료들이 떼로 몰려오자 기세(氣勢)를 회복하며 돌아 섰다.
욕을 쏟아내며 몰려오는 도적들을 본 소북과 주조의 눈이 화염(火焰)처럼 이글거렸다. 이어 거침없이 도적들 속으로 뛰어든 주조의 철검과 소북의 쌍(雙)도끼가 검산(劍山)을 뭉개고 도림(刀林)을 쓸어 갔다.
철검과 도끼가 벼락을 칠 때마다 동료들의 목과 팔다리가 날아가자 수적들이 이내 겁을 먹고 넋이 나간 꿩처럼 이리 몰리고 저리 피했다. 수적(水賊)들은 감히 소북과 주조에게 다가들 생각을 하지 못했다.
찍고, 후리고, 밀고 당기며 돌려 찍는 도끼에 핏물이 튀며 골패(骨牌) 짝이 자빠지듯 쓰러졌고
이에 뒤질세라, 동서남북을 나는 철검(鐵劍) 아래 혼(魂)을 놓친 도적들의 몸뚱이가 낙엽처럼 바닥을 뒹굴었다.
그동안 기분 내키는 대로 악행을 저질러 오던 도적들이 비로소 임자를 만난 것이다.
도적 떼는 '한 밤의 야차(夜叉)'와도 같은 소북과 주조가 점점 무서워졌고 자기들보다 살인을 훨씬 더 잘하는 악귀가 나타났다고 생각했다.
그때였다. 어디선가 딱딱이와 호각, 징소리가 요란하게 들리자, 낭패한 도적들이 양쪽으로 나뉘어 섰다.

그 사이로 붉은 전포를 입은 괴인 셋이 이십여 명의 도적을 이끌고 나타났다. 위세가 자못 당당했다. 긴 허리와 원숭이 같은 붉은 눈의 사내가 수괴 같았는데, 구이원에서는 좀처럼 볼 수없는 일월쌍환(日月雙環)을 들고 있었다.

왼쪽의 괴인은 누렇게 뜬 얼굴을 하고 있었으며 삼지창(槍)을 들고 있었다.

오른쪽에 있는 자는 들창코와 여덟팔 자(字) 수염에 쇠절구를 들고 있었다.

수괴가 눈을 부라리며 소리쳤다.

"모두 물러서라!"

명령이 떨어지자 이제야 살았다는 듯 도적(盜賊)들이 개떼처럼 물러났다.

수괴가 소북에게 물었다.

"너희들은 누구냐? 여기 놈들이 아닌 것 같은데?"

소북이 웬 개뼈다귀냐는 눈빛으로 무시하듯 되물었다.

"너야말로 누구냐?"

수괴가 눈을 뒤집으며 대답했다.

"우리는 흥귀방(興鬼幇)의 적도삼마(赤盜三魔: 세 명의 붉은 도적)이시다.

나는 원도(猿盜: 원숭이 도적), 왼쪽은 우도(牛盜: 소 도적), 오른쪽은 저도(猪盜: 돼지 도적) 라고 하느니라."

"흥! 흥귀방? 이름부터가 좋은 일과는 애초에 거리가 먼 것들 같군."

하고 코웃음을 친 소북이 살기를 일으키며 내뱉었다.

"흐흐흐흐,

나는 읍루에서 온 좌안궁신(左眼弓神: 왼눈 빼기 신神) 소북이고, 이 분은 우안궁신(右眼弓神: 오른 눈 빼기 신神) 주조님이시다."
'삼마'라는 별명이 같잖은 소북이 얼렁뚱땅 '좌우안 궁신'이라고 소개한 것이다.
삼마가 부하들의 시체를 보니, 모두가 좌우 어느 한 쪽 눈에 화살이 꽂혀 있었다.
"음.. 좌, 우안 궁신?"
소북이 말한 별호를 진지하게 되뇌이던 삼마의 눈이 돌연 홱 하고 뒤집어졌다. 좌우안 궁신은 '좌우 눈깔을 빼는 귀신'이라는 의미가 아닌가.
삼마는 크게 노했다. 눈에만 화살을 박은 놈이 겁도 없이 자기들을 희롱하고 있지 않는가.
좌우 어쩌고 하는 놈의 혓바닥을 뽑아버려야만 화가 가라앉을 것 같았다.
원도가 외쳤다.
"소북, 주조! 하룻강아지 범 무서운 줄 모른다더니 바로 그 격이로구나.
너희들은 오늘 흥귀방(興鬼幇)과 깊은 원한을 맺었다! 네놈들 손에 우리의 당주와 부하들이 죽었으니, 목숨으로 그 빚을 갚아야 할 것이니라!"
이어 한 밤중에 원숭이가 울부짖듯 소리치며 쌍환(雙環)을 휘둘렀다.
"누가 겨루어 보겠느냐?"
순간,
쌍환에 번득이는 금광(金光)과 은빛 너울이, 원도가 뿜어내는 난폭한 기운을 증폭시켰다.

주조가 앞으로 나섰다.

"내가 상대해 주마."

소북이 주의를 주었다.

"저놈이 들고 있는 쌍환이 보통 무기는 아닌 것 같으니 조심하시게."

주조가 원도와 마주섰다. 원도가 주조를 향해 거침없이 다가왔다. 오른손과 왼손에 나누어 든 금환과 은환이 장심(掌心)을 타고 원을 그리자

주조가 서북을 내딛으며 반월(半月)의 검세(劍勢)로 우(右)하방을 가리켰다.

팽팽하게 당겨진 활시위와 같은 품세(品勢)가 벽을 치듯 원도의 발을 멈추어 서게 했다.

쌍환의 비술(祕術)에 따라 임기응변하려는 주조의 검이 웅크린 표범의 숨결 같은 난폭한 기운을 토해냈다. 이를 본 원도는 내심 혀를 내둘렀다.

'보통 놈은 아니군. 당주가 당할 만 했다. 이놈을 어떻게든 해치워야 하는데..'

생각을 끝낸 원도가 주조를 중심으로 발을 옮기기 시작했다. 쌍환이 살기를 내뿜는 가운데,

금환을 방패삼아 다가선 원도의 은환이 고속으로 주조의 허리를 베어가자, 은환을 피해 몸을 솟구친 주조가 수직으로 검을 내려쳤다. 차가운 검광이 원도의 정수리로 떨어져 내렸다. 짐승 같은 몸놀림이었다.

밀림에서 나무를 타고, 바위를 넘고, 절벽을 오르내리며 자기보다

두 배나 큰 거인들과 싸우다 체득(體得)한 경신술을 펼친 것이다. 원도가 흠칫 금환으로 검을 틀어막았으나 환(環)에 전해지는 묵직한 검력(劍力)으로 인해, 금환과의 충돌을 이용해 이장 밖으로 내려서는 주조를 더 이상 공격하지 못했다.
평범한 수로는 제압하기 어렵다고 느낀 원도(猿盜)가 돌연 금환을 날리며 득달같이 달려들었다.
웅- 소리와 함께 금환이 핑핑 날아들자, 주조가 검봉파옥(劍峰破玉: 검 끝으로 옥을 부숨)의 수법으로 금환을 쳐내는 동시에, 비류직하(飛流直下: 물이 수직으로 떨어짐)의 검술로 가슴을 찍어오는 은환을 봉쇄했다.
이어 용을 쓰며 밀어 붙이던 원도가 원숭이 눈알을 굴리며 우측으로 발을 옮기자, 주조가 검(劍)을 거두며 재빠르게 뒤로 물러섰다. 이때,
검(劍)으로 날린 금환이 빙그르르 곡선을 그리며 떨어지자 원도가 잡아챘다.
일월쌍환은 단단하면서도 은근히 미끄러웠다. 밀림이 주 무대였던 주조는 쌍환(雙環)을 겪어본 적이 단, 한 차례도 없었다. 주조는 원도가 은환을 비틀자 검이 미끄러지는 걸 느끼고 본능적으로 피했으나,
처음과는 달리 약간의 부담을 가질 수밖에 없었다. 경계의 수위를 끌어올린 주조가 눈을 번득이며 자세를 바로잡자, 원도가 은환을 던지며 몸을 날렸다.
얼핏 달무리 같기도 한 은환의 뒤를 원도의 그림자가 쫓았다. 둥그런 금빛 환(環)이 상하로 움직이며 주조의 빈틈을 노리는 순간, 은환을 때린 주조의 검이 전광석화처럼 뒤집히며 원도의 목을 베어갔

다.
이때, 원도의 금환이 주조의 옆구리로 쇄도하였으나, 일말(一抹)의 관심도 없는 철검이 적도일마(赤盜一魔)의 목을 향해 서릿발 같은 검기를 뿌렸다.
싸움이 절정에 이르지도 위기의 국면도 아닌 때에, 그야말로 무식하기 이를 데 없는 공멸(共滅)의 수법을 펼친 것이다.
잠깐이었으나,
쌍환(雙環)의 수비에 가슴이 답답해진 주조는 어린 시절 수없이 보았던 '물러설 수 없는 한 판 승부'에 목숨을 거는 맹수들을 떠올리며,
생(生)과 사(死)에 미련을 두지 않고 싸우는 밀림의 율법에 자신의 몸뚱이를 내던진 것이다.
주조의 오장육부(五臟六腑)를 쏟아낼 수는 있으나 자신 또한 목이 날아갈 수법에 간(肝)이 오그라든 원도가 금환으로 철검(鐵劍)을 막자,
어느새 주조의 왼손에 들린 단검(短劍)이 원도의 몸통으로 질풍처럼 휘어져 들어갔다. 주조가 그야말로 동물적인 단검술(短劍術)을 전개한 것이다.
사생결단의 기습에 놀란 원도가 헉! 하며 바닥을 굴렀으나 완벽히 피할 수는 없었다.
허리를 스치고 지나간 단검이 피를 뿌렸고 눈에 불을 켠 주조의 발길질이 원도의 얼굴로 들이닥쳤다. 낭패한 원도가 죽을힘을 다해 두 바퀴를 더 도는 사이, 우도(牛盜)가 삼지창(槍)을 휘두르며 막아섰다.
이를 본 소북이 호탕하게 웃었다.

"하하하하! 주조, 교대하자! 못난 소는 내가 상대할 테니 뒤로 물러나게."

말이 끝나기 무섭게 소북이 다짜고짜 우도의 머리를 도끼로 찍어갔다.

우도는, 도대체가 겁도 없고 최소한의 격(格)도 없는 주조와 소북의 행태에 기가 막혔으나,

그동안 역경을 뚫고 이루어냈던 수많은 승리가 뇌리를 스치며, 이내 분통이 터진 소처럼 꼭지가 돌아버렸다.

'칵! 내 이놈의 목을 따서 흥개호(湖)의 물고기 밥으로 던져버리리라!'

우도의 삼지창이 훅- 소리를 내며 도끼를 막고, 소북의 가슴 복판을 찍어갔다.

일순, 섬전과도 같은 창끝이 두툼한 소북의 가슴을 뚫어버릴 듯했으나, 소북의 작은 도끼가 창을 후려치자, 창(槍)에 밀려났던 긴 도끼가 급(急) 회전하며 우도(牛盜)의 머리 한 가운데를 노리고 뚝- 떨어졌다.

별 특별한 초식도 없어 보이는 난폭한 도끼질에 쇠절구를 든 저도(猪盜)가 움찔 하는 순간, 소가 뒷걸음질 치듯 피한 우도의 삼지창(三枝槍)이 베고, 찍고, 후리고, 찌르고, 패고 돌려 치며 소북을 흉폭하게 몰아갔다.

흥귀방의 방주와 원도(猿盜) 외에 아직 이렇다 할 임자를 만나지 못했던 우도는

원도가 주조의 무식한 수에 당할 뻔한 판에, 소북이 일절 말도 없이 나무를 패듯 쌍(雙)도끼로 머리를 찍어오자 그만 분노가 폭발해버렸다.

어떻게든 놈의 멱(- 목 앞쪽)을 따야만, 얼굴을 들고 다닐 수 있을 것이다.

현란한 창법으로 전진하는 우도의 눈에 필승의 불꽃이 타오르는 순간, 소북이 느닷없이 '곰처럼 구르며' 우도의 아랫배를 향해 작은 도끼를 우악스럽게 내던졌다.

무림의 인물은 위기가 아니면, 땅바닥을 구르는 걸 수치로 아나, 어디서 배워먹은 놈들인지 소북 또한 상식을 뒤엎는 수법으로 급습을 가한 것이다.

훅훅훅 돌며 날아드는 도끼에 놀란 우도가 황급히 몸을 틀자, 돌멩이처럼 튀어 오른 소북의 긴 도끼가

후욱 소리를 내며 우도(牛盜)의 소머리를 두 조각 낼 듯 찍어갔다. 뿍뿍 기어 다닐 때부터 밀림에서 보고 익힌 '야수와도 같은 수법'에 허를 찔린 우도가

"헉!"

하는 순간, 소북의 머리를 향해 무지막지하게 날아드는 시커먼 그림자가 있었다.

형체도 없는 허공을 뭉개며 접근한 것은 저도(猪盜)가 달려들며 휘두른 쇠절구였다.

아무리 두려움이 없는 소북이라고 하나, 달단 족장을 찾아야만 하는 자기가 이깟 '소머리' 하나를 잡기 위해 목숨까지 걸 일은 아니었다.

소북이 흠칫 쇠절구를 피하자 묵직한 바람이 콧등을 스치고 지나갔고, 이를 본 주조가 몸을 날리는 찰나

"우----우우!"

소리가 멀리 동쪽의 밤하늘을 길게 찢으며 뒤흔들었다. 웅혼하기 이

를 데 없는 돌연한 사자후에 삼마의 눈동자가 동시에 오그라들며 도적들이 동요하는 빛을 보였다. 죽을 때까지 싸울 것 같던 세 마귀가 뒤로 물러서며 원도가 선심을 쓰듯 말했다.
"너희들과의 싸움은 다음에 다시 하도록 하자. 오늘은 이만 돌아가마."
소북이 소리쳤다.
"불쌍한 놈들, 머리통이 곧 부서질 것 같으니까 도망치려는 게로구나!"
"칵! 정말 죽고 싶어서 환장을 했구나."
몸을 막 돌리려던 원도가 소북을 삼켜 버릴 듯 눈을 부라렸으나, 사자후가 점점 더 가까이 들리자 심장이 타들어가 듯 수하들에게 외쳤다.
"가자!"
명령이 받은 수적(水賊)들이 와르르 물러나며 썰물과도 같이 사라졌다.
사실, 소북과 주조는 도적 떼가 너무 많아 그들을 붙잡아 둘 수도 없었다.
싸움이 길어졌을 경우 삼마(三魔)와의 승부를 장담할 수 없었을 뿐만 아니라,
수적들의 수가 너무 많아 원도가 포위 공격으로 전략을 바꿀 경우 불리해질 상황이었다. 별 수 없이 눈을 깜빡이고 서있는 소북과 주조의 앞에,
이윽고 위맹한 목소리의 주인공들이 연기처럼 나타났다. 앞에 선 사람은 사십여 세의 도인으로, 등에 검을 메고 있었으며 날카로운 눈빛이 범상치 않아보였다.

또 한 사람은 삼십대 후반으로 긴 언월도(偃月刀: 둥그렇게 휘어진 칼)를 들고 있었고, 나머지는 뚱뚱한 체격과 웃는 얼굴에 장창(長槍)을 비껴들고 있었다.
검을 멘 도인이 소북과 주조에게 말을 건넸다.
"우리는 '바이칼선문(仙門)'의 북해삼협으로 풍방(風邦), 풍해(風解). 풍오(風烏)라 하오. 영웅들은 누구시오? 어느 선문에 계신 분들이신지...?"

바이칼선문! 바이칼 선문은 백두선문과 더불어 조선 선교의 양대 본산(本山)이 아닌가.
그곳은 수천 년 역사의 선문으로 뛰어난 선협과 고수들을 무수히 배출했다고 들었다.
밀림의 나라, 소북과 주조는 두 선문의 전설적인 이야기를 말로만 들었을 뿐, 그곳의 도인들을 직접 만나 보는 것은 이번이 처음이었다.
누구보다 의로운 성품을 지녔으나, 소북과 주조는 영웅이라는 찬사에 깜짝 놀라며 얼굴을 붉혔다. 동시에 포권의 예(禮)를 취하며 소북이 대답했다.
"영웅이라니요. 감당할 수 없는 말씀입니다. 저희는 읍루국(國)의 소북과 주조라고 합니다.
여행 중, 도적들의 악행을 보게 되어 나서게 되었습니다만, 조금 전 산하(山河)를 뒤흔든 외침은 북해삼협(北海三俠)께서 발출하신 겁니까?"

산하를 뒤흔든.. 이라고 할 때의 소북은 '신비한 일을 겪은 아이'처럼 상기(上氣)된 얼굴이었다. 풍방은 소북이 큰일을 하고도 공치사(功致辭)보다 '사자후'에 호기심을 보이는 순박한 모습이 마음에 들었다.
"몸은 멀고 마음은 급한지라, 한 명이라도 더 구할 수 있을까 싶어 내지른 사자후였소이다."
음공(音功)이 '사자후'라는 걸 알게 된 소북이 '아..!' 하는 표정으로 말했다.
"적도삼마가 대협의 사자후에 놀라 뒤도 돌아보지 않고 도망쳤습니다. 대협이 흥귀방의 도적들에게 어찌될지 모르는 저희들을 구해주셨습니다."
풍방은 소북의 겸손한 태도에 고개를 끄덕이며, 삼마가 자기들이 달려오자 물러갔다는 소리에 잠시 생각에 잠겼다.
'그렇다면, 적도삼마(赤盜三魔)는 우리를 잘 알고 있는 자(者)들일 것이다. 으음....?'
북해삼협 중, 셋째 풍오가 주조에게 물었다.
"흥귀방.. 흥귀방을 잘 아시오?"
"저희도 오늘 처음 들었습니다만, 흥개호(湖)를 누비며 약탈을 자행하는 놈들입니다."
"삼마라는 자들은 생김새가 어떠했소이까?"
소북과 주조가 삼마의 외모와 무기를 설명하자, 풍오가 두 사형을 돌아보며 말했다.
"아!
삼년 전, 선비산 북쪽 촌락에서 아녀자를 겁탈하다 우리에게 혼나고 도망친 흉악한 놈들인데,

이젠 흥귀방(興鬼幇)에 들어간 모양입니다. 그것들을 부하로 받아들인 흥귀방(幇) 방주는 도대체 어떤 인물일까요?"
이야기에 귀를 기울이던 풍방이 몸을 움직였다.
"문을 열어보지 않고는 안을 볼 수 없는 법, 놈들의 뒤를 따라가 봅시다."
삼협(三俠)이 삼마가 달아난 쪽을 향해 몸을 날리자, 소북과 주조 또한 뒤를 따랐다.
수적들이 남긴 흔적은 뱅어성(城) 선착장이 있는 곳까지 이어졌으나,
그곳에는 단 한 명의 수적도 남아있지 않았다. 수적들을 실은 배는 이미 선착장을 떠나 멀리, 호수의 수면 위로 음침한 귀기(鬼氣)를 뿌리며 흘러가고 있었다.
수적 떼가 성(城)을 휘저으며 살인을 자행하였으나, 흥개호(湖)는 달이 밝았다.
무심한 달빛을 맞으며 수적들을 태운 배가 사라져갔다. 텅 빈 호수를 주시하던 풍방이 사제들에게 물었다.
"놈들의 소굴이 어딜까?"
"호수의 둘레가 천 리가 넘으니, 따라가 보지 않는 한 짐작도 할 수 없습니다."
막내 풍해가 답했다.
북해삼협과 소북, 주조는 대하객잔으로 돌아왔다. 그때 소북이 말했다.
"주조, 대협들을 모시고 요리를 좀 시켜주게. 잠깐 살펴볼 것이 있네."
주조가 고개를 갸우뚱 하며 대답했다.

"네"

북해삼협과 주조가 술과 요리를 시켜놓고 잠시 기다리자, 소북이 돌아왔다.

소북은 귀두도를 하나 들고 있었다.

"삼마의 말로는 제가 활로 죽인 놈이 당주라고 했습니다. 지금 가보니 시체는 없고 무기는 남아 있었습니다.

혹시나 해서 찾아보았는데 다행입니다. 대협, 한 번 살펴보시겠습니까?"

하며 풍해에게 귀두도(鬼頭刀)를 건넸다.

"하하하하.. 소협은 매우 총명하군요."

풍해는 각종 무기에 관심이 많아 구이원 뿐 아니라, 중원의 병기(兵器)에 대해서도 두루 잘 알고 있었다.

귀두도를 손잡이 쪽에서 한쪽 눈을 감고 날을 보다가, 날을 거꾸로 쥐고 날과 길이, 두께, 쇠의 종류와 색(色), 문양 등을 꼼꼼하게 살폈다.

잠시 후 풍해가 어두운 표정으로 말했다.

"잘 만들어진 칼인데 어디에서 만든 칼인지는 저도 잘 모르겠습니다. 그런데 사형, 이 칼에도 뿔살이가 새겨져 있습니다."

손잡이 끝부분에 새겨진 그림을 가리키자, 풍방이 짙은 눈썹을 꿈틀거렸다.

"음.. 과연 그렇구먼. 그럼 흥귀방(幇)도 뿔살이와 관련이 있는 게로군?"

북해삼협(北海三俠)의 심각한 표정을 본 소북과 주조는 몹시 궁금했다.

소북이 '뿔살이? 무엇을 말하는 걸까? 처음 보는 그림인데..' 하며 궁금증을 참지 못하고 물었다.
"대협, 뿔살이가 무엇인가요?"
풍방이 소북과 주조를 믿음직한 눈빛으로 보며 뿔살이에 대하여 설명해주었다.
"사실 우리들이 강호에 나온 것은 이 '뿔살이'와 관련이 있네. 얘기를 하자면 좀 길지..
환웅천황께서 이 땅에 오셔서 '홍익인간 이화세계'의 정책을 펼치자,
이를 막는 가달마황이라는 자가 있었소. 마황은 무서운 능력을 가진 자로 마왕, 귀신, 요괴, 독충 독물, 식인귀들을 이끌고 격렬하게 저항했지.
그때 가달마황이 타고 다니던 괴수(怪獸)가 바로 뿔살이였다고 하오.
괴수는 네 개의 뿔과 커다란 염소 얼굴에 세 자 길이의 수염이 있었으며, 창날 같은 이빨은 가히 수레도 씹어버릴 정도였다고 한다네.
뿔살이는 한울을 수호하는 사대신장 청룡, 백호, 주작, 현무와도 맞서는 공포스러운 마물(魔物)이었다고 전해지네..."
전설을 얘기하던 중,
풍방이 말을 낮추었으나 자연스러웠으며 소북과 주조 또한 전혀 개의치 않았고 흥미진진한 전설(傳說)에 네 개의 눈이 초롱초롱하게 빛났다.
"그러나, 그깟 마물들이 어디 환웅천황님의 상대가 되었겠는가. 정마전쟁(正魔戰爭)을 치르면서,
천황께선 가달마황과 뿔살이를 모두 없애 버리고 배달국(國)을 세우

셨네. '배달'은 '밝' 또는 '광명'이라는 의미이네. 헌데, 수천 년이 지난 몇 년 전부터 살겁이 일어난 곳마다 이 뿔살이 문양이 나타났다는 것이 문제이네.

최근 칠대선문 가운데 곤륜, 천산, 무려선문이 비밀스러운 조직으로부터 연달아 기습 공격을 받았는데 역시 뿔살이 표식이 보였다고 하네.

모두가 어찌 해 볼 도리가 없어 탄식하며 암울해하는 이때, 이 정체를 알 수 없는 자들의 야욕(野慾)과 거침없는 행보(行步)를 가로막는...."

이야기를 하던

풍방이 문득 입을 다물었다. 소북과 주조가 다음 말을 기다리며 침을 꼴깍 삼키자, 풍방이 불길 같은 안광을 쏟아내며 다시 말을 이어갔다.

"구이원의 무림사(武林史)에 큰 획을 긋는 놀라운 사건이 터졌네. 아악성(城)에서 '뿔살이 패(牌)'를 회수하려다 드러난 가달성(城) 이야기이네.

가달성은, 당시 패(牌)를 회수하기 위해 날뛰던 가달오귀와 같은 악마들이 운집한 곳으로 짐작되는 곳인데, 그 가달성(城)의 흑무 신분으로 나타나 백두선문을 궤멸시키려 한 '중원 제일의 고수' 참수도(斬手刀)가,

위기의 순간 신룡(神龍)처럼 나타난 창해신검 여홍의 탈명장(奪命掌)에 손목이 부러진 채 분루(憤淚)를 삼키며 도망을 치고 만 것이네.

지금으로부터 38년 전, 참수도의 발아래 목숨을 내놓거나 무릎을 꿇은 자들은 모두,

군림천하(君臨天下)를 꿈꾸며 무림(武林)을 종횡하던 절정의 고수(高手)들이었네.
아..!
정말 큰 일 날 뻔 했지. 백두선문은 우리 구이원의 '정신'을 지탱하는 칠대선문을 대표하는 곳 아닌가.
구이원이 옛날의 모습을 잃어가고 있으나, 사악한 무리를 더 이상 용납하지 않는
'대 조선의 웅자(雄姿)와 저력'을 보여준 것이네. 이에 붉은 피가 끓어오른 각지의 영웅들은,
작금(昨今)의 심상치 않은 마(魔)의 준동을 쓸어버릴 수 있는 인물은 오직 불세출의 신협(神俠), 창해신검 뿐이라고 입을 모아 이야기하고 있네.
아악성을 비롯해 국동대혈, 개마국, 대천성, 백두선문, 구도포자에서의 협행(俠行)과
산을 무너뜨리고 강을 뒤엎는 그의 초절한 무예는 가히 천하가 추앙하고도 남을 정도이나
자기의 공(功)을 내세우지 않으며 그 누구보다 겸손하기에, 비록 약관의 나이이나 사람들은 주저하지 않고 대협(大俠)으로 칭하고 있네.
특히, 개마국에서 피리로 전설의 황조(黃鳥)를 불러내 마조(魔鳥)를 없앤 일과
대천성에서 백관(- 375kg)에 이르는 마호(魔虎)를 해치운 지략과 검술
그리고 구도포자의 호수 속에서 홀로, 스무 발이 넘는 '왕 미꾸라지'와 반 시진(- 1시간)이 넘도록 싸운 끝에

목숨을 거두어들인 그의 수중무예(水中武藝)는 이미 신화처럼 회자되고 있네..
또, 극악무도한 악행을 저지르며 적수(敵手)를 만나지 못해 무림을 흘겨보던
저, 지주산의 만독거미 또한 반격 한 번 하지 못하고, 창해신검의 주먹에 황천(黃泉)으로 가버렸으니 이 얼마나 놀라운 일인가. 신검(神劍)으로 불리는 사람이, 온몸이 독(毒)으로 뭉쳐진 독의 제왕(帝王)을
검(劍)이 아닌 '권각(拳脚)'만으로 해치웠으니, 실로 경이로운 무예가 아닐 수 없네.
아..
언젠가 그를 만나면 나 또한 그가 걷고 있는 의협(義俠)의 길에 몸을 숙여 합류하고 싶네.
음.. 어찌 되었거나, 구이원에 마(魔)의 세력이 창궐(猖獗)하고 있다는 것이네.
선문은 예(禮)와 마음 수양을 통한 인간의 길 '성통공완'을 가르쳐 왔고,
배달국의 천황들이나 조선 단제는 모두 선교의 가르침을 치국이념으로 삼아왔는데, 칠대선문이 무너지면 구이원의 혼은 무너지게 되어있네.
이에, 우리 북해선문의 '나을대선사'께서 뿔살이 문양을 사용하는 무리들을 조사하고 제거하라 명하셨네.
그러나
우리는 일 년을 넘게 찾아 다녔어도, 그들의 정체가 무엇이며 소굴이 어디에 있는지조차 파악을 못하였네."

읍루국 밖으로 한 번도 나와 본 적이 없는 소북과 주조는 모두 금시초문이었으나, 그들 또한 의로운 일이라면 목숨을 내던지는 열혈의 남아(男兒)였기에
북해삼협과 같은 절정의 고수들이 공경하는 창해신검 여홍을 깊이 흠모하게 되었으며 영웅의 이름을 잊지 않기 위해 머릿속에 몇 번이나 되새겼다.
그들은 북쪽 한대지방의 야인과 거인들만 생각하고 있었기에 '선문의 위기'라는 거창한 말은 실감 나지 않았다. 이때 풍방이 소북에게 물었다.
"질문이 늦었네만, 그런데 소협들은 지금 이곳에 왜 왔는가?"
소북이 대답했다.
"저희들은, 5년 전 '태양이 떠오르는 땅'을 찾아 나선 달단님과 예족을 찾아 가는 중입니다."
"아니, 달단?"
하며 삼협이 눈을 크게 뜨고 놀라자, 소북과 주조는 덩달아 가슴이 오그라들었다.
"네, 달단과 예족을 찾고 있습니다."
풍방의 질문이 이어졌다.
"무슨 일로 달단을 찾소?"
"저희 읍루 국왕님의 명(命)입니다."
소북과 주조는 그동안의 전후 사정을 북해삼협에게 모두 이야기 했다.
풍방이 물었다.
"우리가 왜 그리 놀랐는지 아는가?"
"저희들은 모르겠습니다."

"달단님은 우리의 사숙(- 스승의 사형, 사제)이시네. 까맣게 잊고 살아왔는데, 소협이 사숙을 찾는다니 어찌 놀라지 않을 수 있겠는가?"
주조가 말했다.
"아, 그렇군요. 달단님이 바이칼선문의 선인이었다고 들었습니다."
"뜻밖이네. 마(魔)의 무리를 쫓다, 사숙의 이름을 다시 듣게 되다니.."
"혹, 저희에게 도움이 될 말씀이 있으시면 들려주시기 바랍니다."
"달단 사숙은 우리 '북해(- 바이칼)선문'에서 재능이 가장 뛰어난 분으로 천문(天文), 지리, 수학, 인문, 율법 의약 등 모르는 것이 없는 분이셨네.
사부님은 사제인 달단 사숙을 매우 총애하셨으나, 사숙이 부족의 미래를 외면하지 못하고 사문을 떠나 상심하셨지.
아..! 사숙이 그립군. 그런데 소협들은 북쪽 지역에 대해 잘 알고는 있는가?"
"아니요, 잘 모릅니다."
"짐작은 하고 있겠지만, 북쪽 땅은 험준한 산악이 사방 수만리에 이르고 깊은 수렁과 늪지가 곳곳에 널려 있으며, 춥고 긴 겨울이 무서운 곳이네.
거기에 괴수와 요괴(妖怪), 야인들이 서로 물어뜯으며 살고 있네. 고대에, 가달마황을 따르던 악마의 무리가 그곳으로 도망했다고들 하니. 조심해야 할 것이네."
소북이 물었다.
"달단님은 어느 길로 가셨을까요?"
"전에, 사숙이 사부님께 동토(凍土)에 대해 여쭙는 것을 들었는데 북옥저 북쪽으로 바닷가를 따라서 가는 걸 구상했던 것으로 기억되네.
가라무렌강(江) 하구를 넘어 북상해서 '춥지반도(- 축치반도)'를 지나 바다를 건너거나, 아니면 도중에 '깜짝반도'로 가서 대양(大洋)을 건널 것이라고 들었네."
소북과 주조가 놀라 반문했다.
"네..? 춥지반도(半島), 깜짝반도 라니요?"
풍방은 크게 놀라는 두 사람이 순진하게 보였다. 고개를 끄덕이며 말을 이었다.
"춥지반도는 구막성(城) 너머에 있으며 이름 그대로 매우 추운 곳이네. 그곳은 바다가 좁고 얼어있어 바다를 걸어서 건너갈 수 있다고 들었네.
반면에 '깜짝반도'는 그보다 추위는 덜하나, 드넓은 대양을 건너야만 한다네."
소북과 주조는 지역의 이름이 흥미로웠다.
"왜 춥지반도, 깜짝반도 입니까?"
하고 주조가 묻자 풍방이 미소를 지으며 대답했다.
"바이칼선문의
주보전(宙寶殿: 상고시대의 역사를 기록한 석굴)에는 천손족(天孫族)과 관련된 많은 기록이 보전되어 있는데,
환웅천황 이후의 모든 천문 자료와 일식, 월식, 지리 등에 관한 것이네.
주보전의 교법장로님께 듣기로는 '춥지반도'는 사계절 내내 이름 그대로 춥고,
깜짝반도는, 불을 뿜는 수십 좌의 화산들로 따스한 강물과 온천이

흐르고, 남쪽에서 난류까지 흘러들어 가라무렌강(江) 유역이나 춥지 반도, 사할린과는 달리 한 겨울에도 너무 따뜻해서 사람들이 깜짝 놀라
'깜짝반도'라는 이름이 붙었을 것이라고 하네. 우리 대사형이 바다를 건널 생각이었다면 거기에서 배를 만들어 타고 건너가셨을 게야."
소북과 주조는 풍방 으로부터 달단족장과 예족이 간 곳을 알게 되어 기뻤으나 '깜짝 반도'가 있는 곳이 어디인지는, 여전히 알 수 없었다.
"그럼, 북옥저의 영토는 어디까지 입니까?"
"음..
북쪽은 미지의 땅으로 어떤 나라가 있는 것도 아니어서 국경이 따로 정해져 있지 않네.
연해주 최북단은 우수리강(江)과 합수한 가라무렌강(江)이 흘러 바다와 만나는 곳이고, 북옥저 북쪽 경계는 연해주 북단의 가라무렌강 너머 비리성을 지나 훨씬 더 북쪽에 있는 구막성(城) 까지라고 들었네."
소북과 주조는
읍루를 통과하는 가라무렌강(江)은 잘 알고 있었다. 만리(萬里)의 밀림을 흐르는 긴 강이 아닌가. 그 가라무렌강(江)이 바다와 만나는 곳이라니.. 왠지 가슴이 설레고 꼭 한번 가보고 싶은 마음이 들었다.
이번엔 주조가 물었다.
"최북단 구막성(城)은 또 어떤 곳입니까?"
풍방이 대답했다.

"구막성은 배달국 시절에 세워진 성(城)으로, 북쪽의 요괴와 괴수들이 조선에 넘어오지 못하도록 파수병(把守兵) 역할을 하는 성이었네.
그러나 너무 추운 곳이라 사람들이 지내기 힘든 곳이라고 하네. 만약 소협들이 '춥지반도'에 가려면 우선 '구막성'으로 가야 할 것이네."
소북과 주조가 동시에 외쳤다.
"오, 구막성!"
"구막성 부근의 초지, 계곡, 바닷가에는 겨울이면 북(北)에서 순록들이 무수히 내려오는데,
성의 동북쪽으로 '춥지반도'가 있네. 혹독한 추위로 수목들도 자라지 못하고
성벽과 강, 바다가 꽁꽁 얼어붙는다고 하더군. 그래서 구막성을 '겨울성'이라고도 부른다네."
풍방의 설명에, 소북과 주조는 벌써부터 으스스스 떨려왔다. 주조가 또 물었다.
"구막성에는 사람들이 얼마나 사나요?"
풍방이 껄껄 웃으며 말했다.
"듣기로는 꽤 많이 산다고 하나, 대부분이 가고 싶어 간 것이 아니네.
구이원에 들어오려는 요괴나 괴수들을 막기 위해, 열국(列國)들이 사형수(死刑囚)와 같은 죄수들을 그곳으로 귀양 보낸 것이라고 하더군."
"그럼, 유형지(流刑地) 같은 곳이군요."
"음.. 지독한 유형지이네. 그리고 그곳은 아직도 괴수와 요괴들이

쳐들어온다고 하네."
"아, 정말 무서운 곳입니다. 달단 족장님도 그 성을 지나갔겠군요."
"그렇다고 봐야지."
소북과 주조는
'얼마나 살기 좋은 땅이기에 그토록 험한 길을 부족민들을 데리고 가셨을까?'
하며, 달단과 예족 그리고 선계(仙界)와 무림에 대한 이야기를 밤이 늦도록 듣다가 잠이 들었다. 다음날 아침 일찍, 객잔 주인이 문을 두들겼다.
"소협, 밖에 손님이 오셨습니다."
"음, 손님? 누굴까? 여기에서 우리를 찾을 사람은 아무도 없을 텐데…"
소북이 주인을 따라 나섰다.
"저희의 일행, 세 분은 일어나셨습니까?"
"예, 벌써 일어나 외출하셨습니다."
깜짝 놀란 소북이 걸음을 멈추고 물었다.
"아예 떠나신 것 같습니까?"
"아니요. 알아 볼 것이 있다고 하시며, 돌아올 것이라고 하셨습니다."
북해삼협이 돌아온다는 말에 왠지 안심이 되었다. 하룻밤 사이, 큰 형님들처럼 여겨진 소북은 삼협(三俠)과 헤어지는 것이 싫었던 것이다.
객잔 밖에는 뜻밖에도 '뱅어성(白魚城)' 성주의 호위무사라는 사람이 두 명의 병사와 함께 기다리고 있었다. 무사는 소북을 보자 정중하게 예(禮)를 취했다.

"저는 척루라고 합니다. 성주님의 명을 받고 은인들을 모시러 왔습니다.
어제 밤 해적들을 쫓아주신 소협들께 감사의 인사를 드리고 싶어 하십니다. 또 한 분이 계시다던데 함께 모시겠습니다. 어디 계신지요?"
척루는 삼십 세쯤 되어 보였고 은창을 들고 있었는데, 구렛나루가 멋졌다. 소북이 웃으며 대답했다.
"인사는 마음으로만 받겠습니다. 조선의 무사가 어찌, 수적들에게 당하고 있는 백성들을 보고만 있겠습니까?
초대에는 응할 수 없습니다. 저희는 일정이 너무 바빠 곧 떠나야만 합니다.
성주님께는 저희의 피치 못할 사정과 인사 말씀을 대신 전해주십시오."
소북이 거절하자, 척루의 눈빛이 크게 흔들렸다.
"시간이 많이 걸리지는 않을 것이니, 잠깐만이라도 모실 기회를 주십시오. 성주님이 몹시 서운해 하실 겁니다."
척루가 더욱 간곡하게 청했다.
"죄송합니다만, 급히 가야만 합니다. 저희들 사정을 이해해주십시오."
소북이 흘깃 해가 어디쯤 떠 있는지 보았다. 벌써 진시(- 아침 7시 반)에 들어서고 있었다. 소북이 시각을 확인하자, 척루가 다급하게 말했다.
"성주님께서는 감사의 말씀 외에도, 긴히 부탁드릴 일이 있다고 하셨습니다."
소북이 돌아보자,

척루가 간절한 얼굴로 상관에게 군례(軍禮)를 올리듯 허리를 굽히고 선 채 소북의 승낙을 기다렸다. 난감해진 소북이 물었다.
"어떤 일입니까?"
척루가 그제야 고개를 들고 대답했다.
"성주님이 직접 말씀드릴 것입니다."
척루의 태도가 너무나 정중하여, 필시 중요한 일일 것이라고 생각한 소북은 차마 거절하지 못하고 뱅어성의 성주(城主)를 만나보기로 했다.
"그럼, 잠시만 기다리십시오. 일행과 함께 준비하고 나오겠습니다."
성주의 관저로 가겠다는 소북의 말을 듣자, 척루의 그늘진 얼굴이 환하게 밝아졌다.
"네! 기다리겠습니다."
소북과 주조가 척루를 따라 성주의 관저로 갔다. 관저는 성(城) 중심부의 북쪽 산을 의지해 남향을 하고 있었다.
북옥저 변방의 작은 성이었으나, 가볍게 흔들리고 있는 풍경(風磬)과 하늘로 날아갈 듯 휘어진 처마 끝이 멋졌다. 성주의 미적 취향을 짐작할 수 있었다.
계단을 올라 남쪽을 보니, 전망이 툭 트여 멀리 흥개호(湖)가 바라다 보였다.
입구의 현판에는 '뱅어성 관저'라고 쓰여 있었다. 소북과 주조가 척루를 따라 관저 안으로 들어갔다.
마당에는 성주와 부인이 이미 시종들을 이끌고 나와 두 사람을 반갑게 맞이했다.
관복을 입고 있는 성주는 사십 중반의 점잖은 모습이었고, 부인은 우아하고 기품이 있었다.

"어서 오십시오. 소협님들, 나는 뱅어성의 성주 곡영이라고 합니다!"
"네, 인사드리겠습니다. 저희는 읍루국(國) 혈성의 소북과 주조입니다."
"오..! 은인들은 읍루국(國)의 협객들이셨군요!"
"협객이라니요.. 과찬이십니다."
소북이 겸양해 했다.
"자, 안으로 드시지요."
성주를 따라 안으로 들어갔다. 대청은 꽤 넓어 보였는데 정면의 벽에 삼신(三神)의 족자가 걸려 있었고 그 밑으로 예찬하는 글이 적혀 있어 읽어보았다.

「오색(五色)이 은하수에 나부끼고 일곱별이 북극성(北極星)을 돌리니, 사방 바다의 물결이 잔잔하고 모든 나라의 백성이 편안해 지도다」

소나무 탁자 위 향로의 백단향이 피어오르며 향내가 대청을 감돌고 있었다. 장방형(長方形)의 긴 탁자를 중심으로 여덟 개의 의자가 놓여 있었다.
성주 내외는 검소하고 꾸밈이 없는, 선교에 독실한 선인의 삶을 보여주고 있었다.
곡영과 부인이 자리에 앉으며 소북과 주조에게 자리를 권하자, 척루는 탁자 뒤로 시립했다.
모두 자리에 앉자 시녀가 차를 가지고 나왔다. 천지화차(茶)였다. 차를 입에 대자 그윽한 향기가 정신을 맑게 해 주었다.

소북은 신비한 기운이 몸을 감싸는 느낌이 들었다. 북옥저의 왕궁에서나 마시는 차일지도 모른다는 생각이 들 정도로 맑고 향기로운 차(茶)였다.
잠시 후, 성주가 침울한 표정으로 말했다.
"소협들을 이리 모신 건, 한 가지 부탁이 있어서입니다. 두 분이라면 들어주실 것도 같습니다만..."
성주는 무슨 일인지 밝히지도 않은 채, 밑도 끝도 없이 다짐을 받듯 이야기를 꺼냈다.
"어떤 사정이 있으신지요? 저희가 할 수 있는 일이라면 도와드리지요. 그러나.."
그때,
내내 불안한 표정으로 앉아있던 부인이 더 이상 참지 못하고 눈물을 글썽이며 말했다.
"소협,
어제 밤 수적들에게 우리 딸 옥지가 납치 됐어요. 두 분께서 저희 딸을 좀 살려 주십시오.
뱅어성에는 두 분만한 고수가 없습니다. 두 분이 그 무서운 흥귀방의 당주를 해치우고 수괴(首魁)들 중 하나를 물리쳤다고 들었습니다.
협객님들, 저희들을 불쌍히 여기시고 제발 도와주십시오. 이 은혜는 죽을 때까지 잊지 않겠습니다."
온몸을 떨며 말을 쏟아낸 성주 부인이 눈물을 폭폭 흘렸다. 성주가 말했다.
"무공을 조금 하는 제 딸이, 저를 따라 나서 수적들과 싸우다 적도 삼마에게 붙잡히고 말았소이다.

구출은 해야겠는데, 병사들이 많지 않고 무엇보다도 그들을 지휘할 장수(將帥)가 없습니다. 두 분이 도와주시면 저도 온힘을 기울이겠습니다."
성주 부부의 말을 들은 소북과 주조는 난감했다.
'정말 딱하지 않은가.
수적들의 규모와 적도삼마의 무공으로 볼 때 우리가 꼭 이긴다고 확신할 수도 없다. 게다가 그들의 소굴이 어디에 있는지도 모르는데 어떻게 성주의 딸을 구해낸다는 말인가?'
소북은 성주에게,
자기들이 5년 전 이곳을 지나간 예족과 달단 족장을 찾아가고 있다는 것을 설명했다. 추운 겨울이 오기 전에 그들을 만나고, 내년 봄에는 반드시 돌아와야 하는 사정을 이야기했다. 성주 부부는 놀랐다.
그들도 달단의 이야기를 잘 알고 있었다. 성주(城主) 곡영이 물었다.
"달단을 찾는 이유가 무엇입니까? 정(情)을 끊고 떠나버린 사람이 돌아올 리 없으며, 갈 길이 바쁜 그들이 매우 귀찮아하지 않겠습니까?"
"그분들의 도움을 받아야만 할 일이 있습니다. 고대에 환웅천황에게 쫓겨났던 요괴와 야인들이
근래 읍루 북쪽의 얼어붙은 땅으로 속속 집결하고 있습니다. 제가 정찰한 바,
그들은 예전과 달리 다양한 무기를 갖추고 조직화하고 있으며 무예까지 갖추어 가고 있습니다. 우리 국왕께서는 지금은 그들의 힘이 미약하나 장차 구이원에 큰 화(禍)가 될 것이라고 여기고 계십니다.

"가한께서는 왜 정예병(精銳兵)을 보내지 않으시오? 읍루국(國)의 궁수대(弓手隊)는 무서운 실력을 갖추고 있다고 들었소이다만.."
소북은
뱅어성이 북옥저 변방의 성이라 조선의 정세가 어떻게 돌아가는지 모를 것 같아, 가한에게 들었던 오가(五加)와 열국들의 사정을 전해주었다.
"조선은 오가와 부여를 세운 해모수가 내전 중에 있어 극히 혼란한 상태입니다. 그래서 미지의 험한 곳에 군대를 보낼만한 여력이 없다고 하셨습니다."
그러나 곡영도 오가연합군이 아사달 전투에서 해모수에 참패했다는 사실을 이미 알고 있었다.
해모수는 비바람을 부르는 풍백, 우사와 같은 인물이라고 들었다. 가한 용저(龍沮)도 열국의 전쟁을 경계하여, 흥개호(湖)에 출몰하는 수적들의 만행을 알면서도 토벌군을 보내지 못한다고 하지 않았던가.
곡영이 말했다.
"맞는 말이오. 우리도 북옥저 변방이라 북쪽 야만인들의 약탈이 있어 왔소이다. 얼마 전, 야인들의 수상한 움직임을 보고 받고, 얼마 안 되는 병력을 정찰 보낸 사이에 수적들의 침범이 있었던 것이외다."
"야인들의 문제가 이곳에도 있군요."
"그렇소이다."
잠깐 생각에 잠겼던 곡영이 말을 이었다.
"음..
그럼 두 분이 이렇게 해주실 수는 없겠소이까? 이곳에 머물며 우리

옥지를 구해주시는 동안, 나는 달단의 행적을 추적, 조사하여 알려 드리겠습니다."
소북은 성주가 이렇게 까지 부탁하는데 무조건 거절하기만도 어려웠다.
달단을 찾아, 무턱대고 북옥저의 해안을 헤매는 것보다는 그 편이 나을지도 모른다는 생각이 들었다. 소북이 고개를 돌리며 주조에게 물었다.
"주조는 어떻게 생각하오?"
주조가 대답했다.
"작은 성주님의 뜻에 따르겠습니다."
주조는 읍루국(國)의 읍차로 병사들을 지휘한 경험이 풍부했다. 곡영에게 물었다.
"성주님이 동원할 수 있는 병력은 얼마나 됩니까?"
마음을 돌린 소북에게 감복한 성주가 얼른 몸을 돌려 척루에게 물었다.
"얼마나 가능한가?"
척루가 대답했다.
"병력은 백팔십 명이나, 그 중 훈련이 되어 토벌에 참가 할 수 있는 인원은 백 명 정도입니다."
소북이 한숨을 내쉬며 이리저리 궁리했다.
'허어, 참...
어제 밤 쳐들어온 도적들만 해도 수십 명이며 그들의 소굴에는 더 많은 놈들이 있을 것이다.
겨우 백 명으로 어디 있는지도 모르는 수적들을 공격한다? 안될 일이다.

자칫하면 전멸할 수도 있다. 이일을 어쩐다? 성주(城主)는 외동딸이 납치되어 냉정한 판단을 하지 못하고 있는 것 같은데.'
주조는 소북의 망설이는 속을 짐작했다.
"작은 성주님, 북해삼협께 도와달라고 하시지요. 그분들이 도와주시기만 하면 가능하지 않을까요?"
주조의 말이 떨어지자마자, 꽉 막혔던 소북의 눈과 귀가 번쩍 열렸다.
'왜 그 생각을 못했지? 북해삼협이 계시다면야 천만 번도 가능하지.'
소북이 성주에게 말했다.
"성주님,
어제 밤 이곳에 북해삼협이 오셨습니다. 수적들이 물러 간 것도 사실은 삼협이 나타나자 꽁지를 빼고 도망친 것입니다. 저희들의 힘만으로는 적도삼마 셋과의 싸움도 결과를 예측하기 힘든 상황이었습니다."
성주가 그 말을 듣자 만면에 화색이 돌았다.
"아! 북해삼협이라면 바로 바이칼선문의 북해삼협을 말씀하시는 겁니까?"
"네"
"아, 한울님이 도우셨군요. '북해삼검'으로도 불리는 삼협의 명성은 저도 익히 알고 있습니다.
바이칼선문에는, 환웅천황께서 마황의 무리를 물리칠 때 펼치셨던 검(劍), 도(刀), 창(槍)의 비술과 신법(身法)이 전해지고 있다고 합니다.
북해삼협은 십칠 년 전, 그 이름을 천하(天下)에 떨치고 종적이 묘

연했는데 이곳에 와 계시다니. 당장이라도 뵙고 싶습니다. 소협, 그 분들께 안내해주실 수 있겠습니까?"
소북이 말했다.
"성주님, 조금만 기다려주십시오. 세 분은 지금 객잔에 안 계시고 어딘가 다녀오신다고 출타하셨습니다. 돌아오시면 성주님의 뜻을 전해 드리겠습니다."
"오, 그리 해주시면 고맙겠습니다."
그날 저녁 늦게 술시(戌時: 오후 7시 반~ 9시 반)가 되자, 북해삼협이 돌아와 소북과 주조를 찾았다.
"잘 쉬었는가?"
"예, 그런데 세 분 대협께선 아침 일찍 어디를 다녀오셨습니까?"
풍방이 대답했다.
"흥개호 주변과 수적들이 휘젓고 지나간 곳들을 돌아보고, 흥귀방의 근거지도 수소문해 보았네.
말했다시피 우리는 1년 전부터 뿔살이를 추적 중이었는데, 어제 자네들 손에 죽은 흥귀방 당주의 칼에 뿔살이가 새겨져 있지 않았는가.
아무래도 수적(水賊)들이 뿔살이 문양을 사용하는 마도의 세력과 깊은 관련이 있을 것 같아서, 우리가 놈들의 소굴로 쳐들어가 볼 작정이네"
소북과 주조는 얼굴을 마주보며 깜짝 놀라는 표정을 지었다.
"아니,
얼마나 많은 고수들이 숨어있는지 알 수 없는 상태에서 쳐들어가시다니요. 너무 위험합니다."
곁에서 있던 풍오가 껄껄 웃으며 말했다.

"우리가 '알흔섬' 성도관(星道館)에서 10년을 폐관수련 하다 중단하고 강호에 나온 것은, 바로 구이원을 악으로부터 지키기 위함이었네.
그동안 마(魔)의 세력을 조사해왔으나 성과 없이 세월만 허비하였네.
다행히 흥귀방의 귀두도에 뿔살이가 있어 그들의 소굴이 혹, 지금까지 추적하던 마의 본거지가 아닐까 하는 생각이 들었네. 아무리 극악한 마귀들의 본산(本山)이라 해도 우리는 꼭 없애 버리고야 말 것이네."
말을 끝낸 풍오가 귀두도를 뚫어지게 응시했다.
소북이 근심어린 표정을 짓자, 풍해가 껄껄 웃으며 불길 같은 소리를 뱉었다.
"하하하하, 놈들의 수가 아무리 많아도 나의 언월도 앞에서는 썩은 짚단에 불과할 것이네. 그리고 자네들이 도와주면 더 쉽게 소탕할 수 있을 것 같네만.."
하늘을 찌르는 삼협의 기백에, 소북과 주조는 걱정이 물거품처럼 사라졌다.
'북해삼협이 계신데 두려울 게 무어 있겠는가.'
그제야 소북과 주조는 삼협에게 오늘 뱅어성 성주가 불러 다녀온 이야기를 했다.
성주 곡영이 수적들에게 잡혀간 딸 옥지를 구해 달라는 부탁을 했으며, 북해삼협을 빕고 청(請)을 올리고 싶어 한다는 성주의 뜻도 전했다.
의외의 이야기에 풍방이 소북에게 말했다.
"우리는 늘 독자적으로 움직여 왔네. 다수의 사람들과 움직이면 안

전할 것 같으나,
적의 눈에 노출이 잘 되어 위험에 빠질 수 있기 때문이지. 그러나 이번엔
성주의 사정이 딱하고 수적들도 무시할 수 없는 규모인 듯하니, 병사들과 함께 가기로 하겠네. 그러나 한 가지 조건이 있네. 모두가 우리의 지휘에 따라야한다는 것이네."
소북은 북해삼협의 말에 이견(異見)이 없었다. 뱅어성의 병사들은 실전 경험이 거의 없으니 성주도 기꺼이 받아들일 것이라고 생각했다.
주조가 물었다.
"대협, 오늘 흥귀방의 소굴은 알아 내셨습니까?"
풍해가 대답했다.
"뱅어탄(灘)의 늙은 어부들에게 대강 알아보았네. 흥개호(湖) 서북쪽에서 흘러드는 강 부근으로 간 적이 있다는 어부가 어느 날, 갈대밭에서 수적들의 배가 그 강을 거슬러 올라가는 걸 본 적이 있었다는군.
산세가 험한 계곡들 사이로 들어가는 배를 몰래 따라가다 두려워서 돌아온 적이 있는데,
계속 들어가면 수적들의 본거지가 있을 것 같았다는 이야기를 하더군."
"네, 그럼 잘 되었군요. 내일 성주님께 말씀드리고 준비를 시키겠습니다."

불타는 흥귀방

닷새 뒤 새벽, 아직 어둠이 걷히지 않은 뱅어탄(灘)은 짙은 안개가 자욱했다. 그곳에는 배 한척에 삼십 명이 탈만한 다섯 척의 배가 정박해 있었다.

배는 모두 관선들이었고, 중앙의 주(主)돛과 한 개의 보조 돛을 갖추고 있었다. 배의 양옆에는 각각 북옥저 1, 2, 3, 4, 5호 라는 글자가 쓰여 있었다.

북옥저 변방의 성에 이 정도의 관선을 갖추고 있다는 것은, 뱅어성의 성주가 흥개호(湖)에 대한 관리를 매우 잘하고 있다는 의미일 것이다.

각 배마다 스무 명의 뱅어성(城) 병사들이 완전 무장을 하고 승선해 있었다.

북해삼협과 소북, 주조가 1호 배에 승선했다. 그 배에는 이미 성주와 호위 척루가 타고 있었다. 성주 곡영은 맥궁(貊弓)을 메고 허리에는 검을 차고 있었다. 외동딸이 잡혀갔으니 직접 나서게 된 것이다.

은창(銀槍)을 든 척루 역시 맥궁(貊弓)을 메고 있었는데, 병사들 모두 활을 지니고 있었다. 성주 나름대로 철저한 준비를 시킨 것이다. 소북이 성주에게 삼협을 소개했다. 곡영은 북해삼협을 보자 매우 감격해 했다.
"천하에 떨치신 존성대명(尊姓大名)은 익히 잘 알고 있습니다. 저희 성(城)에 와 계신 것을 알았다면 찾아뵈었을 터인데, 인사가 늦었습니다. 이렇게 도와주셔서 어떻게 감사를 드려야 할지 모르겠습니다."
성주의 곡영의 정중한 인사에 북해삼협 모두 예를 차렸다.
"감사라니요. 의(義)를 행하는 것은 선문이 해야 할 일입니다. 따님 일은 정말 안 되었습니다."
풍방이 답하자, 막내 풍오가 말을 이었다.
"중원의 전란이 점점 더 심해져 그곳의 유민들이 구이원으로 밀려 들어오고,
조선의 조정이 쇠한 후로 나라는 어지러워졌고, 열국들은 각자도생의 길을 찾고 있습니다. 그들이 도(道)를 외면하고 중원의 제후처럼 무력을 중시하다 보니 백성들도 마음 내키는 대로 살고 있으며 여기 저기 도적떼가 들끓고 악의 무리들이 독버섯처럼 자라고 있습니다.
이와 같은 현실에 저희도 수행만 하고 있을 수 없어 강호에 나온 것입니다.
그동안 구이원을 돌아보니 여러 해 계속되는 자연 재해와 기근이 더 큰 문제입니다. 여기 저기 굶어죽은 시체들이 나뒹굴고 있습니다.
관(官)은 부패하여 백성들을 돌보지 않고 있습니다. 악은 굶주림 속에 창궐합니다.

조정(朝廷)의 관리들은 뼈에 사무치게 반성하여야 할 것입니다."
풍오의 구구절절 옳은 말에 곡영의 얼굴이 붉어졌다.
"네, 그리 해야 합니다만, 매번 능력이 부족함을 느낍니다. 대협들께서 가르침을 내려 주시기 바랍니다. 두 귀를 열고 경청하겠습니다."
이 때 전방의 넓은 호수를 응시하던 풍해가 말했다.
"자, 이제 도적의 소굴을 어떻게 소탕할 것인가에 대해 상의 합시다."
성주는 병사들의 현황과 무장상태를 설명했고 삼협과 소북, 주조는 계획을 상의했다.
사시(巳時: 아침 9시 반~ 11시 반) 까지도 호수를 뒤덮고 있는 안개는 사라지지 않고 있었다.
어느덧 흥개호로 흘러드는, 어느 갈대가 무성한 강(江) 하구로 배가 진입했다.
좌우로 늪지와 사람 키를 넘는 갈대밭이 끝없이 전개되고 있었다. 한 시진을 강을 따라 오르다, 멀리 험준한 산에서 흘러내려 온 것으로 보이는 지류로 접어들었다.
강(江) 양쪽 기슭의 산세가 조금씩 험해지며 원시림이 펼쳐지기 시작했다. 얼른 보아 어둡고 깊은 계곡 속으로 빨려 들어가는 느낌이었다.
일각 쯤 더 거슬러 오르다, 두 개의 강이 합류되는 곳에서 우측으로 꺾어지자 경치가 일변(一變)했다.
지금까지의 원시림은 사라지고, 늪지와 가시덤불 숲이 다시 이어졌다.
얼마를 더 가자, 척루가 어느 갈대가 무성한 숲이 있는 언덕에 배를 붙이며 말했다.

"이곳이 어부들에게 수집한 정보로 확인한 곳입니다. 여기서 멀지 않은 곳에 흑요산(黑夭山)이 있는데 도적들의 소굴이 있을 가능성이 아주 높습니다.

자칫 놈들에게 발각 될 수 있으니, 걸어서 접근해야 할 것 같습니다.

그리고 여기서부터는 사방이 늪지와 진흙길, 가시덤불입니다. 독사와 기이한 독충(毒蟲), 독초(毒草)들로 가득하니 조심하셔야 합니다."

이어 병사들에게 지시했다.

"모두 배에서 내려 조별로 대오를 정비하라."

병사들이 재빠르게 내린 후 배를 갈대숲에 숨겼다. 모두가 입을 꽉 다물고 조용히 일사불란하게 움직였다. 병사들이 열을 맞추자 풍방이 척루에게 말했다.

"여기서부터는 우리가 앞장서서 먼저 가겠소. 척루님은 병사들과 이각(- 30분) 뒤에 따라 오며 우리의 뒤를 봐주시오."

척루가 대답했다.

"네, 알겠습니다."

삼협이 출발하자 소북과 주조가 그 뒤를 따랐다. 강을 따라 반 시진(- 1시간)을 가자 가시나무숲이 시작되었다.

선두의 풍해가 문득 걸음을 멈추고 손을 들자, 모두 몸을 숨기며 전방을 주시했다.

이때, 으스스한 귀기(鬼氣)를 일으키는 물체들이 휙휙-휙 공격해 왔다.

희끗희끗한 것들이 날며 시야를 가리는 순간 풍방, 풍해의 검(劍)과 언월도가 날고, 풍오의 장창(長槍)이 원을 그리며 질풍을 일으켰다. 날아오는 것들은 놀랍게도 혀를 날름거리는 비사(飛蛇: 나는 뱀)였으나,

눈부신 검무(劍舞)와 언월도광(偃月刀光: 휘어진 달 모양의 칼 빛)에 걸려든 뱀들이 무수히 떨어졌고

나머지 이십여 마리는 미친 듯이 회전하는 창(槍)에 머리와 몸통이 부서지며 죽어갔다.

이때, 뒤를 돌아본 풍방과 풍해의 눈에 기이한 빛이 스치고 지나갔다.

운이 좋아, 삼협을 통과한 독사들을 검으로 베는 주조와 다르게, 소북은 두 손을 번개같이 움직이며 뱀들을 잡아 찢거나 목을 비틀어 내던지고 있었다.

'아니! 맨손으로 독사들을 만지다니.. 소북이 호신기공을 연마했다는 말인가?'

천잠 장갑을 낀 줄 모르는 그들은 느끼지 못했던 소북의 정심한 내공에 의아해했다.

얼마 후 뱀들이 거의 다 죽자, 겁을 먹은 나머지 몇 마리가 가시넝쿨 속으로 도망쳤다.

그제야 풍해가 숨을 돌리며 말했다.

"수적들이 이리 험한 곳에 숨어 있었구려! 지금 우리를 공격한 비사는 고대에 마왕과 요괴들이 번성할 때 살던 독물(毒物)로 알고 있는데 이곳에 나타났소. 아마 뿔살이가 오면서 따라오지 않았나 생각되오."

"나 참, 도적들의 소굴을 찾기도 전에 이런 독물들과 싸워야 하다니."

풍방이 혀를 끌끌 찼다. 일행은 다시 늪지와 가시덤불을 헤치며 전진해 나아갔다.
한참을 가니 또 강가를 타고 올라가는 길이었다. 앞서가던 풍방이 갑자기 손을 들며 강둑 뒤로 몸을 숨기자, 뒤따르던 네 사람도 몸을 낮추었다.
풍방이 말했다.
"이곳에 있었군. 어부들의 말이 맞았어."
풍방이 가리키는 곳을 보니 강가에 정박한 배의 꼭대기에 '뿔살이'가 그려진 깃발이 바람에 마구 휘날리고 있었다.
풍오가
"사형, 뿔살이 소굴을 기어이 찾아냈군요."
하며 창을 쥔 손에 힘을 주었다.
배에서 사십여 장 떨어진 흑요산 수직 절벽 하단에 음각된 거대한 '뿔살이'의 입이 수적들의 동굴 입구였고
'흥귀방(幇)'이라고 쓴 현판의 둘레를 창백한 해골들이 장식하고 있었다.
경계병으로, 입구의 여섯 명과 배 위에서 번(番)을 서고 있는 넷이 보였다.
풍방이 말했다.
"우선, 성주의 딸을 구해야하니, 어디에 갇혀 있는지 알아내야만 하네."
소북이 몸이 근질거리는지 어깨를 으쓱거리며 조심스럽게 말했다.
"제가 도끼로 몇 놈 찍으면, 모두 놀라서 뛰어 나오지 않겠습니까?"
풍방이 만류했다.

"우리가 본채로 쳐들어갈 테니, 자네들은 배 위의 놈들을 해치우고 불을 질러 뒤따라오고 있는 척호위에게 신호를 보내주게. 자, 이제 시작하지."

말이 끝나기 무섭게 풍방이 몸을 날렸다. 느닷없는 삼협의 출현에 수적들이 놀라며 달려들었다.

선두를 달리는 풍방의 검이 번갯불처럼 호를 그리자, 앞을 막아서던 수적 둘이 윽- 하고 고꾸라졌다.

이어,

언월도가 얼음 벌판의 냉기(冷氣)를 가르듯 또 다른 두 명의 허리를 끊었고

풍오의 장창(長槍)이 희끗 떨어졌다 뒤집히며 조금 전까지 낄낄거리던 동료들의 죽음에 팔 다리가 굳은 나머지 둘의 목을 치고 지나갔다.

이때 붉은 띠로 이마를 묶은 수적(水賊)이 뛰어나오며 악을 썼다.

"침입자다!"

"삑-삑--!"

여기저기서 징과 딱따기 소리가 들리며 수적들이 몰려나오기 시작했다.

사십여 명이 순식간에 북해삼협을 둘러싸자, 풍방이 이글거리는 눈으로 쓸어보며 일갈(一喝)했다.

"네놈들의 방주에게 북해의 삼협이 왔노라고 알려라!"

부하들 뒤로 걸어오던 적도삼마가 나섰다.

"삼협, 네놈들이 제 발로 기어오다니, 드디어 미친 게로구나. 얘들아, 쳐라!"

명이 떨어지자 수적들이 공격을 시작했고, 풍방, 풍해, 풍오가 도적

들 속으로 뛰어들었다.
"이얏!"
"하-!"
"얏-!"
풍방의 검이 날자, 언월도가 반월의 도광(刀光)을 일으켰고 풍오의 장창(長槍)이 솟구쳤다 떨어지며 전광석화와도 같이 횡(橫)으로 쓸어갔다.
'범이 뛰고 독수리가 나는' 듯한 북해삼협의 무술(武術)에 잠깐 사이 수적들의 시체가 쌓여가며 단말마의 처절한 비명이 허공을 덮어갔다.
이때, 기이한 음악소리와 함께 어디선가.
"악은 영원하다.
만물은 악이 지배해야 한다. 악만이 위선에 찬 세상을 깨뜨리고 구제 할 수 있느니라. 악의 전령이자 사도, 뿔살이님을 마음을 다해 경배하라!"
저음의 사악한 외침이 들려오자,
삼협과 싸우던 수적들이 혼절할 듯 땅바닥에 머리를 박으며 외쳐댔다.
"뿔살이님 만세! 영원, 불멸의 뿔살이님 만세...! 우리의 방주님, 만세!"
갑작스러운 변화에 삼협이 보니 붉은 띠의 수적이 칠흑(漆黑) 같은 뿔살이 가면을 쓴 괴인을 호위하고 나섰다.
괴인은 왜소했으나, 가면으로 흘러나오는 안광이 너무나도 냉혹했다.
그가 북해삼협의 앞으로 다가서자, 삼마는 공손하게 괴인의 좌우로 갈라섰다. 붉은 띠가 엄숙한 표정으로 말했다.
"나는 흥귀방의 나충당주(裸蟲堂主) 장옥이다. 여기 계신 분은 흥귀방의 영도자이시며, 가달마교의 흑무(黑巫) 음마신군(陰魔神君)이시다.
삽협! 어서 무릎을 꿇고 신군께 인사를 올려라!"
북해삼협은 가달마교라는 말에 섬뜩했으나 내색하지 않았다. 가달마교는 세상을 악으로 지배하려는 무리들로 구이원 칠대선문의 적이 아닌가.
풍방이 말했다.
"너희들은 가달마교의 무리였구나! 괴수의 탈을 쓰고 요망한 짓을 하고 다니는 네 놈들에게는 말이 필요 없다. 나의 검으로 요절을 내주마!"
풍방의 말을 들은 장옥이 대노했다.
"네놈들은 스스로 선인이라면서 어찌 이리도 예의가 없느냐. 남의 집에 가면 그 주인에게 먼저 인사하는 것이 바로 너희들의 예법 아니더냐!"
이를 지켜보던 음마신군이 조용히 손을 들자, 장옥이 허리를 굽히며 입을 다물었다. 가면 속에서 냉기가 서린 으스스한 목소리가 터져 나왔다.
"너희들은 누구며 어디에서 굴러먹다 온 것들이냐?"
풍방이 말을 받았다.
"우리는 북해삼협이라고 한다. 바이칼 선문(仙門)에서 왔느니라."
"삼협? 그래서 이리 오만방자하구나. 그래, 나을은 아직도 살아 있는가?"
풍방은 음마신군이 대뜸, 사부를 언급하자 무시할 수 없는 강호의 노물(老物)이라는 것을 직감했다.
"음?
우리 스승님을 알다니. 너는 누군데 이런 곳에 두더지 굴을 파놓고 사람들을 괴롭히고 있는가?"
"흐흐흐,
세상은 곧 악이 지배하게 될 것이니라. 우리는 가달마황님과 뿔살이님을 신으로 모시고 영화를 누리고 있다. 너희들이 '나을'을 떠나 내 밑으로 들어오면 그간의 죄를 용서하고 악의 은총을 내려주겠노라."
"뭐? 가달마황을 신으로…?"
'가달마황을 신으로 섬기는 마교가 생겼다고 들었으나, 이토록 자신만만할 줄은 몰랐다!'
삼협은 신음을 토해내며 오늘, 이자를 반드시 제거해야겠다고 생각했다.
풍방이 물었다.
"그런데, 너는 왜 얼굴을 감추고 있느냐. 그 옛날 뿔살이는 천황님의 '누리신검(神劍)'에 죽었거늘 어찌 뿔살이 가면을 쓰고 악업을 쌓고 있느냐?"
풍방의 '누리 신검에 죽었거늘'이라는 말에, 신군의 옷이 돌연 바람을 받은 돛처럼 부풀어 오르다 조용히 가라앉았다. 이를 본 삼협이 긴장했다.
신군의 살기가 내경(內勁)으로 바뀌며 쏟아져 나온 것이다. 삼협은 아직, 이 정도의 공력을 지닌 자를 만나보지 못했다. 신군이 스산하게 웃었다.
"후후후후,

알고 싶은 것이 너무 많구나. 곧 죽을 놈들이니 알려 주마. 우리는 악의 사도이신 뿔살이님이 부활하셨다는 것을 세상에 알리고 있느니라.
너희가 지금이라도 무기를 버리고 뿔살이님을 찬양하면 살려주겠다."
'뿔살이가 부활 했다니? 있을 수 없는 일.. 못된 놈들이 뿔살이 아래 모였다는 뜻일 게다.
이자가 그동안 선문과 선인(仙人)들에게 암습을 가해오던 놈들일까?'
생각을 끝낸 풍방이 파안대소했다.
"하하하하,
세상이 어지러우니 별의별 요괴들이 설치는구나. 가달이든 거덜이든 사람들을 죽이고 약탈한 죄를 묻겠다. 네놈은 나와 겨루어 볼 용기가 있느냐?"
방주가 차가운 목소리로 답했다.
"장옥, 네가 나서라!"
나충당주 장옥이 사뭇 거만한 표정으로 나서며 허리에 감고 있던 사슬낫을 홱 풀었다.
수적질을 하고 다니는 놈이라 특이한 무기를 쓰는 모양이었다. 이어, 낫을 돌리기 시작하자, 날카로운 날이 천천히 회전하다 점점 빨라졌다.
풍방이 가슴 앞으로 검을 세우며 옆으로 발을 옮기자, 장옥이 따라 움직였다.
귀를 찢는 파공음 속에 장옥이 눈을 번득이며 풍방의 빈틈을 노렸다.

풍방은 생각했다.
'파공음으로 볼 때 공력이 매우 심후한 자이며, 채찍보다 긴 쇠줄로 넓은 공간을 장악하고 있다!
사문의 만변무영(萬變無影: 그림자가 안 생길 정도로 시시각각 발을 옮김)으로 이 자(者)의 사슬낫이 탄력을 받지 못하도록 움직여야만 한다.'
그때, 낫을 떨어트리며 장옥이 발로 걷어차자, 사슬낫이 땅을 스치듯 비행하며 풍방의 무릎으로 날았다.
풍방이 낫을 피하는 사이, 장옥이 쇠줄을 늘어뜨리고 흔들어대자 흙먼지가 눈을 가리며 뿌옇게 일었다.
살다 살다 이렇게 비열한 자를 처음 본 풍방이 분노하며 번개처럼 움직이기 시작했다.
낫의 회전 반경 안으로 몸을 날리며 벼락 치듯 검호(劍弧: 곡선의 검로)를 그리자,
미끄러지듯 물러선 장옥이 늑대가 몸부림을 치듯 쇠줄을 잡아챘다.
순간, 방향을 튼 사슬낫이 장옥을 육박하는 풍방의 뒤통수로 날아들었다.
츠르륵 소리와 함께 사슬과 낫이 들이닥치자, 돌연 눈꽃 같은 검화를 뿌리며 막아낸 풍방의 검이 환영(幻影)과도 같이 뒤집히며 장옥의 허리를 베어갔다.
풍방이 여간해선 펼치지 않는 북해선문의 절예 '설만북해(雪滿北海: 눈보라가 북해를 덮다)'를 펼친 것이다.
크게 놀란 장옥이 다급히 몸을 피했으나, 풍방의 검이 '바이칼호수를 스치는 바람'처럼 급가속하며 장옥의 어깨를 사선으로 치고 지나갔다.

"으악!"

장옥이 비명을 지르며 손쓸 틈도 없이 쓰러지자, 음마신군이 눈을 뒤집으며 소리쳤다.

"귀졸들아. 당주의 원수를 갚아라!"

풍방이 싸우는 사이, 백 육십여 명을 이끌고 대기하던 적도삼마가 도깨비처럼 움직이자, 요기(妖氣)가 구름처럼 일어나며 일시에 삼협을 가두었다.

풍방과 풍해, 풍오가 소스라치게 놀라며 동시에 외쳤다.

"요괴진!"

상고시대에 마인들이 사용하던 진으로 수많은 정파의 고수들이 요괴진을 탈출하지 못하고 죽었다는 이야기를 사부에게 들은 적이 있었다.

수천 년간 자취를 찾을 수 없던 요괴진이 오늘 흑요산에 나타난 것이다.

삼마와 귀졸들이 일제히 마경(魔經: 악마들의 경서)을 외우며 회전하기 시작하자,

오합지졸이었던 자들이 일변하며 모래를 휩쓰는 흑풍(黑風)과도 같이 북해삼협을 압박해 들어갔다.

어리석은 자들이었으나 경문을 합창하는 소리에는 '마황에 대한 무한한 존경심'과

'환웅에게 패하여 죽은 마인들을 추모하고 마교의 부활을 손꼽아 기다리는 비장한 염원'이 굽이치고 있었다.

이어

'정의(正義)의 마교'를 지키기 위해 휙휙 돌아가는 요괴진의 귀졸들이 안개 속의 늑대처럼 기습하고 사라지기를 반복했다. 그들의 눈에

는 기꺼이 '목숨 바쳐 마교 부흥의 밀알이 되리라'는 투지가 타오르고 있었다.

소북이 상대하던 때와는 확연하게 달라진 삼엄(森嚴)한 기세였다. 음마신군의 존재가 적도삼마 이하 모든 수적들의 정신을 예도(銳刀)와도 같이 일통(一統)함으로써, 한 순간에 정예군으로 바꾸어버린 것이다.

반공을 끊는 삼협의 검과 언월도가 무지개빛을 뿌리는 가운데 훅훅 도는 장창이 전광석화처럼 귀졸(鬼卒)들을 덮쳤으나, 그림자처럼 뒤를 치는 수적들의 파상 공세로 번번이 수비를 하고 마는 상황으로 끝났다.

사방사우(四方四隅: 동서남북, 서남, 서북, 동남, 동북)를 치고 빠지는 진법과

북풍한설과도 같이 몰아치는 검(劍), 도(刀), 창(槍)이 서로를 압도하지 못한 채 2각(~ 30분)여가 흘러갔다.

승부를 내려했으나 의외의 차륜전에 막혀 맥없이 시간만 흘러가자, 두려움을 모르는 천하의 삼협도, 어쩔 수 없이 초조한 심경에 빠져들기 시작했다.

소북과 주조가 음마신군의 배를 불태우고 척루의 병사들과 이들의 배후를 습격하는 것 외에는 요괴진에서 빠져나갈 방법이 없어 보였다.

이어 신군이 흘리는 득의의 눈빛에, 북해삼협의 가슴이 부글부글 끓어오르는 순간,

흥귀호에서 펑-펑-펑-펑! 소리가 터지며 여기저기 시뻘건 불이 치솟았다.

"불이야!"

음마신군은 느닷없는 사태에 흠칫했다. 즉시 요괴진의 우도에게 명했다.

"우도! 빨리 가서 배를 지켜라."

"예!"

우도가 육십여 명을 이끌고 흥귀호로 달려갔다. 일단의 졸개들이 빠져나간 후,

진의 위력이 떨어지는 것 같았으나 원도와 저도가 급히 수습하자 다시 위력을 떨치며 삼협을 공격했다. 풍방은 이들의 재빠른 몸놀림에 내심 놀라고 말았다.

'이 정도의 힘과 조직력을 갖춘 방파일 줄은 몰랐다. 너무 성급했어.

자칫하면 우리가 당할지도 모르겠구나. 빨리 성주의 군사가 와야 할 텐데..'

한편 성주 곡영과 척루는 대오를 셋으로 나누어 일각 정도의 시차를 두고 전진하고 있었다.

제1 대 사십 명은 척루, 제2 대 삼십 명은 곡영 그리고 마지막 제3 대 삼십 명은 백인장 죽절이 인솔했다.

병사들이 강둑을 따라 나아가고 있을 때, 멀리 밀산성(城), 영고성(城)으로 약탈을 갔다가 돌아오던

흥귀방 당주 한계(寒鷄)의 눈에, 행군하고 있는 죽절의 무리가 잡혔다.

방(幇)의 배는 두 척으로 현재 수채에 정박해 있는 이백 명 이상 탈 수 있는 '흥귀호'와 백 명이 승선할 수 있는 '귀신두꺼비호'가 있었다.

한계가 뱃머리에 서서 크게 소리쳤다.

"네 놈들은 누구 길래, 감히 흥귀방(帮)의 신성한 영역에 들어왔느냐!"
백인장 죽절이 돌아보고 대답했다.
"나는 뱅어성의 백인장 죽절이다. 내, 너희 수적 놈들을 토벌하러왔느니라!"
'아니, 우리 수채가 발각되어 관병들이 토벌을 나왔다고?'
한계는
처음엔 깜짝 놀랐으나, 속으로 세어보니 고작해야 삼십 명 정도에 불과했다. 뱅어성 약탈을 나가본 경험으로는 병사들은 모두 약골이었다.
싸움이라면 자신 있는 한계가 흐물흐물 웃었다.
'흐흐흐.. 잘 걸렸다. 겁도 없이 고작 삼십 명으로 흥개호의 주인을 토벌하러 오다니.
그러나 놈들이 수채로 접근하도록 놔둘 수는 없다. 저 한심한 것들을 잡아가면, 방주가 큰 상을 내릴 것이다'
생각을 마친 한계가 명령을 내렸다.
"자랑스러운 귀졸들아, 배를 강가에 대라. 겁 없이 우리 땅을 침범한 자들을 해치우자."
강가에 배를 붙인 한계와 수적들이 통쾌한 살육(殺戮)을 꿈꾸며 쏟아져 내렸다.
그러나 며칠 전의 소북 외에는 뱅어성(城)으로부터 단, 한 차례의 제약도 받아보지 않은 한계(寒鷄)의 오판이었다.
한계가 배를 틀자
죽절과 병사들은 즉시 명적(鳴鏑)을 쏘아 앞서가는 성주(城主) 곡영과 척루에게 알리는 동시에, 배에서 몰려오는 수적들을 향해 일제히 활을 쐈다. 강둑으로 돌진하던 부하 사십여 명이 창졸간에 화살을 맞고 쓰러지자, 독이 오른 한계가 악을 썼다.
"빨리 놈들을 죽여라!"
수적들이 죽기 살기로 몰려왔다. 싸움이 시작된 지 일각도 채 지나지 않아,
성주가 이끄는 2대가 돌아와 죽절과 합류했다. 성주가 병사들을 독려했다.
"한 놈도 남기지 말고 해치워라!"
처음에는 수가 많은 수적들이 우세하였으나, 이미 절반 가까이 화살에 쓰러진 상태에서 곡영이 싸움을 거들자 수적들이 밀리기 시작했다.
이어 척루의 병사 사십 명이 몰려와 배후를 기습하자, 해적들의 전열이 무너졌고, 한계는 성주(城主) 곡영과 척루, 죽절의 협공에 쓰러졌다.
뱅어성의 병사들은 그동안 수적(水賊)들에게 당한 분풀이를 마음껏 했다.
해적들을 해치운 곡영이 '귀신두꺼비호'를 의미심장하게 바라보다 척루에게 명했다.
"모두, 놈들의 옷으로 바꾸어 입어라. 저 배를 타고 흥귀방의 수채로 가자."
척루와 죽절은 병사들을 지휘하여 옷을 바꾸어 입고 해적선에 올라 배를 몰았다.

한편, 흥귀호에서 번을 서던 도적 넷을 해치우고 선실(船室)과 곳곳

에 불을 지른 후, 삼협을 도우러 가던 소북과 주조는 오십여 명의 부하들과 허겁지겁 달려오는 우도를 만났다. 우도가 손짓을 하자 삼십여 명이 배를 향해 몸을 날렸다.
"네놈들이었구나. 쥐새끼 같은 놈들! 오늘은 살려주지 않을 것이다!"
우도가 분노를 터트리는 순간 소북의 쌍도끼가, 달려든 말(馬)의 앞발처럼 면상을 찍어갔다.
피차, 목숨을 걸고 싸우는 판에 무슨 말이 필요하냐는 도끼질이었고 우도가 창(槍)으로 막아내면서, 곰처럼 억센 소북과의 싸움이 시작됐다.
그렇잖아도, 며칠 전 소북의 기습에 당할 뻔했던 우도는 오늘 기필코 복수를 하고 싶었다.
"이얏!"
우도가 용을 쓰자 소북의 쌍도끼가 동시에 날았다. 찌르고, 틀고, 박고, 후려치는 삼지창을 막고, 찍고, 후리고, 치고 돌려 패기를 이십여 합,
우도는 어린놈의 도끼질이 예사롭지 않자 잠깐 숨을 돌리며 소북의 빈틈을 노렸다.
이때 주조는 나머지 삼십여 명의 수적들 속에서 밀림을 달리듯 움직이고 있었다.
어느새 여섯을 쓰러뜨린 주조의 철검이 벼락같이 호를 그리며 불꽃처럼 방향을 틀자, 두 명의 졸개가 비명을 지를 새도 없이 나자빠졌다.
주조의 용맹스러움에 안도한 소북이 수비에 치중하며 동굴로 눈을 돌리니,

삼협이 괴이하기 이를 데 없는 진(陣) 속에서 고전하고 있는 모습이 보였다.
당장은 위험해보이지 않으나, 시간이 갈수록 놈들의 차륜전에 지쳐버릴 것 같았다. 생각이 여기에 이른 소북은, 때마침 삼지창(槍)이 찔러오자 정신이 나간 사람처럼 시퍼런 창날 하나를 덥석 움켜쥐었다.
난데없는 어리석은 행동에 우도가 '웬 떡이냐' 하고 창을 홱 돌렸으나 소북의 손은 잘라지지 않았다.
순간 '어?' 하며
미망(迷妄)을 헤매는 우도의 이마 위로 무정한 쇠도끼가 날아들었다.
"퍽!"
"끅!"
우도(牛盜)의 비명을 들은 졸개들이 기겁을 하며 달아나 버리자, 소북이 우도의 시체를 들고 달려가, 삼협을 포위한 요괴진 속으로 내던졌다.
"우도는 죽었다!"
이어 밀림을 뚫고 전진하듯 도끼로 찍고, 철검으로 치고 박으며 졸개들의 목을 날리자 요괴진이 파행적으로 출렁였다. 그 틈에 벗어난 삼협이 신군을 향해 몸을 날렸다. 원도가 소북, 주조를 가리키며 악을 썼다.
"두 놈을 죽여라!"
삼협을 놓친 원도와 저도(猪盜)가 졸개들을 이끌고 소북, 주조를 공격하는 사이,
풍방, 풍해의 검과 언월도가 좌우를 공격하고 풍오의 장창이 오금을

쓸어가는 순간, 검은 그림자가 착- 하고 벽을 치며 난파 직전의 배처럼 흔들리던 음마신군이 사라졌다.
"타탁!"
검과 언월도가 벽을 때리는 소리를 내며 튕겨졌고 창은 빈 공간을 맥없이 지나갔다.
흑영이 걷히자 '검은 부채'를 들고 음산한 살기를 뿌리며 그 자리 그대로 서 있는 신군이 나타났다.
조금 전 검과 도를 막은 흑영은 신군의 부채가 만든 방어벽이었던 것이다.
부채로 이협(二俠)의 무기를 막고 창을 피한 음마신군의 눈에 냉혹한 살기가 스쳤다.
문득, 음마신군이 풍방을 쓸어가다 부채를 홱 뒤집으며 풍해를 엄습했다.
풍해가 "어딜-" 하며 언월도로 후려치자 어느새 방향을 바꾼 신군이 부채를 펴며 풍오를 갈라갔다.
잠깐 사이, 창문을 두드리며 처마를 잡고 지붕에 올라서는 야묘(夜貓)와도 같은 몸놀림이었다.
순간,
풍오가 물러서며 창을 비틀자, 풍방이 긴 휘파람을 불며 설만북해(雪滿北海: 눈보라가 북해를 덮다)을 펼쳤고,
언월도가 미쳐버린 바람에 휘어지듯 음마신군의 허리를 갈라갔다.
찰나지간,
음마신군과 삼협이 네 마리의 야수처럼 뛰고 나는 가운데, 소북과 주조를 공격하던
흥귀방의 졸개들이 선착장으로 들어오는 '귀신두꺼비호'를 보고 광

분했다.
"와-! 한계 당주님이 돌아왔다!"
또 하나의 배가 뿔살이 깃발을 날리며 접안하자 소북과 주조, 삼협은 탄식을 했다.
'아-! 성주는 오지 않고...'
그런데 배에서 내린 도적들은 소북과 주조에게 몰려오다 느닷없이 수적들을 기습했다.
넋 놓고 있던 수적들은 '아군'의 돌연한 반란에 비명조차 지르지 못하고 궤멸되어갔다.
소북과 주조에게 정신이 팔려있던 수적들은 그만, 피아(彼我)를 구분하기도 전에 백 십여 명이 목숨을 잃고 말았다. 곡영이 크게 외쳤다.
"나는 뱅어성주 곡영이다! 모두 들어라. 항복하면 살려주겠다. 무기를 버려라!"
동시에, 척루가 한계의 목을 던지며 외쳤다.
"한계의 목이니라!"
한계의 목을 본 수적들의 사기가 뚝 떨어졌다. 당주가 죽었으니 동료들은 이미 수장되었을 것이다. 삼협과 대치한 신군의 눈빛도 크게 흔들렸다.
'한계를 기다렸건만...'
이런 날이 오리라곤 생각지 못한 신군이 무섭게 회전하며 흑선(黑扇)을 짝 펼쳤다.
칼날 같은 바람이 삼협(三俠)에게 들이닥쳤고 풍방, 풍해, 풍오는 기다리기나 한 듯 무기를 휘둘러 강풍(强風)을 끊고 득달같이 달려들었다.

풍방의 검이 움직이자, 언월도가 얼음 바위를 깨듯 습격했고, 풍오의 장창(長槍)이 신군의 허(虛)를 노리고 참매와도 같이 획획 날았다.
삼협 개개인의 무예는 음마신군을 능가하지 못하나, 절정에 이른 고수들이었기에
그물과도 같은 세 사람의 연수합격을 빠져나가기는 쉽지 않아 보였다.
한편, 아직 살아있는 수적 사십여 명은 성주 곡영의 병사들에게 하나하나 쓰러지고 있었다.
잠시 후 소북, 주조와 싸우는 원도와 저도 외에는 척루와 죽절의 지휘를 받는 군사들에게 모두 전멸하자 곡영이 딸, 옥지를 찾아 동굴로 달려갔고, 척루와 죽절이 군사들을 몰아 원도와 저도를 포위했다.
소북이 말했다.
"주조는 병사들을 도와주시오. 난 성주님을 지원하겠소."
곡영이 동굴로 뛰어들자 지키고 서 있던 세 명의 졸개들이 막아섰다.
그러나 그들은 소북과 성주의 상대가 될 수 없었다. 안으로 십오 장을 들어가자 이십 장 높이의 거대한 광장이 나타났다.
정면으로, 암벽에 기대어 이장 높이의 제단이 있었고 오른쪽에 큰 건물이 보였다.
문 위로 '뿔살이전'이라는 현판이 보이자, '흥!' 하고 코웃음을 친 소북이 날아오르며 쇠도끼로 찍었다.
"우직!"
현판이 두 조각으로 쪼개져 떨어지자, 건물 안에서 검은 도포를 입

은 자와 그 뒤로 두 명의 무사와 여자 둘이 나타났는데 도인의 제자들 같았다.
도인의 얼굴에는 부스럼이 가득했고 눈은 뱀의 눈처럼 간교해 보였다.
'정말 흉측하게 생겼구나. 이들은 도대체 어디서 온 것들일까..'
하고 생각하는 곡영과 소북에게 검은 도포가 악을 쓰며 호통을 쳤다.
"웬 잡것들이냐? 감히 '뿔살이전(殿)'의 현판을 부수다니, 죽기로 작정한 놈들이구나!"
소북이 웃었다.
"흐흐, 우리는 '옥지' 소저를 데리러왔다. 당장 풀어주지 않으면, 네 놈의 못생긴 대가리를 빠개 버릴 것이니라."
"낄낄.. 낄낄낄낄.."
"크크.."
"오호호호호"
검은 도포와 뒤의 남녀 무사들이 웃었다.
"옥지는, 우리 가달마교 흥개호당에서 '마제(魔祭)의 제물'로 데려온 것이다. 이 얼마나 자랑스러운 일이냐. 그리 알고 그만들 돌아가거라."
이에 곡영이
"흥개호에 마교를 열고, 선가(仙家)의 딸을 제물로 바쳐? 나쁜 놈들 같으니!"
하고 호통을 치자, 검은 도포가 킥- 하고 또 비웃었다.
"허.. 웃어?"
도포의 킥킥 소리에 소북이 달려들자,

"어딜!"

하며 남자 둘이 막아섰으나, 밀림을 휘젓듯 좌우상하와 대각을 찍고 나는 쌍(雙)도끼에 쪼개지며 쓰러졌다.

이에 놀란 검은 도포가 소북을 덮치자, 여(女)무사들은 성주를 공격했다.

검은 도포는 흑무(黑巫) 음마신군의 아래 직위에 해당하는 흑선이었다.

그는 소북과 곡영의 침입에 놀랐으나, 이들이 운이 좋아 여기까지 들어 왔을 것이라고 지레짐작 했다.

마교의 제1 흑무 '참수도'와는 비교할 수 없으나, 음마선법(陰魔扇法: 음산한 마의 부채술)으로 흑림의 타타르해안 일대를 주름잡던 '음마신군'을 굳게 믿고 있었던 것이다.

순간,

검은 도포의 칼이 날아들자 소북이 작은 도끼로 막고 긴 도끼를 횡(橫: 가로)으로 쓸어갔다. 도포의 칼에 실린 내력이 극히 무거웠으나 '나무의 결'을 읽듯 칼의 궤적을 비껴 치는 부법(斧法)이 예사롭지 않았다.

이어, 도포가 칼을 뒤집어 긴 도끼를 차단하는 틈에 작은 도끼가 날아들자

'반 보를 물러서듯 다가선' 도포가 소북의 무릎을 노리다 전광석화처럼 튀어 오르며 얼굴을 베어갔다. 빛살 같이 **빠**른 무서운 변화였다.

물러서던 칼이 홀연 두 개로 늘어나며, 무릎과 안면을 동시에 공격하는 듯 했다.

눈을 치뜬 소북이 본능적으로 바닥을 구르며 도포의 배로 도끼를

던지자, 도포가 신경질적으로 칼을 틀어 도끼를 막으며 내려섰다. 이때 잘려나간 소북의 머리카락이 허공에 흩날리며 떨어지고 있었다.

도포의 칼을 동물적으로 피해낸 소북은 내심 가슴을 쓸어내렸으나, 바로 "이얏!" 소리와 함께 울화(鬱火)가 치밀어 오른 곰처럼 덤벼들었다.

"훅-훅!"

공기를 찢는 도끼와 칼이 찍고, 막고, 베고, 피하고, 후려치고, 물러서며 삼십여 합이 지나갔다.

소북은

도포의 무예가 자기보다 한 수 위임을 이미 알았으나, 그럴수록 투지가 불같이 타올랐다.

도포는 은근히 곤혹스러웠다. 조금 전과 같은 위기를 모면한 자는 거의가 간이 오그라들게 되어있으나, 소북은 달랐다. 짐승처럼 날뛰며

팔다리를 베어가는 칼을 무시한 채 무식하게 휘두르는 도끼가 무서웠다.

그렇다고 무시할 수도 없는 것이, 소북의 무술은 아쉽게도 자신보다 얼마 떨어지지 않는 수준이었다.

소북의 어깨를 자르려면 자기도 손목 정도는 내놓아야만 하는 형국이 내내 껄끄러운 도포가 교활하게 눈을 굴리며 보법을 옮기는 순간

"윽, 큭!"

소리가 나는 동시에 여(女)제자들을 해치운 곡영의 검이 나뭇가지가 휘어지듯 허리를 치고 들어왔다.

제자 둘이 죽고 아끼는 여아(女兒)들마저 쓰러지자, 화가 난 도포가 검을 차단하며 뒤이어 날아드는 도끼를 막는 찰나 무식하기 이를 데 없는 소북이 정신 나간 놈처럼 도포의 칼날을 덥석 잡아 비틀었다.
너무도 비상식적인 동작에
"어?"
하며 자기도 모르게 미망(迷妄)에 빠져든 도포의 이마 위로 도끼가 훅- 떨어졌다.
도포 또한 우도(牛盜)와 마찬가지로 어처구니없이 당하고 만 것이다. 설명은 무던히도 길었으나 숨 한 번 내쉬기 전에 벌어진 일이었다.
소북이 쓰러져있는 여(女)제자들 중 아직 죽지 않은 나머지를 위협했다.
"우린 옥지 소저를 구하러왔다. 대답하지 않으면 네 뼈에서 근(筋)을 갉아낼 것이다."
하며 아혈을 풀어주었다.
여자는 소북이 흑선의 머리를 쪼개는 장면을 본지라 황급히 고개를 끄덕였다.
"소저는 어디에 있느냐?"
"안쪽 제일 끝 방에.."
소북이 방을 찾았다.
성주의 딸 옥지가 큰 석판 위에 옷이 벗겨진 채 의식을 잃고 누워 있었다. 소북이 자기 겉옷을 벗어 몸을 가려주었다. 성주가 달려왔다.
"옥지야! 애비가 왔다..!"

그러나 옥지는 깨어나지 않았다. 소북이 여(女)무사에게 급히 물었다.
"소저가 왜 이리 되었느냐?"
"호호호, 제물로 올려 지기 전, 가달성에서 보내온 독주를 마시고 취해있는 것이다."
성주(城主) 곡영이 깜짝 놀라 물었다.
"무슨 독주냐?"
"호호호, 너도 한 번 맛보고 싶으냐? 흡혈박쥐를 꿀에 재고, 마조(魔鳥)의 깃털을 넣어 담은 마황주이다."
"무슨 말이냐?"
"그래야, 제단 위에서 가슴을 열고 심장을 꺼내도 아프지 않고 즐거워지기 때문이다."
수적들이 딸을 제물(祭物)로 올리려 했다는 것이었다. 성주는 대노했다.
"뭐라!"
하고 여무사를 죽이려하자 소북이 말리며 말했다.
"해약을 내놔라."
"흑선님의 옷 속을 찾아봐라."
소북이 흑선의 품속에서 작은 흑색 병을 찾아냈다.
"이거냐?"
여무사가 고개를 끄덕였다.
소북이 해약(解藥)을 꺼낸 후 여무사의 입에 세 알을 구겨 넣고 아무 이상이 없자, 성주가 받아 옥지에게 먹였다. 소북이 성주에게 말했다.
"따님을 데리고 빨리 나가시죠."

성주가 여무사에게 말했다.

"너희들의 죄악을 보니 도저히 살려 둘 수 없다. 사부의 뒤를 따라가라."

그리고 사혈을 눌렀다. 두 사람이 동굴 밖으로 나와 보니 척루와 죽절이 뱅어성(城)의 병사들을 이끌고 없앤 시체가 산을 이루고 있었다.

원도(猿盜)와 저도를 죽인 후, 주조와 함께 북해삼협을 상대하는 음마신군이 도망치지 못하도록 뒤를 차단하고 있었다.

곡영과 옥지를 보고, 흑선과 제자들이 당한 것을 짐작한 음마신군은 더 이상 어찌 해 볼 도리가 없음을 느끼고 검은 부채를 홱 뒤집었다.

"슈-슈-슉" 소리를 내며 세 개의 암기가 석양(夕陽)의 빛살처럼 날았다.

흠칫, 미간을 찌푸린 삼협이

현월도해(弦月渡海), 설만북해(雪滿北海)와 홀예비조(忽刈飛鳥)를 펼치자

'북해를 흐르는 초승달'과 같은 언월도와 '바다를 덮는 눈꽃' 같은 검화에 두 개가 떨어졌고,

반공을 감고 휘어지는 창이 비조를 베듯 나머지 암기의 목을 쳐서 떨어뜨렸다.

모두가 네 사람의 공수(攻守)에 감탄을 금치 못하는 사이, 신군이 그림자처럼 몸을 날렸다. 눈에 잡히지 않을 정도의 경신술(輕身術)이었다.

모두가 "아-!"하고 탄식하는 사이,

음마신군을 노리는 '두 겹의 화살'이 관자놀이, 옆구리와 다리로 유

성이 날 듯, 번갯불이 치듯 날아들었다.
탈출만을 생각하다, 귀를 찢는 파공음에 놀란 신군이 흑선으로 쳐냈으나,
기어이 허벅지를 훑고 지나간 1개의 화살에 비틀거리는 찰나 '북해를 스치는 바람' 같은 검이 음마신군(陰魔神君)의 뒷목을 치고 지나갔다.
이심전심으로, 음마신군의 탈출을 경계하던 소북과 주조가 대궁전시(大弓展翅: 활이 날개를 펴고 날다)의 수법으로 날린 여섯 개의 화살이,
이미 고립된 상태로 크게 흔들리고 있던 음마신군의 정신을 빼앗는 사이
어느새 다가선 북해 제일의 검수(劍手), 풍방이 신군의 목을 베어버린 것이다.
이로써, 음마신군이 죽고 흥개호(湖)의 수적 흥귀방은 영원히 사라졌다.
소북과 주조는 흥귀방주가 음마신군이라는 것을 듣고 놀랐다. 주조가 말했다.
"봉림성(城)으로 오다 싸웠던 홍의괴인들이 바로 흥귀방 살수들이었군요!"
그리고 북해삼협에게 구다국(國) 신녀들을 도운 이야기를 들려주었다.
성주는 척루에게 흥귀방 창고의 재물과 무기들을 귀신두꺼비호에 옮기도록 지시하고, 불을 질러 흥귀방의 흔적들을 모두 없애도록 했다.
성(城)으로 돌아온 성주는 흥개호(湖) 호반에서 사흘간 큰 잔치를 벌

였다. 백성들도 모두 나와 먹고 마시고 즐거워했다. 잔치가 끝난 다음날 삼협은 바이칼 선문으로 돌아가고,
소북은, 달단족의 소식을 알아보러 간 부하가 아직 돌아오지 않았다며 조금만 더 기다려 달라는 성주의 말을 듣고 객사에 머물고 있었다.
사시(巳時: 오전 9시 반~ 11시 반)쯤, 소북과 주조가 탁자에 앉아 차를 마시고 담소하고 있을 때 성주(城主) 곡영의 딸 곡옥지가 찾아왔다.
붉은 사슴가죽 옷을 입고 있는 옥지는 아직 흥귀방에서의 피로가 덜 풀렸는지 안색이 초췌하였으나 선녀(仙女)가 하강한 듯 아름다웠다 .
소북은 흥귀방의 뿔살이 전에서 마제의 제물이 되기 직전 전라(全裸)의 상태로 쓰러져 있던 옥지의 모습이 떠오르자 감히 얼굴을 마주보지 못했다.
옥지가 정(情)이 담뿍 담긴 눈길로 무릎을 살짝 굽히며, 감사 인사를 했다.
"구해주신 은혜.. 감사드립니다."
소북이 옥지의 눈길을 애써 피하며 손사래를 쳤다.
"감사라니요.
선협이라면 그 누구라도 흥귀방(幇)의 토벌에 나섰을 것입니다. 소저, 그런 말씀 마시고 차(茶)나 한 잔 하시지요."
하고 권했다.
꽃잎에 나비가 앉듯 곡소저가 자리에 앉자, 주조가 차를 따라주었다.
소북을 바라보는 곡소저의 은근한 눈길을 보고, 주조가 머리를 긁으

며 말했다.
"작은 성주님, 저는 잠시 척루님을 만나 북옥저 내에 있는 신녀국(國)에 대한 이야기를 듣고 오겠습니다."
소북은 어째 옥지와 단 둘이 있는 게 좀 불편할 것 같았다.
"주조, 그건 내일 들어도 될 일 아니오?"
"글쎄요,
작은 성주님, 저는 한 번 호기심이 일면 참지를 못하는 성격이라서요."
하고 객사를 휙 나가버리자, 소북과 곡소저는 단 둘이 있게 되었다. 싸움만 잘했지 순박하기 이를 데 없는 소북은 붕어처럼 거푸 차만 마셨고,
옥지는 다소곳이 고개를 숙이고 있었다. 어색하기만 한 정적 끝에 옥지가 입을 열었다.
"소협, 저는 이제 부끄러워서, 뱅어성에서 더 이상은 살 수 없게 되었어요."
소북이 눈을 크게 뜨고 놀랐다.
"아니, 소저. 그건 또 무슨 말씀이신지?"
"소협이 제 목숨을 구해주셨으나, 저는 지금 살아도 사는 것이 아니랍니다.
흥귀방에 잡혀있는 동안의 각종 억측과 소협께 전라의 몸을 보인 제가 어찌 떳떳하게 얼굴을 들고 돌아다닐 수 있겠습니까.
차라리 그때, 소녀(少女)를 구하지 마시고 죽게 내버려두지 그러셨어요."
말이 되는 것도, 아닌 것도 같은 억지에 소북이 곰 같은 어깨를 구부리며 난감한 듯 두 손을 부볐다.

"생명은 소중합니다. 어찌 목숨을 가벼이 여길 수 있다는 말씀입니까"
곡소저가 앵두 같은 입술을 꼭 깨물며 말했다.
"저는 앞으로 소북님을 평생 따르기로 했어요. 저를 거두어 주셔요."
여인의 입에서 일생을 두고 하기 어려운 말이 느닷없이 튀어나오자, 소북이 놀라 자리에서 벌떡 일어났다.
"소저!
안 될 말씀입니다. 흥귀방에 잡혀간 것은 백성들을 지키기 위해 나서다 발생한 일이었고, 소저는 흥귀방에서 나쁜 일이 없었으니 이 얼마나 의롭고 다행한 일입니까.
그 날,
생사를 건 싸움으로 소저를 제대로 볼 수도 없었으며, 제가 늙어 관(棺)에 누울 때까지 누구에게도 소저의 일을 입에 올리지 않을 것이니, 그만 안심하기 바랍니다."
옥지는 관(棺)을 운운하며 까지 자기의 가슴을 치며 달래는 소북을 보고 마음이 설레었다.
아버지는 이 남자를, 무서운 무예를 지녔으나 더 없이 순박하고 의로운 사람으로 얘기하셨는데, 오늘 겪어보니 꼭 들어맞는 말씀이었다.
옥지가 몸을 틀어, 가져 온 보자기를 소북에게 건넸다. 소북이 의아한 표정으로 열어보니, 옥지를 구출할 때 벗어서 덮어준 겉옷이 깨끗하게 개어져 있었다.
"이 옷이 증거가 아니겠습니까. 관저 아주머니가 생각 없이, 호수의 빨래터로 소협의 옷을 가져가는 바람에 거기 있던 여인들 모두가 보게 되었답니다. 그 여인네들로부터 생길 수많은 구설수를 어찌 감당할 수 있겠습니까?"
이야기를 이어가던 옥지는 감정이 복받친 듯 가녀린 어깨를 들썩이기 시작했다.
"소협의 은혜는 바다와 같이 깊사오나, 저는 흥귀방에서 뼈를 묻어야만 했습니다. 흑흑.."
처음에는 소리 죽여 흐느끼다 조금씩 커지더니 마침내 서러운 울음을 터뜨리고 말았다.
소북은 아리따운 옥지가 울자 어찌할 줄을 몰랐다. 호랑이도 두렵지 않은 소북이었으나, 여인의 울음에는 도무지 속수무책(束手無策)이었다.
이렇게 자기만 두고 도망가 버린 주조가 한없이 밉고 원망스러웠다.
"소저,
제발 울지 마시오. 나는 가한의 명(命)을 수행 중으로 곧 뱅어성(城)을 떠나야만 하오.
그리고 우리는 요괴와 괴수들이 우글거리는 흑림(黑林)으로 들어갈 것인데 어찌 그 위험한 여정(旅程)을 소저와 함께 한다는 말이오. 일단,
흑림의 거인들을 없애고 돌아오면 그때 다시 이야기하기로 하십시다."
이때 두 손으로 옥용(玉容)을 가리고 하염없이 울던 옥지의 얼굴에 돌연 기쁜 빛이 흘렀다.
사실, 자기가 겪은 일은 여자로서 부끄럽기 짝이 없는 일이었으나, 그렇다고 생명의 은인(恩人)에게 이처럼 울며 떼를 쓸 일도 아니었다.

그러나 감사를 표하다 저도 모르게 솟구친 슬픔과 소북의 순박하고 야성적인 매력이, 자기의 마음을 이토록 격정적으로 몰아간 것이었는데,

지금 들리는 영웅(英雄) 소북의 말에는 어느 구절에서도 '내가 밉거나 싫어서 함께 할 수 없다'는 뜻은 눈곱만큼도 찾아 볼 수 없지 않은가.

분명, 소북의 입에서 나온 말은 흑림이 위험하니 같이 갈 수 없다는 말 뿐이었다.

섬섬옥수에 가려진 옥지의 입술에는 어느새 달빛 같이 고운 미소가 걸려있었다.

밀림에서 거칠게 자란 소북이 여인의 변화무쌍한 속내를 어찌 짐작이나 할 수 있었으랴.

이윽고 옥지가 소북을 보며 말했다. 눈물이 맺혀있는 샛별 같은 눈이었다.

"그 말씀을 어찌 믿겠어요. 저를 적당히 떼어내려고 하는 말씀이라는 걸 잘 알아요."

소북이

"하-"

하고 한숨을 길게 내쉬며 말했다.

"소저,

나와 주조가 가는 길은 정말 위험한 여정이오. 생사(生死)의 갈림길에서 천행으로 돌아온 소저를 또 다시 위험에 빠뜨릴 수는 없소이다."

"소협,

저는 강호를 동경해왔고 모험을 좋아해요. 북쪽 어둠의 숲은 저도

한 번 가보고 싶었어요. 더욱이 믿을 수 있는 분과 함께 라면 그 무엇이 두렵겠어요.
그리고 저는 무공을 조금 할 줄 알아요. 짐이 아니라 소협께 도움이 될 수 있을지도 몰라요."
소북은
'하- 이를 어쩐다? 큰일을 앞두고 어찌 연약한 여인을 데리고 다닐 수 있겠는가.
라고 생각하며 말했다.
"소저.. 소저의 마음을 알았으니, 제게도 생각할 시간을 주시오. 그러니 오늘은 일단 돌아가시오. 마음이 정리되면 관저로 찾아 가리다."
소북의 말에 옥지는 언제 울었냐는 듯 '활짝 핀 목련'처럼 웃으며 순순히 대답했다.
"알았습니다. 준비하고 기다리고 있을게요. 꼭 오셔서 답해 주셔야 해요."
하고 돌아서는 옥지의 발걸음은 마치 '소풍을 가는 아이'처럼 가벼웠다.
소북은, 갈피를 잡을 수 없는 옥지의 모습에 마치 뭔가에 홀린 듯한 기분이 들었다.
"알았소. 내 그리하겠소."
옥지가 돌아가고 소북이 곡소저 문제를 어찌 해결해야 할지 고민하고 있을 때 주조가 술에 취해 돌아왔다.
"웬 술을 그리 많이 마셨는가?"
"척루님이 흥개호에서 막 잡은 뱅어와 묵혀둔 산삼 주(酒)를 내놓길레 오랜만에 한껏 마셨습니다.

하하하, 그런데 작은 성주님, 옥지 소저와는 이야기를 잘 나누셨습니까?"
"이봐, 주조. 나 좀 도와주게. 골치 아프게 되었네."
소북이 주조에게 옥지와 있었던 일을 들려주었다. 다 듣고 난 주조가 웃었다.
"하하하, 그게 어찌 골치 아픈 일입니까. 좋은 일이지요. 곡소저와 함께 가시지요."
"아니, 자네 제정신인가. 우리가 지금 유람하고 있는 겐가. 흑림의 거인족과 싸워야 하고, 나는 아직 여자에게 관심을 가져 본적이 없네.
그러니 놀리지 말고 어찌해야 곡소저를 단념시킬 수 있을지 생각해보게."
그제야 진지한 표정으로 머리를 굴리던 주조가 말했다.
"그렇다면, 우리가 조용히 뱅어성(城)을 떠나버리면 되지 않겠습니까?"
소북이
"아!"
하고 고개를 크게 끄덕였다.
"아무리 생각해도 그래야 할 것 같네."
다음날,
성주가 척루를 데리고 객사로 왔다. 성주는 그동안 수집한 달단의 행선지를 알려주었다.
"달단족이 지나간 길의 촌장들에게 알아 본 바, 족장은 당초 비리성(城)을 거쳐 구막성(城)으로 가 춥지반도로 들어설 예정이라고 했답니다.

비리성에서 쉬면서 여행 물자를 보충할 생각으로 보이니 비리성으로 가보십시오.
다행히도 비리성주 예커쓰는 저와 가륵성 소도에서 동문수학한 친구입니다. 성에 도착하면 성주에게 이 서찰과 함께 도움을 청하시기 바랍니다."
하며 서찰 한 통을 건네주었다.
"그럼, 언제 가실 겁니까?"
소북은 옥지와의 약속을 떠올리며 대답했다.
"사흘 후에 떠날까 합니다."
"두 분이 도중에 드실 음식을 준비해 놓겠습니다."
성주 곡영의 표정으로 보아 옥지가 다녀간 것을 모르고 있는 듯 했다.
성주가 돌아가자, 두 사람은 잠자리에 들었다가 다음날 새벽, 동이 트기 무섭게
하직(下直) 인사만을 서찰에 남긴 채 뱅어성(城)을 도망치듯 빠져나왔다.

장비족(長臂族)

소북과 주조는 말을 타고 부지런히 우수리 강변을 따라가고 있었다.
그러나
강을 따라가는 것은 그리 쉬운 일이 아니었다. 제대로 난 길이 없었고 늪지와 긴 갈대밭 그리고 암벽과 큰 산(山)이 가로막아 한참을 돌아가기도 했다.
가도 가도 인적은 없고, 초저녁이 되면 여기저기 배고픈 늑대와 맹수들의 울음소리만이 들려왔다. 그야말로 전인미답의 원시림이 이어지고 있었다.
달백님은 이 강을 경계로 우측은 북옥저, 좌측은 읍루국(國)이라고 했다.
그러나 지금까지 초소나 사람은 물론, 북옥저 땅임을 알리는 표지석 하나 보이지 않았고, 우수리강(江) 만이 두 나라의 경계를 아는 듯 모르는 듯 유유히 흐르고 있었다.
두 사람은 바위틈이나 언덕 아래에서 노숙을 하며 북으로, 북으로 향했다.
동굴을 찾아 잠을 자는 날은 운이 좋은 날이었다. 그 날도 소북과 주조는 어느 험준한 계곡을 지나가고 있었다. 길은 계속 나빠졌고 이대로 가면 절벽에 막혀 길이 사라질 것만 같았다.

멀리 돌아갈까도 생각해보았으나, 과연 그쪽도 길이 있을지를 확신할 수 없어 끝까지 가보기로 했다.

말은 더 이상 끌고 가기 어려워 고삐와 마구(馬具)를 풀어 놓아준 후,

터벅터벅 걸어가는 데 갑자기 울창한 숲이 나타났다. 숲에 들어서자 벼락을 맞고 쓰러진 몇 그루의 나무가 보였다.

두 사람은 나무에 걸터앉아 땀을 식히며 조금 전까지 걸어온 방향을 돌아보았다.

그때, 소북과 주조의 등을 누군가가 톡톡 건드렸다. 깜짝 놀라 돌아보았으나, 멀리 이름 모를 새 울음만이 숲의 정적을 깨뜨리고 있을 뿐 아무것도 보이지 않았다.

"끼륵 끼르륵"

둘은 자기들이 피곤해서 착각을 했나 하고 몸을 돌려 쉬는데, 또 다시 톡 건드리자, 약속이나 한 듯 낚아채려 했으나 바람처럼 빠져 나갔다.

소북과 주조의 눈에 1장 뒤의 숲속에서 이죽거리고 있는 사냥꾼이 보였다.

검(劍)을 메고 허리에는 망치가 꽂혀 있었는데, 뭔가 이상해서 자세히 보니, 팔꿈치가 두 개나 있고 손가락이 땅바닥에 닿을 정도로 팔이 길었다.

손가락으로 땅을 툭툭 튕기고 있는 사내를 본 두 사람은 경악(驚愕)했다.

'아니, 세상에.. 저렇게나 팔이 길고 팔꿈치가 둘인 사람도 있었나?

음.. 저놈이 긴 손으로 우리를 톡톡 건드리고 장난을 친 것이리라.'
소북이 말을 건넸다.
"누구요? 당신은."
남자가 소북의 말을 따라했다.
"누구요? 당신은."
소북이 눈썹을 찡그리며
"내가 먼저 물었소만."
하고 말하자
그자도 눈썹을 찡그리며
"내가 먼저 물었소만?"
하고,
또 다시 소북의 비위를 건드렸다. 놈이 자기를 놀리고 있다는 생각이 든 소북이 차갑게 웃으며
도끼를 뽑아 들었다. 그제야 사내가 턱으로 소북을 가리키며 물었다.
"나는 장비족(長臂族: 팔이 긴 종족) '팔기루'다. 이곳은 우리 땅이다. 너희는 뭐 하러 왔느냐?"
소북이 '팔이 긴 부족?' 하며 머리를 굴리는 동안 주조가 태연히 대답했다.
"나는 읍루의 주조라고 한다. 우리는 5년 전 이곳을 지나간 예족 친구들을 찾아 비리성(城)으로 가고 있는데, 길을 알려주면 고맙겠다."
"예족을 찾으러 비리성으로?"
"그렇다."
"낄낄낄, 철없는 것들. 장비족의 영역에 함부로 들어오다니 참으로

겁도 없구나. 이곳에 왔다가 살아나간 자는 아직까지 아무도 없다. 너희의 목을 따서, 염통과 간은 술안주로 하고 몸은 '만두속'으로 만들어 먹어야겠다."
소북은 흑림에서 거인족을 정탐하던 중, 다양한 부족들을 보았으나, 이토록 팔이 긴 족속은 또 처음이었다. 자기들을 잡아먹겠다는 말에 분노하면서
'한바탕 드잡이질을 해야겠군. 그런데 저 긴 팔로 어떻게 공격해 들어올지 먼저 살펴봐야겠다!'
고 생각하며 픽 웃었다.
"뭐라!
우리를 먹어? 내년 오늘이 네 제삿날이 될 것이다. 그 팔 나부랭이를 믿고 까부는 모양인데, 내 거추장스럽게 긴 팔을 적당히 잘라주마."
손바닥에 침을 탁- 뱉고 비빈 후 도끼를 쥐었다. 팔을 도끼로 잘라주겠다는 말에 팔기루가 크게 노했다.
"팔을 자르겠다는 말은 장비족에 대한 최대의 모욕이다. 어린놈이 빨리 죽고 싶어 환장을 했구나!"
팔기루가 검을 뽑아 들자마자, 소북이 팔기루의 머리를 향해 도끼를 내려쳤다.
육중한 파공음에 놀란 팔기루가 뒤로 물러서며 검을 휘두르자 주조가 검을 뽑았다. 이자의 긴 팔로 보아 1대 1을 고집할 일이 아니었다.
팔기루의 검법은 매우 변칙적이었다. 긴팔로 공간을 휘젓고 두 개의 팔꿈치를 춤을 추듯 접었다 펴며 예기치 못한 각도로 검을 휘둘렀다.

소북은 팔기루의 기이한 움직임에 허(虛)를 찔리며 처음부터 어려운 싸움에 부딪쳤다. 게다가 팔 길이만큼 접근할 수 없었다. 수비 외엔 뾰족한 수가 보이지 않는 상태에서 이따금 위험한 순간을 맞이할 때마다
팔기루가 깔깔 거리며 웃었다. 지켜보던 주조가 팔기루를 찔러갔다. 팔기루가
"낄낄낄, 혼자 안 되니까 둘이서 덤빈다?"
왼손으로 망치를 꺼내들고 긴 팔을 뻗었다 오므렸다 하며 주조의 머리를 부수려들었다.
오른 손과 왼손을 빙빙 돌리며 검과 망치로 베고 때리는 팔기루는 팔만 긴 것이 아니라
몸도 상당히 빨라서 그의 공격을 피하느라 많은 힘이 소모되었다. 어쩌다 조금이라도 가까이 다가서면, 망치로 땅을 짚고 뒤로 피하니 화가 치밀어 올랐다.
그나마 다행인 것은 내공이 심후하지 않다는 것이었다. 팔이 긴 탓으로,
적들을 상대하기에 큰 어려움이 없어 심공(心功)을 등한히 했을 것으로 짐작되었다.
그러나 소북은 왼손에 국왕으로부터 하사받은 천잠 장갑을 끼고 있었다.
소북이 도끼를 휘두르다 지친 듯 왼팔에 허점을 보이자, 팔기루가 웬 떡이냐 하고 검을 베어 왔다. 소북이 놀라는 척하다가 팔기루의 검을 꽉 움켜잡았다. 곰 같은 가슴을 지닌 소북은 원래 힘이 좋았다.
소북이 천잠 장갑을 끼고 있는 줄 모르는 팔기루는 깜짝 놀랐다.

'아니, 맨손으로 검을 잡다니. 이 녀석의 내공이 이리 강하다는 말인가?'
"칼을 놓지 못해!"
소북도 따라서
"칼을 놓지 못해!"
이때,
말을 따라하는 소북을 노려보며 검을 당기느라 출렁거리는 팔을, 주조의 철검이 가르고 지나갔다.
"으악!"
검을 쥔 팔기루의 오른팔이 절단되며 털썩하고 풀 속에 떨어졌다.
"내 팔!"
팔이 한두 번 꿈틀거리다 멈추었다. 바닥에 떨어진 손은 여전히 검을 쥐고 있었다.
순간, 소북이 접근해 팔기루의 머리 위 백회혈(穴)에 도끼날을 얹었다.
"이놈, 움직이지 마라. 그렇지 않으면 네 머리통을 쪼개버릴 것이다."
지금까지 기세등등했던 팔기루는 어느새 사색(死色)이 되어 있었다. 주조가 팔기루의 어깨와 팔의 혈도를 찍자 피가 멈추었다. 피가 멈추자 팔기루는 조금 안도하는 눈치였다. 주조가 눈을 부릅뜨고 물었다.
"장비족은 어디에 살며 얼마나 되느냐?"
겁먹은 팔기루가 술술 대답했다.
"이 산 너머 '나하(奈河)절벽' 속에 살며 수는 오백여 명쯤 되오이다."

"음... 나하(奈河) 절벽?"
"그렇소."
"절벽에서 어찌 사나?"
"강의 지류 나하(奈河) 쪽에 백이십여 장(丈) 높이의 절벽이 있는데 그 절벽에 판 동굴에서 살고 있소."
"절벽을 어떻게 올라 다니지?"
"보다시피 우리는 이 손으로 어디든 잡을 수 있어 높은 곳이라도 쉽게 올라 다니오."
"그렇겠군."
소북이 도끼를 거두어들이며 말했다.
"아까 말했다시피,
우리는 비리성(城)을 거쳐 최북단 구막성(城)으로 가는 길이다. 길을 알려주면 살려주고 그렇지 않으면 나머지 팔과 다리도 잘라 버리겠다."
이어, 도끼머리로 옆의 나무를 후려갈기자
"우지직!'
하며 나무가 꺾어졌다. 무서운 힘이었다. 팔기루는 왼손으로 오른팔을 붙잡고 사색이 된 얼굴로 굽신 거렸다.
"알려 드리고말고요! 이 길을 따라가면 우리 종족을 만나게 되니 지나가기 힘들 겁니다."
"그럼, 다른 길이?"
"예, 강변에 사람이 다닐 수 있는 길이 있지요. 다만, 길이 좀 험합니다."
"좋아, 그곳으로 안내하라."
소북과 주조는 팔기루를 앞세우고 강가로 갔다. 얼마 지나지 않아,

갈대가 무성하게 펼쳐진 늪지대를 이리저리 피해 한참을 나아가니 강이 나타났다. 강의 양 기슭은 바위 절벽의 협곡(峽谷)이 시작되는 곳이었다.
아무리 봐도 길은 보이지 않았다. 소북이 팔기루의 목에 도끼를 들이댔다.
"이놈, 우리를 속이는 거지?"
팔기루가 기겁을 했다.
"그럴 리가요. 살려주시면 다 알려 드린다고 하지 않았습니까. 저를 믿어주십시오."
"길이 어디 있는 것이냐?"
"저를 따라 오십시오."
하며 앞장서서 걸어갔다. 갈대숲을 얼마쯤 제치며 들어가니 동굴이 보였다.
"저 동굴이 협곡을 빠져나가는 유일한 길입니다."
두 사람은
팔기루를 끌고 동굴로 들어갔다. 처음엔 어두웠는데 오륙 장을 들어가니 시야가 밝아졌다.
강을 향해 뚫려있는 구멍으로 바람이 들어왔다. 동굴은 강 쪽으로 창문처럼 드문드문 뚫려 있었고 협곡 아래로 굽이치는 강이 내려다 보였다.
강물도 이 구간에서 호흡이 가빠지는지 커다란 포말을 일으키며 거친 숨을 내뱉고 있었다.
만곡(彎曲)이 심한 급류지대였다. 다시 백여 장을 나아가니 동굴이 어두워지기 시작했다. 창문 역할을 하던 구멍이 점점 줄어들고 있었다.

좀 더 들어가니 동굴은 세 갈래로 갈라졌다. 팔기루는 제일 왼쪽 동굴로 들어갔다.
오르막길이었다. 소북은 여전히 팔기루를 감시하고 있었다. 몇 장을 더 들어가자 빛이 하나도 없었는데 굴은 또 다시 세 갈래로 갈라졌다.
주조가 부싯돌을 꺼내 불을 붙이는 사이, 갑자기 땅이 꺼지며 팔기루가 사라졌다. 놀란 소북이 흙먼지를 뚫고 쫓았으나 어둠 속에 또 다시 세 갈래의 길이 나왔다.
한마디로 동굴 속의 미로였다. 팔기루가 어느 구멍으로 도망쳤는지 전혀 알 수 없었다. 난감했다. 소북이 낭패한 얼굴로 주조에게 물었다.
"굴이 셋이니 어쩌면 좋겠나?"
"작은 성주님은 가운데로 가셔요, 저는 오른쪽으로 가겠습니다. 뭔가 여의치 않으면 이곳으로 돌아오는 걸로 하시죠."
"좋소."
소북이 가운데 굴(窟)로 들어갔다. 컴컴한 길이 계속 이어졌고 팔구장을 나아가자,
바닥이 또 다시 꺼지며 소북이 곤두박질쳤다. 소북은 순식간에 간이 오그라들었으나
철그럭- 소리를 내며 높이 쌓여있는 뭔가에 추락했다. 다행히도 충격은 그리 크지 않았다. 그곳 역시 캄캄해서 한치 앞도 보이지 않았다.
바닥으로 내려온 소북이 부싯돌을 꺼내 불을 켰다. 사방은 막혀있고 해골과 뼈들이 쌓여 있었는데,
이곳에 갇혀 빠져 나가지 못하고 죽어간 사람과 짐승들의 뼈로 보

였다.
위를 보니 십오 장은 되어보였고 벽면은 이끼로 덮여 있어 손을 짚고 올라갈 만한 곳이 없었다.
소북은 심지가 거의 타들어가자 바닥의 뼛조각 사이에서 나무 가지를 찾아내 불을 옮겨 붙였다. 소북은 팔기루가 떠오르며 분노가 치밀었다.
'너무 방심했어. 천황에게 쫓겨 난 것들은 모두 짐승보다 못하다는 말을 들어놓고도 이런 실수를 하다니. 아! 팔기루도 사람을 잡아먹고 사는 교활한 놈인 것을... 바보같이 속아 꼼짝 못하고 죽게 생겼으니...'
눈을 부릅뜨고 이를 악문 소북이
"이놈--!"
하고 소리를 쳤으나 소용없는 일이었다. 일은 이미 저질러 진 것 아닌가.
사방을 도끼로 찍어 보았으나 모두 단단한 암벽이었다. 포기하고 굴 안을 배회하던 소북이 한 쪽 벽에 기대고 앉아 또 다시 스스로를 나무랐다.
"이를 어쩌나? 내가 더 주의했어야 했는데, 바보 같은 놈. 주조가 빨리 와 줘야.. 아-!"
하고 탄식을 하는데 문득 누군가가 야무지게 외치는 목소리가 들렸다.
"거기 누구세요? 좋은 사람이면 이 넝쿨을 잡고 올라오시고, 만약 나쁜 사람이면 내가 죽이고 말 것이니 올라올 생각일랑 하지 마셔요!"
하늘이 무너져도 솟아날 구멍이 있었다. 천사(天使)의 목소리가 이렇지 않을까 하고 위를 보니 긴 칡넝쿨이 뚱뚱뚱 내려오고 있었다.
천성이 순박한 소북은 '혹, 내가 나쁜 사람은 아닐까.' 하고 망설이다.
'내가 아니면, 저 팔기루 따위가 좋은 사람이랴.' 하며 넝쿨을 잡고 올라갔다.
다 오르고 보니 붉은 사슴가죽 옷의 무사(武士)가 횃불을 들고 있었는데,
사내 치곤 너무 고와서 유심히 보니, 다름 아닌 뱅어성(城)의 옥지였다.
소북이 깜짝 놀라며 물었다.
"아니, 소저.. 여긴 어쩐 일이십니까?"
옥지가 뾰로통한 표정으로 대답했다.
"함정에 빠진 분을 구해드렸는데, 감사 인사는 안 하시고 겨우 왜 왔냐는 거예요?"
소북이 얼굴을 붉히며 손을 모아 감사했다.
"소저, 구해주셔서 고맙습니다."
"고맙긴요. 흥귀방에서 구해주셨으니 저도 그 빚을 갚아야 하지 않겠어요?
그런데 소협, 제게 답을 기다리라고 해 놓고 몰래 도망을 치셨더군요. 사나이 대장부(大丈夫)가 어떻게 아녀자를 속이실 수가 있지요?"
소북은 민망했다.
"사실,
나와 주조가 가는 여정이 너무나 위험한 까닭에 말없이 떠나 온 것

이오. 그런데 소저, 성주(城主)님과 모친께는 말씀드리고 나오신 게요?"
"아뇨, 말씀 안 드렸어요. 저도 몰래 떠나왔어요."
소북이 한숨을 쉬었다.
"소저, 앞으로 어쩔 생각이시죠?"
옥지가 말했다.
"소협, 제 대답보다 급한 것은 주조님을 빨리 찾아야 하지 않겠어요?"
소북이 손바닥으로 자기 이마를 짝 하고 쳤다.
"아! 그렇지. 빨리 갑시다."
소북은 옥지를 데리고 주조와 갈라진 곳으로 돌아와 주조가 간 오른쪽 굴로 들어갔다.
한참을 가니 동굴 밖으로 빠져나왔고 절벽 옆으로 좁고 긴 잔도가 나 있었다.
두 사람은 들고 있던 횃불을 던져버리고 잔도(棧道)를 따라 나아갔다.
이리(二里)를 가다 동굴이 있어 들어서니 수백 평의 광장이 나왔다. 벽면에는 팔기루에게 들은 대로 벌집 같은 수백 개의 동굴이 있었다.
바로 장비족의 거주지 혈거(穴居)였다. 광장에는 장비족 삼백여 명이 무기를 들고 있었다.
그들의 위세를 본 소북은 가슴이 답답해졌으나, 이내 곰 같은 가슴을 펴며 패기 있게 다가갔다.
"나의 친구, 주조는 어디에 있느냐!"
칠십여 세의 노인이 거칠게 앞으로 나섰다.

"나는 장비족장 구기루다. 너희들은 허락 없이 우리의 영토를 침범했을 뿐 아니라, 팔기루의 팔을 잘랐다. 그 죄 값을 치러야할 것이니라."
소북이 도끼를 훅- 돌리며 말했다.
"네 놈들이 긴 팔을 믿고 식인의 악습(惡習)을 아직도 갖고 있더구나.
농사를 짓거나 사냥과 어로(漁撈)를 통해 평화롭게 살지 않고, 지나가는 객(客)을 죽이고 잡아먹다니 저 한울이 무섭지 않은 게냐! 내 오늘 이 쌍(雙)도끼로 너희들의 못된 팔을 모두 잘라버릴 것이니라."
이를 보고 구기루가 대노했다.
"여봐라! 저 두 놈을 죽여 버려라!"
"와아-!"
장비족 사내들이 소북과 옥지를 둘러쌌다. 일촉즉발의 순간, 그때까지 뒤에 서 있던 옥지가 나서며 족장과 장비족의 앞에 뭔가를 불쑥 내밀었다.
하늘을 저주하며 울부짖는 '뿔살이'가 새겨진 은패였다. 이를 본 구기루 이하 모두가 기절할 듯 놀라며 바닥에 머리를 박고 큰 소리로 외쳤다.
"마황님의 사도 뿔살이님 만세, 만세, 만세!"
이어,
지금까지와는 다르게 족장이 극히 공손한 얼굴로 옥지에게 말했다.
"흑림의 가달성(城)에서 오신 분이로군요. 저희들이 몰라 뵈었습니다."
"나는 지금, 가달성주님의 명을 받들어 구막성(城)으로 가고 있다.

이들 두 사람은 나와 함께 가는 중이니 빨리 데려오고 길을 열어라."
장비족은 흑림의 가달마교를 믿고 있었다. 마교 교도들에게 북옥저의 구막성은, 일반인은 잘 모르고 있으나 마교의 성지(聖地)이기도 했다.
장비족은 환웅천황에게 패한 가달마황의 머리는 '아바간성(城)' 지하 뇌옥에,
뼈와 오장육부는 구막성의 바다 밑 화옥(火獄)에 나뉘어 묻혀있다는 사실을 잘 알고 있었다.
두 곳에 묻혀있는 마황의 성체(聖體: 성스러운 몸)를 수습하여 장례를 치르는 것은 가달마교의 오랜 숙원(宿願)이었다.
사실,
옥지는 그런 사연을 알고 말한 것이 아니었다. 장비족장 구기루는 옥지가 은패를 지니고 있고 구막성으로 간다 하니, 옥지 일행이 성주가 내린 중요한 임무를 수행하고 있는 것으로 지레 짐작한 것이다.
은패는 가달성주의 영(令)을 집행하는, 흑선(黑仙)보다 신분이 높은 사자들이 지닌 영패(令牌)였다. 장비족장 구기루가 부하들에게 명했다.
"조금 전, 우리가 모셨던 분을 빨리 풀어드려라."
무사들이
엉덩이에 불이 난 듯 움직이며 주조를 데려왔다. 갑작스러운 상황 변화에 소북은 어리둥절했으나, 옥지가 하는 대로 따르고 있었다. 족장 구기루는 곡옥지에게 지극히 공경하는 자세로 길을 알려 주었다.

"5리 쯤 북으로 가시면 절벽 끝이 나오고 우수리강(江)에 합수되는 강이 나옵니다.
그 강은 매우 깊어 건너기 어렵습니다. 강가에 큰 가시나무 두 그루가 있는데, 그 가시나무를 오른쪽으로 돌아 그 자리에서 물속을 잘 보시면 수면(水面) 한자 아래로 돌다리가 놓여있는 게 보이실 겁니다.
저희만 아는 수중교(水中橋)인데, 그곳으로 건너시면 북쪽으로 가실 수 있습니다."
세 사람이 족장 구기루와 장비족의 성대한 환송(歡送)을 받은 후, 일러 준대로 5리를 가니 절벽이 끝나고 강이 나와 '물속의 돌다리'를 건넜다.
강을 무사히 건넌 후, 반 시진을 걷자 서늘한 숲이 나타났다. 모두 숲속 그늘로 들어가 잠시 쉬어가기로 했다. 소북이 옥지에게 물었다.
"저희들을 도와주셔서 고맙습니다. 그런데 어떻게 따라 올 수 있었나요?"
옥지가 대답했다.
"아버님이 객사에 다녀오신 후, 소협을 내내 기다리다 감감무소식이라, 시녀들을 시켜 두 분의 동정을 알아보니 새벽에 떠나셨다고 하더군요.
그래서 척루님에게 두 분의 행선지를 알아본 후 뒤따라 온 것입니다.
두 분이 가는 길은 지름길이나, 장비족의 영역을 지나야만 하는 위험한 곳이기에 걱정이 되어 따라왔습니다."
소북은 옥지가 더 없이 고마웠으나, 옥지를 피해 뱅어성(城)을 도망치듯 떠난 판에 옥지의 도움으로 위기를 모면하게 된 것이 남자로서 마냥 부끄러웠다.
이때 주조가 물었다.
"은패는 어떻게 구한 것입니까?"
"흥귀방을 정리하면서, 아버님이 병사들에게 수적들 몸을 샅샅이 뒤지도록 했는데
음마신군의 품에서 나온 은패를 제가 떠나올 때 혹시 몰라서 몰래 갖고 나왔는데, 이리도 '힘이 있는 것'인줄은 생각도 못했습니다."
주조가 물었다.
"그럼, 소저는 앞으로 어찌하실 생각이십니까?"
옥지가 대답했다.
"소협이 아무 답도 없이 떠나셨는데, 저는 이를 '제 마음이 가는대로 하라'는 뜻으로 받아들였습니다.
그래서 앞으로는 좌고우면(左顧右眄)하지 않고 소협을 따르기로 했습니다."
소북은 놀라고 말았다.
"안됩니다. 우리는 유람을 다니는 것이 아닙니다. 부모님이 걱정하고 계실 텐데 그만 성으로 돌아가시는 것이..."
소북의 말이 어찌나 서러운지 옥지는 입술을 깨물고 눈물을 글썽였다.
"떠나올 때 서찰을 남겼습니다. 소협을 따르겠다고.. 만일 또 다시 소협이 저를 버리시면 저는 이 자리에서 혀를 깨물고 죽고 말 것입니다."
옥지의 너무도 결연(決然)한 말에 소북은 당황하여 일시 할 말을 잃었다.

"……"
옥지가 상기된 얼굴로 물었다.
"소북님, 제가 수적들에게 잡혔던 부정한 여인이라 저를 싫어하나요?"
"아니오."
"제가 너무 못생겼나요?"
"아니오, 소저는 누구보다도 아름답소."
소북의 말에 마음이 놓인 듯 옥지가 방긋 웃자, 화사한 미소에 소북은 가슴이 크게 흔들렸다.
"그럼 다행이에요. 저는 무공을 어느 정도 합니다. 다니면서 절대 두 분께 폐를 끼치지 않겠어요."
두 사람의 대화를 듣고 있던 주조가 웃으며 말했다.
"작은 성주님, 소저와 함께 가시지요."
옥지가 돌아가기에는 너무 멀리 온데다, 옥지의 고집을 꺾기 어려웠고,
장비족을 상대한 그녀의 기지(機智)를 본 터라 소북은 한숨을 내쉬며 허락했다.
"그럼, 소저도 함께 가십시다."
"이야, 만세! 고마워요, 소협. 저는 오래 전부터 강호생활을 꿈꿔 왔어요.
비리성(城)까지는 제가 앞장설게요. 험한 길을 이런 식으로 가다가는 맹수나 야인들을 만나게 되어 목적지까지 한 달도 더 걸릴 거예요."
옥지가 크게 기뻐하며 앞장섰다. 옥지를 따라 반나절을 가다 강가에 이르자,

이백여 호는 되어 보이는 마을이 나왔다. 꽤나 큰 어촌(漁村)이었다. 옥지가 말했다.

"이곳은 나나이족 마을이에요. 어로와 사냥을 하지요. 제가 촌장 구란타와 면식이 있어요. 구란타 촌장을 아버지가 도와준 일도 있어요."

옥지가 사람들에게 촌장의 집을 물어 찾아갔다. 마침, 촌장은 어구(漁具)들을 손보고 있다가, 세 사람이 마당으로 들어오는 걸 보고 반겼다.

"아이고, 아가씨! 이 먼 곳까지 어쩐 일이십니까? 성주님은 안녕하시고요?"

"네, 아버님은 편안하셔요. 촌장님, 부탁드릴 일이 있어서 왔습니다."

"무슨 일입니까, 아가씨."

"가라무렌강(江) 건너까지 배를 태워주실 수 있나요? 배 삯은 두둑이 드릴게요."

"당연히 도와드려야지요."

구란타가 마련해준 배로 우수리강(江)을 내려가 가라무렌강(江)을 건넜다.

비리성(卑離城)

북해의 풍방은 소북과 주조에게 가라무렌강(江)을 건너 바다가 있는 동쪽으로 가면 비리성이 나타날 것이라고 했다.
"옛날, 배달국 환웅천황이 가달마황과 마왕, 마귀, 마신(魔神)들을 죽이고 구이원을 평정하신 후, 구이원의 동북 방향에 비리성(卑離城)과 구막성을 쌓았다고 하네. 두 성은 그만큼 아주 오래된 성(城)이지.
가라무렌강을 건너 동으로 사흘을 가면 비리성이 있고 비리성에서 다시 북으로 열흘을 가면 구막성이 있다고 하네. 비리성과 구막성은 나 역시 가본 적이 없네.
조선 제2 대(代) 부루 단제 때, 출장입상(出將入相)하며 큰 공을 세운 '선라(仙羅)'를 옥저의 가한으로 임명하고
두 성을 옥저에 편입시킨 후 부터는 계속 옥저의 땅에 속하여 왔다고 하네.
비리성은 사냥꾼들이 모이는 곳이라고 들었네. 추운 지역에서 자란 짐승들의 가죽이 좋은 법이라, 가죽을 팔고 사려는 사람들이 몰려들 것이네.
특히 비리성은 가까이 항구가 있어, 바다가 풀려 있는 계절에는 내

내 상인들의 배가 몰려들어 북옥저 북쪽의 교통 중심지 역할을 하고 있지.
구막성, 깜짝반도, 춥지반도, 사할린, 달지성, 목양성, 왕검성과 왜(倭)
그리고 멀리 남쪽으로 뱃길을 타고 중원(中原)의 상인들도 찾아온다고 들었네."
풍방의 말대로 가라무렌강을 건넌지 사흘 만에 소북과 주조, 옥지는 저녁 무렵 비리성에 도착했다.
밖에서 볼 때는 추운 지방의 성(城)이라 사람들이 그리 많지 않을 것 같았으나, 막상 성(城) 안으로 들어서니 가옥(家屋)들이 즐비했다.
북(北)대륙 물산의 중심지답게 저자거리는 북적였고, 주루마다 술과 음식을 먹는 사람들로 왁자지껄 했다. 그런데 객잔이나 주루(酒樓)에 걸린 간판의 이름들이 재미있었다. 사냥꾼들이 몰리는 곳이라 그런지
불곰객잔, 사슴객잔, 백양주점, 너구리주막, 순록장, 여우굴, 늑대굴, 물개굴, 개미굴, 수달주막, 바다표범주루, 우마정, 청(靑)담비객잔 등 동물 이름으로 상호를 붙여야 장사가 되는 모양이라고 생각한 세 사람은 서로를 보며 크게 웃었다.
소북과 주조, 옥지는 인적이 없는 초원과 밀림 지대를 긴장하며 지나온 탓에,
사람들로 북적대는 이곳이 좋았다. 모처럼 두 다리를 뻗고 잘 수 있을 것 같아서였다.
이것저것 구경을 하며 다니다보니 어느새 사방이 어두워져 있었다. 관저를 찾아가기에는 늦은 시간이라 가까운 객잔에서 쉬고 내일 아

침 성주를 찾아가기로 했다. 소북이 '승냥이객잔'이라는 간판을 보자 옥지가 웃으며 말했다.
"소북님, 왜 하필 '승냥이객잔'에 들리고 하세요. 승냥이라는 이름이 좀…"
"간판이야 아무러면 어때요? 다른 곳으로 가려면 한참을 걸어야 하니 그냥 여기서 묵읍시다."
세 사람이 문을 밀고 객잔으로 들어섰다.
객잔 주인은 의외로 주름이 깊게 파이고 허리가 많이 굽은 노파였는데,
괴목(槐木: 회나무)으로 만든 지팡이를 짚고 서 있다가 손님들이 들어서자 얼굴이 찢어질 듯 웃으며 반겼다.
"어서 오세요."
주조가 노파에게 물었다.
"크고 깨끗한 방 있나요?"
"네, 그럼요. 있고말고요. 얘야-! 얼른 이 분들을 특실로 모셔라!"
"예"
점원이 달려와 2층 객실로 안내했는데, 온돌방으로 불이 따뜻하게 잘 들어 있었다. 주조가 물었다.
"네 이름은?"
"빡보라고 합니다."
그러고 보니 얼굴에 마마자국이 있었는데, 어딘지 모르게 묘한 구석이 있어 보였다.
"그래, 빡보야. 돼지고기 세 근과 야채, 제일 좋은 술 한 병 그리고 식사도 함께 가져오너라."
"예"

"아.. 그리고 뭘 좀 알아보려고 하면 누구에게 물어보면 좋을까?"
빡보가 우물거리며 되물었다.
"알고 싶으신 게 뭔데요?"
"너 혹시, 5년 전 이곳을 지나간 달단 족장과 예족 이야기를 들어본 적 있니?"
빡보가 멍한 표정을 지으며 머리를 좌우로 설레설레 저었다.
"아뇨, 저는 들어본 적이 없어요. 술과 음식을 가져오면서 할머니께 여쭤볼게요."
"그래, 할머니께 물어봐다오."
얼마 후, 빡보가 쟁반 가득 음식을 들고 돌아왔다. 주조가 쟁반을 받으며 물었다.
"그래, 여쭤봤니?"
빡보가 대답했다.
"네, 물어봤는데 할머니가 요즘 총기(聰氣)가 떨어져 기억이 잘 안 난답니다."
주조는 역시나 하며 실망했다.
옥지가 말했다.
"어디 우리 일이 그리 쉬운 일인가요? 내일 성주를 찾아뵙고 알아봐요."
소북이 고개를 끄덕였다.
"그래야겠네요."
점원이 돌아가고 세 사람은 오랜만에 편안히 앉아 음식과 술을 들었다.
돼지고기가 얼마나 잘 삶아졌는지 목으로 살살 넘어갔다. 잇몸으로도 씹을 것 같았다. 주조가 술병을 들어 냄새를 맡아보았다. 향기가 기가 막혔다.
당장 소북과 곡소저에게 한 잔씩 주고 자기 잔에도 따라 단숨에 들이켰다.
목구멍을 타고 넘어간 술이 피와 기운을 온 몸으로 퍼지게 해주었다.
고기와 술을 배부르게 먹고 나니 며칠간의 피로가 한꺼번에 몰리면서 잠이 폭포수처럼 쏟아졌다.
세 사람은 눈꺼풀이 천근만근 무거워지며 그대로 쓰러져 잠이 들었다.
반 시진 후 세 사람이 자고 있는 곳으로 노파가 빡보를 데리고 나타났다.
빡보가 손뼉을 치며 좋아했다.
"승냥이 할머니! 모두 다 골아 떨어졌어요!"
"낄낄낄,
제 놈들이 아무리 힘이 좋아도 쓰러지지 않고는 못 배기지. 내가 곰도 쓰러질 정도로 미혼 약을 넣었거든!"
다음날,
소북과 주조, 옥지는 몸이 심하게 부딪치며 덜컹거리는 소리에 잠이 깼다.
눈을 떠보니 앞이 캄캄했다. 눈은 천으로 가려져 있었고, 손과 발은 잔치에 잡을 돼지처럼 밧줄에 꽁꽁 묶여 있었다.
세 사람은 자기들이 마차에 실려 어디론가 끌려가고 있다는 것을 알았다.
머리는 빠개지도록 아파왔고 장이 뒤틀린 듯 배가 아팠다.
어젯밤 승냥이 객잔에서 먹은 음식에 미혼약이 들어 있었던 탓이리라.
'그래! 그 멍청해 보이는 빡보의 눈빛이 어딘가 이상했었어!' 너무 방심했어.'
마차(馬車)는 어딘가를 향해 빠르게 달려가고 있었다. 주조가 소리쳤다.
"네 이놈들, 우리를 어디로 끌고 가는 게냐?"
마부가 승냥이 같은 목소리로 말했다.
"조용히 해라!"
주조가 연신 고함을 질렀다. 그는 원래 목소리가 우렁찼다.
"너희는 누구냐, 우리를 왜 잡아가느냐?"
마부 석에서
"아니, 이놈이?"
하며 마차가 신경질적으로 끼익- 멈추어 섰다.
이어 문을 열어젖힌 마부가 채찍으로 다짜고짜 세 사람을 때리기 시작했다.
"짝!"
"윽!"
"악!"
"왜 때려!"
"이놈들이? 멀쩡한 눈을 갖고도 그렇게 머리들이 안 돌아가냐. 앙! 짝-짝짝짝!"
"윽!"
"억!"
"입 다물어? 또 다시 시끄럽게 굴면 혼날 줄 알아!"
아무리 소북일지라도, 매를 맞지 않으려면 입을 다무는 수밖에는 별

도리가 없었다. 세 사람은 어제 밤 객잔에서 바보처럼 당한 게 너무도 창피하고 화가 치밀어 올랐다.
'따귀를 맞더라도 금가락지 낀 손에 맞으라고 했는데.. 나 참, 재수가 없으려니 노파와 빡보에게 당하다니...'
무공이라면 한가락 하는 사람들이 허망하게 당하고 말았으니 기가 막힐 뿐이었다.
'아, 갈 길은 먼데.. 정체를 알 수 없는 놈들에게 꼼짝없이 걸렸으니.
가라무렌강(江) 이북은 험한 곳이라 누구도 믿어서는 안 된다고, 북해삼협이 여러 차례 말씀해주셨는데, 이 정도일 줄은 상상도 못했다.'
소북이 한숨을 내쉬었다. 후회해도 소용없는 일이었다. 암담한 얼굴로 탄식하는 동안에도 마차는 어딘지 모를 곳으로 달리고 또 달렸다.
바퀴가 거칠게 구르다 조용해지더니, 물소리가 세차게 들려왔다. 강과 가까운 길을 지나는 것 같았다.
한참 후 목적지에 도착했는지, 마차 문이 열리고 누군가 세 사람을 짐짝처럼 끌어 내동댕이치자, 손발이 묶인 채로 땅바닥에 사정없이 처박혔다.
놈들은 칠팔 명은 되는 것 같았다. 두령인 듯한 자가 칼날을 두드리는 목소리로 사납게 말했다.
"지하 감옥에 처박아라. 한탕하고 돌아와 이것들이 어떤 놈들인지 심문할 것이다."
잠시 후 산채를 떠나는 수십 필의 말발굽 소리가 들려 왔다. 셋은 다시 어딘가로 끌려갔다.

눈이 가려져 있으니 어떤 상황인지 전혀 알 수가 없었다. 소북이 옥지에게 물었다.
"소저, 다친 데는 없소?"
"괜찮아요. 그런데 얼마나 세게 묶었는지 꼼짝을 할 수 없어요."
"주조! 어디 있나? 우리가 이대로 죽는 건가?"
"그럴 리가 있습니까. 무슨 수가 나겠지요."
그러나
주조도 큰소리만 쳤지 뾰족한 수가 없었다. 그냥 그대로 있을 수밖에 없었다. 세 사람은 꽁꽁 묶인 채 지쳐서 또 다시 잠이 들고 말았다.
시간이 얼마나 흘렀을까, 누군가 속삭이는 소리가 들려왔다. 소녀의 귀여운 목소리였다.
"정신들 차리셔요."
"소협"
"여보세요."
"… …"
"아이, 이 상황에도 잘들 주무시네요."
셋은 정신이 번쩍 들었다. 소북이 소리가 들리는 쪽을 향해 머리를 돌리며 물었다.
"누구? 아무도 없는데?"
"호홋, 눈이 가려져 있으니 안 보이죠. 시간이 없으니 자세한 건 묻지 마셔요. 빨리, 몸을 굴려 제 쪽으로 오셔요. 가리개를 끌러 드릴게요."
누군지 모르지만 그렇게 반가울 수가 없었다. 지옥에서 선녀를 만난 것 같았다.

세 사람은 모두 귀를 쫑긋 세운 채, 기를 쓰고 소리 나는 쪽으로 굴러갔다.
"조금만 더 가까이 오세요."
그 말에 세 사람이 더 힘을 주고 구르다, 느닷없는 가시에 몸을 찔렸다.
"악!"
"아!"
"앗, 아야!"
소녀가 외쳤다.
"앗,
미안합니다, 미리 말씀드렸어야 했는데.. 창살에 날카로운 가시가 있거든요. 이젠 됐으니, 그 자리에 그대로들 계세요."
소녀가 눈가리개를 벗겨주었다. 그제야 소북과 주조, 옥지는 사방을 볼 수 있었다.
감옥은 꽤 넓었다. 입구 쪽으로만 희미한 빛이 들어왔다. 굵은 가시 창살을 만들어 놓고 안을 감시할 수 있는 구조로 되어있었다. 소북이 보니, 가리개를 벗겨 준 사람은 열다섯 살 정도의 어린 소녀였다.
복숭아 빛 뺨이 귀여웠는데, 순록의 가죽 옷에 검(劍)을 메고 있었다.
"팔을 창살 가까이 내밀어보세요. 제가 밧줄도 잘라 드릴게요."
소북이
돌아누워 뒤로 묶인 팔을 창살에 대자, 소녀가 밧줄을 끊어주고, 검을 건네주었다.
"자, 어서 발목의 밧줄을 자르셔요."

소북이 밧줄을 잘라낸 후, 세 사람은 기지개를 펴며 몸을 이리저리 움직였다.
오랫동안 묶여있던 탓으로 몸이 뻐근해서 그렇지, 모두가 어디 크게 다친 곳은 없었다. 세 사람은 너도 나도 소녀에게 감사 인사를 했다.
"고맙습니다. 낭자의 방명(芳名: 꽃다운 이름)은..?"
"저요? 저의 이름은 '부르가'라고 한답니다. 비리성의 소도에 살아요."
당시 조선은 소도마다 선도를 수행하며 무예를 배우는 소년소녀 무사들이 소속되어 있었다. 이들은 모두 상당한 무예(武藝)를 지니고 있었다.
"아! 부르가 소저.
우리는 읍루국(國)의 소북과 주조 그리고 뱅어성(城)의 곡지라고 합니다.
구해주셔서 감사합니다."
곡옥지의 이름을 곡지(穀志)라고 한 것은 그녀의 남장(男裝)을 고려해서였다.
"호호, 아저씨들 그만 됐어요. 아직 감옥에서 빼드린 것도 아닌 데요."
"놈들은 다 어디 갔소?"
"도적들은 지금 술과 도박으로 정신이 없어요. 그런데 제 힘으로는 옥문(獄門)을 열 수 없는데, 어쩌죠? 곧 감시하는 자가 돌아 올 텐데.."
소북이 말했다.
"염려 마시오. 이제부터는 우리가 알아서 하겠소."

소북이 내력을 끌어올려 창살 중간의 나무들을 검(劍)으로 치자, 한 번에 하나씩 어김없이 잘려나갔고, 주조가 발길질 몇 번으로 모두 걷어냈다.
부르가는 신이 나서 폴짝폴짝 뛰었다.
"우와, 만세! 대단하셔요. 두 분은 힘이 아주 세시군요!"
잡혔던 몸이라 뭐라 할 말이 없는 소북이 쓰디쓴 웃음을 짓자, 주조가 급히 말했다.
"우선 여기에서 빨리 나갑시다."
"어머, 내 정신 좀 봐! 저를 따라 오셔요."
소녀는
세 사람을 앞서 가기 시작했다. 감옥을 나와 사방을 둘러보니 산채 뒤쪽이었다.
숲속으로 부르가를 한참 따라가니, 부르가가 타고 온 말이 매어져 있었다.
그제야 숨을 돌리고 산채를 보니 여러 동의 건물이 지어져 있었다. 규모로 보아 도적들이 많이 있을 것 같았으나, 이곳이 어딘지는 알 수 없었다.
주조가 몸을 돌리며 물었다.
"이곳은 어디쯤 됩니까?"
부르가가 대답했다.
"비리성 서쪽으로 오십 리 거리에 있는 우마산(牛魔山)으로, 흑전방(邦)의 분타 중 하나로 보입니다."
소북이 물었다.
"흑전방(幇)이 뭐하는 곳입니까?"
"아, 비리성(城)에 처음 와서 잘 모르시겠군요. 흑전(黑箭)이란 '어둠

속에 숨어서 쏘는 화살'이라는 뜻으로 암살과 음모의 대명사입니다.
이 지역은 흑전방이 대부분 장악하고 있는데, 이들의 살인과 약탈에 백성들이 힘들어하고 있습니다."
"음.. 이곳이 분타면 본채는 어디이며 그 수괴(首魁)는 누구요?"
"예,
제가 소도의 어른 회향신녀님께 들은 적이 있는데 흑전방의 본채는 황사산(山)에 있다고 합니다.
그러나 황사산이 정확하게 어디를 말하는지 가보았다는 사람이나 아는 사람은 없습니다.
따라서 방주라는 자가 누구인지는 아무도 모르는데, 절세의 고수라는 소문이 짜하게 돌고 있습니다."
소북과 주조는 국왕의 명을 받아, 외흥안령 산맥의 파곡산에 있는 거인족과 야인들을 없애기 위해, 달단 족장을 찾아가고 있는 중이었다.
그런데 북옥저의 북쪽에도 조선을 위협하는 세력이 또 있다는 것을 알고 크게 놀랐다.
소북은 가슴이 답답했다.
'아니,
달단과 함께 파곡산(山)을 치려면 길을 트기 위해서라도 흑전방부터 없애야 하지 않겠는가.
나와 주조가 해결하기에는 너무도 벅찬 일이다. 시간이 얼마나 걸릴지, 살아서 돌아 갈 수 있을지.
죽음은 두렵지 않으나 나만 보고 따라온 옥지 낭자는 또 어떻게 하나?"

하며 물었다.
"낭자(娘子)는 어떻게 저희를 구하게 된 겁니까?"
부르가가 대답했다.
"저는 사부님의 명을 받고 구막성 선황당(仙皇堂)에 다녀오다가, 이 지역에서는 보기 힘든 마차가 급히 달려가기에 호기심으로 따라왔다가 세 분을 보게 되었어요.
세 분을 감옥에 가둔 후, 수괴로 보이는 자가 산채를 떠나고 감옥(監獄)을 지키던 도적들이 모두 자리를 비우기에 몰래 들어온 거예요.
수괴와 대부분의 졸개들은 노략질 하러 간 것 같습니다. 도적들은 지금 술과 노름에 깊이 빠져 정신이 없어요. 우리, 빨리 도망치도록 해요. 어서요."
그러나 세 사람은 부르가의 말을 들은 척도 하지 않았다. 소북이 말했다.
"먼저 성으로 가시오. 우린 저 놈들에게 진 빚도 갚고 빼앗긴 물건도 찾아야겠소."
부르가는 난감했다.
"대부분의 도적들이 나간 것 같지만, 아직 수십 명은 남아 있을 거예요."
그러나 겁먹을 소북과 주조가 아니었다. 옥지는 말없이 소북만 지켜보고 있었다.
"소저, 우리가 내일 비리성의 소도로 감사 인사를 드리러 찾아가겠소이다."
세 사람 가운데 대장으로 보이는 소북의 생각이 요지부동(搖之不動)이라,

말릴 수 없다고 느낀 부르가는 이내 고운 눈썹을 찡그리며 야무지게 말했다.
"정 그렇다면, 세 분이 돌아오실 때까지 저는 이곳에 숨어서 지켜보겠어요. 소협, 어쩌면 오늘 세 분 다 여기서 잘못 될는지도 몰라요!"
소북이 입을 꽉 다물고 눈을 빛내며 곰 같은 가슴을 툭툭 두들겼다.
"너무 걱정하지 마시오. 낭자는 여기 숨어 있다가 여차하면 도망치시오."
주조가 말했다.
"곡지님도 부르가님과 함께 계시지요."
곡옥지가 소북과 주조를 번갈아 보며 단호(斷乎)한 표정으로 대답했다.
"저보고 쉬라고요? 도적이라면 이가 갈립니다. 나도 내 물건을 찾고 그들을 모두 쓸어버려야 화가 풀리겠어요."
흥귀방 수적들에게 잡혔다 살아난 옥지의 심정을 생각하니, 소북과 주조는 달리 할 말이 없었다. 부르가는 곡지의 태도를 보고 생각했다.
'아, 곡지님은 얼굴도 곱상한데 정의감(正義感)이 남다른 분이구나.'
소북은
부르가의 검으로 나무창(槍) 세 개를 만들었다. 이어, 불이 켜진 건물로 다가가 창문으로 흘러나오는 소리에 귀를 기울였다. 안은 상당히 시끄러웠다.
"야! 내가 또 이겼다! 자- 빨리들 내놔!"
노름판의
분위기는 최고조로 달아올라 있었다. 돈 잃은 놈의 심통 난 소리가 들렸다.
"임마. 빨리 꺼져! 감옥은 안 지키고 이리 오래 자리를 떠도 되는 거야! 타주님 오시면 이른다?"
"엉-? 야, 이 자식아. 주머니에서 돈이 나가니까 머리까지 비어버렸냐?
임마, 꽁꽁 묶어 놓고 눈까지 가렸는데 놈들이 뭘 하겠어! 그리고 넌 안 그랬어? 돈 잃고 땡깡이나 부리는 놈이."
세 사람이 건물 앞으로 돌아가자,
한 놈이 경계를 서고 있었다. 소북의 신호에 주조가 나무창을 던졌다.
훅- 하고 보초의 등에 창이 꽂히는 순간 다가선 소북이 보초와 칼을 소리 나지 않게 잡아 눕혔다.
소북이 칼을 들자 주조와 옥지도 노름하는 놈들이 세워놓은 무기를 집어 들었다.
그리고 자신들의 무기를 찾으러 광으로 보이는 창고로 갔다. 다행이 문은 열려있고 소북의 쌍(雙)도끼와 주조, 옥지의 검이 활과 함께 있었다.
세 사람은 무기를 챙기고 털렸던 물건들을 품에 넣었다. 밖으로 나온 옥지는 보초의 몸에서 부싯돌을 꺼내 부근의 건초더미에 불을 붙인 후,
불더미 세 개를 집어 좌, 우의 건물들 안으로 던졌다. 불길은 때마침 불어오는 바람을 타고 빠르게 번져갔다. 이곳저곳으로 불길이 번진 끝에
잠시 후 노름방에까지 연기가 차오르자, 도적들이 기겁을 하고 건물 밖으로 뛰어나오기 시작했다.

"불이야!"

그러나 나오는 족족 잠복한 소북의 쌍(雙) 도끼와 주조, 곡지의 검에 죽어갔다.

머리가 부서지고 목이 잘리거나 허리가 두 동강이 났다. 세 사람은 도적들에게 당한 것을 '일생일대의 치욕(恥辱)'으로 생각하고 있었고,

무공이 아니라 독으로 사람을 해하는 무리들에 이가 갈렸다. 용서할 수 없었다.

한울의 도(道)를 어기고 역행하는 마왕의 족속일 것으로 짐작했다. 선객이나 협객들은 음식에 독을 타거나 뒤에서 몰래 기습하지 않는다.

쥐새끼보다도 못한 것들이었다. 분기탱천한 소북의 쌍(雙)도끼가 이마를 쪼개고,

주조와 옥지의 검이 목을 치고 허리를 갈랐다. 놀란 정신이 채 돌아오기도 전에 열다섯 명의 도적(盜賊)이 자빠졌다.

이어,

다른 건물들에 있던 이십여 명의 도적들이 뛰쳐나오자, 어느새 비스듬히 선 소북과 주조가 전광석화(電光石火)와도 같이 화살을 날렸다. 전통과 활 사이를 오가는 손이 눈에 잡히지 않을 정도로 빨랐다.

"슈-슈-슈-슈-슈-슉"

"슈-슈-슈-슈-슈-슉"

소리가 허공에 파동을 일으키자, 열두 명의 도적이 눈을 가리며 모로 쓰러졌다.

읍루의 '좌우안 궁신(弓神)'이 날린 열두 개의 화살이 미친 듯이 도

적들의 좌우 눈을 뚫고 들어갔다. 멀리 숲속에서 지켜보던 부르가는 입이 따악 벌어지고 말았다.
비록 자기가 구해주었으나, 알고 보니 무서운 무예를 지닌 사람들이었다.
특히, 곰처럼 용맹한 소북과 표범처럼 날랜 주조의 솜씨에 숨이 막혔고,
이어지는 신기(神技)에 가까운 두 사람의 궁술(弓術)에 전율을 느꼈다.
어느새 적들은 십오륙 명밖에 남지 않았다. 치솟는 불길과 눈에 박힌 활을 잡고 쓰러지는 동료들을 보고, 혼(魂)이 나간 도적들 사이로
소북과 주조가 뛰어들었다. 쌍(雙)도끼와 철검이 광란(狂亂)의 춤을 추자
"악-!"
"큭"
"억"
"으"
도적들이 강풍에 자빠지는 벼처럼 쓰러졌다. 도적들은 범같이 날뛰는 두 사람에게 칼질 한 번 변변히 하지 못하고 하나 둘 차례로 죽어갔다.
잠시 후 도적들이 셋만 남자, 한 놈의 칼날을 잡은 소북이 야차처럼 소리쳤다.
"무기를 버려라!"
도적들이 놀란 눈으로 장독이 엎어지듯 소북 앞에 무릎을 꿇었다.
"제발, 살려 주십시오."

"천하 영웅을 몰라 뵙고, 죽을죄를 지었습니다."
"묻는 말에 사실대로 답하라!"
소북이 눈을 부라리자, 피를 뒤집어쓴 얼굴 위로 흰자위가 무섭게 뒤집혔다.
"녜녜, 말씀하십시오."
셋은 이미 정신이 반쯤 나가 있었다.
"승냥이 객잔은 너희와 어떤 관계이며 늙은 노파는 누구냐?"
도적 하나가 대답했다.
"네, 승냥이 객잔은 비리성 내(內) 저희 흑전방(黑箭幇)의 비밀 주막입니다.
저희는 거기에서 사냥을 할 사람들의 정보를 얻고 있습니다. 노파는 '승냥이할멈'으로
이곳 우마산 분타 소속이 아니고 황사산(山) 본채에서 온 분이라고 들었습니다."
뒷산에서 내려와 듣고 있던 부르가가 외쳤다.
"뭐? 황사산(山)?"
소북이 눈치를 채고 날카롭게 추궁했다.
"황사산 본채는 어디에 있느냐? 그리고 흑전방(幇)에 대하여 말해봐라!"
"저희도 황사산의 위치가 어딘지 정확히는 모릅니다. 다만 외흥안령(嶺)의 서쪽 계곡에 있다고 들었습니다.
방주의 별호가 '등에마군'이라는 것만 알고 있고, 지금까지 한 번도 본 적이 없습니다.
그리고 승냥이 할멈은 황사삼악 중의 한 사람이라고 알고 있습니다."

"그럼, 다른 이악(二惡)은 또 누구누구냐?"
"첫째가 음풍마, 둘째가 독각귀 라고 하는데 이곳에 한 번도 온 적이 없어 보지 못했습니다.
자세한 것은 저희 같은 아래 것들은 모르고, 도적질 나간 분타주 위귀(魏鬼)님이 알고 있습니다."
더 이상 알아낼 것이 없다고 판단한 소북이 눈짓을 하자, 주조가 도적들의 팔을 자르고 나머지 산채에 불을 질렀다. 흑전방의 우마산 분타가 일시에 사라진 것이다.
분타주 위귀와 졸개들이 돌아오면 두려움에 기겁을 할 일이었다. 그들은
다시는 이곳에 산채를 세우지 못하고, 더 깊이 서쪽으로 물러가게 될 것이다.
세 사람은 부르가와 함께 비리성(城)으로 돌아와 부르가와 작별했다.
"낭자, 저희를 구해주셔서 감사합니다. 이 은혜는 평생 잊지 않겠습니다."
부르가가 부끄러운 듯 대답했다.
"별 말씀을요! 일이 다 끝나면 저희 소도로 꼭 한 번 놀러 오셔요!" 그리고
세 사람은 부르가와 헤어진 후, 비리성의 관저로 가 성주 예커쓰를 찾았다.
거친 기후의 북쪽 사람답게 그의 인상은 투박해 보였다. 인사를 드리고 나서 옥지가 말했다.
"성주님, 저 곡옥지예요."
예커쓰는 남장한 옥지를 처음에는 몰라보았다가 곡옥지라고 하자

한참을 뚫어지게 살펴보았다. 잠시 후, 친구 곡영의 딸 옥지를 알아보고

"오! 그래, 옥지구나! 네가 여긴 어쩐 일이냐?"

"네, 성주님. 제가 읍루국(國)의 선협, 두 분을 모시고 왔어요."

소북이 뱅어성주 곡영의 서찰을 꺼내서 드렸다. 뱅어성(城)을 떠날 때 도움이 될 거라며 써준 것이었다.

비리성주 예커쓰는 옛 친구를 대하듯 서찰을 반갑게 받아들고 읽었다.

편지를 읽은 예커쓰가 말했다.

"두 분이 이곳에 오신 이유를 잘 알겠소. 예족은 구막성으로 가지 않았고 아직 '깜짝반도' 동쪽 해안에 머물고 있소.

그들이 온 지도 벌써 2년이 되어 가오. 여기서만 6개월을 머무르다 이동하기 전 몇 개 방향으로 정찰을 보내, 그 조사결과를 가지고 토론한 후 노선을 결정했다고 들었소.

그들은 원래 구막성과 춥지반도를 경유해 얼어버린 바다를 건널 계획이었으나

구막성(城) 이북이 사람이 견딜 수 없는 한랭한 지역으로 바뀌었다는 보고를 받고, 이곳 항구에서 배를 타고 '깜짝반도'로 건너간 것이오.

그곳을 다녀온 상인들에 의하면, 그들은 '깜짝반도'에 머물면서 여전히 대양을 건너갈 준비를 하고 있다 하오.

당시, 달단에게 여기에서 함께 살자고 여러 차례 권했으나, 그는 천문을 관측한 결과 장차 이곳도 사람이 살아갈 수 없을 정도로 추워질 것이라고 하며

오히려 내게 '아침마다 태양이 떠오르는 땅'으로 함께 가자고 권유

했소. 그리고 달단은 '태양(太陽)이 떠오르는 땅'을 찾아가는 것은 단순히 추위를 피해서만이 아니라, 벼슬아치들이 횡포를 부리지 않고
가난한 자(者)가 멸시받지 않는 나라를 세우려는 포부 때문이라는 것이었소.
달단의 말에 감동한 나는, 비록 함께 갈수는 없으나 나의 도움이 필요할 땐 기꺼이 도와주겠다고 했소이다. 그런데 두 분이 달단족(族)을 찾는 이유는 무엇이오?"
소북은 이곳에 온 이유를 소상하게 예커쓰에게 설명했다.
"그렇다면 읍루국(國)도 야인과 괴수들의 위협을 받고 있다는 말이오?"
"예, 제가 북쪽 파곡산(山)을 정탐한 바에 의하면 그들은 강한 조직과 철제 무기를 지니고 있었으며, 예전의 미개한 족속이 아니었습니다.
더 이상 방치했다가는 읍루만이 아니라 장차 대(大) 조선의 안위까지도 위태로워 질 것입니다."
예커쓰가 신음을 했다.
"나는, 그동안 가라무렌강(江) 북쪽 오오츠크해(海) 연안 일대에 도적과 야인들이 출몰하여 골치를 앓고 있었소.
그 중 세력이 가장 큰 흑전방(幇)의 소굴이 어디에 있는지 아는 자가 없는데,
걱정인 것은 도적들이 오합지졸이 아니며 뛰어난 무공을 지니고 있다는 것이오.
세력이 더 커지면 반드시 비리성(城)으로 쳐들어올 것 같은 예감이 드오.

그래서 북옥저 북쪽의 구막성주(城主) 후르한과 서로 연락하며 돕고 있소만, 그 쪽은 더 어려운 사정을 토로하고 있소. 두 곳 모두 병력이 많지 않아, 함부로 성(城)을 비우고 정벌(征伐)을 갈 수도 없소이다."

주조가 성주에게 물었다.

"어려운 사정이라니요?"

"구막성도 요즘 야인들의 공격을 자주 받는다고 합니다."

"야인들이요?"

"글쎄.. 북쪽 지하에 살던 엄청난 수의 야인들이 혹독한 추위를 견디지 못해, 이젠 아예 구막성(城)을 빼앗고자 기를 쓰고 몰려든답니다."

소북이 물었다.

"북옥저는 강병(强兵)을 보유하고 있다 들었습니다. 왜, 가까께 도움을 청하지 않고 계십니까?"

"강병도 다 옛 이야기요. 조정도 부패한데다 근래 흉년이 들어 나라 살림이 어렵고, 오가(五加)와 해모수 그리고 마한과 동옥저의 긴장으로

열국의 제후들은 정신이 온통 그쪽으로만 쏠려 있소. 그러니 병력을 멀리 북쪽까지 보낼 여유가 없다고들 하오이다."

"아, 그렇군요."

비슷한 이야기를 이미 뱅어성주(城主)에게 들었는데 여기도 같은 이야기였다. 각 성(城)들이 알아서 스스로의 힘으로 지키라는 것이다.

이어,

옥지가 자기들이 흑전방(幇)의 우마산 분타에 잡혔다가 탈출한 과정을 자세히 말했다.

이야기를 들은 예커쓰가 연신 감탄을 하다 조심스러운 표정으로 말했다.
"오! 두 분의 의기와 무공에 탄복하는 바이오. 그러나 산채를 불태운 것이 좀 걸리오.
위귀가 산채의 주력을 데리고 나갔으니 도적들 대부분이 건재하여 반드시 복수를 꾀할 것인데, 괜히 벌집을 건드린 것 아닌지 모르겠소이다."
혈기방장(血氣方壯)한 소북은 잠시 예커쓰의 말에 동의하기 힘들었으나
이내 '비리성주(城主)의 입장'에서 다시 생각해보니 십분(十分) 이해가 갔다.
"아, 그렇군요. 제 생각이 짧았습니다."
그동안,
불의(不義)를 용서하지 않는 소북의 불같은 성격을 알게 된 옥지는 예커쓰의 말에 잠깐 불안했으나, 자기가 일생(一生)을 따르기로 한 소북이 역지사지(易地思之)의 지혜로운 모습을 보이자 더 없이 행복했다.
"아니오, 승냥이 객잔이 그들의 연락처라는 것을 알았으니 잘 된 일이오.
병사들을 보내 할멈을 잡아들여야겠소. 그런데 할멈이 삼악 중의 하나라고 하니 두 분 소협이 도와주셨으면 하오.
우선 그곳의 졸개들을 잡아 흑전방(幫)에 대한 정보를 자세히 알아보도록 합시다."
예커쓰의 명을 받은 읍차 뉴고록이 다음 날 새벽, 병사 백오십 명을 이끌고 객잔을 겹겹이 에워쌌다.

소북과 주조, 옥지도 뉴고록과 동행했다. 소북이 읍차에게 객잔을 단단히 포위하라 하고 주조, 옥지와 함께 객잔으로 성큼성큼 들어갔다.
마침 빡보가 1층을 청소하고 있다가 소북과 주조, 옥지를 알아보고 흠칫 놀라는 표정이었으나 어느새 모르는 척
"아이고, 지금은 청소 중이라 손님을 받지 못합니다. 반 시진 후에 다시 오셔요."
하며
능청스럽게 세 사람을 밖으로 안내하는 시늉을 했다. 얼핏 바보 같아 보이나, 의뭉스럽고 사악(邪惡)하기가 이루 말 할 수 없는 놈이었다.
주조가 냉랭하게 말했다.
"너 이리 좀 오너라. 이 형님이 몇 가지 물어볼 게 있느니라."
빡보가 빗자루를 들고 경계하는 얼굴로
"무슨.."
하며 가까이 오자,
주조가 손을 내밀어 가슴을 움켜쥐려 했고, 빡보는 깜짝 놀란 듯 비틀거리며 주조의 손아귀를 빠져나갔다. 임기응변과 보법이 대단했다.
헛손질을 한 주조가 짙은 눈썹을 곤두세우며
"이놈이?"
하고 뒷목을 잡으려하자
"헤-에"
하고
바보처럼 웃으며 빗자루가 절로 움직인 것 같이 주조의 눈을 가리

며 피해버렸다. 이를 본 소북이 외쳤다.
"조심해. 고수다!"
소북의 말에 주조가 검을 뽑아들자, 빡보도 몸을 날려 계산대 뒤의 귀두도를 들고 돌아섰다. 주조와 빡보는 순식간에 십여 합을 주고받았다.
소북과 옥지는 어리숙해 보이던 빡보의 무술(武術)에 놀라고 말았다.
'덜 떨어진 놈의 무예가 이리도 강하다니.'
그러나
십여 초가 지나자 빡보가 조금씩 밀리기 시작했다. 처음에는 괴이한 도법(刀法)으로 대등한 국면을 보였으나
내, 외공이 뛰어난 주조의 검(劍)을 계속 받아내기에는 역부족이었다.
주조가 빡보를 한쪽 구석으로 밀어붙이며 막 끝을 내려고 하는 때에,
2층에 나타난 승냥이 할멈이 지팡이를 짚은 채, 주조를 향해 뭔가를 던졌다.
"쌕-!"
소리가 나는 순간, 주조가 풍차처럼 몸을 돌리며 철검을 휘두르자,
"쨍그랑!"
소리와 함께 객잔의 숟가락이 바닥에 떨어졌다. 그 사이에 내려온 노파가 음산하게 말했다.
"으.. 우리 착한 아이를 못 살게 구는 자가 누구냐?"
노파를 본 소북이 소리쳤다.
"훗, 이제야 나타났군. 승냥이 할멈! 오늘, 너의 목을 잘라버리겠

다!"

며칠 전, 미혼약으로 잡아 우마산(山)으로 보낸 놈이 돌아와 자기를 '승냥이 할멈'이라고 부르자,

뭔가 잘못된 걸 눈치 챈 노파의 눈에 검은 기운이 스치고 지나갔다.

"이놈,

달단이라는 놈은 하나 밖에 없는 내 자식을 죽인 원수다. 이 세상에서 달단을 가까이 하는 놈들은 모조리 죽여 버릴 것이니라."

이어,

할멈이 구부러진 허리와 목을 좌우로 틀며 쭉 펴자, 목과 척추의 마디마디가 우두둑, 우두두둑 재 정렬을 하며 맞춰지는 소리가 들렸다.

승냥이 할멈의 몸이 꼿꼿하게 펴졌다. 소북과 주조가, 구부정하게 바꾼 골격을 되돌리는 노파의 술법에 놀라는 사이,

허리가 펴진 노파가 지팡이를 번쩍 들어 주조의 머리를 때려왔다.

쌔액- 하는

파공음이 예사롭지 않자, 받아내기 어렵다고 느낀 주조가 몸을 피했다.

이에 "흥!"

하고 콧방귀를 뀐 할멈이 지팡이를 멈추고 왼손을 서서히 들어 올리자, 삐쩍 말라보이던 손이 붉은 빛을 띠며 부풀어 오르기 시작했다.

놀란 소북이

"혈음장(血陰掌)!"

하고 외치는 순간, 승냥이 할멈이 혈음장을 내갈겼고 주조의 표정이 일변하며 일검경혼(一劍驚魂: 일검으로 혼을 놀라게 함)의 검술로 할

멈을 베어갔다. 일순, 은빛 검광이 혈음의 손 그림자를 가르며 빛살 같은 호를 그리자
"으음.." 하는 신음과 함께
음산한 붉은 기운이 철검(鐵劍)에 쪼개지며 흩어지는 듯했으나, 한 가닥의 음풍(陰風)이 검풍을 파고들며 주조의 왼 어깨를 스치고 지나갔다.
혈음장은 중원(中原) 흑도의 무림인이 사용하는 음독한 장법이었다. 당시 구이원에는,
진시황의 군대가 천하통일을 한다고 휩쓸고 다니는 통에 중원(中原)에서 굴러들어온 수많은 악인들이 쫓겨 들어와 암약(暗躍)하고 있었다.
검과 격돌한 할멈이 앞뒤로 크게 흔들리며 입가에 피를 흘렸으나, 주조는 뒷걸음치다 주저앉으며 피를 토했다.
주조가 승냥이 할멈에게 내공의 열세를 보이고 말았으나, 할멈은 잠깐 놀라는 표정이었다. 심하진 않았으나 자기도 내상을 입은 것이다.
이어, 할멈이 호두 같이 생긴 물건을 꺼내 소북에게 홱- 집어던졌다.
이를 본 소북이 좌장(左掌)을 휘두르자, 날아오던 물체가 바닥에 떨어지며 검붉은 연기가 새어나오기 시작했다. 주조가 다급하게 외쳤다.
"작은 성주님, 독연입니다! 얼른 피하십시오."
소북이 급히 주조를 부축하고 객잔 밖으로 나와, 뉴고록에게 말했다.
"불을 지르세요!"

뉴고록이 부하들에게 명령했다.
"불을 질러라!"
병사들이 사방으로 불을 붙이자, 잠시 후 객잔은 큰 불길에 휩싸였다.
할멈과 빡보를 기다리던 소북은 아무도 나오지 않자 괴이한 생각이 들었다.
객잔이 전소된 후 소북과 읍차는 잔해(殘骸)를 샅샅이 뒤졌으나, 아무것도 찾을 수 없었다.
소북은 이상하게 생각하며 객사로 돌아왔다. 주조의 내상은 그리 심한 상태는 아니었다.
조설단(鳥舌丹)을 삼키고 한 시진(- 2시간)을 운기조식 한 후 일어났다.
다음날 소북과 주조, 옥지는 신전 소도로 가서 부르가를 만났다. 신녀(神女)들도 강호(江湖)에 나갈 때면 가끔 남장(男裝)을 하기 때문에,
부르가는 곡지가 여자임을 우마산(山)을 나온 후 눈치 채고 있었다.
부르가가
"언니"
하며 말을 걸자, 곡옥지는 헤어진 동생이라도 찾은 듯 곧 친해졌다.
"호호호호호"
"까르르르르"

당시, 소도는 삼신을 모시는 곳으로 조선의 모든 성에 세워져 있었다.

비리성의 소도는 성안 우측 언덕 위에 지어져 있었다. 건물 세 개가 동쪽을 향해 ㄷ자 모양으로 앉혀져 있었다.

주전(主殿)에는 '백단나무로 깎아 만든 삼신상'이 단(壇) 위에 안치되어 있었고, 좌우 벽면에는 용호(龍虎)와 함께 달리는 선인들이 그려져 있었다.

소북이 기도했다.

'한울님! 소북이옵니다. 도움을 청하기 위해 여기까지 왔으나, 이곳 또한

흑전방(幇)이라는 악의 무리가 양민들을 괴롭히고 있습니다. 흑림에, 저희가 모르는 세력들이 얼마나 더 있을지는 모르겠습니다. 달단의 힘을 빌린다 해도

가라무렌강(江) 이북의 악마들을 쓸어버릴 수 있을지 장담할 수 없사오나, 소생, 목숨을 걸고 그들과 싸울 것입니다. 힘을 주시오소서.'

주조도 기도했다.

'한울님, 가라무렌강(江) 너머는 선교의 교화를 따르지 않는 악인들이 많습니다. 작은 성주님과 함께 무사히 임무를 마칠 수 있도록 이끌어 주시오소서.'

옥지도 간절하게 기원했다.

'삼신님,

저는 처녀의 몸으로 흥귀방 해적들에게 잡혀 가달마황의 제물이 될 뻔했으나,

마제의 제물이 되기 전 소북님이 구해주어 살아났습니다. 소북님은, 저의 전라(全裸)를 보인 사람이기도 하나 평소 만나기를 꿈꾸던 멋진 남자입니다.

부끄러움을 모르는 여자로 여기지 마시고, 죽는 날까지 이 사람 곁에 있을 수 있도록 도와주시오소서.'

세 사람 모두 눈을 감은 채 무릎을 꿇고 앉아 언제까지나 일어날 줄 모르고 있었다.

"이제 그만 가시죠."

밖에서 기다리던 부르가가 들어와 말했다. 세 사람은 부르가의 안내로 소도를 관장하는 회향신녀(懷香神女)를 만났다. 그녀의 나이는 육십 정도였다.

신녀가 반갑게 맞이했다.

"어서 오세요."

소북과 주조, 옥지가 정중하게 인사를 올렸다.

"읍루의 소북과 주조입니다."

부르가로부터 이미 영웅담을 들은 회향신녀는 소북과 주조를 보고 감탄했다.

"호호호, 상상했던 호쾌(豪快)한 모습 그대로군요. 부르가에게 듣기로 흑전방(幇)의 우마산(山) 분타를 통째로 쓸어버리셨다고 들었습니다."

소북이 쑥스러워했다.

"부끄럽습니다. 부르가 소저가 아니었다면 모두 꼼짝없이 죽었을 겁니다. 검산도림(劍山刀林)과 불산을 두려워하지 않는 부르가 소저야말로 우마산을 뒤집어엎은 여걸(女傑)이시며 저희들의 생명의 은인입니다."

하며 부르가에게 거듭 감사의 예(禮)를 취하자, 부르가는 갑작스러운 인사에 당황하였으나 정중하게 답했다.

"선협(仙俠)들이라면 어려울 때 서로 도와야지요."
"호호호,
그래. 우리 부르가가 제일이다. 자랑스럽구나."
회향신녀가 칭찬한 후 소북과 주조에게 물었다.
"두 분은 달단 족장과 예족을 찾고 있다고 하던데 특별한 이유가 있습니까?"
소북은 국왕의 명으로 달단 족장에게 도움을 청하러 간다는 것과 읍루 북쪽에, 구이원을 넘보는 마의 세력이 커져가고 있음을 말씀드렸다.
회향신녀는 한탄을 했다.
"배달국과 조선을 이끌어온 선교가 무너질 대로 무너졌어요. 이웃 중원은 더하오.
중원은 이미 오랜 전쟁으로 피폐해졌고 말 잘하는 자들이 온갖 설(說)을 설파하고 다니나, 그것은 참 도(道)가 아니요.
병가(兵家), 법가, 명가(名家), 묵가, 방기가(方技家: 불사의 약이나 황금을 만드는 자들), 소설가(小說家: 거리의 이야기꾼이나 稗官패관소설을 작성하는 환관들) 등
백가지 주장이 거의, 사람들 위에 군림하고 지배하려는 술수에 불과하오.
그들은 인간(人間)이 가야 할, 인의(仁義)의 길을 망각하고 있소이다.
지금, 구이원 각지의 선문이 마계의 흑무와 흑선, 흑도 무리들의 은밀한 공격에 당하고 있어요.
지난 달,
북옥저의 신전소도에서도 정체를 알 수 없는 자들의 공격으로 삼신

상이 부서졌고, 각지 신당(神堂)의 백무(白巫)들이 살해되었다고 합니다.
그리고 유일하게 여신전이 있는 여인국(國)도, 잠잠했던 야인들의 공격이 다시 이어져 신녀들이 죽거나 다치고 있다고 합니다.
그 곳의 보리울 신모님은 성모(聖母) 웅녀의 전인으로, 높은 무예를 지니고 계십니다만 이제는 고령이시라 야인들을 상대하기 어려운 모양입니다.
큰일입니다. 마계는 강해지고 있고 선계는 갈수록 쇠퇴하고 있으니…"
소북과 주조는 또 한 번 놀랐다.
자기들은 단순히 거인 족만을 생각하고 있었으나, 회향신녀의 말씀을 듣고 보니 조선 전역을 악(惡)의 세력이 잠식해가고 있다는 것 아닌가.
소북은 머리가 혼란스러웠다. 이때, 부르가가 낭랑한 목소리로 말했다.
"너무 걱정 마셔요. 모두 잘 될 거예요. 칠대선문은 아직도 건재하고 의로운 영웅과 선협들이 많이 계시지 않습니까."
회향신녀와 이야기를 나눈 후, 부르가의 안내로 성(城)을 구경하고 돌아온 소북이 예커쓰에게 말했다.
"성주님. 내일, 깜짝반도로 가서 달단족장님을 만나 뵙고자 합니다."
예커쓰가 말했다.
"그렇게 하시오. 배편은 내가 준비해 놓겠소이다."
다음날,
아침 일찍 포구로 나갔다. 그런데 뜻밖에도 부르가가 포구에 나와 있었다.
"아니, 소저(小姐)! 여기까지 웬일이시오?"
주조가 묻자, 부르가가 웃으며 대답했다.
"호호호,
저도 당분간 세 분을 따라 다니기로 했어요. 사부님이, 흑전방을 물리치려면 신녀들도 힘을 합쳐야 한다고 하셨어요.
두 분은 이곳 지리를 잘 모르시잖아요. 제가 조금은 도움이 될 거예요."
소북이 손을 저었다.
"우리가 가는 길은 악한들이 들끓고 있소. 소저, 감사한 말씀이나 사양하겠소이다."
주조가 부르가를 물끄러미 보며 말했다.
"작은 성주님, 부르가 소저와 같이 가면 큰 힘이 될 것 같습니다만.."
소북이 답답하다는 듯
"주조! 우리는 지금 소풍을 다니는 게 아니지 않소!"
라고 하자, 부르가가 물었다.
"아니, 저를 무시하시는 거예요? 제가 두 분을 구해드린 걸 벌써 잊으셨나요?
소협, 언젠가는 그 보답(報答)을 하겠다던 말씀, 아직도 변함이 없나요?"
소북이 두 말하면 잔소리라는 표정으로 두툼한 가슴을 치며 대답했다.
"그렇소, 사나이가 어찌 한 입으로 두 말을 할 수 있겠소이까?"
부르가가 눈을 반짝이며 말했다.

"호호호, 그럼 됐어요. 지금이 그때랍니다. 은인의 명입니다. 앞으로 두 분은 이 부르가를 데리고 다니며, 매일 조금씩, 조금씩 갚으셔요. 아셨죠?"

소북은 입을 벌린 채 할 말을 잃고 말았다. 밀림을 누비며 거인과 멧돼지, 늑대를 상대하던 소북은 깜찍하고 영리한 부르가를 당해낼 수 없었다.

"알겠소. 죽을 고생을 해도, 절대 우리를 탓하거나 후회하지 마시오."

승락을 받은 부르가가 활짝 웃으며 소리쳤다.

"만세! 나도 이제 자유로운 강호인이다!"

주조가 부르가를 보고 따라 웃다가 바다 쪽을 바라보았다.

"배가 들어옵니다."

바다 위로

범선 한 척이 다가오고 있었다. 북옥저 도성에서 출발하여 비리성과 깜짝반도를 오가는 배였다. 배가 선착장에 닿자, 네 사람은 배에 올랐다.

대양을 건너려는 사람들

그들은 오후 늦게 오오츠크해(海)를 건너 월모항(月母港)에 도착했다.
월모항은, 비리성 포구와 오오츠크해를 가운데 두고 마주보고 있는 깜짝반도의 서쪽 남단 항구였다.
배에서 내리며 둘러보니, 멀리 드높은 설산(雪山)들이 끝없이 이어져 있었다.
아직 해가 떨어지지 않았음에도 호랑이와 늑대, 이리의 울음소리가 먼 산에서 간간이 들려왔다. 그들은 항구 가까운 곳의 오오츠크 객잔에 들었다.
객잔 주인 니막은 에벤족(族)으로 젊은 시절 오오츠크 및 깜짝반도 해안과 춥지반도를 돌아다니며 사냥과 어로(漁撈)를 하다,
나이가 들자 이 객잔을 인수해 운영하고 있었다. 니막은 바다 연안은 모두 다녀 보았으나,
대륙 깊숙이는 한 번도 가보지 못한 것이 평소 가슴에 한이 맺혀 있었다.
이야기 듣기를 좋아하는 그는, 멀리 읍루국(國)에서 왔다고 하는 소북에게 읍루 이야기를 해달라고 졸랐다.

주조와 소북은 읍루의 풍광과 흥개호 수적들을 없앤 영웅담 그리고 장비족과 흑전방 이야기를 들려주며, 근래 읍루국을 괴롭히는 흑림의 거인들과 예족을 찾아온 이유를 말했다. 니막이 놀라서 눈을 크게 뜨고 말했다.
"예족을 찾으러 왔소?"
"예, 달단 족장님을 만나야 합니다."
"하하하하, 그들이 머물고 있는 곳은 내가 잘 알고 있소."
옥지는 반가웠다.
"아, 정말이에요?"
"정말이오.
여기서 남쪽 끝으로 더 내려가 대양 쪽으로 틀어 북으로 하루를 가면 그들이 머무는 곳에 도착할 것이오. 예족들은 그곳을 달단항(港)이라 부르오.
2년 전, 비리성(城)에 머물던 달단 족장의 선발대가 대양을 건널 곳을 찾기 위해 우리 객잔에 들었는데, 이 일대의 해안을 다 꿰고 있는 나를 만났으니, 운이 좋았던 거요.
처음, 그들이 큰 바다를 건너가겠다는 말을 했을 때 나는 눈앞이 캄캄했소.
평생을 바다에서 살아온 나지만, 이 대양은 끝도 없이 넓어서 건너가 볼 생각은 단 한 번도 해보지 못했소.
그러나 대양을 건너서 태양이 떠오르는 땅을 찾아, 귀족들이 횡포를 부리지 않고
가난한 자가 멸시받지 않는 새로운 세상을 세우겠다는 말에, 나는 예족의 원대한 포부와 용기(勇氣)에 크게 감동했었소.
깜짝 반도는 무려 수백 리로 화산이 백 개가 넘고, 그 중 용암을

토해내는 활화산도 오십여 개가 넘는 위험한 지역이고, 아무도 건너본 적이 없는 대양을 건너려면 큰 배가 여러 척 있어야 하지 않겠소.
그래서 겨울에도 이곳저곳에 온천수가 흘러, 바다와 강(江)이 얼지 않고 배를 건조해 띄우기 좋은 항구와 그들이 지내기 좋은 곳을 알려주었소.
지금쯤, 그들은 대양(大洋)을 건너기 위한 막바지 작업에 한창일 것이오."

다음날 네 사람은 니막의 소개로 월모항 가축 시장에서 말을 사서 반도의 바닷가를 따라 천천히 말을 몰았다. 워낙에, 짙은 안개가 끝도 없이 끼어있어 속도를 낼 수 없었다.
한 시진이 지나 안개가 걷혀가자, 소북 일행의 속도도 자연 빨라지기 시작했다.
얼마 후, 안개가 모두 걷히자 몸을 감추고 있던 망망(茫茫)한 바다가 선명하게 모습을 드러냈다.
물결은 짙푸르고 파도는 잔잔했다. 하늘에는 수백 마리의 갈매기 떼가 끼룩 끼룩 한가로이 날고 있었다.
대자연의 웅장한 모습에 네 사람은 말을 멈추고 탁 트인 바다를 감상했다.
옥지는 지금껏 흥개호를 바다와 다를 바 없다고 생각해왔는데, 흥개호(湖)와는 비교할 수 없는 큰 바다를 보고 크게 감동하여 소리쳤다.
"야- 호! 정말 이렇게 큰 바다는 처음이에요. 진짜, 끝이 보이지 않는군요."
읍루는 삼림국(國)이었다. 원시림에 살던 주조도 바다를 보고 흥분한 듯,
"가슴이 탁 트이고, 바다가 몸을 통째로 빨아들이는 것 같아, 눈을 돌릴 수가 없군요.
아름답습니다! 작은 성주님, 예족은 정말, 이 바다를 건널 생각일까요?"
소북이 대답했다.
"그동안, 그들의 이동은 큰 고생길이며 우매한 짓이라고 생각해왔소.
그 정도로 힘을 들이면 고향에서도 얼마든지 잘 살 수 있지 않을까 하고 말이오.
그러나 지금, 대양을 보는 순간 깨달았소. 저 바다 너머에 해가 떠오르는 신령스러운 땅이 있을 거라고. 보시오. 태양이 올라오고 있지 않소?
그들은 환웅천황이 신시를 세우셨듯, 날로 타락해가는 세상에 염증을 느끼고
새로운 땅에서 또 다른 신국(神國)을 건설하여 한울의 도(道)를 이루어보려는 간절한 구도(求道)의 마음을 갖고 있을 것이오."
말을 마친
소북이 말에서 내려 망연자실 바다를 바라보다 그 자리에 무릎을 꿇었다.
두 손으로 바람에 날리는 머리카락을 모아 뒤로 넘겨 정리하고, 바다와 하늘을 향해 절을 세 번 올린 후 개구리처럼 땅바닥에 엎드렸다.

부르가와 곡지, 주조는 소북이 뭘 하는지 몰라, 말 위에서 내려만 보고 있었다.
커다란 개구리 같은 소북의 등을 본 옥지와 부르가는 서로를 쳐다보며 소리 없이 웃었다. 소북이 머리를 들고 개구리처럼 두 눈을 끔뻑이며 중얼거렸다.

「우물 안 개구리,
　밀림을 뛰쳐나와 대양을 보았네

　높고 푸른 하늘
　망망한 바다
　이제 나는 저 바다를 삼키고
　토하는 개구리가 되리
　우물 속에 살 때는
　뒷다리에 힘을 주고 뛰면 벽에
　닿았는데
　여기에선
　몇 번을 뛰어야 바다를 건널 수
　있을까.

　언젠가는 나도
　구관조가 인도하는 배를 타고
　대양을 항해하리
　바다가 성을 내고

폭풍우가 몰아쳐도
굴하지 않고 전진하는 배가 되리
구만리 하늘을 나는 대붕을 따라
인의의 바다를 항해하며
영원한 하늘을 꿈꾸는 큰 개구리
가 되리니   」

목을 빼고 수평선을 응시하며 한 편의 시를 읊고 있는 소북은 '인의'의 구만 리 바다를 품었다.

한 시진 정도를 더 달린 후, 어느 산모퉁이를 막 돌아 섰을 때였다. 멀리 앞쪽 해변에서 말 한 필이 질주해오고 있었다. 그 오십 장 뒤로
일곱 기(騎)의 무사들이 허공에 칼을 휘두르며 따라오고 있었는데, 좋은 무리들 같지 않았다. 잠시 후 쫓기는 자의 모습이 드러났다. 경장을 한 소녀였다.
이윽고 소녀의 말이 도착했다.
"저 좀 도와주셔요! 저들은 도적들이예요."
" …… "
머리를 양 갈래로 땋은 열일곱 살 정도의 소녀가 다급하게 소북의 뒤로 숨으며
숨을 가쁘게 몰아쉬었고, 말도 얼마나 힘들게 달려왔는지 주둥이에 거품이 가득했다.

"투후 푸후후"
소녀는 잔뜩 겁을 먹은 얼굴이었다. 곧 이어 여덟 명의 도적이 앞으로 달려와 섰다.
모두가 표독한 눈에 이리 같은 녹색 안광을 쏟아내며 칼과 창(槍)을 들고 있었는데,
도적들은 소북 일행이 남자는 세 명밖에 없고 자기들이 쫓아온 소녀 말고도
앳된 미모의 부르가가 있는 것을 보고 음침한 눈길을 주고받으며 침을 꿀꺽 삼켰다.
"히히히히. 이게 웬 떡이냐, 계집이 갑자기 둘이 되었네. 헤헤헤헤."
"노예 셋에 말도 네 마리나 생겼네."
"그러게."
도적들 중 나이 들어 보이는 자가 눈을 부라리자, 충혈된 눈이 툭 불거졌다.
"니들은 어디서 굴러온 잡것들이냐. 어른들을 봤으면 빨리 무기를 버리고 말에서 내려야지."
소북이 대답했다.
"그렇게는 안 되겠는데! 그러는 너희들은 어디 사는 쥐새끼들이냐?"
"아니, 이놈이!"
"아니, 이놈이!"
"뭣이!"
"뭣이!"
장비족(族)의 팔기루처럼, 놈의 말을 따라한 소북이
"요즘 들어, 제삿날을 잡는 놈들이 너무 많아졌어."
하며 눈을 가늘게 뜨자 일순, 범상치 않은 기도(氣度)를 느낀 두령

인 듯한 자가 주춤 한 발 물러서는 모습을 보였다.
"우린, 저 애만 데려가면 되니, 그만 길을 비켜라."
턱으로 사슴처럼 떨고 있는 소녀를 가리키자, 소북이 도끼를 손에 쥐며 막아섰다.
"후후,
어림없는 소리. 이 낭자가 정신이 나갔다면 모를까, 니들을 따라가진 않을 것 같은데. 낭자, 저들과 아는 사이요?"
소북이 묻자 소녀는
"저들이, 더 없이 사악한 인간들이라는 것만 알지, 전혀 모르는 사이에요."
라고 대답했다.
이에
"칵-! 저것이 죽으려고 환장을 했나."
숨이 넘어갈 듯 두령이 외쳤다.
"얘들아! 싹 다 죽여 버리고 계집들을 잡아가자. 쳐라!"
두령과 부하들이 달려들자, 소북의 쌍(雙)도끼가 벼락 치듯 반공을 끊으며 주조의 철검(鐵劍)과 부르가, 옥지의 검이 도적들을 베어갔다.
"창! 창! 창! 창!"
싸움이 시작되자 소녀도 싸움판에 뛰어 들었다. 조용한 바닷가는 잠깐 사이 험악한 싸움터로 변했다.
도적들은 생각보다 강했으나, 시간이 흐를수록 밀리기 시작했다. 붕붕- 우는 쌍(雙)도끼와 철검이 미친 소처럼 날고 뒤집히며 적들을 몰아가는 가운데,
작은 도끼로 시선을 끌며 사라졌던 긴 도끼가 낙석(落石)처럼 떨어

지며 두령의 어깨를 찍었다.
"악!"
두령이 말에서 떨어지자, 이어 주조의 철검이 다른 도적의 허리를 베었다.
"억!"
또 하나가 낙마(落馬)하자, 도적들의 간이 오그라들고 손발이 굳었다.
누군가
"돌아가자!"
고 소리치자 일제히 말을 돌려 내빼기 시작했다. 이를 본 부르가가 검을 거두고 날린 화살이, 꽁무니에서 달리는 도적의 등을 꿰뚫었다.
"으윽"
이를 본 도적들이 정신없이 도망을 쳤으나 소북은 쫓지 않았다. 초행길로 이 지역을 잘 모르기 때문이었다.
소녀가 다가와 활짝 웃으며 인사했다.
"정말 고맙습니다. 꼼짝없이 놈들에게 잡히는 줄 알았어요. 저는 이화라고 합니다."
"소북과 주조라 하오. 그리고 옥지, 부르가 소저요. 저놈들은 누굽니까?"
"아, 저는 예족의 장로 아지거의 딸입니다. 오늘 약초를 캐러 다니다 온천수가 솟아 시내를 이루는 곳에서 기화요초(琪花瑤草)를 발견했어요.
화산 지대에는 희귀한 약초가 많이 자란답니다. 거기서 신나게 약초를 캐다 저들의 눈에 걸린 겁니다. 그 부근에 도적들의 소굴이 있었

던 거예요. 나는 죽어라 도망을 쳤고 이후는 보신 대로입니다. 그런데
은인들은 이 지역 분들이 아니신 것 같은데 어디를 가시던 중이셨나요?"
소북은 이화가 예족의 딸이라는 말에 그렇게 반가울 수가 없었다. 하늘에서 뚝 떨어진 선녀 같았다. 마침내 예족을 찾은 것이다. 소북이 대답했다.
"오-! 반갑습니다. 아가씨! 우리 두 사람은 읍루국 사람으로 가한의 명을 받고 달단 족장님을 뵈러 왔습니다."
"족장님을요?"
이화가 눈을 동그랗게 뜨고 놀랐다. 그러고 보니 이화의 눈은 바다의 흑진주처럼 아름다웠다.
"그렇소, 족장님을 뵈러 먼 길을 왔소이다. 우리를 안내해주시겠소?"
"그럼요, 저를 따라오셔요."
한나절을 달리자, 대양에 황혼이 내린 저녁 무렵 조용한 촌락으로 들어섰다.
마을은 천막과 건물들이 즐비했고 창문으로 새어나오는 불빛들이 가히 환상적이었다.

예족들은 잠시 머물다 갈 곳임에도 마을을 아름답게 조성해 놓고 있었다.
이화는 소북 일행을 족장이 일을 보는 곳으로 데리고 갔다. 집무실은 어유등(魚油燈)이 활활 타오르고 있었다.

족장이 반갑게 나와 맞이했다. 가슴까지 내려온 흰 수염과 머리카락을 길러 뒤로 묶은 달단에게서 선인(仙人)의 고고한 풍모가 느껴졌다.

"어서 오시오. 귀한 손님들이 오셨군! 위험에 빠진 우리 이화를 구해주었다면서요."

"별말씀을요, 선객이라면 누구라도 나섰을 것입니다. 인사드리겠습니다. 저희는 읍루(國)의 가한 악탕카님의 심부름을 온 사자들입니다."

소북이 품속에서 편지와 손잡이에 두 마리의 곰이 장식된 단검을 꺼내 드렸다.

달단의 얼굴이 활짝 펴졌다. 뜻밖의 벗으로부터 온 반가운 소식이 아닌가.

"오, 악탕카 가한! 그래, 이 단검은 내가 읍루를 떠나올 때 신표로 준 것이지."

이어, 비단 편지를 읽은 달단이 말했다.

"이곳까지 나를 찾아오느라 정말 고생이 많았소. 오늘은 객사에서 쉬고, 자세한 이야기는 내일 하도록 합시다. 안내는 이화가 해 줄 것이오."

일행은 이화의 안내로 객사에 들었다. 객사는 깜짝반도의 침엽수(針葉樹)로 만든 통나무집으로, 황토 방(房)이었고 불이 잘 들어서 따뜻했다.

이화가 말했다.

"우리 부족은 온돌을 놓는 기술이 매우 좋답니다."

모두 이곳저곳을 디뎌보니

골고루 어느 구석이나 따뜻했다. 일행은 남녀로 나뉘어 두 개의 방에서 온돌에 등을 지지며 여독(旅毒)을 풀었다.
다음날 아침 이화가 찾아왔다.
"모두 잘 주무셨어요?"
"네, 아주 잘 잤어요. 방이 너무 따뜻해서 집에서 잔 것처럼 가뿐해요."
옥지의 대답에 소북도 웃었다.
"우리도 잘 잤습니다."
"아침은요?"
"한 상 잘 차려주셔서, 맛있게 먹었소."
"네, 잘 되었네요. 족장님께서 먼저 이곳을 구경시켜 드리라고 하셨어요. 족장님은 읍루 가한님의 서한을 보고 장로 회의를 소집하셨어요."
"장로회의요?"
"네, 우리 예족은 주요 의사결정을 모두 장로회의에서 결정한답니다."
"장로님은 모두 몇 분이신지?"
"일곱 분이 계신데, 모두 도력이 높은 선인들이셔요. 저희 아버님도 장로 중 한 분이시구요"
"아, 네"
일행은 이화를 따라 이곳저곳을 돌아보았다. 예족이 머무르고 있는 곳은
동(東)으로 바다가 열린 항구 지대였고, 서쪽 내륙으로는 울창한 산악(山嶽)지대였다.
내륙 쪽 촌락의 외곽으로 높은 방어용 목책이 성(城)처럼 세워져 있었으며,

목책의 방향이 꺾어지는 곳마다 높다란 망루(望樓)가 세워져 있었다. 얼핏 보아서는 다른 유목민들의 촌락 배치와 별 차이가 없어 보였으나,
적의 기습에 대응할 수 있도록 모든 거처가 오행과 기문둔갑법에 따라 기관이 있고, 집집마다 서로 긴밀하게 연결이 되어 있다고 했다.
소북은 이화의 말을 듣고 감탄했다.
'아, 잠시 머물다 갈 곳인데도 이토록 철저하게 대비하는구나. 이들은 대양을 무사히 건너고야 말 것이다!'
들떠 있지 않고, 차분하게 일상을 보내는 모습이 아무리 봐도 정든 고향(故鄕)을 떠나 멀리 대양을 건너가려는 부족 같아 보이지 않았다.
'어떻게, 이리 차분하게 살 수 있을까?'
그들은 마치
옛날부터 이곳에 거주해온 것처럼 살고 있었으며, 바다와 미지의 세계에 대한 두려움이 조금도 없어 보였다. 그들은 모두 행복해 보였고,
새로운 나라를 세우겠다는 신념이 확고부동해 보였다. 네 사람은 모두 감탄했다.
'아!
이들은 지도자를 마음으로 따르고 있다. 민심이 곧 천심(天心)이라 했으니 이는 분명, 달단 족장의 언행이 천도에 부합한다는 증거이리라.'
는 생각이 들었다.
이화는 마지막으로 배를 건조하고 있는 조선소(造船所)를 구경시켜

주었다.
소북 일행은 조선소를 보고 입을 딱 벌리고 말았다. 바닷가 작업장은 엄청나게 넓었고, 수많은 남녀 부족민들이 일사분란하게 작업을 하고 있었다.
형태가 거의 갖추어져가는 일곱 척의 큰 배와 삼십 여개의 작은 배들이 있었고,
배들의 사이를 다니는 추선(鰍船: 작고 미꾸라지처럼 빠른 배)들도 여러 척 보였다.
큰 배는 모두, 네 사람이 한 번도 보지 못한 크기의 배로 수백 명은 탈 수 있어 보였으며,
배 머리에 태양, 달, 용, 곰, 호랑이, 주작, 현무의 상이 만들어져 있어
바다를 응시하며 출발할 날을 기다리고 있는 것만 같았다. 소북이 물었다.
"배를 몇 척이나 만드는 겁니까?"
"일곱 척은 만들어야 합니다."
"예족은 모두 몇 명이오?"
"삼천 오백 오십 육 명입니다."
"대단하군요. 그런데 이 큰 바다를 건너려면 얼마나 걸리겠소이까?"
"아직 모르겠어요.
항로도 결정되지 않았는걸요. 빠푸타이 장로님이 항로를 조사하고 계셔요. 장로님이 수시로 작은 배를 타고 동쪽으로 멀리 나가보곤 한답니다.
어마어마하게 큰 바다지만, 충분히 건너갈 수 있으리라고 말씀하셨어요."

"조사 중이라고요?"

"네"

"무얼?"

"항해를 하려면 조사할 것이 많대요. 바다는 동서남북을 구분하기 어렵고 돛으로 바람을 타야 하니

계절 따라 바뀌는 별자리와 바람을 알아야 하고, 또 해류도 중요하답니다.

해류는 바닷물이 흐르는 길이래요. 대양을 건너려면 밤하늘의 별로 방향을 잡고,

바람과 해류를 잘 타야 합니다. 까딱 잘못하면 힘만 들고 엉뚱한 곳으로 배가 흘러가버린답니다.

지금까지 장로님이 확인한 바로는 깜짝반도 앞 바다에는 징검다리 섬들이 동쪽으로 일렬로 전개되며 항로를 안내해 주고 있대요. 섬들은

제1, 제2, 제3, 제4, 제5, 제6 섬..... 이어져 있는데 어디까지 이어지는지 아직, 끝까지는 가보지 못했답니다.

계속해서 탐색대를 보내고 있는데, 장로님은 바다 건너의 땅까지 이어지지 않았을까 기대하고 계셔요.

만약 그렇다면, 바람을 타고 섬들이 전개된 방향으로 건너가면 된다는 거예요.

여기서 바람 못지않게 중요한 것이 해류인데, '깜짝반도' 남쪽에서 올라오는 따뜻한 바닷물이

다행히도 반도 앞에서 방향을 틀어 섬이 나아가고 있는 동(東)으로 흐르고 있답니다.

빠푸타이 장로님은 해류도 조사하고 있어요. 이 해류가 얼마나 빠른

지, 계절마다 어떤 차이가 있는지 그리고 어디까지 흘러가는지를 조사하던 중, 오오츠크해(海) 연안 고래잡이 어부들에게 매우 중요한 것을 배웠답니다.

그것은 해류를 따라 고래들이 이동한다는 것입니다. 고래들은 새끼를 낳을 때가 되면 따뜻한 남쪽으로 내려가 새끼를 낳은 후 북쪽으로 돌아간대요.

그래서 우리는 이 바닷길을 '고래길'이라고 이름 지었어요. 우리는 아마 이 '고래길'을 따라 고래들과 함께 대양을 건너게 될 것 같아요."

"아!"

네 사람은 상상해보지 못한 이야기였다. 모두 감탄했다. 주조가 물었다.

"그 장로님은 어떻게 그런 걸 다 아신데요?"

"일곱 분의 장로님이 각기 관장하는 분야가 있지요. 이를테면 저희 아버님은 의약 분야로

선약, 선단, 환약과 침(鍼)을 만들고 제자들에게 의술을 가르치고 계셔요.

많은 사람이 누구도 가보지 못한 먼 길을 가려면 아무래도 약이나 치료 도구들이 있어야하지 않겠어요.

그래서 저도 아버님을 도와 약초를 구하기 위해 화산지대에 들어갔다가 어제 혼이 났던 겁니다.

이곳의 천문을 기록하고 바람과 항로를 확인하시는 빠푸타이 장로님은 바이칼선문의 천문을 관할하는 주보전(宙寶殿)에 계셨던 분이예요.

그래서 족장님이 '참된 도(道)는 세상 모든 곳에 펼쳐져야 한다'고

간곡하게 설득해서 오셨답니다.
장로님은 예족의 노정(路程)에 순교하는 마음으로 참가하신 분입니다."
"아-"
네 사람은 감탄하지 않을 수 없었다.
이들을 만나기 전엔, 조선이 싫어서 떠나는 것으로만 짐작했는데, 이제 보니 조선의 문명을 새로운 땅에 펼치려는 선교(仙敎)의 사도였던 것이다.
"바이칼 선문에는 어떻게 그런 현인, 현사(賢士)들이 많이 있는 걸까요?"
"족장님이 언젠가, 삼라만상에 관한 연구는 칠대선문 중 바이칼선문이 으뜸이라고 하셨어요.
백두선문과 같이 천황 시절에 세워진, 바이칼 선문의 주보전(宙寶殿)에는
역대 선사와 선인들이 기록해 놓은 수천 년에 걸친 일식, 월식 등의 천문기록과
지진, 홍수 및 선교의 논(論), 서(書) 그리고 선사들의 행장(行狀), 어록, 각 선문의 무공, 지리, 풍속에 대한 기록들이 보관되어 있답니다."
"아!"
네 사람은 속으로 꼭 한 번 바이칼선문을 가보아야겠다는 생각을 했다.
옥지가 궁금한 것을 물었다.
"낭자,
그런데 이곳을 왜 '깜짝반도'라고 부르나요. 뭐가 그렇게 깜짝 놀

라운 걸까요?"
이화가 대답했다.
"아주 오래 전, 이곳에 온 북옥저의 천문지리학자 '손바투'라는 선인이,
가라무렌강(江) 보다 훨씬 북쪽인데도 기후가 너무 따뜻해서 '깜짝'
놀라며 '깜짝반도'라고 불렀답니다.
손바투님이 조사한 결과, 따뜻한 해류가 올라오고 높은 산들이 북(北)의 찬바람을 막아주는 가운데
화산(火山)지대에서 온천수가 끊이지 않고 흘러 나와 그렇다는군요. 그래서
달단 족장님도 예족이 머물며 배를 건조하기에 적당한 곳으로 판단하신 겁니다."
"호호호,
그럼, 구막성 북쪽에는 춥지반도가 있다는데 그곳은 기후가 너무 추워서 '춥지반도'라고 부르게 된 건가요?"
"후후,
그래요. 곡소저는 매우 총명하시네요. 말 그대로 그곳은 무척 추운 곳입니다.
처음에는 우리도 춥지반도를 향해 북상하다가, 견디기 어려운 추위에
행로를 바꾸어 비리성(城)에서 배를 타고 이 '깜짝반도'로 건너오게 된 것입니다."

이화가 소북 일행을 안내하여 족장의 집무실로 왔다. 장로회의는 이

미 끝나
다른 장로들은 각자의 위치로 돌아가고, 달단 족장과 한 분의 장로만이 기다리고 있었다.
"그래, 구경은 잘 하셨소?"
"네,
모든 것이 새롭고 놀라울 따름입니다. 예족 모두가 태양이 떠오르는 땅으로 무사히 건너가실 수 있기를 한울님께 기도하겠습니다."
"고맙소.
소협은 아직 어리나 무예가 높고 생각도 그리 크니, 장차 조선의 동량이 될 것이오."
"과찬이십니다."
"자,
본론을 이야기 하겠소. 음.. 이 분은 무예와 단공(丹功)을 가르치고 있는 탕구타이 장로요."
사십대 중반이었고, 보통 키에 마른 몸으로 동안이었다. 얼핏 봐서는
무공을 지닌 사람으로 느껴지지 않았다. 소북, 주조, 곡지, 부르가가 정중하게 인사를 했다.
"처음 뵙겠습니다."
"반갑소이다. 먼 길을 오느라 고생 많으셨소이다."
달단이 모두를 데리고 회의실로 들어갔다.
회의실은 넓었으며 별다른 장식이 없는 대신, 항해를 준비하는 부족답게 세 벽면 가득 커다란 지도와 해도(海圖: 항해지도)가 걸려 있었다.
전면에는

'깜짝반도'와 바다를 조사하여 확인된 징검다리 섬(- 알류산 열도) 과 해류 그리고 계절에 따라 다른 색깔로 표시된 바람이 그려져 있었다.
왼쪽 벽에는 오오츠크해 연안의 지도가 걸려있었고, 오른쪽은 계절별로 자리를 바꾼 28수(宿)와 북극성을 중심으로 자미원과 북두칠성이 그려져 있었다.
회의실 중앙에는 장방형의 큰 탁자가 있고 열 개의 의자가 놓여 있었다.
모두 자리에 앉자 달단이 말했다.
"회의 결과를 탕구타이 장로가 설명해줄 것이오."
탕구타이의 말이 이어졌다.
"읍루국 악탕카 가한의 편지를 읽어본 후 이에 대해 긴 시간 회의를 했소이다.
가한의 요청은 그리 간단한 일이 아니라는 게 장로들의 공통된 의견이었소.
이미 모든 인연을 끊고 고향을 떠나온 우리는, 조선의 시시비비에 더 이상 관여하고 싶은 생각이 없소.
여기까지 오면서 조선에 마의 세력이 독버섯처럼 자라고 있는 낌새를 보았으나,
그것은 모두 오가(五加)나 열국이 해결해야 할 일이오. 예족의 힘으로 어찌해 볼 수 있는 일이 아닙니다.
우리는 구이원을 떠날 사람들이오. 배를 만드는 일과 바닷길을 찾아 얼마나 걸릴지도 모르는 항해를 하는 것
그리고 새로운 땅에서 자리를 잡는 것, 어느 하나 쉬운 일이 없소이다.

거기에 깜짝반도의 산악지대는 북옥저에서도 손을 놓은 무법천지로 수많은 도적들이 설치고 있는데, 항해를 위해 비축해둔 물자를 노리고 있어 이를 지키는 것만도 쉽지 않소.
그리고 또 부족민들에게 아직 알리지 못한 사실이 있는데 이제까지 조사한 바로는,
상고시대에나 있었다는 괴수들이 징검다리 섬에 살고 있다는 것이오.
아마, 환웅천황과 신장(神將)들에게 쫓긴 마물(魔物)들이 지금까지 그 종(種)을 유지해 온 것으로 보이는데

제1 섬은 병봉(并封)이라는 돼지머리가 앞뒤로 달린 괴수가 살고 있고
제2 섬은 늑대만한 게(-蟹)들이 살고 있는 데 그것들의 집게는 칼을 자를 정도이고
제3 섬은 사람 몸에 용머리를 한 계몽(計蒙)이라는 마룡(魔龍)이 살고 있는데 바다를 자유로이 드나들 수 있고
제4 섬은 이름 모를 새들이 살고 있다는 것까지만 파악했소이다.

지금,
우리 젊은이들은 1, 2, 3섬에서 괴수(怪獸)들을 상대로 어려운 싸움을 벌이고 있는 가운데, 별도로 제4 섬을 자세히 관찰하고 있소이다.
이런 상황에서 무사들을 빼, 흑림의 마도와 싸우기는 어려울 것 같소.
악탕카 가한께는 서운한 일이나, 우리도 어쩔 수 없는 일이오. 소

협,
악탕카 가한께 우리의 피치 못할 사정을 잘 말씀드려 주시기 바라오."
소북은 기가 막혔다.
"족장님,
다시 한 번 고려해주십시오. 이렇게 떼를 쓸 일은 아니오나 읍루를 떠나실 때 가한께
'구이원을 떠나지 않는 한 도움을 주겠다고 하셨던 말씀'을 기억해주십시오."
달단은 난처한 표정이었으나, 탕구타이 장로가 굳어진 얼굴로 말했다.
"예(禮)를 갖추시오, 소협. 그리고 우리 예족이 흑림을 상대할 힘이 없다고 이해해주면 안되겠소?"
탕구타이의 말에 소북은 가슴이 답답했다. 처지를 바꾸어 생각해보면 더 이상 우길 입장도 아니었다.
온몸에 힘이 쭉 빠졌다. 여러 차례 죽을 고비를 넘겨가며 이곳까지 왔는데..
네 사람은 망연자실 자리에서 일어날 줄 몰랐다. 어색한 침묵이 흐르는 이때,
다급한 발자국 소리와 함께 젊은 무사가 들어와 족장에게 보고를 했다.
"족장님, 큰일 났습니다!"
"아니, 자네는 꾸루하? 대체 무슨 일인가?"
"예,
적호기(赤虎旗) 부대가 이화가 알려 준대로, 도적들의 소굴이 있는

아브친산(山)으로 갔는데
조금 전, 산 남쪽에서 구원을 요청하는 '붉은 연기'의 명적이 세 번이나 솟구쳤습니다!"
족장과 탕구타이가 자리에서 벌떡 일어났다.
"세 차례나 솟았다면 매우 급박하다는 말 아닌가?"
"그렇습니다."
"음"
달단이 난감(難堪)한 표정을 지으며 신음을 토해내자, 탕구타이가 말했다.
"너무 서둘렀던 것 같습니다. 빨리 용사들을 모아 달려가 보겠습니다."
이에, 달단이
"촌락에 남아있는 무사들의 수가 몇 명 되지도 않고 무예도 높지 않은데 그 정도로 되겠소?"
하자
"그러나, 어찌하겠습니까? 사정이 어쩔 수 없지 않습니까?"
앉아 있던 이화가 일어났다.
"저도 가겠습니다."
"그래, 너도 함께 가거라."
듣고 있던 소북과 주조가 나섰다.
"저희들도 돕겠습니다."
탕구타이가 반색을 했다.
"피로하실 텐데, 그래도 되겠소?"
"괜찮습니다."
잠시 후

탕구타이는 마을에 있는 이십여 명의 무사를 닥닥 긁어모았는데, 모두 맥궁과 검으로 무장하고 있었다. 그런데 기가 막힌 것은 탕구타이가 구원병이라고 데려온 사람들의 면면을 보니, 모두 십이삼 사세쯤 된 어린 무사들이었다.
기가 막혀 눈물이 나올 지경이었다. 병사들을 조련하고 전투를 해온 경험이 있는 소북과 주조는 이곳의 급박한 사정을 짐작할 수 있었다.
용사들은 괴수들과 싸우며 바닷길을 열기 위해 나가, 촌락에 없는 모양이었다.
사정이 딱해보였다. 네 사람 모두 속으로 한숨을 내쉬었다. 이를 눈치 챈 탕구타이가 말했다.
"어리다 하나, 예족의 용사들이오. 자.. 출발합시다."
아브친산(山)으로 가는 중에 이화가 예족 칠기(七旗)에 대하여 말해 주었다.
예족의 무사들은 백호, 적호(赤虎), 주작, 황룡, 녹봉(綠鳳), 청룡, 흑곰으로 구성되어 있는데, 각 기(旗)마다 칠십 명이 배속되어 있다고 했다.
조선소의 경계를 맡은 적호기(旗) 일부를 제외하고는 모두 징검다리 열도(列島)에서 괴수들과 싸우며 항로를 개척하고 있는 중이라고 했다.
그래서 마을에는 적호기 절반이 남아 있었는데, 이화로부터 도적 소굴의 위치를 듣고 소탕하러 갔다가 역(逆)으로 당한 것 같다고 했다.
얼마 후 산채가 보이기 시작했다. 일행이 중간 쯤 되는 산등성이에 막 올라섰을 때였다.

"흐흐흐흐흐,
얘들아! 어딜 그렇게 급히 가느냐?"
탕구타이가 보니,
여섯 명의 흑의(黑衣) 무사가 백 명 정도의 부하를 이끌고 기다리고 있었다.
도적들은 각양각색(各樣各色)의 옷을 입고 있었다. 이쪽은 탕구타이와 소년 20명 그리고 소북, 주조, 옥지, 부르가, 이화 까지 모두 스물여섯이었다. 날카로운 눈매의 흑의인이 이화를 힐끗 쳐다보며 말했다.
"너희들이 급하긴 급했구나. 아이들까지 데리고 오다니. 흐흐흐흐흐."
너희들은 오늘 살아나가지 못한다. 무릎을 꿇어라! 그 길만이 목숨을 부지할 길이니라."
이때
부르가가 도적 하나가 들고 있는 '검은 화살' 깃발을 보고 작은 소리로 말했다.
"흑전방 놈들이에요. 여기도 우마산(山)처럼 흑전방 하부조직 같아요."
탕구타이가 호통을 쳤다.
"흥,
네놈들이야 말로 살기 싫은 모양이구나. 지금이라도 항복하면 살려주고, 그렇지 않으면 용서하지 않겠다."
흑의인 하나가 앞으로 나섰다. 검붉은 얼굴이 참외 모양으로 긴 놈이었다.
"낄낄낄, 누가 겨루어 보겠느냐?"

소북이 도끼를 들고 막 나서려 하자, 주조가 철검을 뽑으며 우(右)하방으로 원을 두 번 그렸다. 이를 본 소북이 물러서며 탕구타이에게 은밀하게 말했다.
"제가 기습을 할 겁니다. 활을 준비하십시오. 저자들이 주조에게 발이 묶였을 때입니다."
이때, 주조가 호탕하게 웃었다.
"껄껄껄, 나는 읍루의 주조다. 내가 한 수 가르쳐 주마."
"애송이! 이 어른은 연해삼협 중 제 이협(二俠)이니라! 나를 감당할 수 있겠느냐?"
하고 거만을 떨었으나, 처음으로 읍루를 떠난 주조가 연해삼협이 누구인지 알 리 없었다.
그러나 이들은 십년 전까지 오오츠크 에서 악명을 날리던 연해삼살로
'삼살(三煞)'이라는 칭호를 부끄러워하며 스스로 '삼협'으로 바꾼 자들이었다.
이를 아는 탕구타이가 노했다.
"네 놈들이.. 삼살! 한동안 보이지 않아 호랑이가 물어갔나 했더니, 겨우 흑전방의 졸개가 되었구나."
"낄낄낄낄낄. 우리를 알아보는 놈이 있다니, 기특하군."
그때
주조의 철검이 벼락같이 이살을 덮쳤다. 이살이 대노하며 칼을 휘둘렀다.
'서로 목을 걸어야 할 판에 뭔 말이 그리 많냐?' 는 주조와 '말하는 도중에 뭐 이런 비겁한 놈이 다 있냐.'는 이살이 부딪치며 박투가 시작됐다.

이살이 철검을 막는 순간, 급회전한 철검이 이살의 허리를 베어가자 이살의 칼이 뚝 떨어지며 철검(鐵劍)을 봉쇄한 후 주조의 옆구리를 찍어갔다.
주조는 맹수처럼 움직였고, 이살은 강물을 타고 오르는 연어처럼 반격했다.
이에, 주조가 미친 자가 발악 하듯 12성의 내력을 뿜어내며 전진했다.
"캉-!"
폭발적으로 쏟아 낸 주조의 힘을 이살이 받아내는 찰나, 훅-훅 도는 두 개의 도끼가 낙석(落石)이 떨어지듯 이살의 이마로 들이닥쳤다.
읍루에서 거인들과 싸우다 저절로 익히게 된 소북과 주조의 합격술이 펼쳐진 것이다.
어릴 적부터 함께 자란 두 사람은 작은 동작만으로도 서로의 생각을 알 정도였다.
주조가,
거인을 없애기 위해 머리를 맞대고 몇 날 며칠 애태우며 만들어낸 '일진분화(一進噴火: 한 걸음 전진하며 온 힘을 분출함)'를 펼치자마자,
소북이 전광석화와도 같이 쌍(雙)도끼를 날린 것이다. 얼핏 단순해 보이나,
더 없이 살풍경(殺風景)한 기습이었다. 뜻밖의 기습에 이살이 고개를 틀며 전율하는 순간,
어느새 호를 그린 주조의 단검이 문틈을 파고드는 삭풍처럼 옆구리에 들어 박혔다.

설명은 길었으나,
아차! 하는 사이에 '소나기' 같은 기습이 성공하자 탕구타이가 외쳤다.
"쳐라!"
동시에, 미끄러지듯 세 줄로 늘어선 소년들이 맥궁(貊弓)을 날렸다.
"슉슉슉 슉슉슉슉 슉슉......."
이살의
죽음에 막 움직이려던 도적들이 강풍에 자빠지는 허수아비처럼 쓰러졌다.
연해일살이 다급히 소리쳤다.
"흑전 1, 2, 3대가 저놈들을 해치워라!"
오십여 명의 도적이 달려오자, 구성(九星)이라는 소년이 버들피리를 꺼내 불었다.
머리에 새의 깃털을 꽂고 있는 모습이 소년들 중 맏형으로 보였다.
"삐리리 삐리.......!"
소리에
열아홉 명의 소년이 무궁화 꽃잎 같은 네 개의 원을 만들며 움직이자, 도적들이 목표를 잃고 당황했다.
그 유명한 환화진이었다. 다섯이 만든 세 개의 원과 네 명으로 구성된 한 개의 원이,
피고 지는 꽃잎처럼 사라졌다 나타나기를 반복하며 도적들을 기습했다.
부르가는 환화진에 대하여 들은 적은 있었으나, 보는 것은 이번이 처음이었다.
환화진은 배달국 시절 해사자님이 창안한 것으로 천지인 삼법(三法)

과

북두칠성이 주천하는 이치에 따라, 적은 수로 다수의 적을 유린하는 진이라고 들었다.

부르가가 감탄하며 소북 쪽을 보니, 주조는 '일진분화'를 펼친 후 숨을 고르고 있었고, 탕구타이와 소북은 주조를 지키며 도적들과 격돌하고 있었다.

부르가와 옥지, 이화가 환화진(陣)을 둘러싼 도적들을 공격하기 시작했다.

적들을 타격하고, 던지고 내지르는 탕구타이의 두 손이 바람처럼 움직이는 가운데, 소북이 우마산 분타를 도륙하듯 날뛴 지 일각 여(餘),

이윽고 기운을 회복한 주조의 철검(鐵劍)이 사방으로 길을 내듯 도적들을 베어가자, 소북과 탕구타이 장로가 고삐 풀린 말처럼 내달렸다.

찍고, 패고, 막고 후려치는 도끼와 차고, 지르고 타격하는 권각(拳脚)이

쌍두마차가 무변광야(無邊廣野)를 달리듯 연해일살과 삼살을 몰아갔다.

한참 후 도적떼가 반 이하로 줄어들면서, 연해삼살은 소북의 무정한 도끼에,

일살은 탕구타이의 노도(怒濤)를 때리는 철권(鐵拳)에 이승을 하직했다.

오오츠크 연안에서 악명을 자랑하던 연해삼살이 궤멸하고 만 것이다.

이때, 어디선가

"부- 웅"
소리가 나자 도적들이 물러가기 시작했고, 이를 본 구성(九星)이 버들피리를
"삐~" 하고 불었다.
문득, 이십 명의 소년이 산개(散開)하며 도망치는 적들을 향해 화살을 날렸다.
도적들이 개 쫓기듯 사라지자, 탕구타이가 구조요청 신호가 올랐던 계곡으로 달려갔다.
포위망을 풀고 사라지는 도적들 뒤로, 피투성이의 이십대 중반의 사내가 십여 명의 무사들과 함께 나오고 있었다. 적호기의 수장, 범표였다.
탕구타이가 물었다.
"범표, 피해가 얼마나 되느냐?"
"세 명이 죽고, 둘이 부상을 당했습니다."
"아!"
"제가 너무 경솔했습니다."
"그래, 좀 더 신중해야 했을 일을.. 우선 저 산채부터 불을 질러라!"
"예"
적호기의 무사들과 소년들은 산채를 돌아보고 가져갈 만한 것을 챙긴 후, 불을 질렀다.
촌락에 돌아온 소북과 주조는 객사에 들었다. 온천욕을 한 후 이런저런 생각에 빠져있던 소북은
적호기의 범표라는 인물이 어딘지 모르게 익숙했다. 머리를 한참 두드리던 소북이 이마를 쳤다.
"아 그렇지!"

하고 이화를 찾았다.
"이화 낭자, 범표님을 불러 주셨으면 합니다?"
"무슨 일입니까?"
"곧, 알게 될 것이오."
이화가
곡지, 부르가와 함께 범표를 객사로 데려왔다.
"저는 소북이라고 하고, 여기는 읍루국(國)의 읍차 주조라고 합니다."
"두 분 영웅의 얘기는 들었습니다. 이화 낭자를 구해주시고 오늘 또,
위험에 처한 저희 적호기(旗)를 구해주신 데 대해 깊이 감사드립니다."
"하하, 별 말씀을요."
"아.. 그런데 소협, 어떤 일로 저를 찾으셨는지..."
"전해드릴 물건이 있어서입니다."
소북의 말에,
범표가 고개를 갸우뚱하며 이화 낭자를 보았으나, 이화 역시 매우 궁금한 표정이었다.
'범표님을 처음 보는 분들이 무슨 일일까.'
소북이 입을 열었다.
"저희들이 봉림성(城)에서 예족을 찾아 가려고 준비하고 있을 때, 한 노부인이
'예족을 만나게 되거든, 내 아들 범표를 찾아서 꼭 전해 달라'고 하신
물건을 품속에 보관하고 있었는데, 잊고 있다가 지금에야 생각이 났

습니다."
소북이 푸른 비단으로 싼 물건을 넘겨주는 찰나, 멍하니 받아든 범표의 눈에서 뜨거운 눈물이 흘러내렸다.
떨리는 몸을 주체할 수 없는 듯 엎어지며 머리를 땅에 박고 꺼이꺼이 울었다.
"아..
어머니 아직 살아계셨군요! 항상 궁금했는데... 제가 몹쓸 불효자입니다."
곰 같은 어깨를 들썩이며 통곡하는 범표의 모습에 이화는 눈물을 훔치며 범표의 등을 다독였다.
"어머니 소식을 들었으면 기뻐해야지, 사나이가 왜 울어요. 바보 같이!"
소북과 주조가 범표를 위로하자 범표가 걱정스러운 표정으로 물었다.
"어머니께서 조석(朝夕: 아침저녁 밥)은 제대로 하고 계신지 혹 아십니까?"
"염려 마십시오. 어머니는 봉림성의 소도에서 신녀들의 일을 거드시며 잘 계십니다. 선교에 귀의하셔서 매일 수행하시며 편히 계십니다."
"아!"
이어, 소북이 말했다.
"그 물건이 반지라고 들었는데, 저희도 한 번 구경을 할 수 있을까요?"
범표가 푸른 비단을 펼치자, 봉황새가 그려진 작은 상자가 있었고, 그 안에 비취색의 옥반지가 들어 있었다.

반지에는 웅녀의 상이 조각되어 있었고, 안쪽에 아주 작은 글씨로 나라를 위해 헌신한 범씨가(家)를 축원하는 단제의 글이 적혀 있었다.
"어머, 예뻐라!"
이화와 부르가, 옥지는 가만히 탄성을 질렀다.
"이 반지는 범씨 가문의 며느리가 그 며느리에게 전해주는 물건입니다.
제가 결혼을 했으면 어머니가 제 처에게 전하셨을 것이나, 제가 수행을 한다, 무예를 한다 하며 돌아다니느라,
며느리를 보고 싶어 하시는 어머니의 소망을 들어드리지 못했습니다.
그리고 연로하신데다 건강이 좋지 않아 지셔서 부득이 이별하게 되었습니다.
아-,
미지의 세계로 떠나는 우리에게 이별은 일상이 되어, 그리움의 눈물은
이미 다 말라 없어진 줄 알았는데, 사막과도 같았던 가슴이 다시 미어지는군요."
말을 마친 범표가 눈물을 폭폭 쏟으며 흐느꼈다. 부르가, 옥지, 이화는
분위기를 바꾸고자 술상을 봐 왔다. 여섯 사람은 술을 먹으며, 흉금을 털어놓으며 밤이 새도록 술을 마셨다.
범표와 이화는
자기들의 이동은 정치적 망명이나, 굶주림, 급변하는 기후 때문만은 아니고

인간의 영원한 꿈, 이도여치(以道輿治)의 세상을 염원하기 때문이라고 했다. 그들은 대도(大道)가 펼쳐지는 나라를 간절히 원하고 있었다.

내일 아침, 촌락을 떠날 생각을 하고 있는 소북과 주조에게 범표가 말했다.

"두 분의 요청이 거절되었다고 들었소. 지금 우리 예족은 고비에 있소이다.

배를 만드는 일부터 항해와 징검다리 섬에 살고 있는 괴수들과의 싸움 등으로 장로님들은 모두 하루에 서너 시간씩 밖에 주무시지 못하고 있소이다.

오늘 싸움에도 셋이 죽고 두 명이 다쳤습니다. 지금 저희는 물자와 인력 모두가 부족한 상태입니다.

그러나 배가 건조되고 출항 하려면 앞으로 1년 정도의 시간이 필요하니,

낮에 보셨던 소년들 중 12명을 선발해 읍루의 일을 도와드리면 어떻겠냐고 말씀드려 볼까 합니다만...."

소년들의

뛰어난 무공을 보았던 소북과 주조는 범표의 말을 듣고 한참을 궁리했다.

'이들은, 남을 도와주기보다는 오히려 도움을 받아야 할 처지로 보였는데

음.. 범형과 잘 훈련된 12소년 그리고 비리성의 도움까지 받을 수만 있다면 차선책은 되지 않겠는가.'

한 가닥 희망(希望)을 갖게 된 소북이 가슴을 활짝 펴며 대답했다.

"네, 감사합니다."

"네, 좋습니다. 그럼, 제가 말씀드려보겠습니다."
당초, 마을을 떠나려 했던 소북은 달단이 며칠 더 쉬었다 가라고 만류하자, 못이기는 척 객사에 눌러 앉았다.
사실은 범표의 소식을 기다려보기로 한 것이다. 네 사람은 이화의 안내로 내륙의 산악과 화산 지대를 구경하며 노천 온천에서 휴양하며 하루를 보냈다. 저녁 때 객사로 돌아오니, 범표가 기다리고 있었다.
"구경은 잘 하셨습니까?"
"예, 온천욕(浴)까지 했습니다."
"오늘 오전 탕구타이 장로님과 족장님께 '제후들이 권력투쟁에 눈이 멀어 마교의 문제를 돌아보지 않는다고 우리까지 외면하면 백성들은 어찌 살겠습니까. 출항 준비를 다 끝내려면 1년의 시간이 있으니, 그 안에 소년들을 이끌고 소협의 일을 도와드리고 돌아오겠습니다'라고 말씀드렸습니다."
"그랬더니요?"
"장장 세 시진을, 검토에 검토를 거듭하며 회의를 하신 끝에 저의 제안을 허락하셨습니다."
소북 일행이 일제히 환호했다.
"와!"
"감사합니다, 수고 많으셨습니다!"
사흘 후, 범표가 12소년을 이끌고 나타났다. 모두 얼굴이 밝고 씩씩했다.
범표가 소년들을 소개했다.
버들피리를 불던 구성(九星)과 지기(至氣), 금지(今至), 원위(願爲),

대강(大降), 시천(侍天), 조화(造化), 영세(永世), 불망(不忘), 만사(萬事), 지성(至聖), 현기(玄機)였다.

소북과 주조, 옥지, 부르가가 소년 무사들과 일일이 인사를 나눈 후 달단 촌(村)을 떠나려 할 때, 이화 낭자가 남장(男裝)을 하고 나타났다.

범표가 한숨을 쉬었다.

"아니, 낭자! 제가 안 된다고 하지 않았소이까?"

"아버님께 말씀드리고 나왔어요."

"....."

소북이 옥지와 부르가를 바라보았다. 그녀들의 의견을 묻는 것이었으나, 이화의 마음을 십분(十分) 공감하는 옥지가 이화를 거들고 나섰다.

"범표님, 낭자는 의술이 뛰어나니 같이 가면 큰 도움이 될 것 같습니다.."

옥지의 말에 범표는 어쩔 수 없다는 듯 수락했다. 그들은 월모항(港)으로 말을 달렸다.

흑전방(黑箭帮) 정벌

예커쓰는 무사히 달단을 만나고 돌아온 소북과 주조의 노고를 치하하고
흑림의 악한들을 물리치기 위해 온 범표와 소년 무사 12명을 반갑게 맞이하며 편히 쉬도록 객사를 내주었다.
그날 저녁,
성주는 뉴고록과 함께 소북, 주조, 범표, 이화, 옥지, 부르가와 12소년들을 불러 잔치를 열었다.
성주는
'깜짝반도'에서 달단을 만난 일과 예족을 괴롭히는 도적들과 싸운 이야기에 감탄을 했다.
그리고 달단 족이 '해가 떠오르는 땅'으로 가기 위해 큰 배를 만들고
징검다리 열도의 괴수들과 싸우며 항로를 열어가고 있다는 말을 듣고 벌어진 입을 다물지 못했다.
이어,
그 고된 처지에도 범표 이하 12소년을 지원해 주었다는 말에 크게

감동했다.

"오!

이 땅을 떠나면서도 마계와의 싸움에 그들의 미래인 소년 무사들을 보내주시다니.. 달단이야말로 큰 덕을 지닌 선계의 대(大) 선사이시오"

그리고 소북과 주조, 범표를 돌아보았다.

"나도 영웅들이 하시는 일을 힘껏 도울 것이니 무엇이든 말씀해주시오."

성주의 말에, 흑림의 무리들과 고군분투(孤軍奮鬪)해 온 소북과 주조는 크게 기뻤다.

비리성이 함께 싸워준다면 이보다 좋은 원조자가 또 어디에 있겠는가.

"감사합니다, 성주님. 마음 같아선 흑전방을 지금 당장이라도 때려부수고 싶지만, 황사산(山)이라는 곳이 흑림 어느 곳에 있는지를 알 수 없습니다."

소북의 말을 들은 성주가 말했다.

"두 분이 깜짝반도로 떠난 후, 황사산의 소재를 알아보기 위해 사냥꾼과

여러 강가에 사는 백성들로부터 정보를 수집하여 왔소.

우마산 분타의 잔당을 소탕하기로 한 것은, 두 분이 우마산을 불태울 때 없었던 분타주 위귀와 부하들이 다시 산채를 만들지 않을까 해서요.

혹, 도적 몇 놈을 잡으면 황사산의 위치를 알 수 있지 않을까, 병사를 풀어

우마산을 중심으로 그 일대를 수색해 보았으나, 아무것도 발견 할

수 없었소. 위귀가 겁을 먹고 우마산에서 철수한 것으로 생각되오.
그리고
닷새 전 북옥저 서변에서 멀지 않은 밀림에 들어가 고대 배달국 시절 비리국(國) 선인들의 수행처나 도관을 찾아보던 소도의 선인들이,
흉악한 무리를 발견하고 뒤를 밟았는데 마도의 소굴이 있었다고 알려왔소.
내 생각에는 그곳이 바로 황사산 같소이다.
각처의 정보로 봤을 때, 흑전방은 이미 삼십여 년 전에 결성된 것으로 추측되며,
'등에마군'은 그 모습을 드러낸 적이 없는 자로, 대단히 용의주도한 인물로 보이오.
흑전방이 황사산과 우마산에 근거지를 세운 것은, 북옥저의 힘이 근래
가라무렌강(江) 이북까지 미치지 못하는 걸 보고 장차 비리성과 구막성을 장악하여 강 이북의 모든 땅을 흑림의 지배하에 두려는 의도라 생각하오.
그곳이 황사산으로 짐작되는 또 다른 이유는 골짜기에 야인들이 사는 것을 보았다는 것이오.
그 미개했던 야인들이 이제는 조직화되어 서열까지 정해놓고 있는 듯 보였다고 하오.
이미 강호 방파의 일반적인 규모를 넘어서고 있는 흑전방을 그대로 두는 것은, 날로 늘어나는 울타리 너머의 늑대들을 방치하는 것과 같소.
이들의 세력이 더 커지기 전에 뿌리를 뽑아야겠다는 것이 나의 생

각이오."

소북 이하 모두는 아연실색했다. 흑전방이 세(勢)와 조직을 갖추고 흑림을 넘어 북옥저의 가라무렌강 이북을 장악하려고 하고 있다는 것이다.

주조가 말했다.

"작은 성주님,

우리 혈성을 침략해 오던 파곡산 일대의 거인들과 야인들도 모두 흑전방(幇)과 관련이 있을지 모릅니다. 그동안 읍루를 침범하는 야인들을 누가 조정하는지 알 수 없었는데 이제 보니 흑전방의 '등에마군' 같습니다."

술을 마시던 범표가 성주에게 말했다.

"성주님,

혹, 등에마군 외에 고수(高手)들이 얼마나 있는지 정보가 더 없습니까?"

예커쓰가 곤혹스런 표정을 지었다.

"내가 알고 있는 고수로는 소북님이 싸워 본 적이 있는 황사삼악 말고는 더 이상 아는 것이 없소.

사실, 아까 말한 등에마군의 의도도 추측일 뿐 정확하지는 않소이다.

그러나 흑전방이 녹림이나 사마외도의 조직이라고 보기에는 너무나 커서 조정에 보고했으나

조정의 실정으로 볼 때 어떤 대책을 세우거나 병력을 파견해주지는 않을 것이오."

소북이 눈을 빛내며 말했다.

"읍루나 북옥저의 조정은 모두 같군요. 목마른 사람이 우물을 파라

는 것 아닙니까. 어쩌겠습니까. 피해는 고스란히 백성들이 볼 것이니, 우리라도 나서야지요."
이화 곁에 조용히 앉아있던 옥지와 부르가는 소북의 기개와 패기에 감탄했다.
'아,
소북님은 나이가 어린데도 생각이 크고 두려움을 모르는 분 같아. 쭉 들어보니 흑전방은 야인들의 수만 해도 천 명 이상은 될 것 같은데…'
이에, 성주가 말했다.
"영웅들께서 흑전방을 공격해주시면, 내가 직접 토벌에 나설 것입니다. 그들의 정예 고수들을 맡아주시면 나머지는 우리가 책임지겠습니다."
소북이 뉴고록에게 물었다.
"비리성의 병력은 얼마나 됩니까?"
"1천 명입니다만, 성(城)에 최소 이백 명은 남겨두어야 하니, 동원 가능한 병력은 팔백 명입니다."
주조가 말했다.
"방대(尨大)한 관할 구역에 비해 턱없이 부족하군요!"
"북쪽은 구역만 넓었지 인구도 적고 싸워야 할 적들도 없었기에 병사도 그다지 필요 없었지요. 구막성도 이곳과 별반 차이가 없을 겁니다.
그러나 북옥저의 장창병(長槍兵)은 열국 중에서도 강병으로 인정받고 있습니다."
읍차 뉴고록이 부하들을 얕보지 말라고 병사들을 은근히 자랑했다.
성주가 말했다.

"자, 오늘은 그만 이야기 하고 술이나 더 듭시다. 자세한 이야기는 내일 다시 하시죠."
그리고 성주는 행화(杏花)라는 소녀를 데리고 나오도록 했다. 모두들 보니,
버들처럼 고운 자태의 소녀가 공후인을 안고 나타나 노래를 부르기 시작했다.

「 구막성은 겨울성, 멀고 먼 땅
　나의 님은
　구막성을 지키는 용사
　삭풍이 불고 눈보라 쳐도
　성루에 우뚝 서
　한 자루 창으로 성을 지키네

　북풍이 불어오면
　님이 생각나
　견디기 어려운 외로움으로
　밤마다 울며 술을 마셔요
　그대 품에 안겨
　속삭이던 추억에
　잠 못 이룬답니다

　나의 슬픈 정원에는 벌써
　몇 번이나 봄이 지나갔는데

아,
그대는 언제 돌아오시나요

또 봄을 기다려요.
봄이 오면
언 땅이 풀리면
그 길 따라 님의 소식 오겠죠 」

훌륭한 연주였고 너무나 아름다운 목소리였다. 모두들 박수를 치며 감탄했다.
소녀는 머리 숙여 답례하며 한 곡을 더 연주했다. 이번엔 전주부터가 매우 웅장했다.

「 한울님은 세상을 만드시고
　한검님은 사람들을 깨우쳐
　야만에서
　문명으로 이끄셨고
　한배님은
　구이원의 태평성대를
　이루셨네
　아,
　삼신은 위대한 우리의 신

해사자님은 칠백누리
뇌공님은 번개
풍백님은 대기
운사님은 구름
우사님은 물
성관(星官)들은 하늘의 칠백
누리를 맡아 다스렸나니
....
....   」

행화는 이외에도 몇 곡을 더 불러 연회의 흥을 한껏 돋구어주고 들어갔다.
이 때 범표가 12소년 무사들을 돌아보며 말했다.
"대접만 받아서는 안 될 것 같다. 답가로 누가 우리의 꿈을 불러보겠느냐?"
고 하자 소년 무사 원위가 자리에서 일어났다. 성주님과 좌중을 둘러보고 인사를 한 후 노래했다. 천상(天上)의 소리 같은 아름다운 목소리가 흘러 나왔다.

「 험한 산도 거친 바다도
  우리를 막지 못하고
  혹한(酷寒)도 창검도
  우리를 잡지 못하리

마귀와 괴수를 물리치고
　　태양이 떠오르는 땅을
　　찾아 나아가리

　　신시(神市)의 기억을
　　잊었는가
　　환웅천황님의 포부와
　　웅녀님의 용맹전진을
　　기억하라
　　달단족의 꿈
　　새로운 세상을 기억하라 」

소년들 모두 아는 노래인지 힘차게 따라 불렀다. 그러나 이어서 부른 곡은 슬펐다.

「 내 고향 떠났지만
　　마을 앞 개울소리
　　귓가에 들리고
　　개천에서 본
　　가재
　　간밤 꿈에
　　내 발가락을 물더라
　　뒷산의 까치야

우지 마라
네 울면
내 발길
떨어지지 않아

윗동네 아래 동네
추억
잊을 수 없어
산토끼
다람쥐
모여 노는 샘터에
....
....   」

노래를 부르던 원위가 울먹이자 다른 소년들도 눈물을 흘리기 시작했다.
부모를 따라가는 소년(少年)들 모두의 가슴에도 이 땅에 살지 못하고
고향을 떠나 미지의 세계로 가는 것에 대한 회한과 두려움이 있었던 것이다.
범표는 흥을 돋우려 했던 것이 오히려 침울해지자 어떻게 할지 몰라 이화에게 도움을 청했다. 이화가 행화의 공후인을 빌려들고 나와 노래했다.

「 백 살 넘은
　흑무(黑巫: 나쁜 무당)
　는
　허리가 굽어
　수염이
　땅바닥에 끌린 데요
　수염 타고
　기어가는 벌레들이
　수두룩
　수두룩

　꼬부랑 할머니가
　당나귀를 탔네
　그 모습이 웃겨
　지나가는 강아지가
　멍멍멍
　멍멍멍

　마귀할멈은 방귀할멈
　얼굴엔 욕심 가득
　걸을 땐
　뽕뽕뽕뽕
　뽕뽕뽕뽕
　…………
　…………　　　」

12소년들도 이화가 부르는 노래를 모두 아는지, 깔깔거리며 즐거워했다.
그들은 밤이 다 가도록 먹고, 마시고, 노래하며 놀다가 객사로 돌아왔다.

나흘 후 출정준비를 마친 소북 일행은 황사산을 정탐했던 비리성 소도의 타치히, 타치얀 형제와 함께 산으로 향했다.
예커쓰와 읍차 뉴고록은 비리성의 기병 이백과 보병 육백 명을 이끌고 뒤를 따랐다.
보병 중에는 장창병 이백 명이 포함되어 있었는데, 비리성이 생긴 이래 처음 있는 최대 규모의 출병이었다.
열흘을 행군한 끝에 도착한 황사산은 이십 리 전부터 지대가 급격히 높아지고 있었다.
소북이 성주에게 말했다.
"도적들의 수가 우리보다 많을 수도 있습니다. 혹, 이곳 지리에 익숙한 야인들과 정면으로 마주치게 되면 우리의 피해도 적지 않을 것입니다.
먼저 저와 주조, 범형 일행이 산채에 잠입해 불을 지르거나 명적을 쏘아 올렸을 때, 일시에 공격해주십시오."
성주가 찬성했다.
"그것 좋은 생각입니다. 나도 20기(騎)의 기병을 풀어 황사산 일대를 정탐시켜 볼 작정이었소."
소북은
타치히, 주조, 범표, 12무사, 이화, 부르가와 함께 멀리 북쪽으로 돌아 흑전방 본채가 있다는 계곡으로 접근했다. 소북과 주조는 삼림국 출신이라 안내하는 타치히보다 산을 더 잘 알았다.
산맥이 뻗어 가는 모양을 보고, 어디로 이동해야 할지 계곡이나 절벽의 지형을 빨리 숙지했다.
소북은 먼저 황사산의 한 봉우리에 올라 흑전방 초소가 있는지를 살펴보며 내려왔다.
산 위쪽은 절벽으로 막혀 있어 경계가 없었으나 절벽 아래로 건물이 하나 있었고, 네 명의 무사가 길목을 지키고 있었다.
소북과 주조, 범표, 타치히가 한 명씩 맡아 제거하고 건물로 들어갔다.
안으로 들어가니, 창문 밖으로 큰 건물이 보였는데 흑전방의 본채 같았다. 건물의 정면은 험상궂은 마왕(魔王)의 얼굴이 조각되어 있었다.
쩍 벌어진 '마왕의 입'이 건물로 들어가는 입구였다. 문(門)은 닫혀 있었고 두 명이 지키고 있었다. 한참을 지켜보았으나 들락거리는 사람이 없었다.
뒤의 계곡으로 여러 채의 건물이 있었으며, 더 아래 멀리 계곡의 양쪽으로 수백 개의 동굴이 뚫려 있었다.
우마산 분타와는 비교할 수 없는 규모의 요새였다. 소북은 적을 너무 쉽게 보고 온 게 아닌가 하는 느낌을 받았다.
고향 혈성에도 혈거하는 사람들이 있어 동굴 생활을 잘 알고 있었다.
동굴을 헤아려보니 야인들의 수가 못되어도 이천 명은 넘어설 것으로 짐작되었다.
지금의 병력으로는 힘든 싸움이 될 것 같았으나, 이제 와서 되돌릴 수도 없었다. 소북이 타치히에게 말했다.
"성주님께 전해주십시오. 불이 나면 부대를 둘로 나누어 기습하되, 먼저 동굴 주변의 수풀이나 숲을 '불화살'로 공격하시라고 해주십시오."
타치히가 옥지, 부르가, 이화에게 함께 내려가자고 하자, 이화는 거절했다.
"난, 범표님과 함께 싸우겠어요."
범표가 깜짝 놀랐다.
"낭자, 제발 좀.. 부탁이오. 타치히님을 따라가서 성주(城主)님을 도와주시오."
그러나 이화는 단호하게 거부했다.
"달단항(港)으로 돌아갈 때까지, 난, 우리 부족과 절대 헤어지지 않을 겁니다."
옥지도 이화와 같은 심정이었다.
"저도 이곳에 남아 함께 싸우겠어요. 저는 가달의 무리라면 치가 떨려요."
사실, 부르가도 같이 싸우고 싶었으나, 소북과 주조에게 짐이 될까 이화, 옥지에게 말했다.
"언니들,
우리가 이곳에 있으면 신경이 쓰일 테니 내려가는 게 좋을 것 같아요"
옥지가 웃었다.
"동생은 타치히님을 따라가요. 우리는 걱정하지 말고."
옥지의 말에
"그럼, 나도 언니들과 함께 있을래요."

소북과 범표는 세 사람의 완강한 태도에 포기하고 타치히에게 말했다.
"할 수 없죠. 혼자 가셔야 할 것 같습니다."
"네"
타치히가 급히 산(山)을 내려가자, 소북은 주조, 범표와 상의를 했다.
"나와 주조가 본채를 칠 터이니, 범형과 12무사는 상황을 지켜보다 다른 건물들을 불화살로 쏴주십시오."
소북은
건물을 나서자마자 '천잠 장갑'에 쌍(雙)도끼를 들었고, 주조는 철검을 뽑았다.
이어, 마왕(魔王)의 형상을 한 입구(入口)를 향해 표범처럼 몸을 날렸다.
천둥 번개가 치듯 보초 둘을 해치우고 '마귀 문(門)'을 밀고 들어간 소북 주조는 깜짝 놀랐다.
건물은 흑전방의 큰 강당이었고 이백여 명의 살수(殺手)들과 일천 명이 넘는 야인들이 기도를 하고 있었다. 앞을 살피던 두 사람은 크게 놀랐다.
전면의 '걸개그림'에 검은 도포를 입은 마인(魔人)의 대형 초상화가 있었는데
마인의 왼쪽에는 선인(仙人)의 머리를 아가리로 물고 있는 '뿔살이'가,
오른쪽엔 억센 발톱으로 단제를 찍어 누르고 간(肝)을 파먹는 전설의 흑달마조(魔鳥)가 금방이라도 뛰쳐나올 듯 역동적으로 그려져 있었다.

마인의 밑으로, 폭풍처럼 휘갈겨 쓴 '가달마황'이라는 황금빛 글씨가
좌중(座中)을 압도하며 사악한 기운을 뿜어내는 가운데, 무릎을 꿇고 '마귀송(誦)'을 꺼억- 꺽 읊고 있는 자들이, 해골(骸骨)을 앞에 두고 기다란 뼈다귀로 미친 듯이 두드리며 박자(拍子)를 맞추고 있었다.
"따다닥 딱깍딱 딱깍깍......."
야인들은 조선 강역의 사람들을 죽이고 두개골의 골수(骨髓)를 마신 후,
해골을 잘 닦아 밥그릇이나 물그릇으로 사용하다, 마제(魔祭)를 올릴 때에는 악기로 활용하여 왔다.
가만히 들어보니, 마귀 송은 환웅천황에게 죽음을 당한 가달마황을 애도하는 내용이었다.

「 가달마황님과 그 아들이신
　　가달성주
　　각팔마룡님께 맹세합니다
　　크크
　　카카 푸푸
　　뚝딱 뚝딱 뚝딱 뚝뚝뚝딱

　　조선의 선인들을 모두
　　죽이고
　　해골을

만들어
지옥(地獄)의 검은 하늘을
떠도는
마계의
마왕, 마신, 마귀, 요괴
나찰, 잡귀의
혼령들을 위로하겠나이다
크크
카카 푸푸
뚝딱 뚝딱 뚝딱 뚝뚝뚝딱

드디어 조선 단제의 맥이
끊어졌으니
수천 년
우릴 괴롭힌 칠대선문
기어이 불태워
깊고
슬픈 한을
풀어드리겠나이다
크크
크크
카카 푸푸
뚝딱 뚝딱 뚝딱 뚝뚝딱딱
…………
웅얼 웅얼 웅얼 웅얼웅얼

....   」

워낙에 시끄러워 더 이상은 이들이 뭐라 읊고 있는지 알아들을 수 없었다.
'아.. 흑전방(幇)도 가달마교였구나!'
정문을 향해 앉아있던 사람들 중(中) 검은 도포의 늙은이가, 소북과 주조를 발견하고 외쳤다.
"거기, 너희들은 누구냐?"
기도하던 살수들과 야인들이 일제히 소북과 주조를 돌아보았다. 이어 누군가
"침입자다!"
하고 소리치자
시라소니처럼 덮쳐오는 망구와 그 뒤를 허겁지겁 달려오는 자가 있었다.
비리성의 승냥이 객잔에서 소북, 주조과 싸우다 사라진 승냥이 할멈과 빡보였다.
소북, 주조를 알아본 할멈이
"정말, 겁이 없구나. 감히 흑전방(黑箭幇)의 본영을 침범해오다니! 살아 돌아갈 생각은 마라."
하며 지팡이로 후려치자, 소북의 쌍(雙)도끼가 궤적을 달리하며 날았다.
"누가 할 소리!"
전신 요혈을 노리는 지팡이와 두 개의 도끼가 불을 뿜는 사이, 눈을 부릅뜬 빡보와 주조가 누가 먼저랄 것도 없이 난폭하게 달라붙었다.

달려온 살수와 야인들도 공격에 가담했다. 입구를 등지고 선 소북과 주조는 일말의 두려움도 보이지 않고 있었다.
어려서부터 수 없이 호흡을 맞추어온 둘은 싸움이 시작되자마자, 공수(攻守)를 침착하게 조율하며 맹수처럼 움직였다. 도끼가 날면 철검이 틀어막고,
철검이 난무하면 성문을 지키듯 쌍(雙)도끼가 뒤를 막았다. 몇 합이 지나지 않아 살수와 야인 십여 명이 무자비한 도끼와 철검에 나가떨어졌다.
이 날은 '마황'을 추모하는 대마절(大魔節)로 마계의 모든 방파와 종족들이 모여 제를 올리는 날이었다.
등에마군으로 보이는 검은 도포는,
황사산(山)의 삼십일 동주(洞主)를 거느리고 마제(魔祭)를 올리는 도중
방해를 받은 것도 모자라, 승냥이 할멈과 빡보가 그 많은 야인과 살수들을 데리고도 즉시 제거하지 못하고 피해가 늘어 가자 크게 노했다.
"구경만 하지 말고 저 놈들을 해치워라. 신성한 마제를 망친, 질이 나쁜 놈들이다."
명이 떨어지자,
31동주가 괴성을 지르며 떼로 몰려갔다. 이들이 가담하자 싸움의 양상이 단박에 달라졌다.
이에,
스산한 눈빛으로 작은 도끼를 허리에 건 소북이 긴 도끼로 일도양단하듯 찍자 할멈이 지팡이를 들어 막았고
"짱!"

소리가 나는 순간 소북이 뱀의 꼬리를 당기듯 지팡이 끝을 홱 하고 잡아챘다.
느닷없는 수에 놀란 승냥이할멈이 뺏기지 않으려 힘을 쓰다 멍해졌다.
사실, 지팡이의 끝 가시에는 스치기만 해도 살이 썩고 혼절하는 짐독(鴆毒: 짐새의 깃에 있는 독)이 묻어 있었는데, 덥석 잡고도 쓰러지지 않는 적(敵)을 보자 자기도 모르게 하얗게 머리가 비어버린 것이다.
이때 지팡이를 놔버린 소북이
"어!"
하고 자빠지는 할멈의 어깨를 긴 도끼로 벼락이 치듯 내리찍었다.
"악-!"
할멈이 옆으로 쓰러지자, 소북과 주조가 동굴 밖으로 나와 손을 두 바퀴 크게 돌렸다.
이를 본 범표가 옥지, 이화, 부르가와 12명 소년들에게 명하여 불화살을 쏘아대기 시작했다.
불화살이 건물 곳곳에 박히자 불길이 삽시간에 옮겨 붙었다. 산채는 모두 목조 건물로 마침 몇 달째 비가 오지 않아 바짝 건조해져 있었다.
불이 닿자마자 산바람을 타고 거세게 타오르기 시작했다. 등에마군 뒤에 시립한 황사삼악 중 일악 음풍마와 이악 독각귀는 분통이 터졌다.
삼악(三惡)은 악인으로 중원 조나라에서 열서너 살 때 살겁을 저지르고
구이원의 바이칼호 동쪽 정령국(國)으로 도망쳐온 잡배들이었는데,

나쁜 짓을 하다 이십년 전 '바이칼 선문'의 응징으로 다 죽어가던 걸,
등에마군이 발견하고 거둔 후 무공을 전수해준 자들이었다. 음풍마는 음풍장의 고수였으며, 독각귀(獨脚鬼)는 오른 발을 능란하게 썼다.
그는 항시 요괴창을 들고 다녔는데 창법(槍法)보다는 절룩거리는 왼발을 보조하며 오른 발로 공격할 때 몸을 지지하는 도구로 사용했다.
등에마군은
"음풍마, 나를 따르라! 독각귀는 불화살을 쏘는 뒷산의 적을 치고 총(總)동주 왕모기는 불을 꺼라."
지시한 후 소북과 주조의 뒤를 쫓았다. 음풍마가 바람처럼 등에마군을 따르자, 독각귀도 창(槍)으로 바닥을 찍으며 뒷산을 향해 솟아올랐다.
소북은 산 밑으로 달리다, 자신들을 쫓는 놈들과 성주의 병력이 마주치지 않도록, 방향을 틀어 우측 능선을 타고 달렸다. 음풍마는 경공이 뛰어난 자였고
이곳 지리를 잘 알기에, 소북이 미련하게도 능선을 타고 달리자 속으로 쾌재를 불렀다.
'흐흐흐, 네놈들이 아예 죽을 길로 찾아가는구나. 그쪽은 막혀있느니라.'
능선을 따라 한참을 달리던 소북과 주조는 높은 절벽을 만났다. 절벽은 수십 장이나 되어 보였고, 더 이상은 도망칠 길이 보이지 않았다.
주조가 말했다.

"작은 성주님, 길이 없습니다. 여기에서 끝장을 내야할 것 같습니다."

두 사람은 유리한 지형을 골라잡았다. 잠시 후, 등에마군과 음풍마가 나타났다.

음풍마는 소북, 주조가 도망칠 수 없도록 진을 치며 외쳤다.

"너희들은 누구냐?"

소북이 도끼를 정면으로 겨누고 말했다.

"너희들이 그동안 얼마나 많은 죄악을 저질렀는지 모르고 하는 말이냐. 우리는 네 놈들을 이 땅에서 쓸어버리고자 온 소북과 주조님이시다."

음풍마가 놀랐다.

"뭐라.. 네 놈들이 바로 우마산 분타를 불 지르고 부하들을 죽인 것들이냐?"

소북은 음풍마가 자기를 알아보자 긴 도끼를 호기롭게 휘저어 보였다.

"으하하하, 쥐새끼처럼 흑림에 숨어 있으면서도 우리를 알아보다니 기특하군. 자! 이제 무릎을 꿇어라. 그렇지 않으면 용서치 않을 것이다."

"이놈이."

화가 난 음풍마가

"쳐라!"

하며 좌장을 들어 음풍장을 내지르자, 흑림 야쿠트산맥에서 연마한 음풍장이 한랭한 바람을 일으켰다. 영을 받은 졸개들이 떼거지로 덤벼들었다.

음풍마는 삼악 중 무공이 제일 뛰어난 자였다. 표독한 손바람에 졸개들의 협공이 더해지자, 소북은 어쩔 수 없이 어려운 싸움을 이어가게 되었다.
주조 역시 다르지 않았다. 맹수처럼 움직이며 악전고투(惡戰苦鬪)를 이어갔다.

한편, 흑전방 뒷산에서는 독각귀가 끌고 간 동주들과 졸개 삼백을 상대로, 범표와 12소년, 이화, 부르가가 치열한 싸움을 전개하고 있었다.
범표는 독각귀를 상대하고 있었다. 독각귀의 창법은 매우 변칙적이었다.
절룩거리며 전개하는 파행적(跛行的)인 창술이 대응하기 쉽지 않았다.
아직 독각귀의 정체를 모르고 있는 범표에게, 부르가가 크게 소리쳤다.
"범표님, 독각귀(獨脚鬼)가 그자예요. 기습적인 '발차기'를 조심하셔요!"
범표는 깜짝 놀랐다.
'아! 이자가 독각귀.. 삼악 중에 발차기의 고수가 있다더니 이놈이었구나.'
자기를 모르는 것 같은 범표를 보고 독각술(獨脚術)을 펼칠 기회를 엿보던 독각귀는
웬 계집아이 때문에 들켜버리자, 즉시 요괴창을 짚고 몸을 띄웠다.
훅- 하며
공간을 접은 발이 얼굴을 덮치는 순간, 뒤로 물러선 범표의 창이 발

목을 끊어오자, 요괴창으로 막으며 오른발로 찍고 돌려 차다 창을 박고 또 다시 날아올랐다.
실로
현란한 공격이었으나, 범표는 태산과 같은 자세로 하나하나 막아내며 침착하게 반격을 했다.
범표의 창이 한 번 긋고 찌를 때마다 독각귀의 창과 각법의 조화를 흔들었고
범표와 둥글게 포진한 옥지, 이화, 부르가, 12소년의 검이 날 때마다 적들이 하나 둘 쓰러지며 도적들의 시체가 쌓여갔으나, 워낙에 많은 수가 밀려드는지라, 어느새 세 명의 소년무사가 부상을 입었다.
모두가 역부족을 느끼며 이제나 저제나 성주(城主)만을 기다리는 그 때,
아래쪽 산채가 와짝 소란스러워졌다. 꺼져가던 불길이 이곳저곳에서 다시 솟구쳤고 멀리 동굴(洞窟) 주변의 수풀에도 불이 빠르게 번졌다.
"휘-익"
소리를 내며 명적이 솟구쳤다. 드디어, 비리성주 예커쓰와 읍차 뉴고록이 병사들을 이끌고 온 것이다. 그들은 타치히의 연락을 받고 진격해오다, 계곡 입구에서 졸개 10명과 다섯 마리의 괴수들을 만났다.
졸개들은 별 것 아니었으나 괴수들이 문제였다. 염소 얼굴에 늑대의 몸과 긴 뿔이 난 괴수(怪獸)들을 해치우느라 시간이 지체되었던 것이다.
성주와 병사들은 소북이 일려 준 대로 양쪽 절벽 동굴들의 주변과

숲에 불화살을 쏘았다.

불을 끄고 있던 왕모기와 야인들은 북옥저군(軍)의 기습에 깜짝 놀라며 달려들었으나, 북옥저의 정예(精銳)들에게 상대가 되지 않았다. 왕모기는
뉴고록을 상대하다 목이 떨어졌고 10명의 동주들도 성주와 북옥저 백인장들의 공격을 받고 죽어갔다.

이미 조선 열국에 정평(定評)이 나 있는 북옥저의 창병(槍兵)들이 백 명 씩 진(陣)을 이루어 노도와도 같이 야인과 살수들을 몰아붙였다.

도적들은 방주 등에마군도 황사삼악도 가까이에 없자 사기가 떨어진 채 죽어가며
지리멸렬하다, 칼바람에 날리는 우박(雨雹)처럼 사방으로 흩어졌다.
하늘을 찢는 비명과 병사들의 함성에
"아차!"
하고 몸을 빼려 하는 독각귀를, 네까짓 게 그럼 그렇지 하는 얼굴로 범표가 비웃었다.
"독각귀! 도망가나?"
"뭐라고, 도망? 이 어른이 지금 바쁘구나. 너와는 다음에 겨루어 보자!"
범표는 막으려고 하지 않고, 오히려 무시하듯 길을 열어주며 약을 올렸다.
"뒈질 것 같으니까 내빼? 비겁한 놈들이 다 그렇지. 자, 살려 줄 테니 꺼져라."
"아니, 이놈이!"
성주의 병력을 본 독각귀가 심난해진 것을 알고 범표가 비위를 건

드리자, 평소 나쁜 짓이라면 그 누구보다 용감하게 해왔다고 자부하던 독각귀는 비겁한 놈이라는 말에 꼭지가 돌았다.
눈이 뒤집힌 채 창을 휘두른 독각귀가 거품을 물고 내찬 발그림자가,
바람에 마구 흔들리는 촛불처럼 범표의 머리와 가슴, 낭심을 노렸다.
독각귀의 절예 독각산화(獨脚散火: 외다리로 불을 흩어뜨림)가 펼쳐진 것이다.
창에 기대어 반공(半空)에 떠오른 독각귀의 발끝이 범표의 상중하(上中下)를 노리며 꿈틀거리자, 세 가닥의 살기가 범표를 덮어갔다.
범표는 수직으로 창을 당겨 문호(門戶)를 지키는 동시에 한 발 물러서며
다시 수평으로 휘둘렀다. 지극히 평범해 보이나 수비에는 더 없이 효과적인 창법이었다.
몇 차례 공격을 이어갔으나 수비에만 치중하는 상대를 당장에 어찌 할 수 없는 데다, 그 사이 산채의 야인들이 울부짖는 소리가 하늘을 찢자,
투지가 꺾인 독각귀가 등에마군을 찾아 몸을 날렸다. 독각귀가 내빼자 졸개들은 사기가 떨어졌고 이화, 부르가, 12소년의 기세는 다시 살아났다.
범표 일행은 야인들을 질그릇을 깨듯 무너뜨리며 산채 아래쪽으로 몰아갔다.

한편, 등에마군은, 음풍마와 살수 삼백여 명이 소북과 주조를 공격

하는 것을 지켜보고 있었다. 벌써 육십 명이 넘는 부하들이 쓰러졌으나, 소북과 주조도 부상을 입은 상태라

얼마 지나지 않아 무릎을 꿇게 될 것이라고 가늠하고 있는 그때 산채 쪽에서

와- 하는 함성과 함께 꺼져가던 불길이 다시 거세게 타올랐다. 등에마군이 보니 야인들이 거주하는 동굴 주변에도 바람을 타고 불길이 번지고 있었다.

외부세력이 침입한 것으로 판단한 등에마군이 전음입밀로 음풍마에게 말했다.

"적(敵)이 쳐들어왔다. 산채로 갈 테니 너는 그놈들을 해치우고 와라."

산채로 돌아온 등에마군은 크게 노했다. 건물과 동굴들이 모두 불타고 있었고 졸개들을 지휘하고 있어야 할 독각귀(獨脚鬼)도 보이지 않았다.

부하들은 범표, 이화, 부르가, 12소년 무사(武士)에게 개떼처럼 쫓기고,

비리성(城)의 깃발을 든 병사들이 계곡을 누비며 살수와 야인들을 낙엽을 쓸 듯 해치우고 있었다.

등에마군은 급히 십 수 명의 부하들을 이끌고, 본관 뒤 삼십여 장 떨어진

그늘진 곳의 칙칙한 물기가 흐르는 나무들로 가려진 어느 동굴로 들어갔다.

소북은 살수와 야인들의 끝없는 차륜전에 여기저기 상처를 입고 내

력을 소진한 끝에, 급기야 음풍마의 기습적인 음풍장(陰風掌)에 피를 토한 상태였고,
주조 또한 살수들의 창에 다리를 찔려 쉴 새 없이 피를 흘리고 있었다.
음풍마는 강했다. 음풍장을 몰아치며, 큰 칼로 두 조각을 낼 듯 휘두르고 있었다. 소북이 그나마 버티고 있는 것은 밀림의 맹수들과 거인을 상대하던 투지(鬪志)와 목숨을 건 양패구상의 수법 때문이었다.
소북은 본디, 어떤 상대를 만나든 등을 보이는 자가 아니었으며, 지금
자신이 후퇴하면 싸움의 판도가 달라질 것을 알고 있기에 조금도 약한 모습을 보일 수 없었다.
의(義)를 위해 이 자리에 기꺼이 뼈를 묻겠으나, 음풍마의 팔 하나는 자르고야 말겠다는 의지가 타오르고 있었다.
음풍마는 거의 다 잡은 것 같은데, 소북과 주조가 발악을 하며 버티자 속이 탔다.
둘 중 하나만 없애면 오늘의 사태를 수습해볼 만 한데, 이 질긴 놈들이 목숨을 걸고 저항하는지라 아까운 시간만 흘러가고 있는 것이다.
소북과 주조는 비리성주와 병사(兵士)들이 산채에 진입하였음을 알았으나,
숨 돌릴 틈 없이 공격 받는 상황에서 그들에게 도움을 요청할 길은 없었다. 비리성주도 살수와 야인들이 많아 쉽지 않은 싸움을 하고 있을 터였다.
주위에는 소북과 주조가 해치운 칠십여 명의 시체가 쌓여가고 있었

다.

소북이 시체를 밟고 음풍마를 향해 도끼를 휘둘렀을 때였다. 죽은 듯 엎어져 있던 살수(殺手) 하나가 갑자기 창(槍)을 들어 소북의 허벅지를 찔렀고

소북은 끔찍한 고통 속에 살수의 백회혈을 찍고, 이때 들이닥친 음풍장을 피하려했으나 간발의 차이로 어깨를 가격당하며 나동그라졌다.

소북은 본능적으로 일어서며 도끼를 휘둘렀으나, 힘이 없는 공허한 손놀림이었고

어느새 다가선 음풍마가 비틀거리는 소북을 향해 대도(大刀)를 후려쳤다.

소북이 도끼를 들어 막으려 하였으나 온몸에 퍼지는 음풍장의 기운에 내력을 이어갈 수 없었다.

소북의 위기에 주조가 눈을 감고, 무정한 칼이 소북의 목을 치는 찰나

"이놈!"

하는 일갈과 함께 깊은 강의 와류(渦流)와도 같은 두 가닥의 암경(暗勁)이 소북을 미는 동시에 음풍마의 도신(刀身: 칼의 몸)을 무겁게 타격했다.

'이제 다 끝났구나.'

하던 소북은 눈앞의 믿기 어려운 일에 놀라며 망연(茫然)한 표정을 지었다.

물결 같은 기운이 자기를 밀어내는 순간, 칼이 날아갔고 가공할 힘에 균형을 잃은

음풍마가 "윽!" 하며 술에 취한 듯 앞뒤 좌우로 크게 흔들렸다. 대

도(大刀)를 들었던 음풍마의 손이 피범벅이 된 채 덜렁거리고 있었다.
짧은 순간 자신을 밀어내고 도신(刀身)을 타격하는 것만도 어려운 일이었으나,
칼을 때린 충격으로 손목을 부러뜨린 이 무서운 공력의 소유자는 누구란 말인가.
거기에 은인의 일성(一聲)은 전설의 육합전성(六合傳聲: 천지 사방에서 동시에 소리가 남) 인 듯, 어느 쪽에서 났는지 짐작조차 할 수 없었다.
놀라운 고수의 출현에 음풍마와 졸개들이 사방을 두리번거리는 사이,
소북을 지키기 위해 몸을 날린 주조는 얼핏, 바닥에 떨어진 음풍마의 칼을 보고 경악을 금치 못했다. 음풍마의 칼이 구부러져 있었던 것이다.
누군지 알 수는 없으나, 고수의 도움에 마음이 놓인 소북은 급히 조설단을 삼키고 운기조식에 들어갔다.
주조는 소북을 구해준 것으로 보아 분명 자신들의 적(敵)이 아니라는,
너무도 당연한 사실에 안도하며 깊이를 헤아릴 수 없는 초(超) 절정 고수(高手)를 향해 동서남북으로 읍(揖)을 하며 감사의 예(禮)를 표하였다.
"무림 말학(末學: 늦게 입문한 후배) 주조, 은공께 감사드립니다. 작은 성주님을 구해주신 은혜(恩惠), 죽는 날까지 결코 잊지 않겠습니다."
누구보다 굳센 사나이였으나, 조금 전 형제 같은 소북이 죽을 뻔 했

을 때 지옥으로 떨어지는 것만 같았기에
'구해주신 은혜'라고 말할 때의 목소리는 격한 감동으로 뜨거운 눈물이 뒤섞여있었다.
주조의 말이 끝나자, 옆에서 속삭이는 것도 같고 동서남북(東西南北)의 하늘에서 말하는 것도 같은 신비로운 목소리가 메아리처럼 들려왔다.
"의(義)를 위해 목숨을 아끼지 않는 두 분께, 무한한 경의(敬意)를 표하오."
이때, 고통과 두려움에 떨고 있던 음풍마가 허세(虛勢)를 부리며 외쳤다.
"누구냐?"
"……"
아무 대답이 없자, 자기들의 숫자가 많아 나서지 못하는 것으로 착각한 음풍마가
"웬 놈이냐!"
또 한 번 소리치자 시커먼 인영(人影)이 비조(飛鳥)처럼 음풍마의 얼굴로 기습했다.
순간
가슴이 덜컥 내려앉은 음풍마가 좌장을 들어 온 힘을 다해 내갈기자 달려들던 그림자가 "퍽!" 나가떨어지며 신음도 없이 시체처럼 뒹굴었다.
음풍마와 졸개들은 매우 기뻐했고, 주조는 가슴이 바짝 오그라들었다.
은인이 방심하다 음풍마의 장력(掌力)에 당한 것으로 생각한 것이었으나, 이내 조금 전 음풍마의 칼이 날아갈 때만큼이나 놀라고 말았

다.
바닥에 쓰러진 자는 다름 아닌 외발차기의 달인 독각귀(獨脚鬼)였다.
눈이 홱 뒤집어진 채 피를 꾸역꾸역 토하는 모습이 살아날 가능성은 조금도 없어보였다.
정체를 드러내지 않는 고수(高手)가 자기의 손을 빌려 독각귀를 해치우자, 음풍마는 억장이 무너지는 한편 두려움으로 가슴이 떨려왔다.
자기도 쉽게 이길 수 없는 독각귀를 마혈을 짚어 내던져버린 것이다.
"……"
할 말을 잃은 음풍마가 머리카락이 곤두선 채 자세를 낮추자, 졸개들 역시 우왕좌왕 하며 보이지 않는 적을 찾아 눈알을 희번덕거렸다.
이때,
"악!"
하며 부하들의 눈이 주조가 있는 곳으로 몰리는 걸 본 음풍마가 황급히 몸을 돌리자, 한 사나이가 주조의 앞에 환영(幻影)과도 같이 서있었다.
심장이 덜컥 내려앉은 음풍마가 악을 쓰며 부하들 속으로 몸을 피했다.
"뭣들 하고 있는 게냐. 이자를 쳐라!"
"와-!"
"우-!"
"이얏!"

하며 이백여 명의 졸개들이 사납게 덤벼들었다. 은인에게 우악스럽게 덤비는 자들을 본 주조는 소북을 두고 자리를 뜰 수 없어 가슴을 쳤으나
빗줄기 같은 검광(劍光)이 번개가 치듯 무리들을 베어 가고 있었다. 눈에 잡히지 않는 쾌검과 영문도 모르고 쓰러지는 야인들의 비명이 교차하는 가운데
문득 사나이의 검이 눈 폭풍 같은 검기(劍氣)를 폭사하며 호(弧)를 그리자, 숨이 끊어지는 소리와 함께 십여 명이 일시에 바닥을 나뒹굴었다.
이어
거칠게 날아오른 사나이가 괴조(怪鳥)와도 같이 곤두박질치며 팔방을 후려치자,
은빛 물결과도 같은 검기가 이십여 명의 야인들을 휩쓸고 지나갔다. 이를 본 주조는 끓어오르는 감동으로 소북과 함께 볼 수 없음을 한탄했다.
사나이는 준령을 스치는 바람처럼 빨랐으며, 밤하늘을 나는 유령처럼 포착할 수 없었다.
좌우를 치고 종횡으로 나는 검이 동(東)을 보면 서(西)에 있었고 서(西)를 보면 이미 천 조각처럼 날아올랐다.
주조의 눈에는, 도적들의 칼이 일으키는 바람을 타고 나는 듯도 보였다.
혼(魂)을 쫓는 사나이의 검을 피해 뒤로 또 뒤로 도망친 음풍마는 불가항력의 무위(武威)에 숨이 막혀왔다. 도저히 감당할 수 없는 자였다.
음품마와 함께 극도의 두려움에 빠진 졸개들이 기왓장처럼 무너지

는 가운데

사자(獅子)처럼 달려든 사나이가 좌수(左手) 오지(五指)를 벼락같이 펼치자, 바위라도 쪼갤 다섯 줄기의 창날 같은 기운이 음풍마의 전신을 긁어갔다.

순간, 음풍마가 찢어질 듯 부릅뜬 눈으로 절망적인 신음을 토해냈다.

"앗! 탈... 창해신검!"

사나이는 흑림으로 달이 신녀와 삼양법사를 찾아 나선 여홍이었던 것이다.

음풍마는, 말을 마치자마자 치고 지나간 탈명장(奪命掌)에 머리를 툭 떨구었고, 두 눈은 믿을 수 없다는 듯 여홍의 발끝을 응시하고 있었다.

이를 본 흑전방 무리들이 자지러질 듯 놀라며 개미 떼처럼 흩어지기 시작했다.

사나이가 나타나 음풍마를 황천으로 보낸 시간은 촌음(寸陰)에 불과했다.

그 놀라운 변화에 숨을 고르기도 전에 음풍마가 마지막으로 남긴 목소리가 천둥처럼 주조의 고막을 파고들었다.

'아! 이 사나이가 바로 북해삼협이 입이 닳도록 이야기한 창해신검이라니!'

소북과 주조 또한 그 불세출(不世出): 좀처럼 세상에 나타나지 않을)의 신협을 잊지 않기 위해 몇 날 며칠 그 명호(名號)를 외우고 또 외우지 않았던가.

믿을 수 없는 기적에 주조가 입을 다물지 못하는 사이 소북에게 다가온

여흥이 몇 개 요혈을 스치듯 어루만지자, 숨이 넘어갈 것만 같았던 소북의 얼굴에 화색이 돌기 시작했다.
사실, 소북은 마구 흩어져버린 기운을 한 가닥도 모을 수 없어 희망을 잃어가고 있었다.
조금 전, 얼핏 들린 '창해신검'이라는 소리에 벌떡 일어나고 싶을 정도로 기뻤으나, 어찌 해보기 어려운 부상으로 눈을 뜨기도 어려웠다.
칼에 다친 상처들은 말할 것도 없고, 음풍장의 차가운 기운이 오장(五臟)을 파고들기 직전의 상태에서 막막한 시간만 흘러가는 그때, 누군가의 손길을 따라 스며든 순양의 기운이 꺼져가는 자신의 선천지기를 되살리며, 삼백육십오 혈(穴)과 사지백해를 흐르는 것을 느꼈다.
처음에는 지루할 정도로 천천히 흘렀으나, 따뜻한 기운이 머물다간 자리는 음풍장의 한기(寒氣) 또한 어김없이 약해졌다는 것을 감지했다.
이윽고 온몸을 구석구석 1주천 한 '순양지기(純陽之氣)'가 오장육부를 스치며 빠르게 흐르기 시작했다. 아기의 손길 같은 기운이었으나,
봄바람에 언 땅이 녹듯 한기(寒氣)가 맥을 못 추고 스러져갔다. 잠시 후,
소북이 무심의 상태에 진입하자, 사나이는 대자연의 기운과 소북의 선천지기를 하단전으로 도인한 후, 한 줌의 순양지기를 남겨주고 일어섰다.
모처럼 더 없이 평화로운 얼굴을 한 소북이, 고요한 산하(山河)의 숨결 같은 호흡을 면면부절(綿綿不絶: 솜처럼 이어져 끊어지지 않음)

이어갔다.

이를 본 여홍이 고개를 돌리자, 주조가 황급히 포권의 예(禮)를 취하였다.

"대협, 감사합니다. 이 은혜를 어찌 갚아야 할..."

"아.. 미안하오, 주형.
자세한 얘기는 '등에마군'을 해치우고 나서 합시다. 내 먼저 갈 테니, 주형은 작은 성주가 회복하면 함께 오시오."

말이 끝나는 순간, 이미 십삼 장 밖을 내달리는 여홍이 일진광풍에 몸을 실은 듯
급가속하며 시야에서 사라지자, 입이 딱 벌어진 주조가 경탄을 금치 못했다.

"아!
불세출(不世出)의 신협(神俠)이라더니 과연 명불허전이다. 눈 깜짝할 사이에 음풍마를 잡고 작은 성주님을 구해주시다니.."

잠시 후 운기조식을 마친 소북이 벌떡 일어나 감격에 겨운 목소리로 주조에게 물었다.

"대협(大俠)은 어디 계시는가?"

"마군을 잡으러 가셨습니다."

"오!
빨리 대협을 찾으러 가세."

"작은 성주님... 상처는 어떻습니까?"

"외상은 남아있으나, 내공은 대협의 도움으로 전보다 깊어진 것 같네."

이어 소북과 주조는 붉게 달아오른 얼굴로 '신협(神俠)'을 만나기 위해 온 힘을 다해 질주했다.

자신들에게 경의를 표한다고 한 창해신검의 한 마디에 그동안의 고생이 눈 녹듯 사라져버린 두 사람의 마음은 이미 창공(蒼空)을 훨훨 날고 있었다.

한편, 등에마군을 찾아가던 여홍은 계곡에서 처절한 비명소리가 들리자 방향을 틀어 몸을 날렸다.
비명은 병사들이 지르는 소리였다. 계곡에는 어디서 날아왔는지 모를 '등에(- 파리목 등에과 곤충)' 수만 마리가 병사들을 공격하고 있었다.
하나하나가 엄지손가락만 했고 가슴과 복부에 검은 털이 잔뜩 나 있었다.
콩알만 한 겹눈과 나무도 뚫을 것 같은 뾰족한 주둥이를 가진 놈들이었다.
하늘을 덮은 등에 떼가 달라붙기만 하면 병사들이 어김없이 쓰러졌다.
예커쓰와 병사들은 승기를 잡아가다 갑자기 나타난 '등에' 떼에 놀라 흩어졌고, 야인들은 그 뒤를 따라가며 쓰러지는 병사들의 머리를 잘라 나갔다.
돌연, 산채의 뒷산을 쓸어보는 여홍의 눈에 신광(神光)이 번득였다. 깎아지른 절벽에 동굴이 하나 보였고, 그 앞에 등에마군이 앉아 피리를 불고 있었다.
수만 마리의 등에가 피리에서 흘러나오는 '귀신이 웃는 소리'를 타고 계곡을 오르내리며, 병사들의 몸에 달라붙어 피를 쪽쪽 빨아먹었다.
이를 본 여홍이 가까운 나무 위에 걸터앉아 푸른 옥(玉)피리를 불기 시작했다.
그러자 누구도 들어보지 못했을 음률(音律)이 전 방위(方位)로 퍼져 나갔다.
"까아아 까악 깍깍깍 까악 까아아아악...."
난데없는 까마귀 소리가 슬금슬금 귀신의 웃음소리를 파고들다, 이내
수만 마리가 합창을 하듯 계곡을 덮자, 제 세상처럼 휘젓고 다니던 '등에'들이 부르르 떨면서 새우처럼 몸을 구부리며 천지 사방(四方)으로 흩어졌다.
이때 등에를 몰아 병사들을 공격하던 마군은, 갑자기 나타난 누군가의 피리소리에
일사불란했던 '등에 군단(軍團)'이 겁을 먹고 흩어져버리자 당황했다.
"으잉?"
하고 등에마군이 내공을 구성까지 끌어올리자, 우왕좌왕 하던 '등에 떼'가 까마귀 소리를 뚫고 전열을 재정비하며 병사들을 향해 몸을 돌렸다.
이에 여홍이 육성의 내공으로 마음보(魔音普)의 '사수곡(死睡曲)'을 불었다.
개마국(國)의 흡혈박쥐들을 잠재웠던 곡이 퍼져나가자, 졸린 듯 무기력해진 '등에 떼'가 자기 집으로 돌아가려는 듯 다시 등을 돌렸다.
가달성(城) 외에는, 피리로 자기를 이길 자는 천하에 없을 것이라고 자부해온 등에마군은 훼방꾼의 기이한 음률에 눈을 부릅뜨며, 여홍이 있을 법한 곳을 향해, 피를 토하듯 십일 성의 공력을 끌어올렸

다.
"낄리리 낄리릴리 낄리리리 끼길릴릴리…"
소리에
다시 정신을 차린 등에 떼가 병사들을 공격했다. 이에 눈썹을 찡그린 여홍이 칠성의 공력(功力)으로 마음보(魔音譜) 최후의 곡 '혈우(血雨: 피 비)'를 불자,
등에 들이 문득 줄을 지어 까마득히 솟아오르다, '폭우가 쏟아지듯' 있는 힘을 다해 땅으로 곤두박질쳤다.
높이 날아오르게 한 후, 땅바닥에 머리를 박도록 몰아가는 마음(魔音)에
한 차례에 이삼천 마리의 등에가 땅에 골수(骨髓)를 터트리며 죽어갔다.
망망대해의 숨결 같은 여홍의 피리소리가 하늘을 나는 신룡(神龍)의 울음처럼 일각을 이어가자,
비 오듯 땀을 쏟으며 버티던 '마군'이 마침내 탈진한 듯 앞뒤로 크게 흔들렸다.
마군은 더 이상 여홍의 불가해한 내공과 무한대의 호흡을 이겨낼 수 없었다.
이를 느낀 여홍이 곡조를 바꾸자, 죽을 채비를 하며 날던 마지막 남은
이천여 마리가 살수와 야인들을 공격하기 시작했다. 허기진 '등에 떼'가 후덥지근한 혈향(血香)을 풍기는 졸개들에게 미친 듯이 달려들었다.
"윙-"
"악"

"윽"
"으악"
"악"
"……"
야인들이 비명을 지르며 도망을 쳤으나, 피에 굶주린 등에를 피할 수 없었다.
조금 전까지와는 비교할 수 없을 정도의 빠른 공격으로 부하들이 아비규환 속에 죽어가자
동굴 앞에서 여홍과 겨루던 '등에마군'은 화가 머리끝까지 치밀어 올랐다.
평생을, 썩은 늪지와 시궁창에서 애지중지 길러온 자식 같은 등에를 모두 빼앗긴 데다
그것들이 자기의 졸개들을 공격하는 모습에 마군은 이성을 잃고 말았다.
이어, 물불을 가리지 않고 마지막 남은 힘까지 끌어올려 피리를 불던
등에마군이 울컥울컥 두 사발이 넘는 피를 토하고 쓰러졌다. 깊은 내상을 입은 마군의 피리 소리가 끊어지고 살수와 야인들이 거의 다 쓰러진 것을 본
여홍이 마신곡(魔神哭)을 부르자, 배를 채운 등에 떼가 '마신의 통곡'에 이끌려 '마군'을 향해 날아갔다.
등에 떼가 날아오는 소리에 눈을 뜬 마군이 황급히 도망치려 했으나
삽시간에 날아든 등에 떼에 피를 빨리고 허우적거리다 허무하게 죽어갔다.

자기가 정성스럽게 키운 마물(魔物)들에게 목숨을 잃고 만 것이다.
이어,
가죽만 남은 등에마군의 시체를 뒤로 하고, 불이 타오르는 건물로 몰려간 '등에 떼'가 영원한 자유를 갈구하는 불나방처럼 뜨거운 불길 속으로 뛰어들었다.
"툭탁탁 툭투탁......."
불에 타 죽는 소리가 한참을 이어간 끝에, 여홍이 푸른 옥(玉)피리를 품에 넣은 후, 나무에서 뛰어내렸다.

멀리서, 듣도 보도 못한 기상천외한 싸움을 지켜보던 소북과 주조, 절대음공(絶代音功)의 고수 여홍이 누군지 모르는 범표와 12소년, 그리고
옥지, 부르가, 이화가 만세를 부르며 한 걸음에 달려왔고, 길고 긴 격전 끝에 지칠 대로 지친 병사들은 안도의 한숨을 내쉬며 그 자리에 주저앉았다.
여홍의 앞에 선 소북이 하늘의 신장(神將)을 대하듯, 길게 읍(揖)을 하며
예(禮)를 갖추자, 주조 또한 더 없이 공손한 자세로 감사의 뜻을 표했다.
"읍루의 소북, 대협께 감사드립니다. 다 죽어가던 저를 구해주시고 심공(心功)을 이끌어주신 은혜, 이 목숨 다할 때까지 잊지 않겠습니다."
이 말을 들은 범표와 12소년, 옥지 등은 사나이의 무예도 무예려니와,

소북과 주조의 얼굴에 드러난 존경심에 깜짝 놀랐다. 소북과 주조가 누군가. 상대가 아무리 뛰어난 자라 할지라도 군자가 아니면, 이런 표정을 짓지 않는 철담(鐵膽)의 사나이들이었다.

더구나 소북으로부터 대협이라는 칭호를 받은 자(者)는 이제 약관으로 보였다.

옥지는 자기가 곁을 비운 사이 정인(情人)이 죽을 뻔 했다는 소리를 듣자 가슴이 철렁 내려앉았다.

이때, 여홍이 웃으며 포권을 취했다.

"악에 굴복하지 않는 두 분의 태산 같은 기개(氣槪)에 감복했소이다.

의협의 길을 걷는 영웅들께 인사드리겠습니다. 동예의 여홍입니다."

여홍이 말을 마치자

"앗! 창해신검(滄海神劍)! 이럴 수가…"

"오!"

"아!"

"와!"

하는 탄성과 함께 범표가 크게 놀랐다.

"대협이 바로 전(全) 무예계를 뒤흔들고 있는 창해신검이라는 말씀입니까?

감사합니다! 대협이 아니었다면 저희들은 이미 황사산에 뼈를 묻었을 겁니다."

여홍이 포권을 했다.

"흑림(黑林)을 두려워하지 않는 열혈의 협객들을 뵙게 되어 더 없이 영광입니다만, 저에 대한 이야기는 모두가 과장된 소문일 뿐입니다.

범표는 창해신검 여홍의 겸손함에 감탄했다.
"조선에 신협(神俠)이 계시니 떠나가는 저희 달단족도 마음이 놓이는군요."
여홍이 놀라며 되물었다.
"떠나다니요?"
"아... 천천히 말씀드리겠습니다."
조금 있으니 비리성주 예커쓰와 뉴고록이 병사들을 이끌고 달려왔다.
창해신검을 만난 기쁨에 들뜬 소북이 성주(城主)에게 여홍을 소개했다.
"등에마군의 등에 공격에서 병사들을 구해주신 창해신검(滄海神劍)이십니다."
비리성주와 뉴고록 또한 믿을 수 없다는 듯 놀라며 반갑게 인사했다.
"오! 이럴 수가.. 천하가 추앙하는 창해신검을 이 흑림에서 만나다니..
대협이 아니었으면 등에 떼에 모두 피를 빨려 죽었을 것입니다. 정말 고맙소이다."
여홍이 겸손하게 응답했다.
"별 말씀을 다하십니다. 어느 누구라도 영웅들을 도왔을 것입니다. 이렇게 성주님을 뵙게 되어 반갑습니다만, 한 가지 부탁드릴 말씀이 있습니다.
사실, 저는 이십년 전 야인들의 동정을 살피러 흑림에 왔다가 돌아오지 않은 신녀국(國) 신녀 두 분과 북옥저 삼양 법사님 일행 여섯 분의 행적을 쫓아 황사산에 들어오게 된 것입니다. 혹, 그분들이 여기에 있었는지 병사들을 시켜 감옥과 동굴들을 조사해 주셨으면 합니다."
그리고 성주와 뉴고록, 범표에게 여인국과 감성대에서 들은 이야기를 자세하게 해주었다.
여홍의 이야기에 모두, 야인의 문제가 어제 오늘 일이 아니고 벌써 이십년 전에 있었던 신녀국 사건과도 연결이 되어있다는 것에 놀랐다.
비리성주는 감성대 삼양법사의 학식과 무공에 대해서는 익히 들어 알고 있었다.
'그동안 삼양법사님이 백두선문에 면벽 수행 차 은거하셨다고 알고 있었는데, 흑림(黑林)을 살피러 오셨다가 제자들과 함께 실종되셨구나!'
성주는 즉시 뉴고륵에게 명을 내렸다.
"산채와 동굴을 싹 다 수색하고, 이상한 점이 있으면 아무리 작은 것이라도 빠트리지 말고 보고하시오."
저녁 때 쯤, 뉴고록이 놀라운 보고를 했다.
"모두 조사 해보았습니다만, 조선인은 보이지 않았습니다. 그리고 살수와 동주들을 문초해 보았으나,
아무도 신녀들이나 삼양법사님에 대한 이야기는 들어 본 적이 없다고 합니다.
그래서 흑림(黑林)의 또 다른 야인들은 어디에 있는지 물어보았습니다.
그들 말로는 흑림은 너무나 넓어 이름 모를 괴수도 많고, 셀 수 없을 정도로 많은 야인들이 살고 있으며
서로 왕래(往來)가 없이 수천 년을 살아와 잘 모른다고 말했습니다.

그리고
이십여 년 전 가달성이라는 곳의 가달성주가 나타나 흑림의 마귀, 요괴, 야인들을 무력으로 통합하여 대부분을 장악하고 있다고 합니다.
가달성주가, 삼신을 믿는 사람들은 죽이고 가달마황을 믿는 것들만 살려주었기 때문에
지금 야인들은 거의가 가달마황을 받드는 가달마교를 믿고 있다고 합니다."
조선 사람은 누구나, 최초의 정마(正魔)전쟁이며 신(神)들의 전쟁이라고 불리는 환웅천황과 가달마황의 싸움에 대해 잘 알고 있었다.
당시
천황은 마황을 베고 구이원에 홍익인간을 국시(國是)로 하는 배달국(國)을 건국하였다.
마황이 천황에게 죽자 그를 추종하다 살아남은 마왕, 마신, 마귀, 요괴, 야인들은 흑림으로 도망을 쳐 수천 년을 삼신(三神)과 단제를 저주하며 살아왔다.
그런데 고대에 죽은 가달마황의 아들이라는 가달성주가 수십 년 전 나타나, 어둠의 숲을 통일했다고 하니, 모두가 놀라지 않을 수 없었다.
가달성주는 장차 조선을 넘보고 있는 것이 분명했다.
여홍은 오늘 비로소 그동안 의심스러웠던 것들이 하나로 연결되었다.
황사산을 넘어올 때 멀리 보인 마(魔)의 기운이 가득한 악종산 가까이에 가달성이 있을 것으로 짐작이 갔다.
여홍이 모두에게 그동안 자기가 보고 겪어 온 가달성 살수와 뿔살

이에 대해 들려주며
"오래 전부터 구이원에 가달성의 마수(魔手)가 뻗어왔다는 사실이 걱정입니다. 흑선들이 백두선문을 수호하는 금선(金仙)을 살해한 것도 보았습니다."
라고 하자 예커쓰가 말했다.
"이번 싸움에서 우리 병사들도 이백 명 이상이 죽거나 다쳤소이다. 일단 성으로 돌아가 가한께 장계를 올려야겠습니다. 가달성의 문제는 비리성이 해결할 수 있는 사안이 아닌 것 같소이다."
그들은
황사산에 이틀을 머물며 산채를 정리하고, 야인들이 거주할 동굴들만 빼고 모두 불살라 버렸다.
성주는 살수와 동주(洞主)들을 처형하고 나머지 야인들은 풀어주었다.
"너희들은 가달성의 협박을 받아 어쩔 수 없이 흑전방에 가담했으니 살려주겠다.
앞으로는 한울님의 가르침대로 살생이나 도적질을 하지 말고 착하게 살아라. 만일 또다시 악행을 저지르면 용서하지 않을 것이다. 그리고
만일 너희들이 동굴을 버리고 한울님의 가르침을 따르며 북옥저에서
우리와 함께 살기를 원한다면 연해지역에 정착촌을 마련해 줄 것이다."
야인들은 자기들을 살려주고 살아갈 땅까지 나누어주겠다고 하는 성주에게 감격했다.

"그동안 흑림을 벗어나 조선에서 살고 싶어도 길이 없었습니다. 그리만 해주신다면 마황과 마신들의 신주를 모두 태워버리고 착하게 살겠습니다."

여홍의 12제자

여홍도 성주 일행과 함께 비리성으로 왔다. 자기는 황사산에 홀로 남아 계속 조사를 할 생각이었는데 예커쓰가 권했다.
"대협, 우리와 함께 비리성으로 가시지요. 대협을 잠깐이나마 모시고 싶습니다.
그리고
신녀(神女)들의 행방은 이미 이십년이나 지난 일이라, 막연히 밀림을 돌아다니며 찾는 것은 풀숲에 떨어진 바늘을 찾는 것과 같습니다.
제가 비리성이 관할하는 소도의 선인, 사냥꾼, 약초꾼, 강가의 어촌과 산촌 사람들을 동원하여 가까운 흑림 지역을 알아보도록 하겠습니다."
여홍은 성주의 초대가 정중한데다, 소북과 주조, 범표, 이화, 옥지, 부르가도 입을 모아 며칠 쉬었다 가길 누차 권하여 수락하고 말았다.
더욱이 이번에 만난 달단의 12소년 무사(武士)들은 너무도 귀여웠다.

"대장님"
"대협"
하고 따르며, 하루 종일 여홍의 주변에서 떨어지질 않았다. 여홍은 매가성(城)에서의 소년 시절이 생각나기도 했고, 이십 년 전 실종된 신녀들을 찾아보겠다는 성주의 말에 비리성 구경도 할 겸 따라 나섰다.
성으로 돌아온 성주는 황사산(山) 전투에서 순국한 병사들의 장례를 후히 치루고,
유가족들이 평생 어려움 없이 살아갈 수 있도록 흑전방(幇)에서 가져온 재물을 나누어 주었다.
전사자들의 묘지는 비리성 밖 볕이 잘 드는 야산(野山)에 마련하였다.
한편
창해신검의 인품과 초절한 무예에 감복한 소북과 주조는 아침, 저녁으로
대협의 안부를 챙겼고 더 없이 순박하고 의로운 두 사람에게 마음이 끌린 여홍은 스스로 깨달은 간단하고 빠르게 익힐 수 있는 내공심법(心法)을 전수해주었다.
그동안 소북은 육중한 도끼를 쓰는 외공을 위주로 수련해왔고 그 점은 주조도 마찬가지였다.
도끼를 지금보다 가볍게 다루려면 그에 상응하는 내공(內功)이 필요하다는 것을 잘 알고 있던 소북은 심법을 전수 받고 하늘을 날듯이 기뻐했다.
황사산에서 여홍이 남겨준 한 줌의 순양지기가 자신의 선천지기와 대자연의 기운을 하나로 융화시키며 잠깐 사이, 8년 가까운 공력이

불어난 소북은 이제 한 발 더 나아가 평소의 염원이었던 심공(心功)을 가르침 받게 된 것이다.
주조에게는 공수(攻守)의 변화에 따라 임기응변하는 검의 요결을 별도로 전수했다.
여홍의 가르침에, 더 없이 경이로운 나날을 보내던 어느 날 두 사람이
대형(大兄)으로 모시고 싶은 마음을 어렵게 밝히자, 여홍이 호탕하게 웃으며 수락했다.
"하하하하하, 그래 나도 동생들의 의롭고 호방한 성격이 마음에 드네."
나이를 확인해보니 여홍이 위였다. 세 사람은 서로 손을 굳게 잡았다.
"형님!"
"오, 아우들!"
하며 비리성의 소도로 찾아가 회향신녀의 주재로 삼신(三神) 앞에서 형제의 의(義)를 맺었다.
"저희 세 사람은 태어난 날은 달라도 한 날 한 시에 죽기를 원하옵니다."
그리고 술 마시는 자리에서 여홍은 검보와 동옥저의 넉쇠 이야기를 들려주었다.
소북과 주조가 크게 기뻐하며 말했다.
"형님의 동생이면 저희들과는 당연히 형제입니다. 두 형제를 빨리 만나보고 싶습니다."
예커쓰와 뉴고록, 범표, 이화, 옥지, 부르가도 이 소식을 듣고 축하해주었다.

비리성(城)에 머무는 동안, 여홍은 12소년 무사들을 매우 귀여워했다.
자신이 형제 없이 혼자 자란 탓에, 티 없는 맑은 장난꾸러기들에게 정이 갔던 것이다.
그는
예족 수천 명이 태양이 떠오르는 곳을 찾아가 '이상(理想)의 나라'를 세우기 위해 '깜짝반도'에서 배를 만들고, 괴수들이 사는 징검다리 섬들을 정복해가며 바닷길을 열어가고 있다는 이야기에 크게 감동했다.
"조선을 떠나면서도 조선을 돕기 위하여 흑림을 상대로 한 싸움에 범형과 소년 무사들을 보내주신 달단 족장님은 과연 대(大) 선인이시군요.
달단 족은 분명, 대양(大洋)을 무사히 건너 큰 꿈을 이루실 것입니다."
이후 여홍은 매일 같이 12소년 무사에게 각종 무예를 전수해주기 시작했다.
사문의 무공은 사제(師弟)의 예를 맺은 후 전수하는 것이 옳으나, 이들은 구이원을 떠날 아이들로 장차 미지의 땅에서 예상치 못한 위험을 극복하고,
부족을 수호하는 열두 장사(壯士)가 될 수 있도록 도움을 주고 싶었다.
그러나 함께 있을 시간이 너무 짧아 많은 것을 가르쳐 줄 수 없었다.
"나의 사부이신 발해어부께서는 사십여 년 전 탈명장(奪命掌)으로 천하제일(天下第一)의 자리에 오르셨느니라. 그 요결과 시범을 보일

터이니 정신을 바짝 차리고 보아라. 틈이 날 때 마다 쉬지 않고 수련해야 할 것이니라."
열두 소년은 매우 영리했다. 모두 여홍의 예상을 깨고 빨리 배워나갔다.
열두 소년은 짧은 시간이지만 '창해신검'을 사부로 모시기를 원했다.
그러나 여홍은 영원히 다시 보지 못 할 제자를 둔다는 것이 부담스러웠다.
이에, 범표와 소북, 주조가 나서 소년들의 소원을 들어주길 간청하자 승낙했다.
비리성 소도 칠성전(七星殿)에서 회향신녀의 집례로 사제의 의식을 치루었다.
소년들은 뛸 듯이 기뻐했다.
"와...!"
"만세!"
"우린 무적의 창해신검의 열두 제자다!"
"악의 무리들아, 비켜라!"
한 달이 지난 어느 날, 여홍이 소년들에게 한가로이 무공을 가르치고 있을 때 성주가 찾았다. 성주의 관저로 들어가니, 이미 모두가 모여 있었다.
"그동안, 병사들을 동원해 사냥꾼과 땅꾼, 약초꾼, 가라무렌강(江)의 어부들, 산촌민 그리고 북옥저에 사는 야인들에게서 흑림 야인들의 거주지와 동태를 조사해보았소.
그동안 조선은 흑림을 방치하고 있었는데 앞으로는 이 비리성에서도 흑림에 대한 모든 정보를 수집해 놓아야겠다는 생각이 들었소. 짐작대로 야인들은 가라무렌강 북쪽 외흥안령 산악과 계곡에 거주하고 있었소.

서쪽으로는 바이칼호(湖) 북쪽을 지나 그 끝이 어디인지 아무도 알 수 없고, 북으로도 산악지대의 땅속 깊이 굴(窟)을 파고 산다고들 하오.

흑전방은 흑림의 동부를 담당했던 산채로, 가달성이 북옥저의 가라무렌강 북쪽 지역을 장악하기 위해 세운 전진기지의 방파였던 것으로 보였소.

소북님이 말한 거인들이 있다는 파곡산(山)은 황사산에서 남쪽으로 이백 리쯤 되는 곳에 있다고 하오.

그러나

파곡산은 황사산과는 비교할 수 없을 정도로 크다 하오. 높은 산과 골짜기들이 종횡으로 연결되고 거미줄처럼 엮여 있으며, 수많은 늪지와

호수들이 사람보다 훨씬 큰 수풀에 덮여있어 한 번 길을 잃는 날엔 빠져 나오기 어렵다고 합니다.

그리고

각각의 계곡마다 종(種)이 다른 야인들이 무수히 거주하고 있다 하더이다.

그 중(中) 달과 토끼를 숭배하는 이면 족이라는 부족이 있는데, 이들이 바로 이십여 년 전 신녀국을 침략했던 야인들로 추측이 되오.

파곡산의

야인들 역시 '가달마황'을 받들고 있으며 식인의 습성이 남아 있어 사람들을 보면 잡아먹는다고 하오. 상황이 이러하니 황사산에서 경

험했듯 가한께서 나서지 않는 한, 비리성(城)의 적은 병력만으로는 파곡산을 도모할 수 없소이다."
성주의 설명을 듣고 모두들 할 말을 잃었고 이화, 옥지, 부르가는 야인들이 인간을 잡아먹는다는 말에 놀라 서로를 마주보며 무서워했다.
모두들 황사산 싸움에서 치른 엄청난 희생을 잘 알고 있기 때문이었다.
소북이 못내 서운한 마음으로 성주에게 물었다
"성주님, 파곡산이 두려우십니까?"
예커쓰는 소북의 무례한 말투에도 아무렇지 않은 표정으로 고개를 저으며 대답했다.
"두려운 게 아니오. 황사산에서는 위기의 순간 여대협이 나타나 등에마군을 이길 수 있었으나,
파곡산은 거리도 멀고 야인들도 헤아릴 수 없이 많으니, 조정의 토벌군이 있어야만 한다는 것이오. 밀림으로 들어가는 것은 무모하다는 말이외다."
고개를 숙이고 있던 범표가 천정을 쳐다보며 한숨을 길게 내쉬었다.
"소수의 협객이 들어가 상대하기에는 가달성의 세력이 너무나 커져 버렸군요."
여홍이 말했다.
"보리울 신모님과 감성대 아돈님의 말씀으로는, 그동안 여러 차례 야인들의 문제를 조정에 보고하였으나,
고열가 단제의 퇴임 이후 오가(五加)의 권력투쟁과 해모수와 각지의 욕살, 읍차들의 전쟁으로 제후국들은 극도로 긴장하고 있습니다. 그래서

제후들은 북쪽의 마귀들 문제는 선계와 마계의 싸움이라고 선을 긋고,
칠대선문이 알아서 처리하는 것이 좋겠다는 원론적인 대답만을 내놓았답니다. 그러니 조정의 힘을 빌린다는 것도 불가능할 것입니다."
"아-"
여홍의 말에 모두들 낙담했다.
사실, 구이원의 명운(命運)을 좌우할 수도 있는 문제인데, 권력투쟁으로 방치하다 잘못되면,
삼신의 나라가 마황을 믿는 마교의 무리에게 지배당할 수도 있는 일이었다.
소북은 답답하고 울적해졌다. 달단의 도움을 받아 거인족을 없애기 위해
기나긴 여정을 감내해 왔던 소북은 성주의 말을 듣고 나자, 자기들의 계획이 처음부터 현실에서 크게 벗어나 있었다는 사실을 알게 된 것이다.
크게 실망한 소북이 조용히 일어나 밖으로 나가자, 주조도 따라 나섰다.
"아... 그동안 헛고생을 한 것이란 말인가?"
그 때 여홍의 목소리가 들렸다.
"아우!
소수 정예가 가는 것이 좋을 수도 있네. 내가 자네들과 함께 파곡산에 들어가겠네. 저렇게 커져가는 악을 그대로 둘 수만은 없지 않은가.
파곡산 전체를 상대 할 수는 없겠으나, 거인족 하나만이라도 없애도

록 하세. 나는 신녀들과 법사의 소식만 알아내면 되니, 이면족과 목숨 걸고 싸울 필요까지는 없을 것이네.”
소북이 돌아보니, 여홍이 웃고 있었다.
'아,
대형이 도와준다면야! 대형은 팔황을 떨게 하는 초(超) 절정의 고수가 아니신가.'
소북은 천군만마(千軍萬馬)를 얻은 것만 같았다.
“감사합니다!”
“우린 형제가 아닌가? 아우가 이리 괴로워하는데 어찌 가만히 있을 수 있겠는가.”
여홍이 곰 같은 체격의 소북과 곁에 다가온 주조의 등을 토닥이며 위로했다.
사실, 여홍은 어머니의 흔적을 찾아 파곡산을 들어가 볼 생각이었으나
소북이 괴로워하는 것을 보고, 신녀(神女)들과 삼양법사의 소식 그리고
거인족 만을 상대하고 파곡산(山)을 빠져나오리라 마음먹은 것이다.
“고맙습니다. 형님이 계시면 천하(天下)에 두려울 것이 뭐가 있겠습니까?”
“우리는 동고동락하기로 한 형제가 아닌가. 동생의 일에 무얼 망설이겠는가.”
이 때 또랑또랑한 목소리가 들려왔다.
“사부님이 가시는 길, 저희들도 뒤를 따르겠습니다.”
여홍이
돌아보니 열두 제자가 눈을 초롱초롱 빛내며 서 있었다. 기가 막힌

여홍이 눈을 부릅뜨고 야단을 치려하자
"대협, 의를 위한 일인데 나이가 무슨 상관이 있나요. 우리도 빠질 수 없어요!"
뒤따라 나온 옥지가 이화, 부르가, 범표와 함께 세 사람을 보고 있었다.
성주로부터 파곡산 형세를 들은 여홍은 제자들만은 제외하고 싶었다.
개마국과 지주산, 황사산을 겪어본 여홍은, 대양(大洋)을 건너려 하는 비장한 여정을 알게 된 터에,
어린 용사들을 한 명이라도 다치게 해서는 안 된다고 생각하고 있었다.
그러나 그들이
"우리는 어디에 있건 단군의 자손이에요. 악의 무리를 보고 그냥 지나칠 수는 없습니다."
라고 하자 더 이상 막을 수 없었다. 이렇게 결성된 원정대는 성주로부터 말과 무기, 식량 등을 지원받았다.
성주는 특별히 열두 소년무사에게, 조선의 과하마 열두 마리를 내주었다. 과하마는 몸이 작았으나 힘이 좋아 산악을 잘 달리는 종이었다.
소년들은 자기들이 타기에 딱 좋은 과하마(果下馬)를 선물 받고 신이 났다.
"우리도 애마(愛馬)가 생겼어! 얘들과 함께 대양(大洋)을 건널 거야!"
드디어 파곡산으로 출발했다. 여홍이 비리성에 온지 한 달이 넘어서였다.

소북은 부지런히 말을 달렸다. 황사산까지는 일행 모두가 알고 있었고
파곡산은 소북이 혈성에서 정찰을 했던 곳이라 방향을 잡아가는 데 어려움이 없었다.
여홍은 전날 황사산 뒤에서 마주쳤던 요물 인두사신(人頭蛇神)과 인면어(人面魚) 이야기를 해주고
또 다른 요괴들과 부딪칠 수도 있는 위험한 지역은 피해서 나아갔다.
옥지, 부르가는 매우 위험한 여정인데도 불구하고 소북, 주조와 함께 하는 것이 즐거웠다.
옥지는 소북의 곁에서 한 시도 떨어질 생각을 하지 않았다. 이를 본 범표가 보고 놀렸다.
"곡소저는 소북님이 그리도 좋으시오?"
옥지가 대답했다
"호호호호, 이화 언니에게 한 번 물어 보셔요."
이 말을 들은 12소년(少年) 무사들이 서로를 쳐다보며 까르르르 웃었다.

이면족 정복

한편, 갈선화 구조대는 한 시진이 지나도록 '뿔요괴'들이 입구를 지키기만 하고, 동굴 안으로 들어오지 않자 이상한 생각이 들었다. 비연이 물었다.
"저것들이 들어오기를 피하는 것 같아 다행이지만, 입구(入口)를 막고 있는 한 이곳을 영원히 빠져나갈 수 없을 텐데 어찌하면 좋겠소?"
영고검객 청완이 말했다.
"이 동굴에 뿔 요괴들이 싫어하는 뭔가가 있을 것 같습니다. 굴 안쪽으로 깊이 이어진 길에
혹, 다른 곳으로 나갈 수 있는 활로가 있을지도 모릅니다. 제가 저 동아님과 조사해보고 싶습니다."
비연이 다른 의견이 있는지 호걸들을 돌아보았다. 모두 영고의 의견에 찬성했다.
영고검객(劍客)은
저동아와 횃불을 하나씩 만들어 들고 안으로 들어갔다. 한참을 들어가니, 폭(幅)이 조금씩 좁아지다 마침내 몸이 딱 낄 정도가 되었다.

"소협, 이러다가 길이 아예 없어지는 것 아니오?"
저동아가 대답했다
"그렇지 않을 겁니다. 안에서 찬바람이 불어오는 걸 보니, 분명 다른 곳과 연결되어 있습니다."
"음, 그도 그렇군. 계속 들어가 봅시다."
굴이 갈수록 낮아져 칠장 정도를 기다시피 들어가자, 갑자기 앞이 트이며 십여 장 높이에 육백 평은 되어 보이는 넓은 공간이 나타났다.
가운데에 연못이 있었고 맞은편으로 어두운 굴이 보였는데 머리카락을 쭈뼛 서게 하는 으스스한 바람이 불어왔다. 영고검객이 저동아에게 말했다.
"소협, 모두들 여기로 오는 것이 좋을 것 같소. 물도 있고 통로가 좁아서, 요괴들이 쫓아와도 용이하게 지킬 수 있소."
저동아가 대답했다.
"제가 모셔오겠습니다."
"고맙소."
저동아가 호걸들을 데리러 간 후, 영고검객은 동굴 안을 살펴보았다.
동굴이 아주 어둡지 않은 이유는 천장 높은 곳에서 희미한 빛이 들어오고 있어서였다. 여기저기 돌아보았으나 별다른 이상은 보이지 않았다.
얼마 되지 않아 호걸들이 나타났다. 비연이 동굴을 둘러보며 모두에게 말했다.
"좋은 곳입니다. 이런 곳이 있을 줄 누가 알았겠습니까. 모두들 잠시 쉬십시오. 그동안 곽부님과 저동아님이 입구를 지켜주시고 영고 검객님은 좀 쉬셨다가 비창과 함께 이 길이 어디로 통하는지 조사해주시기 바랍니다."
대원들은 각기 적당한 곳을 찾아 자리를 잡았다. 부상을 당한 사람들은 치료하고 나머지는 운기조식에 막 들어갔을 때, 저동아가 소리쳤다.
"비연님! 저 물속을 보세요!"
과연,
동굴 안 연못 가운데에서 크고 둥글 넙적한 것이 물가로 헤엄쳐 나오고 있었다.
누군가 소리쳤다.
"왕(王)자라다!"
자라의 등은 큰 가마솥만 했다. 산꼭대기의 동굴 속 깊은 연못에서 밖으로 나오는 자라를 본 호걸들은 깜짝 놀라고 말았다.
뜻밖에도 자라의 얼굴은 여우머리였다. 등은 방패처럼 단단해 보였고 이빨은 창날처럼 날카로웠다. 투박해 보이는 발에는 쇠갈고리 발톱이 있었다.
자라여우가 호걸들을 보며 희미하게 웃자, 쌍검(雙劍) 우수가 외쳤다.
"모두 뒤로 물러나시오!"
영문을 몰라 하는 사람들에게 빠르게 설명했다.
"자라가 아니고 '물여우'입니다. 놈이 뱉는 독(毒)모래에 맞으면 죽습니다.
모래를 뱉으면 손바람으로 쳐내야 하오. 뿔요괴들이 들어오지 못한 이유가 바로 저 놈 때문일 겁니다. 물여우는 집단으로 서식하니 물속에 몇 마리 더 있을 겁니다."
호걸들은 기겁을 했다. 자라처럼 생긴 물여우가 독 모래를 뱉어내다니.
자기를 보고 놀라는 사람들의 모습에 물여우가 목을 쳐들고 울부짖었다.
"우-우우우"
호걸들이 내공을 끌어올리며 기습에 대비하는 순간, 또 다른 물여우가 머리를 물 밖으로 내밀었다. 등갑이 빨갛고 몸집이 조금 작은 것이 암놈인 것 같았다.
두 놈은 호걸들에게서 나는 '인간의 육향(肉香: 몸에서 나는 냄새)'을 맡고 회가 동한 듯
"킥"
하고 웃었다. 대원들은 잠깐 사이 극도로 긴장하며, 물여우가 다가올 때마다 조금씩 후퇴했다. 그런데 그게 전부 아니었다.
"우-"
소리를 내며 두 마리가 더 기어 나오고 있었다. 비연이 소리쳤다.
"모두, 저쪽으로 가십시다."
호걸들이 맞은편 굴 쪽으로 움직이자, 첫 번째 물여우가 네 다리를 빠르게 움직이며 따라왔다.
독로국의 궁사(弓師) 유유와 야성의 명궁(名弓) 시철이 활을 쏘자, 물여우는
머리와 발을 등갑 속으로 쏙 감추었고, 등에 맞은 화살이 바닥으로 떨어지자, 머리를 내밀며 카- 하고 한 무더기의 모래를 뿜어냈다. 붉은 모래가
구조대에게 날아가자, 대비하고 있던 비연과 비창은 항마장(掌)을

발출했고 달성의 채찍 땅개는 벽력장(掌)으로 모래를 밀어냈다. 그 사이
유유와 시철이 몇 차례 활을 쏘았으나 등갑을 뚫지 못하고 번번이 튀어나갔다.
이어, 늦게 나온 두 놈도 모래를 뱉어내기 시작했다. 이를 본 우수, 곰치, 영호검객 등도 장력으로 모래를 날려버렸다.
다행히 등 뒤에서 바람이 불어오고 있어 모래가 조금도 날아오지 못했다.
이때, 우우- 소리를 내며 '물여우' 세 마리가 또 기어 나오고 있었다.
그 중 하나는 지금까지 나온 것들보다 훨씬 큰 '왕(王) 물여우'였다.
대원들은 기가 막혔다. 연못 속에 몇 마리가 있는지 알 수 없었다. 저놈들이 다 기어 나오면 꼼짝없이 당할 것만 같았다. 그때 월아창(槍) 곽부가
"이놈!"
하며 물 여우의 배 밑으로 창을 넣어 뒤집으려 하자, 물여우가 앞발로 창을 콱 밟았다.
곽부가 급히 창을 빼고 보니 창대가 약간 휘어져 있었다. 굉장한 힘이었다.
이어, 뒤쪽의 왕 물여우가 두 마리와 함께 기어오는 것을 본 비연이 머리를 저었다.
"빨리 빠져 나갑시다."
동굴로 뛰어 들자, 물여우들은 더 이상 따라오지 않았다.
구불구불한 길을 가다, 오른쪽으로 십여 장을 더 들어가자 다시 아

래로 심하게 구부러진 길이 나왔다. 워낙에 어두워 바닥이 보이지 않았다.
사슬낫 곰치가 횃불을 던져 보았으나 금방 꺼졌고, 부딪치는 소리도 들리지 않아 두려움까지 생기게 했다. 이때 목부(牧夫) 저동아가 말했다.
"제가 먼저 내려가 보겠습니다. 여기까지 왔는데 돌아갈 수도 없지 않습니까.
찬바람이 부는 걸 보니 분명 바깥과 연결되어 있습니다. 제가 신호를 보내면 내려오십시오."
이어 벽호공(功)으로 내려가기 시작했다. 3장을 내려가니 경사면이 거의 수직으로 바뀌었다. 저동아는 숨을 크게 들이마시며 천천히 내려갔다.
벽이 미끄러워 쇠스랑으로 찍으며 내려갔으나, 끝이 보이지 않아 암담한 심경에 빠져들 때쯤 문득, 5장 아래로 바닥이 보여 뛰어내렸다.
깎아지른 절벽의 움푹 들어간 곳으로 하늘에는 달이 높이 떠 있었다.
아래를 보니 높이가 십장 정도였으나 어떻게든 내려갈 수 있을 것 같았다.
이때, 바닥에 쌓여있는 뼈들을 본 저동아가 재빠르게 주위를 둘러보았으나 아무것도 보이지 않았다.
저동아는 적당한 곳으로 판단하고 쇠스랑으로 벽을 두들겨 신호를 보냈다.
몇 번을 더 때린 후,
마냥 위를 올려다보며 반 시진이 흐르자, 요란한 옷자락 소리와 함께 비연이 허공에서 떨어져 내렸다. 뒤이어 나머지 대원들이 내려오자, 저동아가 비연에게 물었다.
"쇠스랑으로 두들겼는데 소리가 들렸습니까?"
비연이 대답했다.
"아니오, 아무 소리도 안 들려 걱정하고 있었는데, 물 여우들이 기어들어와 뛰어내릴 수밖에 없었소. 그런데 이곳은?"
"요괴곡 반대편인 것 같습니다.
절벽에 자연적으로 생긴 공간입니다. 밖을 보면 땅까지 십장 쯤 되어 보입니다.
저 뼈들을 보면 맹금이 살았던 곳 같습니다만, 잠깐 쉬기에는 안전하고 경치도 좋습니다."
비연이 말했다.
"뭐요? 경치가..?"
"으하하하하하"
호걸들이 모두 웃었다. 구조대원 모두 모처럼 숨을 돌리며 휴식을 취했다.
그 때
"둥둥둥 둥둥둥둥"
북소리가 들려왔다.
일반적인 북소리와는 박자와 음색이 사뭇 달랐는데, 매우 요사(妖邪)하고
듣고 있자니 마음이 산란해지는 음률이었다. 영고검객이 북소리가 들려오는 쪽을 보며 말했다.
"대단한 악음(惡音)이다. 세상과 하늘을 욕하며 물어뜯는 북소리 같군.

저기에서 나는 소린데. 불을 피우고 뭔가 행사를 하고 있는 모양이야."

영고검객은 '북소리'를 누구보다 잘 알았다. 그는 북을 좋아했고 누구보다 잘 다루었다.

북으로 사람들을 울리기도, 즐겁게 만들기도 하여 붙은 별호가 '영고(迎鼓)'였다.

영고가 가리키는 곳을 보니, 불빛과 함께 어지러운 북소리가 나고 있었다.

비연이 말했다.

"저곳으로 가보십시다. 지금까지 엉뚱한 요괴곡(谷)에서 고생했는데, 우리가 찾는 선화 아씨가 저곳에 있을지도 모르는 것 아닙니까?"

비연의 말은 일리가 있었다.

파곡산(山)의 수많은 계곡과 준령을 전부 다 뒤진다는 것은 불가능했다.

야인들이 저렇게 많이 모인 곳이라면 당연히 가봐야 하지 않겠는가.

영고검객이 절벽 위쪽의 칡넝쿨을 잘라 만든 밧줄을 타고 모두 절벽을 내려왔다.

부상이 덜한 1조가 먼저 출발하고, 2조는 뒤를 엄호하며 따라가기로 했다.

이각(- 30분)이 지나 2조가 물이 졸졸 흐르는 얕은 계곡에 도착했을 때였다. 앞서가던 영고검객이 손을 들자, 모두들 웅크리고 몸을 숨겼다.

계곡 쪽에서 흥얼거리는 소리가 들려왔다. 소의 눈알처럼 큰 눈과 당나귀 귀를 가진,

한 늙은 요괴가 궤짝을 짊어지고 노래를 부르며 깡충 깡충 계곡을

걸어 내려오고 있었다.

「 크크크
　　나는야 어둠의 숲 최고의 칼갈이
　　이백년간 칼만 갈았네
　　슥삭 슥삭
　　칼날은 칼의 입
　　날이 하얗게 서야 피를 잘 먹지
　　내가 간 칼은 모두
　　피를 그리워하는 흡혈도(吸血刀)

　　큰 칼이면 뭘 해
　　날이 잘 들어야지
　　쓱쓱 싹싹
　　마왕들도 내게는 모두 친절해
　　마제(魔祭)에는 내가 간 칼만
　　쓰이지
　　그것이 바로 나의 자랑
　　크크
　　나야말로 진짜 가달의 시종
　　나는 죽어서도 가달님을 따르리
　　정성으로 칼을 갈자
　　쓰윽 싸악 쓰윽 싸아악　　　　 」

요괴가 계곡에서 벗어나 막 숲속으로 접어들었을 때였다. 영고가 가로막았다.
요괴가 인상을 썼다.
"큭, 누구냐? 엉..? 너희들은 조선 놈들!"
하며
요괴도를 뽑아들다, 그 뒤로 시철, 곰치, 명호, 삭요, 약막 등이 보이자 숲으로 도망치려 했다.
이를 본 영고의 검이 번득이며 요괴도(刀)를 치고 지나갔다. 요괴가
"윽!"
하고 칼을 놓치자, 영고가 번개처럼 요괴(妖怪)의 목에 검을 겨누었다.
"묻는 말에 순순히 대답하면 살려 주겠다."
요괴가 몸을 떨며 대답했다.
"녜녜"
"너는 누구며 어딜 가는 중이냐?"
"예, 저는 칼갈이이며 파곡산에서 칼을 갈아주고 먹고 삽니다. 지금 흑무님과 흑선들이 마제에 사용할 칼을 갈아 배달을 가는 중이었습니다."
영고검객이 등에 짊어진 궤짝을 열어보니 날이 하얗게 선, 작은 칼 열한 자루가 꽂혀 있었다. 지켜보던 시철이 고개를 갸우뚱하며 물었다.
"아니, 제물로 칼을 올리나?"
"아닙니다.
마제에 바친 제물들의 배를 이 칼로 가릅니다. 칼이 잘 들어야, 심장을 꺼내가도 아픔을 느끼지 못합니다."

"제물(祭物)? 어떤 제물을 말하는 것이냐?"
"조선에서 잡아온 처녀들입니다."
협객들은 경악했다.
"제물은 누가, 누구에게 올리느냐?"
"흑무(黑巫) 마각대왕님이 어둠의 신(神), 가달마황님께 올립니다요."
모두 깜짝 놀랐다. 마황은 환웅천황에게 죽은 악의 조종(祖宗)이 아닌가.
그런데 수천 년 전에 죽은 마황이 흑림의 신(神)이 되어 있다니. 선협들은 기겁을 했다.
여러 가지 정보를 알아낸 후, 마혈을 짚어 우거진 수풀 속에 던져버리고 1조의 뒤를 쫓았다.

1조의 비연, 비창, 저동아, 쌍검 우수, 궁사(弓師) 유유, 달성의 채찍 땅개, 월아창 곽부는 숲속을 달려 한 시진 후 북소리가 들리는 곳에 도착했다.
무성(茂盛)하게 자란 나무들이 많아 몸을 숨기기에는 안성맞춤이었다.
호걸들은 나무 위로 솟구쳐 올라 몸을 숨기고 살펴보았다. 밀림 가운데의 초지에 보름달이 환하게 비추고 있었는데, 왠지 모르게 처연해 보였다.
천명도 넘는 야인들이 모여 가달마황을 추모하는 마제를 올리고 있었다.
여기저기 장작불이 타오르는 가운데 이장 높이의 제단 위에서 검은 도포를 입은 흑무(黑巫: 사악한 무당)가 여덟 명의 흑선과 함께 마제를 올리고 있었다.
귀신불이 날고 있는 모습이 귀기(鬼氣)를 뿜어내며 으스스한 한기를 일으켰다.
제단(祭壇) 바로 아래는 호위무사 이십 명이 일정한 간격을 두고 지키고 있었다.
제단의 제일 앞줄에는 추장인 듯한 자의
우측으로 늙은이 다섯이 있었고, 좌측에는 왼팔이 덜렁거리는 팔십대 노인이 있었는데, 그 옆으로 노파가 젊은 남녀와 함께 앉아 있었다.
그 뒤에 요괴(妖怪)와 야인 천여 명이 대형을 갖추고 서 있었다. 비연은,
노파가 짚고 있는 괴장(怪杖)으로 구조대가 찾던 오림요마일 것으로 짐작했다.
호걸들은 선화가 여기 어디엔가 있을 것으로 생각했으나, 아무리 둘러봐도 눈에 뜨이지 않았다.
마제는 계속 진행되고 있었는데 이따금씩 일제히 흥분하여 괴성을 질러댔다.
문득, 흑무가 밤하늘을 우러러 큰 소리로 주문을 외운 후, 두 손을 번쩍 들자
추장이하 모두가 엎드려 달을 향해 손을 뻗고 흑무를 따라 절규했다.
"마계의 주인이신 가달마황님께 아룁니다!"
"마계의 주인이신 가달마황님께 아룁니다!"
"저희는 악을 미워하는 삼신을 저주하겠으며, 단제와 선인들을 모두

잡아먹고"
"저희는 악을 미워하는 삼신을 저주하겠으며, 단제와 선인들을 모두 잡아먹고"
"기어이 가달 세상을 만들겠나이다."
"기어이 가달 세상을 만들겠나이다."
"가달성주 각팔마룡님은 마황님의 아들"
"가달성주 각팔마룡님은 마황님의 아들"
"흑무, 흑선, 마왕, 마신, 요괴들 모두, 목숨 바쳐 성주님을 따를 것입니다."
"흑무, 흑선, 마왕, 마신, 요괴들 모두, 목숨 바쳐 성주님을 따를 것입니다."
일제히 땅바닥에 머리를 박고 조아리자, 흑무가 비장한 목소리로 외쳤다.
"오늘은 정마(正魔)전쟁 당시 마황님이 환웅의 무리와 싸우다 분하게 돌아가신 날..
한 번도 사내를 접하지 않은 처녀들을 바치오니, 십(十)마왕(魔王)님들과 함께 강림하시어 싱싱한 피를 마음껏 흠향(歆饗: 제물의 기운을 먹음) 하시오소서."
흑무가 기도를 끝내고 일어서자, 긴 꼬리를 가진 붉은 요괴와 초록 요괴가
제단 좌우의 무대에 뛰어올라 벌거벗고 요괴무(妖怪舞)를 추며 요괴북을 치기 시작했다.
가달마황에게 올리는 요괴들의 북춤 '보름달 밤의 도깨비 춤'이었다.
"둥둥둥둥둥둥둥"

"두둥두리둥둥둥"
가달마황의 죽음을 슬퍼하는 여우가죽 북소리가 호걸들의 마음을 어수선하게 만들었다.
북 소리가 울려 퍼지자, 여우들이 멀리 언덕 위에 모여서 따라 울었다.
"우-우우우"
"우-우우우"
이들의 슬픔이 여우들에게까지 전염된 것 같았다.
밤이 깊어가자 마제는 더욱 처절하게 진행되었다. 요괴와 야인들은 마황의 죽음을 진정으로 추모하고 이마를 땅바닥에 찧어가며 슬퍼했다.
선객들은, 가달마황과 10마왕 36마군 13마신들이 죽었으나 살아남은 몇몇
마왕들이 흑림에서 수천 년간 마제를 올리며 악마의 힘을 키워왔음을 알고 크게 놀랐다.
'아아, 이에 비해 우리 선인들은 얼마나 수도에 게을렀고, 마(魔)의 세력에 무관심했던가. 구이원은 위선과 기망(欺罔), 탐욕으로 가득하다.'
야인들은 마황을 그리워하며 눈물을 흘리고 통곡하다 슬픔이 극에 이르자,
흑무, 흑선들의 신호에 따라 일제히 품속에서 쇠 손톱을 꺼내 손가락에 끼우고 자기 얼굴을 긁어댔다. 얼굴에서 피가 줄줄 흘러내렸다.
흑무, 흑선을 제외한 모두가 통곡을 했고, 그 사이 조선인으로 보이는 자들 역시 눈을 감고 주문을 외웠다. 야인들은 자해를 통해 마황

의 고통을 상상하고 추모하며 희열을 느끼는 것 같았다. 듣도 보도 못한 피의 마제에 호걸들은 몸이 얼어붙고 말았다. 급히 몰아치던 북소리가 느려지자 야인들 모두 동작을 멈추었고, 이어 흑무가 뭐라고 지시했다.
요괴들이 제단 위에 사람 크기의 붉은 나무 탁자 열한 개를 올려놓았다. 그 중 가운데 제단만은 검은 색으로 다른 것들보다 특별히 컸다.
잠시 후, 오른쪽 천막에서 벌거벗은 여자 열한 명을 끌고 제단 위로 올라가 탁자 위에 한 명씩 눕혔는데 여인들은 전혀 움직이지 않았다.
처녀들의 몸은 각종 물감으로 요괴 같은 그림이 그려져 있었는데 모두,
미혼약 때문인지 피 범벅이 된 야인들을 보고 혼(魂)이 나갔는지, 조금도 반항하지 못하고 있었다. 이때 2조가 도착하자, 비연이 말했다.
"망나니 할멈과 딸이 있는 걸 보니 저 처녀들 중 선화 낭자도 있을 것이오. 그러나 보시다시피 마귀들이 너무나 많소. 어찌하면 좋겠소?"
영고검객이 비연에게 말했다.
"오다가 우연히, 칼 열한 자루를 갖고 오던 요괴를 잡았소이다. 자기는 흑림의 '칼갈이'며 이곳은 파곡산 '이면계곡'이라 부른답니다.
오늘, 마제 주관자는 가달성 흑무 '마각대왕'으로 흑선 여덟을 이끌고 왔으며
자기는 칼갈이로 흑무가 인신공희(人身供犧: 인신공양)에 바쳐진 인

간의 가슴을 가르거나, 오장육부를 자를 때 쓰는 칼을 가져가는 중이었답니다. 이게 놈에게 빼앗은 칼입니다."

비연과 호걸들이 살펴보니 뿔살이가 조각되어 있었고, 잘 갈린 날이 하얗게 빛났다.

영고검객이 말을 이었다.

"자기들 이면족 마을은 여기서 서쪽으로 일각이면 갈 수 있다고 했습니다.

두세 명이 거기에 불을 질러 야인들을 유인하는 사이, 처녀들을 구하면 어떻겠습니까? 그리고 남동쪽에 계곡의 입구가 있다고 했으니 불을 지르고 합류하되, 혹 만나지 못하면 입구에서 만나도록 하지요."

듣고 보니 괜찮았고, 시간이 너무 촉박해 달리 더 좋은 방법은 떠오르지 않았다.

비연이 말했다.

"영고, 시철, 우수, 약막님이 촌락에 불을 지르고 나머지 분들은 숨어서 상황을 지켜봅시다."

영고 외(外) 세 명이 달려가고 호걸들은 나뭇잎 속으로 다시 숨었다.

마제는, 열한 개의 탁자에 11명의 처녀를 눕혀 놓고 심장을 꺼내기 직전이었다. 흑무가 가달마황에게 정성스럽게 기도를 올리고 있었다.

「 이 세상의 누구보다 거짓되고
　 누구보다 사악하며

교활하신 가달마황님께 귀의
하오니
인간의
염통에 거짓을
허파에 허영을
간에 사악함을
위에 탐욕을 잔뜩 불어넣어
주시오소서

가달마황님의 고귀한 희생을
가슴에 새기고
또 새기며
단제의 땅에서 잡아온
처녀들의 피를 올리오니
흠향하여 주시오소서
흑흑흑흑
흑흑흑흑
오오오오 나의 마황님이시여
……………………………………
……………………………… 」

미친 듯이 악을 쓰며 기도를 마친 흑무 마각대왕이 뭔가를 찾다가 보이지 않자, 제(祭)를 거들던 흑선(黑仙)을 향해 사납게 소리 질렀다.

"빨리 '가달의 칼'을 가져와라! 왜 아직도 칼이 준비되지 않았느냐!"
밤하늘을 할퀴는 삭풍 같은 목소리에 야인들이 머리를 박고 벌벌 떨었다.
그들은 마제에 깊이 빠져 누구도 칼갈이 요괴가 아직 오지 않은 것을 모르고 있었다. 여태껏 한 번도 그런 일이 없었기 때문이었다. 그제야 추장이 심각한 얼굴로, 옆에 있는 머리가 가분수인 부두령에게 지시했다.
"당신이 가서 칼갈이를 끌고 오시오."
사색(死色)이 된 부(副)두령이 재빨리 대답하며 쏜살같이 내달렸다.
"당장 잡아 오겠습니다."
하고
도망치듯 자리를 뜨자, 마각대왕이 씩씩 거리며 제대로 챙기지 못한 흑선(黑仙)의 목을 움켜쥐고 5장 밖으로 내던졌다. 엄청난 힘이었다.
그 때였다.
"펑! 펑!"
소리가 나며 멀리 떨어진 야인 마을에서 여기저기 불길이 솟아올랐다.
'마각' 이하 모두가 깜짝 놀랐다. 수천 년 이래 '이면곡(谷)'을 침입한 자는 없었다.
흑선들과 추장, 야인들은 일순(一瞬) 어찌할 줄 모르고 당황해했다. 야인들은 원래 조선 사람보다 힘은 좋았으나, 대체로 지능이 모자랐다.
곁에 있던 망나니 할멈이 추장을 보며
"빨리 사람을 보내 침입자를 잡아야하지 않겠소?"

하자, 너무도 당연한 이야기였으나 추장은 이마를 탁 치며 매우 고마워했다.

"아! 할멈. 그거 아주 훌륭한 생각이오."

흑무가 추장에게 명령했다.

"마제를 올릴 애들만 남겨두고, 모두 끌고 가서 침입자를 잡아라! 마황님께 올리는 인신공양을 마무리한 후 나도 뒤쫓아 갈 것이니라."

추장이 다섯 두령에게 삼백 명만 남겨두고, 모두 데리고 나가 놈들을 잡으라고 명령했다. 그러나 그들이 가고 일각이 지나지 않았는데

"펑!"

소리가 또 나서 보니 이번에는 마을 북쪽 곳간 쪽에서 나는 소리였다.

일 년 내내 약탈해온 식량이 다 타면 흑림의 혹독한 겨울을 날 수 없다.

추장이 다급히 곁에 있는 노괴(老怪)에게 말했다. 왼팔이 덜렁거리는 늙은이로 긴 칼을 들고 있었다.

"노노일악님, 저희를 좀 도와주십시오. 오늘 마제는 너무나 중요합니다.

인신공양을 제대로 못했다가는 흑림의 주인이신 가달성주님께 죽음을 면치 못합니다. 제가 마제를 올리는 동안 졸개 이백 명을 이끌고 저 못된 놈들을 처치해주면 그 은혜(恩惠)는 죽어도 잊지 않겠습니다."

노노일악!

그는 삼십여 년 전, 조선 서쪽 노노아산맥 깊은 계곡에 근거지를 두고

구이원을 돌아다니며 살인을 일삼던 혈도방 노노삼악의 첫째 탁극이었다.

모백 가한 당시 7대 선문과 선인, 협객들이 연합하여 혈도방을 공격한 적이 있었는데,

그때 들쥐처럼 구사일생으로 살아남아 흑림으로 도망쳐왔던 것이다. 그는

각팔마룡에게 투항한 후, 파곡산에서 야인과 요괴들에게 무공을 지도해 온 삼악 중(中) 탁극으로

20년 전, 신녀국을 침범했다가 삼양법사에게 동생들이 죽고, 자신은 보리울 신모의 지팡이에 왼쪽 견갑골이 부서진 자였다. 그동안 이면곡에 거주하며 신녀국을 침략해 신녀들을 잡아올 생각으로 절치부심하고 있었다.

노노일악 탁극이 흉흉한 표정을 지으며 이면족의 곳간 쪽으로 몸을 날렸다.

이제,

마제를 올리는 자는 흑무, 흑선, 추장, 망나니 할멈 식구, 요괴들 백여 명만 남게 되었다. 추장이 대강 정리하자, 흑무가 마제를 속개(續開)했다.

여전히 처녀들 가슴을 열 칼이 준비되지 않자, 추장에게 야인들의 소도(小刀) 8개를 흑선들에게 나누어 주게 한 후 머리카락을 풀어헤치고

가운데 제일 큰 제단 앞에 서자, 여덟 명의 흑선들도 여덟 개의 탁자 앞으로 경건하게 섰다.

흑무 마각은 가달마황과 그 부하 혼세마왕, 한천마왕에게, 여덟 명의 흑선(黑仙)은 나머지 팔(八) 마왕에게 인신공양을 하려는 것이다.

멀리 나무 위에서 지켜보던 비연이 독로국의 궁사(弓師) 유유에게 물었다.
"흑무 앞의 처녀가 혹, 선화 아씨 아닌지 모르겠소. 흑무를 없앨 수 있겠소?"
"흑선이 가까이 있어서 좀 기다려야합니다."
비연이 유유의 표정을 살폈다.
"어떻습니까?"
"틈을 보겠습니다."
그때,
흑무가 곡(哭)을 하며 주문을 외기 시작하자, 요괴들이 다시 북을 치기 시작했다.
북소리는 빠르고 요란했다. 혼을 빼는 북소리에 맞추어 야인들이 머리털이 곤두서는 주문을 미친 듯이 따라 외치자, 제단은 다시 귀기로 가득 찼다.
흑무 마각대왕이 엄숙한 표정으로 칼을 빼들고 처녀에게 다가갔다.
"오……!"
"마황님!"
"조선의 피를 드소서!"
"주인이시여!"
하고 소리치는 야인들이 두 손을 들고 눈을 뒤집으며 거품을 물었다.
이어 술에 취한 듯 침을 튀기며 중얼거리던 흑무가 여인의 명치에 칼을 댄 순간
"두둥두둥 둥둥둥둥……."
북소리에 묻혀 날아든 화살이 흑무의 왼 팔뚝을 훑으며 지나갔다.

"윽!"
평소의 그였다면 기척을 느끼고 피했을 것이나, '가달칼'이 준비되지 않은 혼란과
불을 지른 침입자 그리고 북소리와 야인들의 탄성으로 어수선했고, 마제 중단의 죄책감으로 인신공양에 더욱 집중하다보니 기습(奇襲)을 뒤늦게 알아차린 것이다.
오른손으로 왼팔을 붙잡은 마각이 화살이 날아온 쪽을 보며 소리쳤다.
"누구냐!"
소리와 함께, 화살이 날아온 방향으로 달려가는 인영(人影) 셋이 있었다.
오림요마와 망태발, 망뚜순이었다. 조선 선객들의 침입을 짐작한 것이다.
궁사 유유가 추호(秋毫)도 동요하지 않으며 연거푸 화살을 날렸으나,
오림요마가 까마귀 독장(毒掌)으로 화살을 가볍게 막으며 달려들었다.
비연이 비창, 곽부, 명호에게 셋을 맡기고 곰치, 유유, 삭요, 땅개, 저동아와 함께 제단으로 몸을 날리자, 이면족 추장이 고래고래 소리를 질렀다.
"어떤 잡것들이냐? 저놈들을 잡아랏!"
백 명의 야인들이 무기를 들고 몰려왔다. 마제는 자연히 중지되었다.
흑무가 팔뚝을 묶고 지혈을 하며 네 명의 흑선들에게 소리를 쳤다.
"놈들을 잡아라!"

단(壇) 위에 있던 여덟 명의 흑선 중, 넷이 비호같이 몸을 날렸고, 마제를 올리던 곳은 졸지에 전장으로 변했다.
몰려드는 야인들 앞으로 사슬낫 곰치와 철(鐵) 채찍 땅개가 달려갔다.
날이 시퍼렇게 선 사슬낫과 날카로운 가시가 돋친 채찍이 허공에 난무하자
"억"
"악"
"윽"
하며 겁 없이 달려들던 칠팔 명의 야인들이 쓰러졌다. 야인들이 잠시 멈칫거리자 추장이 악을 썼다.
"덤벼!"
추장의 독려에 야인들이 다시 힘을 내 덤벼들었다.
비연, 유유, 삭요, 저동아는 앞을 가로막는 네 명의 흑선들을 상대했다.
흑무와 흑선들은 흑림에서 높은 위치에 있었다. 호걸들은 가달성을 잘 모르나,
흑무들은 마교를 전파하는 자들로 가달성에서 직접 임명하고 있었다.
성주에 대한 충성심이 깊은 자들 가운데, 무공이 뛰어난 인물들을 흑무로 임명해 가달마교의 세(勢)를 확장하고 있었다.
흑무는
흑림과 구이원 그리고 멀리 중원에 이르기까지, 각지의 거점을 관리 지도하는 사도들이었다.
흑선들은 각 흑무가 기른 제자나 부하들로 가달마교(魔敎)의 '전도

사'인데, 지금 비연과 마주한 흑선(黑仙)은 대도를 들고 있었고 얼굴은 칼자국이 거미줄처럼 가득했다.
'설마, 쇳조각으로 얼굴을 파서?'
비연의 짐작은 맞았다. 그는 이면족 가운데 제1 흑선으로 발탁된 자(者)로,
마황의 죽음을 너무도 슬퍼하며 얼굴을 처참하게 난도질하자, 이를 기특하게 여긴 흑무가 제자로 거두어준 것이다.
그만큼 그는 마제를 망친 비연 무리에 분노하며 씹어 먹을 듯이 돌진해왔다.
흑선을 본 비연이 거침없이 몸을 날렸다. 흑선은 야수처럼 용맹했고 비연은 제비처럼 날렵했다.
흑선의 칼바람을 타고 비연의 검화(劍花)가 나는 사이, 어깨부터 귀도의 끝까지가 창(槍)만큼 긴, 원숭이 같은 제2 흑선이 삭요를 덮쳤다.
삭요는 이 자가 장비족(族)이라는 것을 알 수 없었다. 삭요가 느닷없이 창으로 바닥을 찍자, 돌멩이 하나가 튀어 오르며 놈의 얼굴로 날아갔다.
흑선이 움찔하는 순간 삭요가 '이화창(梨花槍)'을 펼치자 배꽃처럼 날아오른 창이 흑선을 찔러갔다.
기이한 궤적에 놀란 흑선이 물러서며 귀도(鬼刀)를 마구잡이로 휘둘렀다.
궁사 유유는 제3 흑선이 삼지창으로 긁어오자, 옆으로 피하며 역습했다.
저동아에게 달려든 제4 흑선은 뚱뚱한 난장이로 칼과 방패를 들고 있었다.

흑선들은 모두 흑무 '마각대왕'을 사사(師事)한 자들로 하나같이 무예가 뛰어났다.
둥근 달이 뜬 초원은 삽시간에 혈풍(血風)이 이는 전장(戰場)으로 바뀌어갔다.

저동아는 목부였다. 목장의 이름은 저낙원(猪樂園: 돼지낙원) 이었으며 북옥저 남쪽 바닷가에 있었다.
저동아가 다섯 살 때, 도적 떼에 부모를 잃고 구걸하고 있는 것을 '만육'이라는 사람이 데려와 돼지우리에 던져 넣고 목부들에게 돌보라고 했다.
저동아는 우리에서 돼지들과 함께 자라며 돼지를 키우는 목부 일을 배웠다. 그의 주인 만육(萬育)은 조선 최대의 돼지 사육가로, 키우는 돼지가 일만 마리가 넘었다.
저동아는 돼지들과 꿀꿀이죽을 함께 먹기도 하고 하루 종일 돼지들과 놀았다.
그러다 보니 돼지들의 성질을 너무나 잘 알았고 돼지들의 말을 이해했다. 돼지의 꿀꿀 소리만 들어도, 뭐가 서운한지 뭘 원하는지 알아챘다.
"헤헤, 바보야. 너 또 먹고 싶은 거지?"
하고
돼지들을 친구처럼 잘 돌보아 주었다. 그의 몸에는 늘, 돼지 똥이 덕지덕지 붙어있어 얼핏 보면 돼지로 보일 정도였다.
돼지들도
저동아를 동족(同族)으로 아는 것 같았고, 늘 그가 있는 곳으로 몰려들었다. 그렇게 돼지들과 살을 맞대고 살다보니 자기도 모르게 돼지들의 우두머리가 되어있었다.
"얘들아, 내가 너희들 대장이야."
저동아의 꿈은 만육보다 더 많은 돼지를 키우는 목장 주인이 되는 것이었다.
'나는 세상에서 돼지를 제일 많이 키울거야! 자랑스러운 돼지대왕이 될 거야!'
그는 이 꿈을 다른 사람에게 절대 말하지 않았다. 만육이 알면 혼나기 때문이었다.
만육은 목부들이 일을 그만두고 떠날 때 마다,
"어딜 가던 돼지만은 키우지 마라. 닭이나 양, 소, 말, 개, 뱀 등 다른 걸 키워라.
그게 의리이니라. 이를 어기면, 내 반드시 찾아가 목장을 뒤집어엎을 것이다."
하고 다짐을 받아왔기 때문이었다.
저동아(猪童兒: 돼지 새끼)라는 이름도 만육이 지어준 이름이었다.
"흐흐흐,
네 머리 속에는 온통 돼지 밖에 없구나. 앞으로 너의 이름은 저동아이니라."
어느 날 저동아는 '새끼 돼지' 백 다섯 마리를 몰고 바닷가로 나갔다.
돼지들을 풀어 놓고 해송(海松: 바닷가에 나는 소나무) 아래에서 바다를 바라보며 여느 때처럼 풀피리를 불었다.
'언젠가는
나도 이곳을 떠나야지. 바다 건너엔 어떤 나라가 있을까? 아, 그곳

에도 귀엽고 순박한 돼지들이 있을까. 있다면 또 어떻게 생겼을까?'
하는 그 때, 돼지들이 갑자기 한 곳으로 몰려들어 뒤뚱거리고 있었다.
저동아가 달려가 보니 의식을 잃고 파도에 떠내려 온 한 남자를 둘러싼 채
발바닥을 핥고, 코를 비비고, 올라타고, 뺨을 건드리며 꿀꿀거렸다.
저동아가 꽥! 소릴 질렀다.
"저리들 가!"
돼지들이 기겁을 하고 흩어졌다.
새끼 돼지들을 쫓아버리고 보니 수염이 덥수룩한 사십 대의 남자였다. 그런데 온 몸이 피투성이였으며 죽었는지 살았는지 알 수 없었다.
가슴에 귀를 대보니 심장이 뛰고 있었다. 아직 살아있었던 것이다.
저동아는 즉시 돼지우리로 달려가 식충이라는 제일 큰 돼지를 몰고 왔다.
먹는 것을 억수로 밝히는 걸 보고 '식충이'라는 이름을 붙여준 돼지는
잘 먹는 만큼 힘이 좋았는데 저동아의 말을 잘 들었다. 저동아는 남자를 식충이 등에 태우고 돌아와, 다른 목부들이 거의 오지 않는 축사에 갈대와 나뭇가지, 수풀을 두껍게 깔고 눕힌 후, 잡동사니들로 그 앞을 가렸다.
무엇보다도 돼지우리가 따뜻하다는 것을 잘 알고 있었기 때문이었다.
그 후, 매일 같이 의식(意識)을 잃은 남자를 정성스럽게 간호했다.
물고기 요리를 돼지가 씹도록 한 후 입에서 다시 꺼내 남자에게 먹

여주거나, 인근의 산에서 과일을 가져다 즙을 내어 목에 흘려 넘겨 주었다. 그러던 어느 날, 저동아가 꿀꿀이죽을 죽통에 넣어 주고 있을 때였다.
희미한 소리가 들려왔다.
"얘...야"
저동아가 달려가 보니, 죽을 것만 같던 남자가 벽에 기대어 힘없이 말했다.
"물..."
저동아는 우물로 달려가 물 한 바가지를 떠다 입에 대주었다. 남자가 물을 벌컥벌컥 마셨다.
"으..."
신음을 하며 눈을 감고 있던 남자가 정신이 돌아온 듯 눈을 떴다.
"얘야, 이곳은 어디냐? 네가 나를 구해준 모양이구나. 정말 고맙다."
저동아가 눈을 깜박였다.
"네, 이곳은 아슬성(城)이에요. 해변에 쓰러져 계신 걸 이리 모셔 왔어요."
저동아는 그동안의 이야기를 자세히 들려주었다.
"아슬성? 그럼, 이곳은 가륵성 남쪽 지방이구나."
"예, 맞아요."
남자는 낯선 사람에 대한 호기심으로 반짝이는 저동아의 눈을 보고 물었다.
"얘야, 네 이름이 무어냐?"
"저동아라고 해요."
남자는 '저동아는 돼지새끼라는 의미 아닌가?' 하며 가만히 미소를 지었다.
"저동아! 하하하하, 아주 재미있는 이름이구나."
저동아도 따라 웃었다.
"저는 제 이름이 아주 자랑스러워요."
남자가 고개를 끄덕이며
"저동아야, 나는 동표라고한다. 앞으로 나를 동표 아저씨라고 부르렴.
나는 멀리 왕검성에서 무역선을 타고 북쪽 비리성으로 가다가 해적을 만났단다. 왕검성은 삼조선(三朝鮮)의 하나인 번조선의 도성이란다.
나는 왕검성의 거상 '바유'의 상단을 호위하던 호위대장으로, 이십 명의 무사를 데리고 있었는데, 왜구(倭寇)를 만나 전부 죽고 나 만 살아남았다.
해적에게 꼼짝없이 당하고 만 것은, 바유의 총관 비열이 해적들과 내통하여 무사들 대부분이 중독된 상태였고 해적들이 워낙에 많았던 때문이었다.
이번 항해는 조선뿐만 아니라 연, 제나라의 상인들도 함께 참가하여 어느 때보다 규모가 컸다.
비열은 자신의 비밀을 감추고자 사람들을 모두 다 죽이려 했다. 나는 심한 부상을 입고 바다에 뛰어들었는데 그 후로 의식을 잃어버렸다."
고 말했다.
그리고 혹, 살수들이 올지 모르니, 자기의 존재를 감추어달라고 신신당부했다.
보름 정도가 지나자 동표 아저씨는 마침내 자리를 털고 일어났다.

그리고 목부들의 눈을 피해 바닷가와 부근의 산야를 이곳저곳 돌아다니다, 며칠 후 저동아를 불렀다.

"저동아야,

언제까지 네 신세를 질 수는 없다. 빨리 왕검성으로 돌아가 바유님께 비열의 일을 알려야 한다.

떠나기 전에 네게 뭔가 보답을 하고 싶은데, 지금 가진 것이 아무것도 없다.

나는 무사라 너만 좋다면 무공을 전수해주고 싶은데 네 생각은 어떤지...."

"무공이요? 네! 배우고 싶어요!"

저동아가 영특한 눈을 크게 뜨고 좋아라 하자, 동표가 흐뭇한 표정으로 엄숙하게 말했다.

"음, 좋다.

그러나 무예는 사마외도를 물리치고 선(善)을 수호하는 방편이니라. 환웅천황님이 구이원의 무학을 창시하신 숭고한 뜻이 여기에 있느니...

얘야.. 무릎을 꿇어라. 그리고 내가 하는 말을 따라 하늘에 아뢰어라!"

저동아가 돼지우리 안에서 무릎을 꿇고 엎드려 동표가 일러주는 데로 고했다.

"배달의 신이시어, 저는 오늘 이후 삼신의 가르침대로 살겠으며 무예를 배워 정의를 지키고 약자를 돕겠습니다.

행여 제가 악에 물들거나 방조(傍助)할 시에는 벼락으로 내려치소서."

저동아가 맹세를 끝내자 동표가 말했다.

"너는 이제 자부문(紫符門)의 68대 제자이니라. 잊지 말아야 하느니!"
"사부님의 말씀, 명심(銘心)하겠습니다."
이 순간
저동아가 얼마나 진지했는지, 눈알을 떼굴떼굴 굴리던 수백 마리의 돼지들도 바닥에 넙죽 엎드렸다. 동표가 놀라워하며 고개를 끄덕였다.
'오! 이럴 수가.. 아이가 얼마나 정성스럽게 돌보았으면 돼지들이 이런 모습을 보이겠는가.'
동표가 말했다.
"네게 어떤 무예가 좋을까 생각해 보았는데, 네가 항상 들고 다니는 쇠스랑이 좋을 것 같더구나. 일을 하다가도 바로 무기로 사용할 수 있을 게다.
대신, 쇠스랑을 분리해 창이나 봉(棒)으로도 사용할 수 있도록, 쇠스랑 대를 참나무로 한 자 정도 더 길게 만들어라.
먼저 봉술(棒術)을 배우고 난 후, 쇠스랑 무술 초식을 만들어주겠다."
그 날 이후 저동아는 심법과 봉술을 배웠고, 돼지들을 몰고 바닷가에 나가면, 사부로부터 배운 무공을 쉬지 않고 정성스럽게 연마했다.
육 개월이 지나자 사부는 '쇠스랑 무예'를 가르쳐 준 후
"무(武)의 세계는 끝이 없느니라. 무학(武學)의 최고의 경지는 성통공완의 경지에 진입하는 관문이니, 자나 깨나 수련을 게을리 하지 말라.
나는 내일 새벽 떠날 것이다. 아이야, 그동안 고생이 많았다. 후일

다시 볼 날이 있을 게다."
막상, 이별을 하게 되자 저동아는 사부가 자리를 비웠을 때, 돼지 '큰바람'을 끌어안고 꿀꿀꿀꿀 울었다.
저동아가 얼마나 슬피 우는지, 돼지들도 모두 꿀꿀거리며 따라 울었다.
저동아도 언젠가는 헤어질 것을 짐작하고 있었으나, 막상 이별 앞에 서자 너무도 견디기 힘들었다.
어려서부터 돼지들 외에는 가까이 지낸 사람이 없었던 탓이었으리라.
다음 날 아침, 사부님은 이미 떠나고 없었다. 그 후, 저동아는 시간이 날 때마다, 쇠스랑을 들고 바닷가에 나가 거센 바람과 파도를 상대로 무예를 연마했다.
세월이 흘러 열여덟이 된 어느 날 돼지를 사려고 찾아온 장사치로부터
가륵성(城) 밖 북옥저 제일 부자 얼룩장주가 악인 망나니 할멈에게 납치된 딸을 구해주는 사람에게 전(全) 재산의 반을 나누어 준다는 소문을 들었다.
'그래, 언제까지나 돼지우리에 있을 수는 없다. 나도 나의 길을 가야겠다.
사부님도 무예는 정의를 위해 사용해야 한다고 하셨다. 좋은 일을 한 번 해보리라.'
하고
만육에게 인사드리고 돼지우리를 뛰쳐나와 구조대에 합류했던 것이다.

저동아는 제4 흑선의 난폭한 칼에 쇠스랑을 휘두르며 맞섰다. 지금까지 싸워본 자 중에 제일 강했다.

칼과 부딪힐 때마다 엄청난 힘이 전해져 오는 가운데, 난장이 흑선이

"흐흐흐흐흐, 네 놈의 쇠스랑에서 어찌 돼지 똥 냄새가 나는 게냐!"라고

하는 순간, 저동아가 쇠스랑으로 무릎을 찍어오자, 방패로 막으며 칼을 휘둘렀고,

반 보 비켜선 저동아가 가슴을 걷어차자 미끄러지듯 뒤로 물러섰다. 눈을 부릅뜬 두 사람이 치고 박고 날며 번개처럼 수십 초를 교환했다.

한편 망나니 할멈과 검객 비창은 달빛 속에 벌써 칠십초를 넘기고 있었고

조금 떨어진 곳에서 망태발과 싸우는 월아창(槍) 곽부는 그의 변칙적인 발차기를 경계하고 있었다. '사람 발'처럼 생긴 철퇴(鐵槌)와 좌우의 발길질이 이어지자, 발 세 개가 공격하는 것 같았기 때문이다.

망뚜순은 목발을 짚은 명호가 제일 약해 보여 덤벼들었으나 막상 부딪쳐 보니 쉬운 상대가 아니었고, 오히려 몇 번의 위기를 맞기도 했다.

원래 망뚜순은 마한에서 제일가는 사기꾼으로 타의 추종을 불허하나, 무예는 어미나 망태발에 미치지 못했다.

그녀는

무공조차 상대를 기만하는 초식이 많았으나 상대는 마한의 고수 명호검객이었다.

단번에 그녀의 교활한 수를 간파하고 반격(反擊)하자 기겁을 했다.
"어머, 왜 이러세요. 놀랬잖아요!"
명호도 망나니 가족에 대해 잘 알고 있었다.
그는 마한에서 저지른 그들의 악행을 잘 알고 있는 터라, 이번 기회에
기필코 망뚜순을 제거하리라고 마음먹고 있었다. 슬금슬금 싸우다 그녀의 암수를 역이용해 기습하곤 했으나, 망뚜순은 매번 생쥐처럼 빠져나갔다. 명호는 다리가 불편해, 결정적인 마무리를 할 수 없었다.
승부는 저동아 쪽에서 먼저 났다. 조금씩 밀리다 몸을 돌린 저동아를 '그건 안 되지' 하고 흑선이 따라붙었다. 저동아는 잡힐 듯 말 듯 아슬아슬하게 도망쳤는데,
아무리 봐도 힘이 부친 돼지가 엉덩이를 흔들며 내빼려는 모습 같았다.
저동아는 스승의 정통 보법에 돼지들과 놀다가 익힌 수법을 가미하고 있었다.
그러나 승기(勝機)를 잡았다고 느낀 흑선은 비웃었다.
"흐흐, 돼지새끼야, 어딜 가냐? 너를 꼭 마황님의 제사상에 올리고 말겠다."
다시 또 봐도 미련하기 짝이 없는 돼지의 뒷모습이라, 흑선이 마음을 턱 놓고 철퇴를 드는 찰나,
깃대가 부러지듯 자빠진 저동아가 몸을 핵 뒤집으며 흑선의 옆구리를 쇠스랑으로 찍었다. 어리바리한 얼굴로 도망치던 저동아가 어느새 흑선의 무게 중심을 간파하고 전개한 전광석화와도 같은 역습이었다.

"악!"

너무나 고통스러웠다. 쇠스랑의 날, 네 개가 박힌 제4 흑선이 쓰러지자,

저동아는 곰치와 땅개를 포위하고 있는 야인들을 향해 몸을 날렸다. 쇠스랑이 날 때마다 야인들이 짚단처럼 쓰러졌다.

이어, 압박에서 풀려난 곰치의 사슬낫이 날고 땅개의 철(鐵)채찍이 제 궤도를 누비기 시작하자, 순식간에 이십여 명의 야인들이 쓰러졌다.

제단 위에서 이를 보던 마각은 제4 흑선이 죽고 야인들이 죽어가자 대노했다.

좌우의 흑선들에게 명령했다. 네 명의 흑선은 마각의 호법으로 '사랑선(四狼仙: 네 마리 늑대 같은 흑선)'으로 불리우는 무예가 고강한 자들이었다.

"너희들이 저것들의 목을 따라!"

사랑선이 검은 도포를 펄럭이며 몸을 날리자, 네 마리의 늑대가 뛰어내리는 것 같았다.

하나는 망뚜순 쪽으로 가고, 또 하나는 망태발을 도우러 갔으며 나머지 둘은

저동아, 곰치, 땅개에게 덤벼들었다. 네 명이 가세하자 싸움이 급변했다.

몇 수 지나지 않아, 망태발을 상대하던 곽부가 낭선의 칼에 다리를 베이고

망뚜순을 요리하던 명호가 목발 끝이 잘리며 뒷걸음질 치자, 할멈과 호각을 이루던 비창이 평정(平靜)을 잃으며 발길질에 어깨를 맞고 말았다.

동시에 매처럼 곤두박질치며 야인들을 유린하던 사슬낫과 땅개의 철 채찍도 힘을 잃고, 저동아의 쇠스랑은 벽에 가로막힌 듯 느려졌다.

시간이 더 흐르자, 사랑선(四狼仙)과 야인들의 차륜전에 구조대가 점점 그 힘을 잃어가며, 땅개와 곰치도 여러 곳에 부상을 입고 말았다.

이때 치고 박던 비연이 어희수초(魚戲水草: 물고기가 물풀을 희롱함)에서 어월창파(魚越滄波: 물고기가 푸른 물결을 넘음)로 검초를 돌변하며

제1 흑선의 머리를 베어가는 찰나, 마각이 나무껍질을 찢는 소리를 내뱉었다.

"나는 흑림(黑林)의 마각이다. 너희들은 도대체 어디에서 온 놈들이냐?"

순간,

전장을 누르는 음파(音波)가 고막을 파고들며 머리를 진탕시키자 제1 흑선과의 거리를 벌린 비연이 대답했다.

"나는 북옥저의 비연이다. 여기에 있는 조선의 여인들을 구하러 왔느니라. 그들을 풀어주지 않으면 너희들 모두 죽음을 면치 못할 것이다."

"낄낄낄, 계집들 때문에 파곡산(山)에 들어와 목숨을 바치려 하다니. 그들은 마제의 신성한 제물이니라.

오늘, 불경(不敬)을 저지른 네놈들의 심장을 가달마황님의 영전에 올릴 것이다."

하며

칼을 뽑자, 마각의 칼이 스르릉 소리와 함께 달빛을 가르며 얼음 같

은 기운을 쏟아냈고, 마각의 발밑에 이는 먼지를 본 비연이 숨을 가다듬었다.

마각의 두 발이 어느새 제단의 바닥을 가루로 만들며 파고들었던 것이다.

차가운 도기(刀氣)를 내뿜으며 천근추(千斤錘)의 또 다른 변화로 자신의 내공을 드러냄으로써, 비연의 기를 꺾고자 한 마각의 의도였다.

비연은 놀라움을 가라앉히며 마각의 움직임을 응시했다. 이미 활은 시위를 떠났다.

마각이 보인 이 한 수는 스승 연해선인의 경지에는 미치지 못하나 자기를 압도하는 수준이었던 것이다. 그러나 이제 와서 물러설 수는 없었다.

마각이 몸을 날리자 비연도 마주 달렸다.

"창창창창!"

공수(攻守)를 주고받은 마각이 비웃으며 말했다.

"낄낄낄낄. 그 솜씨로 나를 찾아오다니, 하룻강아지 같은 놈이로구나!"

비연은

'이자의 초식이 우리 선문(仙門)과는 판이하게 다르고 괴이 절륜하다!'

고 생각하며 연해문(門) 최고의 절기 월광검법(月光劍法)을 펼치기 시작했다.

월광검법은 연해문을 연 '월인(月印)'이 창안한 검법이었다. 옥저국이 세워질 당시까지도

연해의 원시림에는 고대에 도망친 마귀와 요괴들이 숨어 있었으나,

월인선사가 소탕하고 그 자리에 연해문을 세웠다.
갑자기 불어 온 바람에 마각의 도포가 펄럭였다. 알 수 없는 괴성을 지른 마각이 4장을 뛰어올랐다.
야공(夜空)으로 떠오른 마각이, 날개를 접고 방향을 바꾼 박쥐와도 같이 몸을 오그리며
비연을 향하여 떨어져 내렸다. 박쥐의 날개 같은 도기(刀氣)가 쏟아지자,
비연이 이를 악물고 의월발검(倚月拔劍: 달빛에 의지하여 검을 뽑음)으로 막으며
잔월조해(殘月照海: 새벽달이 바다를 비춤)의 검초로 마각의 칼을 맞이했다.
"창창창창창"
불꽃이 튀는 가운데, 눈을 찡그리며 의외라는 표정을 지은 마각이 공격을 이어가자
비연이 비검망월(飛劍望月: 나는 검이 달을 바라보다), 월광포영(月光捕影: 달빛이 그림자를 잡다) 으로 응수하였으나, 이내 마각의 칼에 밀리기 시작했다.
마각의 심후한 내공(內功)을 정면으로 받아내기 어려웠던 것이다. '월광검'의 현묘한 변화가 아니었다면 얼마 버티지 못하였을 것이다.

한편, 제단에 세워진 여우가죽 북 앞의 요괴가 북을 치며 싸움을 독려하자
불타는 창고로 달려갔던 탁극이 북소리를 듣고 야인들의 일부를 이

끌고 돌아왔다. 이들이 가세하자, 싸움은 더욱 호걸들에게 불리하게 전개되며 도망을 가려해도 도망칠 수 없는 국면(局面)으로 바뀌었다.
이때, 마각의 칼에 쫓기던 비연이 제단(祭壇) 아래로 밀려 떨어졌고
"훗!"
하고 웃으며 몸을 날린 마각이 비틀거리는 비연을 벼락 같이 후려쳤다.
비연이 아! 하는 찰나 화살 하나가 유성(流星)처럼 날아들며 도신(刀身)을 때렸고, 한 치 간격으로 밀린 칼이 비연의 목을 비켜 지나갔다.
"누구냐!"
마각이 물러나며 화살이 날아온 쪽을 응시하며 외치자, 소리 없이 날아온 또 한 대의 화살이 질풍과도 같이 북을 치는 요괴의 눈을 꿰뚫었다.
"윽"
하고 '북치기' 요괴가 쓰러질 때, 뒤를 이은 화살이 북의 한가운데를 뚫었다.
여우가죽 북은 이면족의 신물이었다. 북이 찢어지자 추장과 야인들은 거의 돌아버린 귀신처럼 날뛰었다.
그 때 제단 뒤 어두운 숲속에서 달려 나오는 사람이 있었다. 시철이었다.
야성(城)의 명궁 시철의 활이 세 명의 흑선과 야인들을 쓰러뜨렸고, 야인들이
시철이 난사(亂射)에 정신을 차리지 못하는 사이 영고, 약막, 쌍검(雙劍) 우수가 제단 위로 몸을 날려 처녀들을 풀어 주었다. 그러나

소녀들은 미혼약을 먹은 상태라 움직이지 못했다. 약막이 '은령단'을 한 알씩 먹인 후 침으로 뇌호혈(- 뒤통수 혈)을 건드리자
"아-"
하고 처녀들의 의식이 돌아왔다. 놀라운 침술이었다. 그는 맥족 장로의 아들로 비전(祕傳)의 침술을 알고 있었던 것이다.
쌍검 우수가 죽은 흑선과 야인들의 옷을 벗겨 처녀들의 몸을 덮어 주었다.
영호검객이 처녀들을 돌아보며 물었다.
"혹, 선화 낭자가 계시오?"
가달마황에게 바쳐진 검은 탁자 위의 초췌한 처녀가 힘없이 대답했다.
"제가 선화예요. 어떻게 저를 아시나요..."
"오!
낭자, 몸은 어떠시오? 우린 갈장주가 보내서 온 구조대요. 상황이 급하니, 괜찮다면 여기 처녀들을 도와주시오. 우리는 다른 선객들을 도우러 가야겠소."
'갈장주'라는 말에 선화가 정신을 번쩍 차리고 제단에서 내려오며 말했다.
"예, 여기는 제게 맡기시고 빨리 가셔요."
그리고 옆으로 걸어가 어느 흑선이 들었던 요괴도(刀)를 집어 들었다.
이를 본 영고, 쌍검(雙劍) 우수, 약막이 제단 아래로 막 내려가려고 할 때였다.
"우!"
"야!"

하는 함성에 돌아보니 북쪽 숲에서 다섯 두령이 이끄는 수백 명의 야인들이 몰려오고 있었다.
영고는 그들을 멀리 따돌렸다고 생각했는데 북소리를 들은 야인들이 지름길로 돌아온 것이다.
영고, 약막, 우수는 선객들을 지원하려다 방향을 틀어 이들을 향해 달려갔다.
이어, 선두에서 달려오는 두령 셋과 야인 일곱을 해치웠으나 곧 수백의 야인들 속에 포위되고 말았다.

이면곡(谷)의 제단 주위에서 열세 명의 선객과 벌어진 마각, 사랑선, 흑선, 이면족(族) 추장과 야인들의 싸움은 갈수록 치열해지고 있었다.
그 중 서쪽 숲 망나니 할멈 가족과 선객들의 싸움은 생사의 기로를 넘나들고 있었다.
망나니 할멈의 괴장에 비창은 도포가 찢어진 채 여기저기 상처를 입었으며
할멈도 치마가 한자 반은 찢어지고 머리카락은 절반이 잘려 몰골이 말이 아니었다.
망나니 할멈은 파곡산 139곡(谷)의 요괴와 야인들로부터 노(老)신녀로 추앙을 받고 있던 터라, 비창에게 수모를 다하자, 분기가 하늘을 찔렀다.
할멈이 몰래 뽑아든 빗을 급회전하며 끊어 치자, 빗을 구성하는 일곱 개의 빗살이 분리되며 날아갔고
내내, 지팡이만 신경 쓰던 비창이 다급히 피했으나 1개의 살은 막

지 못하고 왼쪽 어깨에 맞고 말았다. 할멈은 신이 나서 찢어진 치마를 펄럭이며 비창을 사슴 사냥하듯 몰아갔고

망태발은 '나찰비각'을 자신하다, 곽부의 창이 종아리를 스친 후 몰리고 있었으나,

중간에 끼어든 낭선이 곽부의 다리를 베자, 기운을 차리고 맹공(猛攻)을 퍼부었다.

사기꾼 망뚜순은 처음엔 멋도 모르고 덤벼들다 몇 차례 당할 뻔하자,

접근전을 피해 멀리 돌며 다리만을 집중적으로 공격했다. 거품을 문 표정으로 보아, 명호의 남은 다리를 이참에 싹둑 자르기로 작정한 듯 보였다.

어쩔 수 없는 일이었으나, 처음부터 목발을 짚은 명호에게는 장기전은 무리였다. 여우같은 망뚜순에게 여러 군데에 상처를 입고 있었다.

저동아는 한 명의 낭선과 수십 명의 야인들에 둘러싸여 싸우고 있었다.

낭선(狼仙)은 일대일로 싸워도 장담할 수 없는 고수인데, 야인 수십 명이 함께 덤벼드니 용맹무쌍한 저동아도 점차 지쳐갈 수밖에 없었다.

치고 박던 저동아가 쇠스랑으로 오물을 쳐내듯 낭선을 긁어가자, 낭선이 느닷없이 귀도(鬼刀)를 뒤집어 쇠스랑 사이에 끼우고 당겼다. 저동아가 상대에게 끌려가지 않기 위해 내력(內力)을 끌어올리며 버텼다.

"클클"

낭선이 비웃으며 더욱 당겼으나 저동아는 꿈쩍도 하지 않았다. 팽팽

한 기운이 극에 달한 순간, 저동아가 용을 쓰자 쇠스랑이 쑥 빠졌고, 낭선이 귀도에 걸린 쇠스랑을 보고
"아차!"
하는 사이 참나무 봉(棒)으로 낭선의 목을 후려쳤다.
"큭!"
하고 낭선이 머리를 떨구는 순간 저동아도 야인의 칼에 등을 베이고 비틀거렸다.
비연은 비연대로 전신에 상처를 입은 채, 월광검법으로 가까스로 버티고 있을 뿐이었고,
곰치와 땅개도 저동아를 보았으나 낭선(狼仙)과 야인들에게 포위되어 있어 도와줄 수 없었다.
이어,
저동아의 숨통을 끊기 위해 야인이 칼을 휘두르는 찰나 훅- 하고 날아든 돌멩이가 야인의 머리를 강하게 타격했다.
뜻밖의 일격(一擊)에 야인은 비명을 지를 틈도 없이 모로 자빠졌고 이와 동시에,
동쪽 숲에서 작은 표범과도 같은 열두 명의 소년이 달려와 포위망을 뚫고 저동아를 둘러쌌다.
저동아는 치명상은 아니었으나 싸우기는 어려운 상태였다. 잠시 후, 저동아는 12소년의 일사불란한 움직임을 보고 놀라움을 감추지 못했다.
소년들의 보법은 바람처럼 가벼우면서도 진퇴가 비범했고, 그들이 펼치는 검술은 간결하나 상대의 허를 놓치지 않는 고도의 쾌검이었다.
일검(一劍), 일각(一脚)이 어느 하나 허튼 동작이 없는 연수합격으

로,

각기 네 걸음 안에 한 명씩 해치우며 이십 보를 내딛는 동안 오십여 명의 야인들을 쓰러뜨렸으나, 야인들은 누구도 그들의 진격을 저지할 수 없었다.

소년들의 무예에 안심이 된 저동아는 소년들이 적이 아닌 것에 안도하고, 그들을 가르쳤을 스승에 대해 경이로움을 느끼며 운기조식에 들어갔다.

그들은 다름 아닌 예족의 12소년들이었다. 창해신검의 문하에 든 이후 소년들의 무예는 저동아의 입이 딱 벌어질 정도로 일취월장했던 것이다.

소년들은 저동아를 구한 즉시 화랑진(陣)을 펼쳤다. 화랑진은 배달국의 영웅 해사자가 창안한 진법으로,

가달마황 무리와의 마지막 싸움에서 천하에 위력을 떨친 진법이었다.

갑자기 나타난 소년무사들의 도움으로, 기운을 잃어가던 곰치의 사슬낫과 땅개의 철(鐵)채찍이 다시 팔방(八方)으로 힘차게 날아올랐다.

한편,

만신창이가 된 채 밀리고 있는 비연과 서쪽 숲에서 낭선과 망태발을 상대로 어려운 싸움을 하던 월아창(槍) 곽부 옆에, 저동아 연배의 사내 둘이 하늘에서 뚝 떨어지듯 나타나 철검과 도끼를 휘둘렀다.

일순, 소나기가 퍼붓듯 몰아치는 철검(鐵劍)의 그림자가 마각을 덮어갔다.

수비를 조금도 고려하지 않는 질풍 같은 쾌검이 실(實)과 허(虛)를

누비며 흑무 마각의 균형을 흔들었고
동시에 또 다른 곰 같은 사나이가 전진하자, 두 개의 도끼가 반공(半空)을 찢고 나무들을 뭉개며 낭선(狼仙)을 네 동강을 낼 듯 밀고 들어갔다.
그들은 주조와 소북이었다. 소북 또한 의형의 가르침으로 깊은 무학의 이치를 깨달아가고 있었기에 예전과는 크게 다른 도끼질을 전개하고 있었다.
비탈길을 구르는 바위처럼 치고 박고 회전하는 쌍(雙)도끼에 낭선이 허둥대며 뒤로 밀렸다.
이에
몇 수 지나지 않아 힘을 되찾은 곽부의 창(槍)이 버들가지처럼 휘어지며
낭선이 사라지고 기운이 꺾인 망태발의 가슴을 꿰뚫었다. 악의 종자가 비명을 지르며 쓰러졌다.
사랑하는 아들이 죽는 소리를 듣자, 망나니 할멈은 머리가 돌아버렸다.
"아, 내 아들!"
눈이 뒤집힌 망나니가 까마귀 독장을 펼쳐 비창을 단번에 죽이려고 했으나 비창은 차분했다.
할멈이 망태발의 죽음을 보고 꼭지가 돌았음을 알고 더욱 침착하게 맞섰다.
망태발을 해치운 곽부는 급히 명호검객을 도우러 갔다. 망뚜순은 명호의 숨을 끊을 기회를 노리다, 동생을 죽인 월아창 곽부가 가세하자 도망칠 궁리를 하였으나, 이를 눈치 챈 곽부가 틈을 주지 않았다.

그리고 영고, 시철, 약막, 우수를 가로막은 수백 명의 야인들 뒤로 나타난 또 다른 네 사람이 급습하자, 앞뒤로 적을 맞이한 야인들이 우왕좌왕 하며 흩어지기 시작했다. 그들은 긴 창을 든 범표와 옥지, 부르가, 이화였다.

야인들을 뚫고 영고검객 일행과 합류한 이화, 옥지, 부르가가 제단의 소녀들을 돌보기 시작했다.

이화는 앉아있는 선화의 상태를 보고 지니고 있는 선단을 먹여주었다.

"저는 이화라 하고 이분들은 옥지, 부르가 낭자예요. 이 선단을 드셔요."

"고맙습니다."

하고, 선화가 힘없이 선단을 받아먹었다. 이화는 다른 열 명의 소녀들을 돌보기 시작했다.

그들은 어느 정도 정신을 차린 상태였으나 여전히 공포에 질려 있었다.

12소년의 화랑진(陣)은 여섯 명씩 두 개의 꽃 모양으로 공격하다 꽃가루가 날리듯 흩어지며 네 방향을 유린하고, 다시 하나의 꽃으로 화(化)하는 검진(劍陣)으로, 우매한 야인들은 엄청난 희생을 치르고 있었다.

그러나

야인들의 수가 너무 많아 싸움이 언제 끝날지 짐작하기 어려웠고, 시간이 흐를수록 소년들도 어쩔 수 없이 지쳐가고 있었다. 12소년들이

'아.. 사부님은 언제 오시려나? 빨리 오셔야 할 텐데...'

하고

애를 태우며 일각이 흐르자, 문득 구천(九天)을 나는 신룡(神龍)의 울부짖음 같은 소리가
멀리 칠흑 같이 어두운 밤하늘을 휘감으며 천지(天地)를 뒤흔들었다.
"우우우우웃....!"
언뜻, 세 마리의 사자가 터뜨린 것만 같은 포효(咆哮)에 놀란 구조대원들과 흑무 마각 이하 낭선과 야인들 모두 자기도 모르게 손을 멈추었다.
구조대는
'아.. 마각을 압도하는 무서운 고수가 나타났다. 우리의 운명도 이제 끝났구나.'
하며 절망했고, 마각은 마각대로 가슴이 철렁 내려앉았다. 천신만고 끝에
적들을 제압할 기미가 보이는 때에 등장한 두 놈과 12소년도 버거운 판에 지금 오고 있는 자는,
가달성의 귀면나찰을 넘어 대(大)흑무 사달조차 능가할 자로 느껴졌다.
마각의 표정이 암울하게 바뀌는 사이 12소년이 일제히 물러서자 세 명의 낭선과 탁극, 할멈, 망뚜순, 추장 등도 흑무(黑巫) 마각의 뒤로 서서
소년들의 얼굴에 떠오른 환희와 축지법을 쓰듯 십오 장씩 가까워지며 증폭하는 사자후(獅子吼)에 큰 두려움을 느끼며 긴장의 수위를 끌어올렸다.
잠시 후,
한 인영(人影: 그림자)이 야공(夜空)을 뚫고 유성이 떨어지듯 마각의

6장 앞에 내려섰다. 실로 무서운 속도였으나 나타난 자의 호흡은 새벽의 호수처럼 고요했다.
마각은 사나이의 몸에서 뿜어져 나오는 폭발 직전의 화산(火山) 같은 기도에 숨이 막혀왔다.
그때, 12소년이 길게 읍(揖)을 하며, 더 없이 지극한 예(禮)를 갖추었다.
"12제자, 사부님께 인사드리옵니다!"
낭랑한 목소리가 울려 퍼지자 구조대는 후- 하고 가슴을 쓸어내렸고,
마각과 악인들은 어느 정도 짐작은 하고 있었으나, 불청객이 '하나하나가 예도(銳刀)와도 같은' 12소년의 사부라는 말에 팔다리가 굳어왔다.
대흑무 사달 외에, 모습을 드러낸 것만으로 좌중(座中)을 압도하는 자를 본 적 없는 마각의 시야에,
일당백의 야수 같은 용맹을 보이던 소북, 주조가 성큼 앞으로 나섰다.
"대형(大兄)의 왕림을 기다리고 있었습니다!"
두려움이라곤 눈 씻고도 찾아볼 수 없는 남자들의 어울리지 않는 공손한 어투였다.
저 도끼질의 명수(名手)만 해도 산전수전의 고수가 분명한데 그의 의형이라니.
게다가, 소북과 주조의 눈에는 의형을 넘어 '절대자'에게 보이는 무한한 경의가 담겨 있었다.
대원들 또한 소북과 주조, 12소년의 출중한 무예에 더 없이 놀라고 있던 터라,

너도 나도 앞을 다투어 기억을 더듬어 보았으나 열세 명 모두 무림에 들어선 이후
사나이와 같은 절대강자(絶代强者)를 본 적이 없었다. 12제자들을 향해
흡족한 얼굴로 고개를 끄덕인 여홍이 소북과 주조를 돌아보며 말했다.
"오.. 아우들, 고생이 많았네."
이어,
세 명의 낭선과 오림요마, 탁극, 망뚜순을 쓸어본 여홍이 마각을 응시하며 번갯불 같은 신광(神光)을 폭사했다.
상대의 측량할 수 없는 내공과 비교불가의 경신술에 기가 꺾인 마각은 내심 두려웠으나,
명색이 가달성의 흑무였기에 자기만 바라보는 부하들 앞에서 지금의 심경을 보일 수는 없었다. 서로 죽고 죽일 뿐 무슨 말이 필요하겠는가.
상대가 상대인지라 12성의 내공을 끌어올린 마각이 좌장에 검은 기운을 일으키며
오른 발을 내딛었다. 스승이자 가달성주인 각팔마룡의 형천장(刑天掌)을 펼치려는 것이다.
지금까지와 전혀 다른 마각의 기세에 양 진영의 모두가 뒤로 물러섰다.
형천장은 각팔마룡이 흑령산 흑정(黑井)에서 연공하다 발견한, 환웅천황과 승부를 벌이기 전 가달마황이 우물 벽에 적어 놓은 독문 절기였다.
일순, 귀곡성 같은 바람이 요동치며 부채처럼 펴진 좌장이 여홍을

덮어갔다.

구조대원들과 소북, 주조, 12소년 등이 눈을 부릅뜨는 찰나, 천마(天馬)가 달리듯 6장의 거리를 접은 여홍이 좌장우권(左掌右拳)을 내지르자,

마차(馬車)라도 날릴 손바람이 형천장(刑天掌)을 틀어막는 동시에, 천하의 북두권이 광풍(狂風)을 뚫고 마각의 턱으로 날았다. 조금 전 신룡음(神龍吟)이 가까워지는 속도로 이미 여홍의 경신술을 겪었으나,

눈으로 보지 않았기에 자기도 모르게 평소처럼 6장을 계산하고 움직이던 마각이,

피할 틈도 없이 쇄도하는 철권에 놀라며 사력을 다해 주먹을 마주 내질렀다.

그러나 여홍의 심공(心功)은 일상의 호흡 속에 대자연의 기운과 선천지기를 융합하고,

12신장의 무예와 칠성검 그리고 북두권의 이치를 사색하며 무문무애(無門無礙: 틀에 얽매이지 않고 막힘이 없음)의 경지에 진입하고 있었다.

눈이 쌓이듯 칠십 년의 화후를 넘어선 여홍의 북두권이 마각의 주먹을 부수고, 천 길 절벽을 질주하던 철각이 마각의 턱을 둘로 나누었다.

십삼 인의 구조대원들은 이 놀라운 광경에 턱이 빠져버릴 지경이었고

신(神)처럼 믿고 있던 마각대왕이 제대로 싸워보지도 못하고 이승을 하직하자

겁이 난 세 명의 낭선(狼仙)과 추장 이하 야인들이 내빼기 시작했으

나
망나니 할멈은 소북과 주조에게 가로막혀 머리가 날아갔고 망뚜순은 버티고 버티다 흥개호(湖) 곽부의 월아창(槍)에 저승의 문턱을 넘어갔다.

그때, 도망치는 야인들을 보고만 있던 여홍이 돌연 그들을 향해 몸을 날렸다.
도망을 치던 야인들은 창해신검 여홍이 쫓아오자 기겁을 하고 내뺐다.
여홍이 한 노괴를 막아섰다.
"노노일악!"
탁극은 생전 처음 보는 여홍이 자기를 막아서자 손을 비비며 비굴한 표정으로 말했다.
"대협, 이 늙은이를 아십니까? 다른 놈들은 다 놓아주고 왜 저만 붙잡소이까?"
여홍이 냉소했다.
"내 너에게 몇 가지 물어 볼 것이 있으니, 무기를 버리고 따라와라."
탁극은 속으로 부아가 치밀었다. 어린놈이 이래라 저래라 하니 창피했으나 어쩔 도리가 없었다.
이 때 범표와 12소년이 달려와 탁극이 도망치지 못하도록 뒤를 지켰다.
이를 본 탁극은
'칵,

오늘 운수 더러운 날이구나. 평생을 가르친 야인들이 수백이나 죽고, 마각과 망나니 할멈 가족도 당했으니..
아, 도망칠 수도 없고.. 자칫하면 오늘 이 자리에서 죽을 수도 있겠구나.'
하며 순순히 뒤를 따라갔다.
사실, 여홍은 보리울 신모로부터 노노삼악의 20년 전 이야기를 들었던 터라, 왼팔이 덜렁거리는 탁극을 보자 한 눈에 알아보았던 것이다.
게다가 달이 신녀님은 비단손수건의 주인으로 자기 출생의 비밀을 알고 있거나
혹, 자기의 생모(生母)일지도 모르기에, 끝없이 넓은 흑림에서 삼양법사와 신녀들의 행방을 알 수도 있는 노노일악을 절대 놓칠 수 없었다.
13명의 구조대원들은 소북 일행에게 감사를 표한 후 이화에게 치료를 받고 있었다.
소북으로부터 마각을 없앤 사나이가 '창해신검'이라는 말을 들은 대원들은 모두가 경악하며 감격해 했다.
혜성과 같이 나타나 무예계를 흔들고 있는 창해신검이 흑림에 나타나다니.
여홍의 무예를 본 영웅들은, 소북과 주조가 보였던 의형이면서도 절대자를 대하는 자세가 그제야 수긍이 갔고
이어
피리 음공(音功)의 고수 황사산의 '등에마군'을 피리로 제압하고, 수만 마리의 등에를
불길 속으로 뛰어들게 만든 전설 같은 이야기에 또 다시 놀라움을

감출 수 없었다.

소북 일행은 거인곡(谷)으로 가던 도중, 우연히 야인들의 마제(魔祭)를 보게 되었고,

처녀들을 구하기 위해 중과부적임에도 불구하고 목숨을 걸고 싸우는

대원들의 모습에 감동하여 싸움판으로 뛰어들었다는 이야기를 했다.

비연 이하 12선객들이 아! 하고 탄성을 지르다, 여홍이 돌아오자, 일제히 자리에서 일어나 길게 읍(揖)을 하며 포권(抱拳)의 예를 취하였다.

"대협!

대협이 아니었다면 저희들은 모두 흑림(黑林)에 뼈를 묻었을 것입니다.

천하가 추앙하는 일대(一代) 신협(神俠)을 이 외진 땅에서 만나게 되다니, 아직도 믿어지지 않습니다. 저희들을 구해주셔서 감사합니다!"

대원들이 격동하며 앞을 다투어 감사를 표하자 여홍이 포권을 하며 말했다.

"별 말씀을 다하십니다. 저야말로, 인명(人命)을 구하기 위해 흑림(黑林)에 뛰어든 호걸들께 깊이 감동했습니다."

여홍은 구조대원들과 일일이 인사를 나눈 후 소북과 주조, 옥지, 범표, 이화, 부르가, 달단 족의 12소년 무사들을 정식으로 소개했다. 구조대원들은 모두가 그들의 무예와 의협심을 보았던 바라 감탄했다.

그들은 근래 무서운 속도로 커가는 흑림의 가달성과 조선의 장래에 대하여 이야기를 나누다,

자시(子時: 밤 11시 반~ 1시 반)가 되자, 각기 자리를 잡고 눈을 붙였다.
다음날 군웅들은 잡혀온 처녀들의 사연을 들었다. 처녀들은 북옥저 5명, 읍루 3명, 동옥저 2명, 동예 1명이었는데 거의가, 유목(遊牧)이나
농사(農事)를 짓는 백성의 딸들로 대부분 영문도 모르고 잡혀왔으며 그 중 갈선화의 사연은 너무도 기가 막혀 말이 나오지 않을 정도였다.

갈선화가 말했다.
"제가 세상을 너무 모르고 천방지축으로 놀았어요. 천하가 어지럽고 험하니
처녀의 몸으로 먼 곳까지는 가지 말라고 아버님이 극구 말리셨는데 저는, 하찮은 제 무공과 호위무사 세 명을 믿고 멀리 달호산(山)으로 사냥을 나갔어요.
달호산은 경치가 아름답고 사슴들이 많이 사는 지역이라고 들었거든요.
제가 달호산에 도착해 무사들과 말을 달리며 사슴을 쫓고 있을 때였어요.
갑자기 한 노파(老婆)가 비틀거리며 뛰어나와 도와달라는 것 아니겠어요?
노파의 얘기를 들어보니 임신한 딸이 친정에 왔다가 달지성으로 돌아가는 길에,
갑자기 산기(産氣)를 느껴 근처 동굴로 들어갔는데, 난산이어서 그

러니 좀 도와달라는 것이었어요.
딱한 사정에 무사들을 근처에서 쉬게 하고 저 혼자 노파를 따라 동굴로 들어갔어요.
정말 굴 안에는 한 여자가 누워서 다리를 벌리고 있었는데 사타구니에서 피가 흘러내리고 있었어요. 노파가 자기는 손발에 힘이 없어서 그러니 저보고 도와달라는 겁니다. 제가 언제 그런 일을 해 보았겠어요. 그러나 상황이 급해 여인의 다리 사이를 들여다 볼 때였어요.
그런데 그 순간 여자가 갑자기 두 다리를 오므려 제 목을 감아버렸어요. 깜짝 놀라서 몸부림쳤으나 그녀의 허벅지에 목을 조이자 숨을 쉴 수 없었어요. 그때 노파가 제 마혈을 찍어 꼼짝 못하고 잡혀버린 겁니다.
후에 알고 보니, 여자가 바가지를 배에 숨긴 채 '돼지 피'를 넣은 양 창자를 감고 피를 흘리며 속인 것이었어요.
모두가 순식간에 이루어진 일로 다시 생각해도 기가 막힐 지경이었어요.
누워있던 그 여자가 바로 마한 최고의 사기꾼 망뚜순이었던 겁니다."
사람들은 기가 차서 말이 안 나왔다. 망뚜순과 할멈의 교활함에 혀를 내둘렀다.
"정말로 희대(稀代)의 사기꾼이로군요."
영고가 물었다.
"그런데 무사들은 어떻게 되었습니까?"
선화가 말을 이었다.
"망뚜순은 저를 제압하자 자리에서 벌떡 일어나, 혈도가 찍힌 저를 벽에 기대게 했어요. 마치 출산을 도운 후 쉬고 있는 것처럼 말이에요.
그리고 가죽 물주머니를 옷으로 감싼 후 아기를 안고 있는 것처럼 위장하고 다시 자리에 눕자,
망나니 할멈이 술 한 병을 들고 무사들에게 가 아가씨 덕에 딸이 위기를 넘기고 출산을 잘 했다며, 고맙다고 한 잔씩 따라주었습니다.
동굴 입구에서 안을 들여다본 무사들은 제가 쉬고 있는 것 같이 보이자, 안심하고 자리로 돌아가 술을 마셨습니다.
망나니 모녀는 독을 잘 다루는 악녀들로 호랑이도 쓰러질 만한 양(量)의 독을 술에 타놓았는데
그 독은, 마실 땐 여느 술과 똑같으나 내력을 끌어올리면 전신으로 퍼지는 무서운 독이었어요.
술을 마시는 걸 지켜본 망태발과 할멈이 발과 까마귀독장으로 공격하자, 호위 무사들이 내력을 끌어올려 반격하다 피를 토하고 죽었습니다.
아..!
모두 저 때문에 돌아가셨어요. 세 분은 어려서부터 저를 지켜준 아저씨들이었는데.. 흑흑흑흑."
하며
눈물을 떨구자, 사람들은 망나니 할멈 가족의 간교하고 사악한 수법에 탄식하며 그들을 저승으로 보냈다는 사실에 다시 한 번 안도했다.

선화의 이야기를 듣고 난 여홍은 호걸들과 함께 잡아 놓은 탁극에게 갔다.
탁극은 혈도를 찍힌 채 나무에 꽁꽁 묶여 있었다. 여홍이 밧줄을 풀어주었다
"너는 용서받을 수 없는 악행을 저질러왔다. 지금부터 묻는 말에 순순히 대답하면 편안하게 죽여 줄 것이나, 그렇지 않으면 죽을 수도 살 수도 없는 고통을 겪게 될 것이다."
여홍은 개마국에 있을 당시 개마삼편으로부터 배운 수법을 떠올렸다.
탁극이 코웃음을 치며
"분근착골이든 3,650 조각으로 찢어죽이든 네 마음대로 해라"
고 하자,
여홍이 독수리 발톱처럼 오므린 손가락으로 탁극의 전신 혈도를 찍어갔다.
순간,
탁극의 눈이 밖으로 튀어나올 듯 충혈 되며 얼굴이 일그러졌다. 수십 개의 바늘이 혈관을 휘젓고 다니는 고통을 느끼며 비명을 지르다
"크악, 나를 빨리 죽여라. 아니, 내 말하겠다! 무엇이 알고 싶으냐?"
하며 굴복했고, 여홍이 몇 군데를 건드리자 무서운 고통이 씻은 듯이 사라졌다
"20년 전,
이곳에 온 삼양법사님과 세 차례에 걸쳐 들어온 신녀들이 어떻게 되었는지 말하라."

탁극은 체념한 듯 모든 것을 이야기 했다.
"난 또 뭐라고. 삼양은 남의 일에 끼어들기 좋아하는 자다. 흐흐흐, 제 명을 스스로 재촉한 게지."
"법사님은 돌아가셨느냐?"
"흐흐흐..."
탁극은 비웃기만 하며 대답을 하지 않았다. 여홍이 다시 오른손을 들자 탁극이
"왜, 그러시오? 대협... 워낙 오래된 일이라 나도 생각을 좀 해봐야 기억이 나지 않겠소?"
이 순간만은 여홍도 냉혹했다.
"그래서, 내가 빨리 기억이 떠오르도록 도와주려고 하는 게다."
"으으,
그럴 필요 없다. 생각이 났다. 파곡산은 139계곡과 수많은 늪지와 호수가 있고, 요괴와 사람을 먹는 야인 등 별의별 종족들이 벌집처럼 뒤엉켜 살고 있다.
오래 전 파곡산에 들어왔던 삼양과 신녀들은 모두, 요괴들에게 잡히거나 죽었다고 들었다."
"살아남은 신녀가 있겠느냐?"
"포로가 된 신녀가 한 둘은 있었던 것으로 아나, 누가 죽고 누가 살았는지까지는 모른다. 그리고 식인 요괴들에게 잡히면 어찌 되었겠느냐?
모두 성찬이 되었거나 운 좋으면 마왕이나 요괴들의 비첩으로 살아 있을 수도 있는데
혹, 박쥐부인은 알지도 모르겠다.
또 삼양과 제자들은 '결결수(決決水)'를 건너는 도중에, 제자들은 사

람 얼굴을 한 물고기 요괴에게 잡아먹혔고, 삼양은 가달성의 고수들과 싸우다 성(城)으로 끌려갔다고 들었는데 그 이상은 나도 잘 모른다."
여홍의 기대는 다 무너졌다. 월이 신녀님이 살아있을 가능성은 별로 없어보였다.
"박쥐 부인은 또 누구냐?"
"흑령산주(黑靈山主)다."
"흑령산주? 흑령산주는 무엇을 하는 자며 흑령산(山)은 어떤 곳이냐?"
"가달마교의 성지 흑정(黑井)이 있는 곳이다"
"흑정?"
"흐흐흐, 검은 우물이라고 부른다."
"그곳이 가달마교의 성지(聖地)란 말이냐?"
"그렇다"
"흑령산의 위치는 어디냐?"
"나도 모른다."
"가달성은 어디에 있고 마졸들은 얼마나 되느냐?"
"가달산에 있고 이십만 이상은 될 게다. 사실 나도 가달성에는 아직 가보지 못했다"
여홍과 호걸들은 깜짝 놀랐다.
"참말이냐?"
"크크크크, 놀랬느냐?
가달성은 파곡산 139계곡뿐 아니라 광대한 흑림을 다스리는 곳으로 아무나 들어가지 못한다. 내가 말한 건 모두 흑선들에게 들은 이야기이다."

"가달성주는 어떤 자냐?"

"가달마황님의 아들로, 이름은 각팔마룡(角八魔龍)이니라. 만악(萬惡)을 지배하고 마왕, 마신, 요괴, 야인들을 이끄는 흑림의 주인이시다."

곁에서 듣고 있던 호걸들은 상상도 못한 이야기에 경악했다. 소북이 물었다.

"그럼, 가달성주라는 자가 흑림과 동토(凍土)를 모두 장악했다는 말인가?"

"흐흐흐, 영특하구나. 그분은 악 자체이며 파곡산과 흑림 그리고 동토의 악귀들까지 굴복시킨 분으로 세상에 출두하실 날이 얼마 남지 않았다.

그러니 너희들도 더 늦기 전에 찾아뵙고 인사를 드려야 할 것이니라."

여홍이 물었다.

"가달산은 여기서 거리가 얼마나 되느냐?"

"가달산은 파곡산 봉우리에서 보인다."

"음, 멀리 구름 위로 높이 솟은 산을 보았는데 그곳이 가달산(山)이더냐?"

"네가 이미 보았구나. 그래 어떻더냐? 얼마나 위엄 있고 숭고해 보이더냐.

가달의 무리들은 모두 그 산을 바라보고 숭배하고 매일 기도하느니라."

탁극으로부터 흑령산과 가달성에 대한 이야기를 들은 여홍은 잠시 침묵하다, 가슴속에 담고 다니던 어머니를 죽인 원수에 대해 물었다.

"탁극... 적발과 백발마군(白髮魔君)이 지금 어디에 있는지 아는가?"
탁극이 흠칫 놀라며 반문했다.
"그건 왜 물어보느냐?"
"그들과 해결해야 할 일이 있다."
"만나기 힘들게다. 그들은 마혼원 호법이다."
"마혼원(魔魂院)? 마혼원은 가달성 안에 있겠구나."
"단정할 수 없다.
마혼원은 매우 비밀스런 곳으로 어디에 있는지는 나도 모른다. 그들은 늘 돌아다니므로 성주(城主) 외에는 종적을 알 수 없는 자들이다."
여홍은 반가웠다.
'아,
어머니.. 드디어 적발, 백발을 찾았습니다. 반드시 이들을 찾아 없애겠습니다.'
여홍은 흑림의 정보를 얻어낸 후, 탁극의 사혈(死穴)을 짚고 양지바른 곳에 묻어주었다.

거인족 축출

선협들은, 여홍이 노노일악 탁극을 심문하는 것을 지켜보면서 무기력한 조선 조정과 권력쟁탈에 눈이 먼 오가(五加)가 타락해가는 동안,
가달마황의 후예 각팔마룡이 어느새 흑림(黑林)을 통일했다는 것과 구이원을 지배하기 위한 전초 기지들을 거미줄처럼 구축하며 은밀하고 빠르게 그 세(勢)를 확장해 오고 있었다는 사실에 크게 놀랐다.
여홍은 지금까지 가달성의 무리와 싸워온 일들과 탁극으로부터 얻은 정보를 정리하여 구조대 13선객(仙客)과 범표 일행에게 들려주었다.
선객들은 당장이라도 가달성(城), 가달의 무리들을 쳐부수고 싶었으나,
지금의 인력(人力)으로는, 가달성 아니라 파곡산(山) 어느 한 계곡의 요괴들조차 소탕하기 힘들다는 것을 잘 알기에 모두 입을 다물었다.
그러나
소북이 읍루의 국경을 침범하는 거인족을 물리치기 위해 멀고 먼

깜짝 반도까지 찾아가 이 땅을 떠나는 달단족에 호소하여 범표 일행과 함께 흑림에 들어왔다는 사연을 듣고, 비연이 자기들끼리 회의를 한 후 소북에게 말했다.
"우리도 대부분 부상을 입은 상태이나, 아직은 움직여 싸울 수 있소. 작은 힘이나마 소북 형제를 도와 거인들을 부수는데 일조하고 싶소이다."
여홍은
구조대원들이 부상을 입었고 11명의 처녀들까지 보호해야 할 상황이라,
극구 만류하며 처녀들과 함께 흑림을 떠나도록 권유하였으나 비연, 비창, 영고, 삭요 등 여러 호걸들이 정색을 했다.
"대협!
우리 몸이 전과 다르다고는 하나, 대협과 소북 형제를 외면하고 떠날 배은망덕한 자들은 아니오이다.
비록, 우리의 무예가 신통치 않다 하나 죽음을 두려워하지는 않습니다.
거인족(族)을 상대로 한 명이라도 더 있으면 도움이 되지 않겠습니까?"
이를 지켜보던 소북이 여홍에게 말했다.
"대형,
그럼, 선객님들만 합류하고, 부르가, 이화, 옥지 소저가 처녀들을 북(北)도고륵 으로 데리고 가면 어떻겠습니까?"
소북의 말에 깜짝 놀란 이화는
'흥!
처녀들이 불쌍하기는 하나, 내가 이 흑림까지 온 것은 사랑하는 범

표님과 귀여운 동생들 때문이지, 여자들 호위 노릇을 하기 위한 것은 아니다.'
하며 화가 치밀어 올랐으나, 막상 군웅들 앞에서 다른 말을 꺼낼 수가 없었다.
이때 옥지가
'저 여자들 때문에 내 사랑, 소북님과 헤어져야 한다고? 그건 안 되지..'
하고 똑 부러지게 말했다.
"여자들을 데리고 북(北)도고륵으로 가는 건 선화낭자 혼자서도 할 수 있을 것 같아요."
이를 지켜본 선화는 두 소저가 자기 일행과 떨어지기 싫어하는 것을 눈치 챘다.
"여대협,
사실, 선협님들이 아니었으면 우리는 모두 비참하게 죽었을 겁니다. 여기서 북도고륵 진(津) 까지는 수백 리나 되니, 도중에 또 요괴들을 만날 가능성이 큽니다.
대협, 우리도 대협을 따라가고 싶어요. 짐이 되지 않도록 노력하겠습니다."
사실이 그랬다. 선화 낭자에게 11명의 처녀들을 맡긴다는 것은 무리였다.
여홍은 난감했다. 범표, 소북과 상의했다.
소북이 말했다.
"제가 거인들을 정탐할 때 거인곡으로 가려면 이곳 이면계곡을 지나야 했습니다.
이면족은 무서운 상대였으나 13호걸이 그들을 기습하고 우리가 협

공하여 이면족을 제압했습니다. 이면족은 마각과 흑선, 탁극, 망나니 가족
그리고 부족의 두령들이 죽어 당분간은 계곡 밖으로 나오지 못할 겁니다.
갈낭자와 처녀들을 거인곡 밖 안전한 곳에서 기다리게 하여도 좋을 것 같습니다."
이화와 헤어지는 게 내키지 않았던 범표도 찬성했다. 게다가 자기들은 조선을 떠날 사람들이 아닌가.
거인 족의 일만 도와주고 서둘러 돌아가야 할 처지에, 또 다른 일에 엮여
이화와 12소년이 불의의 사고를 당하면 무슨 면목으로 어른들을 뵐 수 있겠는가.
처녀들의 귀가는 구조대의 몫이라고 마음을 냉정하게 먹고 있었다.
여홍이 말했다.
"모두 함께 가는 게 좋겠습니다. 그럼, 거인들에 대한 정보를 소북 형제가 말해 줄 것입니다."
소북이 거인 족에 대해 사람들에게 들려주었다.
"거인곡에는 약 육칠백 명의 거인이 거주하는데 모두 한 동굴에 살고 있는 것 같습니다.
동굴을 들어가 보진 못했지만 상당히 크리라 짐작되며, 그들의 키는 우리의 두 배이고 힘이 셉니다.
발은 한 자가 넘고, 발가락이 여섯 개라 뒤뚱거리면서도 잘 달립니다.
그들은 육식을 하는데 특히 인육을 좋아합니다. 그리고 거인 곡에는 여인들이 거의 없습니다.

그래서 그런지 여인들을 잡으면 먹지 않고 데려가 먼저 씨받이를 시키는 것 같았습니다."
소북의 말에
이화, 부르가, 옥지, 선화와 여인들은 수치심과 두려움으로 얼굴을 붉히며 치를 떨었다. 소북은 잠시 분위기를 진정시키며 말을 이었다.
"거인의 어금니는 톱날같이 생겼으며 입 밖으로 삐져나와 무섭습니다.
한 번 물리면 손목 정도는 그냥 잘라지는데, 다행히도 지능이 떨어집니다. 그들은 푸른 뱀을 신(神)으로 받들며 고라니를 제물로 바칩니다.
조심해야 할 것은 계곡의 입구를 지키는, 사슴보다 크고 이리보다 사나운 십여 마리의 괴견(怪犬) 들입니다."
선객들은
긴장했다. 육칠백 명이나 되는 거인들의 힘과 속도 그리고 십여 마리의 개들까지 어느 하나 가벼이 볼 수 없는 상황이었다. 여자들은 거인들이 여자를 좋아한다는 말에 더욱 겁을 먹고 입을 떼지 못했다.
영고가 말했다.
"듣고 보니 대단해 보이는군요. 그러나 너무 겁먹을 정도는 아닌 것 같습니다.
거인들의 지능이 떨어진다고 하니 우리가 계교를 쓰면 물리칠 수 있을 겁니다."
비연이 눈을 반짝였다.
"그럼, 혹 좋은 생각이라도..?"

그러나 영고도 말만 그렇게 했지, 막상 뚜렷한 방책은 없는 듯했다. 잠자코 듣고만 있던 약막이 입을 열었다.
약막은 한 때 맥성(城)에서 군관을 지냈었고 병서를 많이 읽은 자였다.
"우리가 마음 놓고 싸우려면 제일 먼저 괴견을 잡아야 할 것 같습니다.
그리고 푸른 뱀을 죽여 거인들의 기를 꺾고 우두머리를 없애면, 나머진 능히 제압 할 수 있을 것 같습니다.
이면족도 마각이 여대협에게 쓰러지자 혼비백산하여 도망을 치지 않았습니까?"
여홍이 반색하며 청했다.
"약막님이 좋은 계책을 내어 주시면 저희들이 따르겠습니다."
약막이 말했다.
"소북님, 거인곡을 그림으로 그려주시오. 괴견과 동굴들 그리고 푸른 뱀이 있는 곳을 말입니다."
소북이 그림을 그린 후 다시 상세하게 설명했다. 약막이 소북에게 또 물었다.
"뱀과 괴견들이 무얼 좋아하는지 아십니까?"
"거인들이 고라니를 바치는 걸 보니 뱀은 고라니를 좋아하고, 괴견들도 육식을 하는 것 같았습니다. 자기들이 먹다 남은 고기들을 넣어주더군요."
고개를 끄덕인 약막이 사람들에게 말했다.
"우리는 43명이니, 몰려다니는 것보다, 3대로 나누어 움직이는 것이 좋을 것 같습니다.
제가 임의로 조를 편성해보겠습니다.

제1 대는 여대협과 저, 소북, 주조, 범표, 비연, 비창, 삭요, 유유, 우수, 곰치, 땅개님
제 2대는 영고, 곽부, 시철, 명호, 12소년
제 3대는 저동아, 이화, 옥지, 부르가, 갈선화, 10명의 처녀들로 하고,
각기 비연, 영고, 저동아님이 인솔해주시기 바랍니다. 그리고 여인들도 남장을 하고 모두 무기를 들어주시오. 이는 호신용이기도 하고 거인들에게 우리들의 수가 적지 않다는 것을 보이는 것이기도 합니다."
이때, 저동아는 약막이 자기를 여자 취급하는 것 같아 기분이 상했다.
"약막님, 제 무기가 검이나 창이 아니고 돼지 치는 쇠스랑이라고 차별 하시는 겁니까. 저도 앞장서고 싶습니다. 꽁무니에 따라가고 싶지는 않습니다. 후일, 강호에서 저를 겁쟁이라고 얼마나 비웃겠습니까?"
약막이 미소를 지었다. 길게 자란 흰 머리가 때마침 불어오는 바람에 날렸다.
"누가 감히, 소협의 쇠스랑을 가볍게 여기겠습니까. 우리 모두 쇠스랑의 위용에 감탄하고 있습니다.
그리고 흑림에서는 안전한 곳이 없다는 걸 소협도 잘 알지 않습니까.
뒤가 든든해야 앞에서 잘 싸울 것입니다. 그리고 구조대의 목적은 갈낭자를 구하는 것인데,
1, 2대가 잘못되더라도, 어느 한 사람은 살아서 갈낭자와 처녀들을 집으로 데리고 가야 하지 않겠습니까. 그리고 할 일이 하나 더 있습

니다.
우리가 잘못 될 경우 갈장주께 말씀드려 13인의 용맹을 기리는 돌탑을 하나 세워주시기 바라오. 저동아 소협, 이 일이 간단한 일입니까?"
듣고 보니 맞는 말이었다.
저동아는 조금 불만스러웠으나, 11명의 여인이 자기만 바라보고 있자,
돼지낙원에서 졸졸 따라다니던 '새끼돼지'들이 생각나 쩝- 하고 입맛을 다셨다.
"음…"
이어,
부상을 입은 무사들은 쉬고 나머지 사람들은 거인곡을 공격할 여러 가지 준비를 했다.
소북, 범표 일행은 말과 과하마가 있었고 구조대와 여인들은 이면족에게서 가져온 말, 당나귀, 노새를 탔다.
약막은 계획을 몇 번이나 검토 보완하며 초원에서 이틀을 더 보냈다.

이틀 후 새벽, 동이 트자 약막이 이끄는 제1 대가 먼저 출발했다.
반 시진 간격으로 2대와 3대가 차례로 길을 나섰다.
나흘 후, 제1 대가 아침 일찍 거인곡에 도착했다. 얼마 후 제2 대도 무사히 도착했다.
안개가 걷히지 않은 계곡은 조용했다.
모두들 소북이 알려 준 계곡의 외진 숲 개울가에 말들을 매어놓고

계곡으로 들어갔다. 약막은 비연, 여홍과 계곡을 살펴본 후 돌아왔다.

"아직 거인들은 특별한 동정이 없습니다. 바위 틈새로 연기가 나는 걸 보니 아침을 준비하고 있는 것 같습니다. 모두 상의한 대로 움직입시다."

호걸들은 빠르게 움직였다.

소북은 유유, 땅개와 함께 괴견이 있는 곳으로 가고, 여홍과 우수는 뱀 굴로 올라갔다.

제2 대는 바위 언덕을 타고 동굴로 갔고 비연, 약막은 반대로 내려가 개천을 타고 동굴로 향했다.

소북 일행이 접근해서 보니 괴견(怪犬)들은 이십 마리 정도로 보였다.

소북은 이미 알고 있었으나, 유유와 땅개는 처음 보는 놈들의 사나운 모습에 매우 놀랐다.

괴견 중 열네 마리는 자고 있었고 나머지는 이리저리 움직이고 있었다.

여기저기 킁킁 대는 걸 보니 배가 고픈 것 같았다. 다행히 우리는 잠겨 있었고 밖에는 한 마리도 없었다. 궁사(弓師) 유유가 조용히 말했다.

"저건, 개를 닮았으나 개가 아니오. '요괴사(史)'에 정통한 독로성(城) 무무선인이

마황을 따르던 66종의 맹수 중, 늑대도 꼬리를 내리는 '활표(猾豹: 표범의 한 종류)'의 후손이 있다고 했소. 저놈들이 바로 활표로 보이오.

모두들 조심해야 하오."

'내가 상대했던 괴견이 그렇게 무서운 놈이었다니.'
하고 가슴을 쓸어내린 소북이 말했다.
"놈들이 아침을 먹지 못한 것 같습니다. 가져온 '멧돈록'을 던져줍시다."
호걸들은 이면족을 제압하고 그들이 기르는 멧돈록이라는 짐승을 처음 보았다.
멧돈록은 멧돼지 몸에 사슴뿔이 난 짐승으로, 식용으로 기르며 적을 상대할 때에 개처럼 활용했다.
구조대는 괴견들을 상대하기 위해 멧돈록을 삶아왔다. 이면족은 호걸들에게 크게 당한 터라, 무엇이든 시키는 대로 고분고분하게 협조했다.
우리와의 거리가 이십 장은 되어 보였으나, 괴견들에게 들키지 않도록 숨어서 던져야만 했다.
소북이 큰 덩어리를 우리 한 가운데로 정확하게 던져 넣었다. 고기가 떨어지자, 활표들이 눈을 번쩍 떴고, 서성이던 놈들도 소리 난 쪽으로
"으르릉...."
거리다, 맛 좋은 냄새에 정신없이 달려들었다. 활표들이 고기를 물고 뜯으며 싸우자, 거인들이 몰려나올까 생각한 소북이 더 던져주었고,
땅개도 채찍으로 감아 우리의 빈 곳에 정확하게 던져 주었다. 채찍으로 맷돌을 감아 던지는 땅개에게, 고기 덩어리는 식은 죽 먹기였다.
이를 본 궁사 유유가
'나도 한 수 보여줘야 하지 않나.' 하며 몇 덩이를 힘에 밀려 먹지

못하고 있는 놈들의 뒤로 날려 보내자
활표들이
"컹…"
하고 달려들어 물어뜯었다. 세 사람은 고기를 전부 던져 주고 지켜 보았다.
사냥을 위해 적당히 굶기는 탓으로 활표들은 평소 아침을 먹지 못했는데
오늘, 기름이 질질 흘러 이빨에 척척 달라붙는 고기와 황홀한 육즙이
활표들의 눈을 뒤집어지게 만들었고, 얼마 지나지 않아 여기저기서 캑캑 거리다 피를 토하며 쓰러졌다.
고기는 '짐독'을 뿌리고 독향(毒香)을 감추기 위해 사향이 섞인 기름을 덧칠한 것이었다.
괴견들이 모두 죽자 세 사람은 동굴 쪽으로 몸을 날렸다. 동굴 입구의 숲에서는
비연과 약막 등이 동굴을 공격할 화구(火具)를 준비하고 나뭇가지에 기름을 묻혀 사방으로 뿌려 대고 있었다.
그들은 가죽으로 만든 주머니 오십 개에 말(- 馬) 기름을 가득 담아 왔다.
야생마 가죽으로 옷이나 주머니를 만들고, 기름을 짜서 여러 용도로 활용하는 이면족을 보고, 비연과 약막이 그 기름을 가져온 것이다.
동굴은 성문처럼 거대했는데 다행히도 망을 보는 거인들은 보이지 않았다.
모두 식사 중인 모양이었으나 사실, 수천 년간 거인곡(谷)을 침입한 자는 아무도 없었다.

약막은 괴견(怪犬)들을 처치했다는 말을 듣고 기뻐했다.
"아주 잘 되었소."
하고 소북, 유유, 땅개에게도 기름이 든 가죽 주머니를 두 개씩 준 후,
"나무 단을 쌓아놓고 숨어 있다가 우리가 불을 지르고 도망쳐 나오면 동굴에 던져 입구를 폐쇄해 주세요."
소북, 유유, 땅개가 즉시 달려가 입구 옆에 나무 단을 쌓고 몸을 숨겼다.
뒤이어 약막, 비연, 비창, 삭요, 범표가 불이 붙은 화구(火具)를 들고 동굴 안으로 뛰어들었다.
그러나 막상 들어온 선협들은 깜짝 놀랐다. 동굴이 어마어마하게 컸다.
수십 개의 항아리 등잔(燈盞)에 불이 켜져 있어 대낮처럼 밝았고, 60장 정도의 공간이 계단처럼 돌아가며 아래로, 아래로 끝없이 이어지고 있었다.
거대한 지하 세계였다. 벽은 거인들이 거주할 듯한 굴들이 벌집처럼 뚫려 있었고
굴 앞으로는 잔도들이 연결되어 있었으며, 중앙으로 물이 콸콸 흐르고 있었다.
중간 중간에 건너편 동굴과 연결되는 다리들이 허공을 교차하고 있어, 얼핏 굵은 거미줄이 쳐진 것처럼 보였다.
동굴의 각종 시설은 통나무를 이용해 만들어져 있었다. 십여 장 아래를 보니
거인들이 밥을 먹고 있었다. 한 편에서는 큰 솥을 수십 개 걸어놓고 무언가를 계속 끓이고 있었다.

주름이 많은 얼굴에, 붉은 머리카락과 빨간 눈의 거인이 추장인 듯 높은 자리에 앉아 게걸스럽게 고기를 뜯고 있었다.
벗어젖힌 상반신은 기름을 발랐는지 번들거렸고 이리저리 움직일 때마다 금(金)목걸이와 팔찌, 발찌가 요란하게 쩔렁 거리며 번쩍였다.
그들 중 하나가 문득 고개를 들어 올려보다 침입자들을 발견하고 소리쳤다.
"캬아악!"
순간,
약막이 불이 붙은 나무 한 짐을 던지자, 비연도 들고 온 화구를 집어던졌다.
불덩이가 머리 위로 떨어지자 기겁을 한 거인들이 이리저리 피했다. 추장이 고래고래 소리를 질렀다.
"크악! 푸므칵!"
약막과 비연이 허리에 찬 기름 주머니들을 꺼내 불을 붙이고 여기저기로 던졌다.
"펑!"
"펑!"
소리를 내며 주머니가 터지자, 불이 빠르게 옮겨 붙었다. 말기름의 불길은 거셌다.
이어, 호걸들이 공중에 걸린 다리들을 향해 불붙은 나무 단을 던지자, 삽시간에 불이 옮겨 붙었다.
"펑!"
"펑!"
"펑!"

동굴은 삽시간에 불바다가 되었다. 그때, 어디선가
"우우웅"
하며 각뿔, 고동소리가 요란하게 울렸다. 그 소리를 듣자 우왕좌왕 하던 거인들이 무기를 찾아들고 쫓아오기 시작했다. 약막이 소리쳤다.
"나갑시다!"
그들이 황급히 굴 밖으로 나오자, 기다리고 있던 소북, 유유, 땅개가
준비한 나무 단들을 동굴 안으로 와르르 밀어 넣고 불을 질렀다, 순식간에 불이 타올랐으나 세 사람은 쉬지 않고 기름주머니를 던져 넣었다.
불길은 더욱 거세게 타올랐다.
'하하하하, 이 정도면 거인 아니라 개미새끼도 밖으로 나오지 못할 게다.'
모두 의기양양하여 불길을 지켜보았으나, 한참이 지나도록 쥐새끼 한 마리 나오지 않자, 창(槍)잽이 삭요가 소북에게 다가와 웃으면서 말했다.
"소형제의 임무가 드디어 끝났군요."
소북이 갸웃거렸다.
"그런데 좀… 너무 쉽게 끝난 것 같습니다."
"하하, 쉽게 끝난 것도 걱정이오?"
그 때,
궁사(弓師) 유유가 소리쳤다.
"동굴 왼쪽을 보십시오!"
모두가 보니 좌측으로 70장 떨어진 숲에서 집게와 석검, 돌도끼들

을 든 거인들이 몰려나오고 있었다. 과연 거인들은 컸다. 하나하나가 괴수였고
일부만 불에 탔을 뿐 대부분은 멀쩡했다. 동굴의 다른 쪽에 출구(出口)가 있었던 것이다. 거인족을 얕잡아본 실수였다.
"하-"
약막이 탄식했다.
"일단, 건너편 계곡 아래 숲속으로 피합시다. 그곳이 거인들과 싸우기 좋을 것 같습니다."
이것저것 생각할 여유가 없었다.
모두 약막이 가리키는 숲으로 달려갔다. 거인들은 성큼성큼 쫓아왔다.
유유가 자리 잡고 연거푸 화살을 날리자, 앞서 달려오던 거인들이 줄줄이 왼쪽 눈에 화살을 맞고 쓰러졌다. 화가 난 거인들이 왼쪽 눈을 가리고 달리자,
소북과 주조의 화살이 번개가 치듯 거인들의 오른쪽 눈을 파고들었다.
"칵!"
거인들은 두 손으로 눈을 보호하며 밀고 들어왔다. 조용하던 밀림이 일시에 싸움터로 변했다.
숲은 수목이 울창해 거인들이 움직이기에 불편했으나, 무기가 긴 사슬낫 곰치와 철 채찍 땅개 또한 불편했다. 곰치는 낫을 분리해 휘둘렀고,
땅개는 편법(鞭法)을 변형하여 싸웠으며, 궁사(弓師) 유유는 나무 위에 올라가 활을 쏘았다.
거인들은 유유가 있는 나무를 끌어안고 흔들었으나, 그럴 때마다 유

유는 옆의 나무로 몸을 날렸고 비연, 비창, 약막, 삭요, 범표는 나무 사이를 달리며 거인들을 베고 찍었다.

거인들 가운데 소북을 알아보는 자가 하나 있었다. 예전에 소북을 혈성까지 쫓아갔던 소(小)두령 중 하나였다.

이 모든 것이 소북의 짓이라고 생각한 그는 화가 머리끝까지 치밀었다.

그는 맷돌만한 돌도끼를 들고 있었는데, 마치 바위 덩어리를 들고 춤을 추는 것 같았다.

쇠도끼와 돌도끼의 대결이었다. 체격과 무기 모두 소북에 비해 두 배는 컸다.

소(小)두령이 소북을 향해

"카아!"

하고 소리치자, 바위 같은 돌도끼가 소북의 머리로 떨어져 내렸다. 소북이 피하자 돌도끼가

"쿵"

하고 떨어지며 땅을 한 자나 파고 들어갔다. 거인이 다시 도끼를 들고 소북을 따라 붙었다.

한편,

나무 뒤로 숨거나 오르내리며 선협들이 기습할 때마다 거인들이 하나 둘 쓰러졌으나, 끈질긴 거인들은 조금도 그 기세가 꺾이지 않았다.

선협들은 영고의 2대가 도와주기를 학수고대하였으나, 웬일인지 2대는 아무리 기다려도 나타나지 않았다.

양심이 없는 관흉족(貫胸族)

거인곡 입구에서 제1 대와 헤어진 제2 대 선협들과 12소년들은 8부 능선을 타고 동굴 입구를 향해 달려가고 있었다.
절반 쯤 갔을 때였다. 병풍같이 늘어선 길쭉한 바위들 뒤에서 한 무리의 흑의인이 나타나 선협들의 길을 가로막았다. 모두 스무 명이었는데
가슴에 구멍이 뻥 뚫려 있었고, 하나 같이 저승사자처럼 검은 옷에 요괴도(刀)를 차고 머리는 검은 띠로 묶고 있었다.
무리 가운데 괴수는, 머리통 만하게 뚫린 '가슴 구멍'으로 굵은 장대를 끼워, 앞뒤로 둘씩 네 명이 가마를 태우듯 어깨로 받쳐 들고 있었다.
우두머리는 큰칼을 차고 경멸하듯 선협들을 쓸어보았다. 흑의인들의 눈빛은
얼음보다 차고 소름이 끼쳤으며 송장 같은 얼굴에 손톱을 길게 기르고 있었다.
영고와 명궁(名弓) 시철, 월아창(槍) 곽부, 검객 명호, 12소년은 너무 놀라서 눈을 동그랗게 뜨고 무기를 손에 꼭 쥐었다.
소년들은 이 세상에 가슴이 뚫린 사람이 살아있다는 말을 들어본

적이 없었다. 영고는 어릴 적 사부로부터 들었던 이야기가 떠올랐다.
고대(古代) 관흉족(貫胸族)에 대한 이야기였다.
"마황은 자기를 따르는 어떤 악인들의 마음에 행여 선(善)의 씨앗이 생기지 않도록 가슴을 도려내, 그 속의 양심을 철저히 없앴다고 한다.
그 후 그들에게서 선량함이라곤 조금도 찾아 볼 수 없었고, 마계의 귀족으로 살며 두고두고 인간을 괴롭히다, 4대신장과 12지 신장에게 멸족되었느니라."
당시 영고는
'하하하, 어떻게 그런 일이 있을 수 있을까? 재미로 하신 말씀일거야.'
하고 웃어 넘겼는데 오늘 갑자기 관흉족이 나타났으니 놀라고 또 놀랄 일이었으나 내색을 하지 않고 물었다.
"너희는 관흉족이 아니냐?"
"흐흐흐,
아직도 우리를 알아보는 놈이 있다니, 견문이 대단한 놈이군. 그래, 나는 위관이라고 한다. 너희들은 어디서 굴러온 뼈다귀들이냐?"
영고가 눈을 부릅떴다.
"나는 영고다. 네놈들은 여기 뭣 하러 왔느냐?"
"나는,
흑림 각 지역을 순행(巡幸)하며 악이 제대로 행하여지는가를 살피는 가달성의 사자다.
이면곡(谷)에서 마제(魔祭)를 망치고 흑무 마각을 죽인 네 놈들을 잡으러 왔느니라."

"음,
듣고 보니 너희들 관흉족은 악중악(惡中惡)이로구나. 우리는 살인, 납치, 방화 등의 악행을 저지른 이면족을 단제의 금법에 따라 응징했을 뿐이다.
너희들은 어찌하여 천도에서 벗어나 선(善)과 덕을 외면하는 것이냐?"
위관이 영고를 손가락질하며 말했다.
"네 놈이 지금 선과 덕을 말했느냐? 귀를 후비고 잘 들어라. 선과 덕은 다 부질없는 말장난이다.
너희들은 겉으로는 착한 척 하면서 강도, 살인, 약탈, 배신을 하루도 거르지 않고 하지 않느냐.
그러나
가달의 도(道)는 행하기 쉽고 거짓이 없다. 내게 이익이 되는 자가 선한 자이며, 그렇지 않은 자의 목은 비틀어주는 것이 바로 덕행이니라. 이 얼마나 알기 쉽고 용이하냐. 이것이 바로 가달마경(魔經)의 가르침이니라.
너희는 흑림에서 살겁을 저질렀으니 죽어 마땅하다. 어서 무릎 꿇고 성주님을 칭송하라!
그리하면 네 놈들을 짐승들의 먹이로 주지 않고 특별히 우리 관흉족의 저녁거리로 우대할 것이니 이 얼마나 보람된 죽음이 되겠느냐. 끌끌끌끌끌…. 자, 모두 그 자리에 무릎을 꿇고 머리통들을 박아라."
이 말에 모두들 머리를 흔들었다. 도무지 말이 통하지 않는 무리였다.
"이놈들!"

영고가 대노하며 검을 뽑자, 선협들과 12소년이 일제히 무기를 빼 들었다.
이를 본 위관이 낄낄대며 자기를 태우고 있는 부하들에게 말했다.
"장대를 거두어라."
장대를 끼우고 있던 부하들이 장대를 거두자 위관이 땅에 내려서며 칼을 뽑아 들었다.
부하들도 옻칠을 한 것 같은 요괴도를 들고 다가섰다. 선협 4명이 앞에 서고 12소년들이 화랑진(陣)을 펼치자, 위관이 흘깃 보고 말했다.
"우리가 싸우면 저 아이들이 죽을 것이다. 난, 저 애들을 건드리지 않고 성주님께 노예로 바치고 싶다. 영고.. 나와 단 둘이 겨루어 볼 용기가 있느냐?"
영고가 한 발 나서며 대답했다.
"나도 관흉족의 무공을 한 수 구경하고 싶구나."
"그래, 좋다."
이를 본 양편이 모두 뒤로 10장쯤 물러섰다. 산 중턱에 두 무사가 마주하고 섰다. 영고를 응시하던 위관이 먼저 칼을 휘두르며 달려들었다.
위관의 칼을 산월명야(山月明夜: 산달이 밤을 밝히다)의 초식으로 막은
영고의 검이
홍점우륙(鴻漸于陸: 기러기가 대륙으로 날아감)으로 비행하며 위관의 목을 향해 날았다.
"창!"
"훅!"

이에, 위관이 말뚝을 치듯 칼을 휘두르자, 영고의 검과 뒤섞이며 불꽃을 날렸다.
"창창창창.....!"
시간이 흐를수록 위관의 칼이 난폭해졌다. 영고는 놀랐다. 상대의 도법이 단순하면서도 괴이했던 것이다. 이때 명호가 영고에게 소리쳤다.
"조심하시오. 그자는 지금 형천도법을 쓰고 있습니다."
형천도법은 마황이 하늘을 증오하며 만든 무공으로 형천검(劍)과 형천장(掌)도 그 중 하나였다.
'아, 형천도법!'
하며 영고가 영고문(迎鼓門)의 최고절기 파사검법(破邪劍法)으로 맞섰다.
명호와 월아창 곽부, 명궁 시철은 영고의 검에서 하얀 검기가 이는 것을 보고 감탄했다.
'파사검법! 과연...!'
검과 칼이 찌르고, 막고, 베고, 치고 박는 소리가 눈과 귀를 어지럽혔다.
처음에는 두 마리의 범이 엉킨 듯 백중지세였으나 위관의 칼이 조금씩 힘을 더해갔다.
이에
'여기서 밀리면 모든 게 끝이다.' 생각한
영고는 홀연 일월심경(日月心境: 해와 달 같은 마음)의 초식으로 지키고
추창영월(推窓迎月: 창을 열고 달을 맞이함)로 위관의 형천도를 끌어들이며

유운탐월(流雲貪月: 흐르던 구름이 달을 탐함)의 검초로 생사를 도외시한 반격을 했다.
순간,
구름 같은 검광(劍光)이 반공을 휘감으며, 위관의 좌우상하를 덮어갔다.
영고를 빨리 죽이지 못해 짜증이 난 위관이 눈을 치뜨며 사납게 소리쳤다.
"살진(殺陣)을 펼쳐라!"
영이 떨어지자
명호, 시철, 곽부, 12소년의 앞으로 달려간 부하들이 두 줄로 이장 거리를 두고 잠시 멈추었고, 뒷줄의 무리는 품속으로 손을 넣고 있었다.
선협들이 신경을 곤두세우며 살폈으나 앞의 관흉족이 요괴도(刀)를 휘두르며 다가오고 있었기에, 무엇을 꺼내는지 잘 알아볼 수 없었다.
불길한 느낌이 든 명호가 모두에게 뒤로 물러나라고 손짓하려 할 때,
앞줄에 도열한 관흉족(族)의 뚫린 가슴으로 돌연 '한자 반' 길이의 대나무가 튀어 나오며 연기를 내뿜었다.
"독이다!"
하고
명호가 소리치자마자 명호, 시철, 곽부, 12소년들이 쓰러지기 시작했다.
"쿵!"
"툭!"

"아!"

이를 본 영고가 크게 놀랐으나, 위관의 형천도법을 뿌리칠 수 없었다.

"흐흐흐, 영고야. 이제 무기를 버려라. 내 진작 너를 죽일 수 있었으나,

네 무공이 아까워 참고 있었느니라. 성주님께 귀의하면 너를 중히 쓰시도록 잘 말씀드려 주마."

영고는 12소년들까지 독연에 쓰러진 것을 보고 분노를 참지 못했다.

"으음, 가슴이 뚫린 놈들이라, 하는 짓이 딱 그렇구나. 비겁하게 독을 쓰..."

그러나 영고도 말을 끝내지 못하고 쓰러졌다. 위관의 부하들이 뒤에서 독연을 쏜 것이다.

위관이 영고를 보면서, 선협들을 묶고 있는 졸개들을 향해 뇌까렸다.

"흐흐흐, 놈들은 성주님께 보고할 거리도 안 되지. 그냥 여기서 잔치를 열어 '만두속'으로 쓰고,

애들은 아직 뼈가 무르니 가달성에 보내지 말고 꼬치구이나 만들어 먹자."

"키득, 키득키득"

관흉족(族) 졸개들이 손뼉을 치고 침을 질질 흘리며 좋아라고 했다.

한편,

쌍검 우수와 함께 뱀 신(神)이 있는 굴에 도착한 여홍은 먼저 주변

을 살폈다. 13장 쯤 떨어진 곳에 사람보다 큰 수초(水草)지대가 있었다.
수초 사이로, 비릿한 냄새가 진동하는 검은 빛깔의 물이 흐르고 있었는데, 푸른 뱀이 다니는 길 같았다.
여홍은 강에서 인면어(人面魚)를 보았던 터라, 우수에게 주의하라는 손짓을 했다.
황소도 드나들 만한 입구가 하루 종일 햇볕 하나 없을 응달쪽으로 나 있었다.
동굴 위로 짙은 숲이 있었고 아래에는 장방형의 바위가 놓여 있었는데, 제물을 바치는 제단으로 보였다.
주위에는 뱀들이 좋아하는 뱀 풀과 시뻘건 뱀 딸기들이 가득 자라고 있는 것이, 아마도 거인족(族)이 뱀의 정원으로 꾸며놓은 것 같았다.
왼편 끝으로 물결무늬의 나무가 있었고 짐승들의 뼈다귀가 집채만큼 쌓여 있었다.
여홍은 육봉산의 청(靑)구렁이와 만독거미가 타고 다니던 흑거미 그리고
구도포자의 미꾸라지를 해치운 경험이 있어 어느 정도는 여유가 있었다.
동굴은 적막했다. 여홍은 뱀을 굴 밖으로 끌어내기 위해 고라니를 제단 위에 놓은 후,
말기름을 고라니의 몸통에 쏟아 붓고 멀찌감치 숨어서 지켜보았다.
일각이 지나자
과연 면상이 푸른 뱀이 나타났는데 한 자 굵기에 10장이 넘었으며 귀어강(鬼魚江) 근처에서 해치운 구렁이 보다는 작았으나, 몸놀림은

잔영(殘影)이 이어질 정도로 빨랐고 눈빛은 더없이 영활(靈活)해 보이는 놈이었다.
자세히 보니 용(龍)의 얼굴에 한 자 반 길이의 황금 색 뿔이 나 있었고
가죽은 회색과 노란색 빨간색이 뒤죽박죽 섞여있어 어지러울 정도였다.
사실 이 뱀은 하늘의 용이 되지 못한 한을 품고 가달마황을 호위하던
좌우 마장(魔將) 중 사룡(蛇龍)의 후예로, 거인족의 신(神)으로 천년을 살아왔다.
여홍이 전음으로 말했다.
"제가 싸우는 도중에, 혹 기회가 오면 기습을 해주십시오."
뭔가
분위기가 다른 걸 눈치 챈 사룡이 머리를 높이 들고 사방을 두리번 거리다
아무것도 보이지 않자 잘 익은 고라니와 말기름 냄새에 침을 질질 흘리며 괴성을 질렀다.
"크으- 꺽"
여홍은, 뱀이 기뻐서 내는 소리라는 것을 알았다. 뱀이 이리저리 움직이다 고라니의 머리를 덥석 물었다.
말과 고라니 기름이 구수한 냄새를 풍기며 목구멍으로 줄줄 흘러 들어가자, 뱀은 자기도 모르게 눈을 감으며 황홀(恍惚)한 표정을 지었다.
이런 맛은
뱀도 처음 맛보는 것이었다. 고라니의 입에는 말기름과 섞은 '독

(毒)'이 잔뜩 들어가 있었다.

이때, 5장을 접근하며 미풍(微風)처럼 떠오른 여홍이 벼락같이 검을 휘둘렀다.

싸늘한 검이 얼음처럼 번득이며 눈을 감은 사룡의 후두부(後頭部)를 긋는 순간,

사룡의 머리가 툭 구부러지며 검을 피하고 덤벼들었으나, 어느새 물러선 여홍이 좌장을 후려치자 흠칫 하며 몸을 뺐다.

탈명장(掌)이 뿌린 다섯 가닥의 창날 같은 내경(內勁)을 알아본 것이다.

사룡이 몸을 감고 풀면서 여홍을 공격하기 시작했다. 꿈틀댈 때마다 2장의 폭으로, 어지럽게 치고 빠지는 사룡과 유령(幽靈)처럼 움직이며 피하는 여홍의 경신술에 쌍검(雙劍) 우수는 입이 딱 벌어지고 말았다.

잠시 후 독을 뿜어내던 사룡은, 여홍이 나무껍질조차 갈라지는 독에 쓰러지지 않자,

주위를 미친 듯이 돌며 교미할 때에만 드러내는 네 개의 발을 꺼내 공격했다. 꼬리로 타격하고, 새끼줄처럼 꼬았다 풀면서 독니로 공격한 후,

둥글둥글 원을 그리며 여홍을 감으려 했으나, 여홍은 탈명장(掌)으로 발을 막고, 십검수일(十劍守一)로 꼬리와 독니를 차단하며 사룡(蛇龍)이 일으키는 바람을 타고 상하(上下)와 팔방(八方)을 유영했다.

이미, 신보(神步)를 극한으로 발휘한 듯 사룡이 거칠게 움직일수록 여홍의 신법은 표홀했다.

싸움이 격렬해지자 돌과 흙이 날면서 사룡의 등짝과 꼬리가 나무들

을 부러뜨렸다. 쌍검(雙劍) 우수는 사룡의 무지막지한 힘과 예측 불허의 궤적 그리고 뿌연 독(毒) 기운에 기습을 할 엄두가 나지 않았고,
사룡과 일진일퇴하며 박투를 벌이는 여홍의 신위(神威)에 그저 놀라울 뿐이었다.
사룡의 변화무쌍한 속도에 넋을 잃고 있는 그때, 여홍을 스치고 지나간
사룡이 뒤로 꺾이듯 목을 틀며 느닷없이 뿔로 공격했다. 한 자 반 길이의 뿔이, 찌르는 것도 베는 것도 아닌 궤적으로 들이닥치는 순간, 여홍의 검이 전광석화(電光石火)와도 같이 사룡의 뿔을 후려쳤다.
"캉!"
소리와 함께 여홍은 어깨가 진탕됐고 사룡은 암벽을 박은 듯 골이 흔들렸다. 여홍와 사룡은 서로의 힘에 놀란 듯 잠깐의 정적이 흘렀다.
여홍이 눈을 찌푸렸다. 지금까지 뱀이 삼킨 독이 발작하기를 기다렸으나,
사룡은 중독된 기미가 없었을 뿐 아니라 오히려 점점 더 사나워지고 있었다.
생각이 여기에 이른 여홍이 허공으로 몸을 날리며 검을 거두었고, 우수가
어? 하는 사이
귀조(鬼鳥)처럼 몸을 뒤집은 여홍이 열 개의 손가락으로 찍고, 파고, 긁고, 훑으며 베어갔다.
쇠갈고리 같은 십지(十指)가 억센 내경(內勁)을 일으키며 반공을 덮

어가자,

일순, 반격의 틈을 찾지 못한 뱀이 전후좌우 상하로 정신없이 피하며 몸을 사렸다.

쌍검(雙劍) 우수는 여홍의 철지(鐵指) 무예에 또 한 번 놀라고 말았다.

두려울 것이 없어 보이던 사룡이 뜻밖에도 여홍의 조공(爪功)을 두려워하고 있었다.

사룡은,

마황의 부하로 일찍이 흑달마조와 선봉(先鋒)을 다투다 마황이 자리를 비운 사이,

마조의 발톱과 부리에 크게 혼나고 줄행랑을 친 제1 대 사룡의 후예였다.

그 탓인지, 지금 마조의 술법(術法)으로 공격해오는 여홍에게 사룡은 본능적으로 두려움을 느꼈다.

아가리를 벌리거나 타격을 위해 몸을 감을 때마다, 쇠갈고리 같은 열 개의 손가락과 철각(鐵脚)이 어김없이 날아들었다. 살이 뜯기고 내장이 뒤틀리는 충격이 이어지자, 사룡은 점차 싸움의 주도권을 잃어갔다.

좀 더 시간이 흘러 사룡이 독니를 번득이며 발악을 하듯 꿈틀거리자

바닥에 내려선 여홍이, 사룡을 중심으로 표범처럼 내달리기 시작했다.

신보(神步)에 몸을 실은 여홍이 내공을 극한으로 끌어올리며 동북서남을 스치자,

질풍이 일으키는 먼지와 여홍의 신형(身形)이 하나로 뒤섞여 갔다.

급가속하는 적을 쫓아 네 바퀴를 돌던 사룡이 문득 눈을 부릅뜨고 긴장했다.
주위를 돌고 있는 여홍이 너무 빨라, 시시각각의 위치를 특정할 수 없었던 것이다.
이와 같은 적을 만나보지 못했던 사룡은 통째로 삼킨 고라니가 여홍의 타격으로 분해되면서 독이 퍼지는 듯,
속이 울렁거리고 움직임이 둔해지며 초유(初有)의 위기를 느꼈다.
두려움이 생긴
사룡은 동굴로 도망치고 싶었으나 여의치 않자, 그 자리에 또아리를 튼 채 독니를 드러내고 빙글빙글 돌았다.
여홍의 속도를 따라잡을 수 없자, 귀어강(江)의 구렁이와 달리, 최소한의 반경(半徑)으로 수비에 치중하며 역습을 꾀하는 전략을 취한 것이다.
쌍검(雙劍) 우수가 자세를 급히 낮추고 검을 사룡의 머리를 향해 겨누었다.
이때, 세 개의 작은 그림자가 사룡의 눈과 옆머리, 뒤통수를 향해 순차적으로 질풍처럼 날아들었다.
"슉-슉-슈욱!"
공기를 찢는
소리와 함께 칼날 같은 수도(手刀)의 내경(內勁)이 쇄도하자, 앞과 옆으로 들이닥친 암기를 발로 막고, 뒤의 암기를 피하는 동시에 여홍의 내경을
흘려버린 사룡이 악을 쓰며 아가리를 벌리는 순간, 느닷없는 섬광(閃光)이 번쩍 하며 곡선으로 들이닥쳤다.
여홍이 신녀국 찰장로가 준 세 개의 암기인 북으로 사룡의 이목(耳

目)을 끌며 수도(手刀)로 기습하고, 암기를 막아낸 사룡이 수도(手刀)마저 봉쇄하고 반격을 위해 입을 벌리는 찰나 금비수(金匕首)를 날린 것이다.
가공할 속도의 섬광(閃光)이 파고들자 기겁을 한 사룡이 몸을 틀었으나
"큭"
하고 고통스러운 신음을 흘렸다. 사룡의 목 아래가 사분지 일이 베어졌다.
그때, 호시탐탐(虎視眈眈) 기회를 보던 우수가 검(劍)을 날려 사룡의 몸통을 베자
어느새 금비수를 회수하고 도약한 여홍이 극통에 흔들리는 사룡의 턱을 돌려 찼다.
"큭!"
소리와 함께 독니가 부러진 채 땅에 얼굴을 처박은 사룡(蛇龍)이 키아아아악! 소리를 지르며 수초(水草) 지대의 검은 물속으로 도망을 쳤다.
이에 "아-!" 하고 탄성을 토하며 발을 구르는 우수의 눈에 어이없게도
사룡의 뒤를 쫓아 무지개와 같은 호를 그리며 입수(入水)하는 여홍이 들어왔다.
쌍검(雙劍) 우수는 너무 놀라서 눈과 입이 찢어질 정도였다. 사룡이 부상을 입었다지만 물속을 따라 들어가다니.
우수는 하얗게 비어버린 머리를 붙잡고 그 자리에 무릎을 꿇고 말았다.
아무리 여홍이라 하나 이무기와 같은 사룡을 물에서 이길 수는 없

는 것이다. 검은 물기둥이 여기저기 솟고 물이 뒤집히며 포말이 날자
사룡이 여홍을 감거나 물고 패대기치는 것으로 생각한 쌍검 우수는
"아-!"
하고 탄식을 하다, 거친 물보라가 한동안 지속되자 여홍이 아직 당하지 않았다는 것을 알고 자기도 모르게 두 주먹을 불끈 쥐었다. 그러나
잠시 후, 아무 소리도 들리지 않는 정적이 이어지자 또 다시 가슴이 덜컥 오그라들었다.
'이무기와 물속에서 싸우며 이토록 오래 견디는 사람은 내 평생에 본 적이 없다. 아.. 여대협은 이미 사룡(蛇龍)의 먹이가 되었을 것이다.
천하의 창해신검이 거인곡(谷)에서 죽다니. 통곡을 할 일이다. 아! 이 일을 어찌한다?'
우수가 수면을 응시하며 허망한 눈물을 글썽일 때, 여홍은 생사를 건 싸움을 하고 있었다.
분수공(分水功)으로 사룡의 몸에 수초(水草)와도 같이 달라붙은 여홍은
금비수가 치고 지나간 자리에 철지(鐵指)를 박으며, 금비수를 쑤셔 넣고
황소가 용을 쓰듯 끌어당겼다. 구도포자에서 왕미꾸라지를 상대할 때와는 다르게 사룡의 몸에 감기지 않기 위해 속전속결의 수를 선택한 것이다.
순간, 사룡의 가죽과 속살이 갈라지며 엄청난 양의 피가 쏟아져 나왔다.

끔찍한 고통을 견디지 못한 사룡이 몸을 말았다 풀고 꼬았다 펴며 발광(發狂)을 했으나, 여홍은 피를 뒤집어쓴 채 금비수를 멈추지 않았다.
몸통에 박은 왼손을 축으로 세 방향으로 헤엄치며 사룡의 숨통을 끊어 갔다.
여홍의 무자비한 난도질이 이어지자 혼절할 정도의 고통과 어지러움을 느낀 사룡이 무작정 아래로 유영해 들어갔다. 떼어낼 수 없다는 것을 안 사룡이,
더 깊이 잠수함으로써 여홍이 스스로 떨어지도록 유도한 것이었으나,
사룡이 거의 탈진했음을 직감한 여홍이 분수번신(分水翻身: 물살을 가르며 몸을 뒤집다)의 영법(泳法)으로,
금비수를 뒷목까지 긁어 올리며 사룡의 뇌(腦)를 양단하고 지나가자,
눈을 치뜬 사룡(蛇龍)이 혀를 늘어뜨리며 몸부림을 멈추었다. 길고 긴 천 년의 숨을 놓은 것이다.
이어,
무릎을 꿇고, 보이지 않는 창해신검의 영혼을 위로하며 한 조각의 육신이라도 수습하기 위해 눈을 부릅뜨고 있는 쌍검(雙劍) 우수의 앞에
거친 포말을 일으키며 솟아오른 그림자가 괴조와도 같이 날아 내렸다.
자리를 박차고 일어선 우수가 핏발 선 눈으로 살기를 번득였으나 이내
터질 듯한 격동으로 얼굴을 일그러뜨리며 자신의 분신과도 같은 쌍

검(雙劍)을 좌우로 내던졌다.
"대협!"
이건 또 누구냐 하고 싸우려 했으나, 이내 피를 뒤집어쓴 채 웃고 있는 상대를 알아본 것이다.
나타난 자(者)는 사룡에게 먹힌 줄로만 알고 있던 창해신검이었다. 온 몸에 피를 뒤집어쓴 채 사룡의 머리를 들고 있는 여홍의 모습은 사신(死神) 그 자체였다.
여홍이 우수에게 사룡의 머리를 보여주고 영웅들을 찾아 몸을 날린 후,
피 냄새를 맡은 손바닥만 한 물고기 요괴들과 새우들이 몰려와 사체(死體)를 뜯어먹기 시작했으나, 얼마 지나지 않아 배를 뒤집고 모두 물 위로 둥둥 떠올랐다. 사룡이 고라니와 함께 먹은 짐독에 죽고만 것이다.
거인곡 동굴 아래에서 제1 대와 싸우던 거인들은 자기들의 신(神)이 지르는 소리를 들었다.
추장은 기겁을 했다. 사룡이 저토록 다급하게 자기들을 찾은 적은 한 번도 없었다. 거인들은, 신이 죽으면 자기들도 끝난다고 믿고 있었다.
사룡은 천 년 이상 거인 족을 지켜왔다. 침입자 몇 놈을 죽이는 것보다, 사룡(蛇龍)을 구하는 것이 급하다고 생각한 추장이, 침입자를 버려두고 거인들을 이끌고 뱀 굴로 달려갔으나 동굴은 적막하기만 했다.
거인들을 상대하다 지친 제1 대 약막, 소북, 범표, 삭요, 비연, 비창 등은 그제야 안도의 숨을 내쉬었다. 약막이 호걸들을 모은 후에 말했다.

"아까 들린 소리는 뱀의 비명일 겁니다. 그들의 신이 여대협에게 당하는 소리를 듣고 까무라친 거인들이 모두 그리로 달려간 모양입니다."
선협들은 뱀을 제압하는 창해신검을 상상하며 감탄하였으나, 범표는 약속 장소에 나타나지 않는 12소년이 걱정되었다.
"2대는 왜 오지 않을까요?"
호걸들이 걱정하는 가운데, 약막이 다급하게 말했다.
"이러고 있을 때가 아닙니다. 그들이 오기로 한 동굴로 빨리 가봅시다."
모두 자리를 털고 일어나 거인들의 굴(窟)을 향해 다시 올라갔다.
한편,
여홍은 1대가 싸우고 있을 거인들의 동굴로 달려갔으나, 불에 탄 동굴만 보이고 거인이나 호걸들은 한 명도 보이지 않았다. 주위를 살피던 여홍이 문득 쌍검(雙劍) 우수에게 신호를 보내며 나무 위로 솟구치자,
여홍을 따라 몸을 숨긴 우수는 내력을 끌어올리며 귀를 세웠으나 아무 소리도 들리지 않았다.
시간이 좀 더 흘러 여홍이 잘못 들은 게 아닐까 하고 돌아보았으나, 비수 같은 안광을 폭사하며 전방을 응시하는 여홍의 모습에 입을 다물었다.
다시, 자기 걸음으로 백여 장을 걸었을 즈음에야, 지면을 스치듯 움직이는 자(者)와 여러 명의 발자국 소리가 일사불란(一絲不亂)하게 들려왔다.
앞에 선 자(者)의 경신술도 놀라웠으나 이를 백 몇 십장 밖에서 포착한 여홍의 내공에,

쌍검 우수는 창해신검이 가달성의 인물이 아닌 것을 천만 다행으로 생각하며 가슴을 쓸어내렸다. 이윽고 발소리의 주인공들이 나타났다.
그들은, 앞에 선 자나 뒤의 부하들 모두 가슴에 구멍이 뚫려있었는데,
놀랍게도 영고, 명호, 시철, 곽부와 자기의 12제자들이 밧줄로 굴비 꾸러미처럼 묶인 채 질질 끌려오고 있었다. 모두들 약에 취한 듯 멍한 표정을 짓고 있었다.
관흉족 우두머리 위관은 사룡의 비명을 듣고 뱀 굴로 가는 중이었다.
여홍이 품에서 약을 꺼내주며 전음으로 쌍검(雙劍) 우수에게 말했다.
'대협, 먼저 이 해약을 복용하십시오. 그리고 제가 영웅들을 구하면 그들에게도 먹이고 혈도를 풀어주십시오.'
말을 끝낸 여홍이, 앞에 선 자를 따르는 행렬의 머리 위로 뚝 떨어져 내렸다.
여홍의 움직임은 표범이 산양(山羊)을 덮치듯 빠르고 더 없이 과감했다.
하늘에서 떨어진 십지포영(十指捕影: 열 개의 손가락이 그림자를 잡음)이
밧줄을 잡은 자와 요괴들의 머리를 휩쓸고 지나가자 열 명의 요괴들이 영문도 모르는 체 쓰러졌고,
순간,
본능적으로 몸을 굴리는 위관을 금비수(金匕首)가 치고 지나갔다.
실로 야수 같은 기습이었고, 일진광풍(一陣狂風)처럼 나는 비수(匕

首)였다.
이어 우수가 일행의 혈도를 풀어주며 해약을 먹이고 호법을 서는 사이
위관을 쓸어보는 여홍의 눈이 화염으로 이글거렸으나 위관을 잡지 못한 것이 아쉬웠다. 위관의 반응이 빨랐던 것이다. 위관은 가까스로 목숨을 구했으나 금비수의 가공할 회전력에 왼쪽 어깨를 잃고 말았다.
금비수(金匕首)를 던진 자가 가늠하기 어려운 무예를 지녔다는 사실에, 텅 빈 가슴의 위관이 두려움을 느끼며 놀라움을 금하지 못했다.
"너, 너는 누구냐?"
여홍이 사룡의 머리를 던지자 사룡(蛇龍)의 뿔이 땅바닥에 거꾸로 박혔다.
"사룡은 내 손에 죽었다."
"아앗!"
"악-!"
"아-!"
"……"
"우-"
위관 이하 모두가 전율을 느끼며 소스라치게 놀라자, 우수가 소리쳤다.
"살고 싶은 자는 무릎을 꿇어라! 이분이 바로 참수도의 팔을 부러뜨리고
만독거미와 등에마군, 마각을 없앴으며 괴조(怪鳥), 흑거미, 마호(魔虎), 왕미꾸라지를 저승으로 보낸 불세출의 신협(神俠) 창해신검이니라!"

약자에게 강한 자들의 속성을 잘 아는 우수가, 천하가 알고 있는 '창해신검'을 가달성이 모를 리 없다고 판단하고 내지른 불의의 일격(一擊)이었다.
우수의 혀가 쌍검(雙劍)보다 빠르게 상대의 허(虛)를 찌르자, 다수의 힘과
독을 믿고 머리를 굴리던 위관은 고막을 파고드는 '창해신검'이라는 말에 자기도 모르게 힘을 잃고 말았다.
쌍검 우수가 자신을 내세우지 않는 여홍을 대신해 놈들에게 두려움을 일으킨 것이다.
위관의 부하들도 괴물들의 죽음을 알고 있는지 얼굴이 굳어지며 뒤로 물러섰다.
"그럼, 가달성의 괴조와 마호, 왕미꾸라지를 없앤 창해신검이 바로..!"
라고 하다 입을 다물자, 여홍은 두고두고 궁금했던 의문이 하나 풀렸다.
괴조와 마호, 왕미꾸라지 모두 가달성(城)에서 보냈다는 것을 이제야 알게 된 것이다.
'각팔마룡의 심계(心計)가 무섭구나. 이들이 언제부터.. 조정과 오가는 뭘 하고 있었던 걸까.'
여홍은 조금 전 위관의 몸놀림을 뛰어나기는 하나 영고, 명호 등과 12제자를 사로잡을 정도는 아니라는 점에서, 교활한 속임수를 썼을 것이라고 짐작하고 영웅들이 빨리 회복하기를 기다리며 검을 뽑았다.
스르릉 소리와 함께 눈 폭풍 같은 검기를 쏟아내는 검이 우(右) 하방을 가리키자 반경 4장의 둘레에 벽(壁)을 친 듯한 검광이 번득였

다.
위관은 건드리는 순간 목이 날아갈 것 같은 검기에 간이 오그라들었으나, 그렇다고 도망칠 수도 없었다. 가달성의 순행(巡幸)사자로서,
이대로 돌아가면 성주 각팔마룡의 손에 일벌백계로 다스려질 것이다.
그 결과는 누구나 다 아는 오마분시(五馬分尸: 다섯 마리의 말이 당겨 찢어 죽임) 였다.
위관은 여홍의 서늘한 눈길에 숨이 막혔으나, 피가 낭자한 몸으로 부하들에게 턱짓을 했다.
이를 본 우수가 재빠르게 위관을 막아섰고, 지시를 받은 관흉 족이 명호, 시철, 곽부 등을 상대할 때처럼 열을 맞추어 여홍에게 접근해 갔다.
앞줄의 등 뒤로 따라붙은 뒤의 요괴들이 구멍에 대나무를 끼우고 독을 쏘는 순간
여홍이 좌장(左掌)을 뿌리며 십검수일(十劍守一)로 열 개의 공간을 후려쳤다.
운기조식 중인 영고, 명호, 시철, 곽부 외 12제자를 지키기 위해 독을 받아치고
행여 실낱같은 기운이 날릴까 물 샐 틈 없는 검벽(劍壁)을 친 것이다.
되돌아온 자기들의 독에 요괴들이 픽픽 쓰러지는 가운데, 십검수일(十劍守一)의 구름 같은 검화(劍花)가 16인을 지키며 반공(半空)을 수놓았다.
이미, 사룡의 죽음과 위관의 부상으로 사기가 꺾여있던 요괴들은 웅

후하기 이를 데 없는 장력(掌力)과 어찌 해 볼 수가 없는 검초에 부딪치자, 더 이상 싸울 엄두가 나지 않았다.
위관은
여홍이 16인을 지키기 위해 수비를 하고 있을 뿐, 좀 더 시간이 흘러
그들이 깨어나면 조금 전과 같이 어깨를 자른 정도로는 끝나지 않을 것을 잘 알고 있었다.
곧 전개될 후과(後果: 뒤에 나타날 나쁜 결과)가 두려워진 위관이 마침내 어깨를 감싸 쥐고 내빼자, 눈치만 보던 요괴들도 등을 돌렸고 그 순간
우수의 쌍검이 유성(流星)처럼 날며 위관의 다리와 목을 치고 지나갔다.
이때, 영웅들이 하나 둘 눈을 뜨기 시작하자 여홍이 요괴들에게 소리쳤다.
"갖고 있는 해약을 모두 꺼내라. 영웅들이 모두 회복하면 살려줄 것이나, 한 사람이라도 잘못되면 너희들의 가슴을 양쪽으로 터주겠다."
만에 하나, 자신의 약으로 완벽한 해독이 되지 않을 경우를 대비해 요괴들의 해약을 취하기로 한 것이다.
앞뒤로 뚫린 가슴을 좌우로 트는 것은 이승의 삶을 끊는 무서운 형벌이었다.
모두 무릎을 꿇고 손바닥을 비비며 애절(哀切)하게 목숨을 구걸했다.
"대협! 살려주십시오. 여기 있습니다."
잠시 후, 모두의 정신이 돌아왔다. 곽부가 창을 찾아 들고 요괴들을

찍으려 하자 여홍이 제지했다.

"대협! 참으십시오. 해독약을 주면 이들을 살려주겠다고 약속했습니다."

곽부가 멈칫하며 창을 내렸으나, 분이 풀리지 않은 영고는 관흉족에 대하여 말했다.

"이들은 양심이라고는 털끝만큼도 없는 악인 중의 악인입니다. 악마와의 약속은 지키지 않으셔도 됩니다. 한 놈이라도 더 없애야만 합니다."

여홍이 웃으며 말했다.

"제가 저들과 한 약속입니다. 장차 가달성을 제거하려면 무공과 선(善), 모두 필요합니다.

아무리 가슴이 없는 악인이라 하나, 이 일로 악과 선(善)이 어떻게 다른지 깨달을 것입니다. 이번 한 번은 덕(德)을 베풀어 살려주십시오."

영고는 끓어오르는 화를 참기 어려웠으나, 창해신검이 만류하니 듣지 않을 수 없었다.

영웅들은 여홍의 도량에 탄복하며 살려주기로 했다. 쩝 하고 입맛을 다신 영고가 갑자기 위관의 다음 서열, 매귀(魅鬼)라는 자를 불러 물었다.

"너희들이 흑림의 감찰대라고? 그럼, 거인족이 네놈들의 말을 잘 따르느냐?"

"물론입니다요, 거인족(族)은 저희들을 아주 무서워합니다요. 네네.."

"여기 계신 대협이 사룡의 목을 자르셨다. 우리는 사실 거인들을 모두 죽여 버리려고 거인곡에 들어왔다. 네가 거인들을 다른 곳으로 멀리 이주시킬 수 있겠느냐? 그리하면 네놈들을 해치지 않고 살려 주겠다."
관흉족(族)은 거인족의 굴이 불탄 것도 이미 알고 있었다. 자기들끼리 모여 상의한 후, 매귀가 두 손을 모으고 영고에게 공손하게 말했다.
"거인족(族)이 북쪽 먼 곳으로 이주하도록, 지금 당장 조치하겠습니다."
여홍 이하 모두가 반색했다. 수백 명의 거인들과 싸우지 않게 된 것이다.
여홍은 관흉족을 이끌고 제1 대와 거인들이 싸우고 있는 곳으로 찾아가는 도중에 동굴로 오고 있는 소북과 주조, 범표, 비연 등을 만났다.
소북과 주조는 의형(義兄) 여홍과 영고로부터 자초지종을 듣고 크게 기뻐했다.
"그리되면 참으로 좋겠습니다."
비연이 말했다.
"거인족은 사룡의 비명을 듣고 놀라 동굴로 갔습니다. 그리로 가봅시다."
모두 관흉족과 함께 뱀 굴로 올라갔다.
이어, 동굴 앞에서 사룡을 찾아 헤매는 거인들 앞으로 사룡의 머리를 던지자,
거인들은 수호신의 머리에 기절할 듯 놀라며 공황상태에 빠져들었다.
잠시 후, 매귀가 거인족 추장과 장로로 보이는 자들과 회의를 한 끝에 돌아왔다.

"거인들도 수호신이 죽고 동굴이 불에 타서 이곳을 떠나고 싶어 합니다. 그래서
제가 외(外)흥안령 너머의 마골(魔骨)고원 북쪽으로 옮기라고 했습니다."
"마골고원?"
선협들은 생각했다. 그곳은 또 어딘가. 그러나 당장 알 필요는 없었다.
여홍이 소북과 주조를 돌아보았다.
"어찌 생각하는가?"
"거인들이 멀리 가기만 한다면 어디든 상관없고 더 이상 바랄 것이 없습니다."
하며 반겼다.
흑림에서의 싸움이 드디어 끝난 것이다. 12소년들은 좋아서 깡총깡총 뛰었다.
달단항(港)을 떠나온 지 벌써 육 개월이 넘어가고 있었기 때문이다.
"범표 형님, 우리 이제 집에 갈 수 있지요?"
오래도록 집을 떠나 있는 것은 어린 소년들에게 견디기 힘든 일이었다.
더구나 요괴들과의 생사를 장담할 수 없는 무서운 싸움이 하루 이틀 이어진 것이 아니었다.
범표가 고개를 끄덕이며 대답했다.
"정말 잘 되었다. 고생들 했다. 그래, 빨리 집으로 돌아가자."
군웅들은
거인곡(谷)의 입구로 나와 저동아, 이화, 옥지, 부르가, 선화와 10명의 여인들이 있는 숲으로 걸음을 재촉하며,

여홍이 물속에서 사룡과 싸우며 2각이 넘도록 나오지 않아 쌍검(雙劍) 우수가 울었다는 것과

사룡의 목을 들고 물 밖으로 솟아오른 창해신검 여홍이 사신(死神)처럼 보였다는 이야기를 듣고 모두가 고개를 저으며 혀를 내둘렀다.

그런데

막상 숲속에는 기다리고 있어야 할 제3 대 저동아와 여인들은 하나도 보이지 않았고, 선협(仙俠)들이 타고 왔던 말들만 한가로이 풀을 뜯어먹고 있었다.

작별(作別)

한편 제3 대 저동아는 거인 곡(谷) 입구에 도착하자 이화, 부르가, 선화 등 10명의 낭자를 이끌고 곡의 건너편 숲으로 들어갔다. 과연 그곳에는
소북이 알려준 대로 계곡 아래로 맑은 개천이 흐르고 있었고 1, 2대 선협들이 타고 온 말들이 매어져 있었다. 저동아는 거인 곡(谷)이 잘 보이는 높은 곳을 찾아 자리를 잡았는데 그곳은 원시림이 빽빽한 곳이었다.
그리고 여자들을 4조로 편성해 거인 곡(谷)을 교대로 감시하도록 했다.
숲은 수천 년 이상 자란 나무들로 하늘이 보이지 않았고 햇볕은 조금도 들지 않았다.
저동아는 여인들과 조금 떨어진 곳에 자리를 잡고 토납(吐納)에 들어갔다.
며칠 전,
운기조식을 하고 있는 저동아의 귀에 문득 여홍의 전음이 들려왔다.
"이근(耳根: 귀의 뿌리)에 집중하고, 백회혈로 유입되는 청량한 기운

이 느껴질 때 후(喉: 목구멍)를 열고 한 마음으로 '미려(尾閭)'를 응시하시오.
'기(氣)의 물꼬'를 터주는 것이 도인(導引)이며 무아(無我)의 경지에 들고, 순양의 화룡(火龍)을 깨우는 유일무이(唯一無二)한 길입니다."
순간
번갯불이 저동아의 뇌리를 스치고 지나갔다. 그동안 사부가 떠나신 후 구결만으로 수련을 해왔기에 의문이 생겨도 물어볼 곳이 없었다. 사문의 심법을 수행하며 막혀왔던 요처(要處)에서 또 다시 고민할 때,
우레와 같은 창해신검의 일성(一聲)이 들려온 것이다. 다시 3각이 흐르자,
한 가닥 뜨거운 기운이 또아리를 틀다 미려, 명문, 대추를 지나 백회를 흐르는 천기(天氣)와 합류하며
인당(印堂), 인중, 천돌, 단중, 전중, 단전(丹田)으로 거침없이 흘러 들어갔다.
그렇게 처음으로 심법의 묘(妙)를 느낀 저동아는 이후 내공 수련에 박차를 가하고 있었는데
오늘, 요괴들이 들끓는 흑림에서 토납을 하는 우(愚)를 저지르고 말았다.
심공(心功)에 대한 간절함으로 저동아는 즉시 무아경(無我境)에 빠져들었으나
약초를 캐느라 산에 다녀본 경험이 많은 이화는, 처음부터 이 숲이 뭔가 이상하다고 느꼈다. 곤충과 벌레들이 하나도 눈에 뜨이지 않았던 것이다.
그 시각 여인들은 곧 집에 갈 수 있다는 안도감에 어느새 마제의

제물이 될 뻔했던 사실을 잊고 수다를 떨며 시간을 보내고 있었다. 옥지, 부르가도 함께 이야기를 나누었으나 소북, 주조, 범표, 12소년과 호걸들을 걱정하며, 운기 조식하고 있는 저동아를 지켜보고 있었다.
그렇게 시간이 흐르다. 우연히 위를 본 이화가 놀라며 손으로 입을 틀어막았다.
십여 장 위 나뭇가지에 거대한 올빼미가 앉아 있었고, 다른 나무에도 올빼미들이 자리를 잡고 있었다. 숲은 올빼미 요괴들의 서식지였던 것이다.
이화는 옥지, 부르가와 여인들에게 신호를 보내며 저동아에게 알렸다.
저동아가 다급히 여인들을 데리고 햇볕이 많은 남쪽으로 이동하는 중,
이화가 뭔가 생각난 듯, 자주 빛 머리띠를 풀어 나뭇가지 하나를 묶었다. 다행히도 올빼미들은 깊은 잠에 빠져있는 듯 공격해오지 않았다.
백여 장을 가자 물이 찰찰 흐르는 개천이 보였다. 저동아는 이화, 옥지, 부르가와 상의 한 후 자리를 잡았다.
물가에 오자, 목욕을 해 본 지 오래 된 처녀들이 좋아하며 이화에게 말했다.
"소협께 멀리서 망을 좀 봐 달라 하고, 물에 들어갔다 나오면 안 될까요?"
이화는 기가 막혔다.
"조금 전, 올빼미한테 놀라지 않았나요? 물속에 요괴(妖怪)들이 있으면 또 어쩌려고요?"

열 명의 처녀들이 이구동성(異口同聲)으로 또랑또랑하게 대답했다.
"물이 너무 맑아요. 그리고 이곳저곳에 돌을 던져 보았지만 아무것도 없었어요."
이화가 눈썹을 찡그리며
"소협에게 직접들 말하세요. 제1대, 2대 선협들이 돌아오시지 않았는데 물에서 놀기 위해 망을 봐달라고 할 수는 없어요. 나는 못합니다."
라고 하자 처녀들이 선화를 보고 말했다.
"그럼, 낭자가 말씀 좀 드려주셔요."
선화가 반문했다.
"아니, 왜 내가 해야 하죠?"
"소협이 갈낭자를 좋아하니까요."
선화는 깜짝 놀랐다.
"무슨 소리예요?"
"호호호, 우리들은 저동아님이 갈낭자를 보는 눈빛을 보고 알았어요."
선화의 얼굴이 복숭아처럼 빨개졌다. 이화, 옥지, 부르가도 웃으며 서로를 쳐다보았다. 딸을 마귀의 땅에서 구해오는 사람은 딸과 혼인시켜주겠다고 한, 갈장주의 이야기를 알고 있었던 것이다. 선화가 말했다.
"알았어요. 내가 한 번 말해 볼 게요. 그러나 다시는 그런 말 마세요!"
"네-!"
"호호호호호!"
처녀들이 까르르 웃으며 합창하듯 대답했다. 저동아는, 올빼미들이 공격해 올까 쇠스랑을 들고 경계하고 있었는데, 그때 선화가 다가왔다.
"소협, 처녀들이 청(請)이 있답니다.
모두 맑은 물을 보더니 한 번 들어가 보고 싶어 합니다. 그동안 너무들 힘들었잖아요. 죄송하지만 소협께서 망을 봐주시면 안 될까요?"
저동아는 바닷가에서 살았다. 자기도 매일 같이 물에 들어가 놀았었다.
이곳에 오자마자 물이 너무 맑아 옥(玉) 같은 작은 돌들이 바닥에 깔려 있는 것을 보았던 저동아가 시원스럽게 대답했다.
"예,
제가 지키고 있을 터이니 잠시만 들어갔다 나오라 하시지요. 그러나 절대 멀리 가면 안 됩니다."
그리고 선화와 마주보고 있기 어색한 듯 시선을 멀리 숲으로 돌렸다.
선화는 듬직한 저동아와 몇 마디 더 나누고 싶었으나 저동아가 자기 얼굴을 보지 않고 고개를 돌리자 계면쩍어서 얼른 돌아와 버렸다.
열 명의 처녀들이 물에 들어가, 흑선들이 몸에 칠해놓은 물감을 지우며 놀고
옥지, 이화, 부르가, 선화는 손과 얼굴만 씻은 후 버드나무 밑에 돌아왔다.
그 때였다.
"악……!"
"요괴다!"

비명에 놀란 옥지, 이화, 부르가, 선화가 몸을 날렸다. 처녀들이 정신없이 나오고 있었고, 상류에서 식인 요괴어(妖怪魚)들이 떼로 몰려오고 있었다.

사람 얼굴을 한 물고기 몸에 메기수염이 붙어 있었으며, 지느러미와 말 다리 비슷한 발로 헤엄을 치고 있었다. 여인들은 기절초풍을 했다.

부르가의 손이 번개처럼 움직이며 선두의 요괴어를 향해 활을 쏘았다.

선두의 요괴어가 어린아이 같은 목소리로

"화살이다!"

하고 잠수(潛水)하자 뒤의 요괴어(魚)들이 따라서 물속으로 숨었다. 비명을 듣고 달려온 저동아가 쇠스랑을 휘두르며 요괴들을 향해 호통을 쳤다.

"이놈들, 빨리 꺼지지 않으면 쇠스랑으로 모두 찍어버릴 것이다!"

저동아의 말에 요괴어들이 물 밖으로 머리를 내밀고 떠들어대기 시작했다.

"힛, 우릴 찍어버린단다!"

"힛, 우릴 찍어버린단다!"

"나가서 잡아먹자!"

"나가서 잡아먹자!"

하며 땅으로 기어 나오기 시작했다. 이들은 양서류(兩棲類)였던 것이다.

"다다다닥다다닥…."

"다다다닥다다닥…."

요괴어들이 말 다리 같은 발굽으로 땅을 박차며 올라왔다. 요괴어는 하나같이 석 자가 넘어보였고 어금니와 앞니가 송곳처럼 날카로웠다.
"슈슈슉슈슉"
부르가의 화살이 요괴들을 관통하고, 저동아의 쇠스랑이 찍었으나 요괴들은 끝없이 올라왔다. 저동아가 삼십 장 거리의 언덕을 가리켰다.
"언덕으로 피한 후 불을 피우시오!"
이어
이화, 옥지, 부르가, 선화가 뒤를 방어하며 천천히 언덕 쪽으로 물러났다.
요괴들이 말을 걸며 계속 따라왔다.
"어디 가니?"
"어디 가니?"
요괴들은 어느새 수백 마리로 불어났고 모두 언덕 위에 갇히고 말았다.
먼저 도착한 처녀들이 불을 피워 요괴어의 접근을 막았다. 요괴어들은 오랫동안 물러가지 않다가 해가 떨어지자 모두 개천으로 돌아갔다.
한편, 거인곡 입구의 숲으로 저동아를 찾아온 1, 2대 선협들은 저동아와 여인들이 보이지 않자 기겁을 했다.
그들은 근처에서 이화의 머리띠를 발견한 후 남쪽으로 달려가다 불빛을 보고 합류했다. 저동아로부터 사연을 듣고 호걸들은 깜짝 놀랐다.
"과연 흑림이다! 밀림, 계곡, 동굴, 못, 늪, 하천마다 요괴들이 살고 있다니!"

독로국의 궁사(弓師) 유유가 말했다.
"빨리, 이곳을 빠져 나갑시다."
소북이 말했다.
"거인들이 떠난 걸 확인해야 합니다."
"내일 아침, 나와 아우가 다녀오세. 다른 분들은 여기서 기다리시지요."
여홍이 말했다.
모두 교대로 번(番)을 서며 밤을 보내고, 동이 트자 여홍과 소북이 거인곡으로 갔다가 정오에 돌아왔다.
소북이 말했다.
"대형(大兄)과 선협님들 덕분에 읍루국의 화근(禍根)을 해결했습니다.
깊이 감사드립니다. 여기서 부터는 제가 앞장서겠습니다. 내일 오시(午時: 오전 11시 반~ 1시 반)쯤 가라무렌강(江)가에 도착할 것입니다."
그들은 부지런히 말을 달려 다음날 오시, 가라무렌강(江) 북안에 도착했다.
모두들 감회가 깊었다.
강은 말없이 동쪽으로, 동쪽으로 흐르고 있었다. 가라무렌강과 우수리강이 합수되는 북(北)도고륵 으로부터 동쪽의 바다와 북으로는 멀리 츕지반도에 이르기까지 배달국(國) 시절에 정해진 조선의 땅이었다.
그들은 흑림의 악인과 요괴들을 겪고 난 후 환웅천황과 가달마황의 정마전쟁(正魔戰爭)을 생각했다.
'그 옛날, 천황과 4대 신장(神將), 12지 신장께서 하늘의 도를 따르

지 않는 것들을 죽여 버리자, 잔당들이 흑림으로 도망쳤다고 했다. 당시
가달 무리와의 싸움은 분명 우리가 겪은 싸움과는 비교도 할 수 없을 만큼 무서운 싸움이었을 것이다.'
그들은 앞으로의 일을 상의했다.
소북, 주조의 혈성은 이틀거리에 있었다. 혈성으로 초대할 터이니 푹 쉬었다 가시도록 권했으나 모두들 빨리 집으로 돌아가고 싶다고 했다.
구조대 열 셋이 가륵성으로 가려면 일단은 북(北)도고륵으로 가야 하고,
범표와 이화, 12소년은 비리성에서 배를 타고 '깜짝반도'로 건너가야 하니 비리성(城)까지는 동행해 주어야했다. 그리고 부르가도 비리성까지,
옥지는 뱅어성(城)으로 바래다주어야 했으나 의형 창해신검과는 좀 더 함께 있고 싶었다. 이런저런 상의를 하고 있을 때 소년들이 외쳤다.
"배다!"
"와!"
모두 돌아보니 두 개의 큰 돛을 세운 배가 상류에서 내려오고 있었다.
선화가 달려가며 두 손을 크게 흔들었다.
"아빠!"
비연 등 선협들이 깜짝 놀라며 살펴보니, 과연 '얼룩호'라고 쓴 배에
북옥저의 '고래'와 얼룩장의 '금은 빛 격자 모양의 얼룩' 깃발이 펄

력이고 있었다.
이들을 발견하고 다가온 배가 적당한 곳에 닻을 내리자, 얼룩 장주 갈단이 다섯 명의 무사와 함께 작은 배를 타고 강기슭으로 다가왔다.
갈단이 배를 타고 뭍으로 올라왔다. 갈단을 발견한 선화가 달려갔다.
"아빠!"
"오, 내 딸! 이게 꿈이냐 생시냐!"
선화가 아빠 품에 안겨 울었다.
"아빠, 제가 잘못했어요. 아빠 말을 들었어야 했는데 너무 죄송해요."
갈 장주가 기뻐하며 말했다.
"얘야, 이러고 있을 때가 아니다. 먼저 은인들께 인사를 드려야하지 않겠니?"
갈장주가 선협들에게 길게 읍을 했다.
"이 은혜, 죽을 때까지 잊지 않겠습니다. 우선 배를 타시지요. 배 위에서 잔치를 열겠습니다. 하하하하."
모두 갈단을 따라 배를 탔다.
갈장주는 그동안의 사연을 듣고 구조대 13선협과 여홍, 소북, 이화, 옥지, 부르가, 12소년들에게 다시 한 번 일일이 깊은 감사를 표했다.
얼룩호는 중원의 제나라와 오월(吳越) 지방까지 항해하는 무역선으로 매우 컸다. 배 위에서 큰 잔치가 벌어졌다. 식사를 하면서 갈단이 말했다.
"구조대가 떠나신 후, 마음이 놓이지 않아 가라무렌강(江)을 오르내리며 소식을 기다리고 있었습니다."
이어
"범표님과 이화낭자 그리고 용맹한 12무사의 은혜를 어찌 다 갚겠습니까마는, 비리성의 항구에 가면 옥저의 바다를 운항하는 배가 또 하나 있습니다.
그 배로 '깜짝반도'까지 은인(恩人)들을 빠르고 안전하게 모시겠습니다."
사흘이면 달단항(港)에 갈 수 있다는 얘기였다. 장주의 말을 들은 범표, 이화, 12소년들과 그 외의 모두가 기뻐했다. 여홍에게도 물었다.
"대협도 북옥저 가륵성으로 함께 가시지요."
"예, 그렇게 하겠습니다."
여홍은
신녀국(國)의 보리울 신모에게 흑림에서 확인한 삼양법사의 소식과 노노일악 탁극을 제거한 것 그리고 이면족(族) 정벌과 거인들을 외(外)흥안령 너머의 마골고원으로 쫓아버린 일을 이야기해 줄 생각이었다.
여홍은 잔치 도중에 갑판으로 빠져나왔다. 높이 뜬 달이 뱃전을 환히 비추고 있었다.
강바람이 가슴을 헤치고 파고들자, 문득 자기 신세에 생각이 미쳤다.
'모두들 집으로 돌아간다고 기뻐하고 있다. 가만히 보니 떠돌이는 나 혼자뿐이다.'
상도 사부님을 만난 이후부터의 일들이 주마등(走馬燈)처럼 스쳐갔다.

예기치 않게 강호에 내던져진 삶이었다. 자기야말로 더없이 슬픈 인생을 살고 있었다.
'선화 낭자는 납치되었어도 구조되어 반겨줄 부모와 돌아갈 집이 있는데,
나는, 키워준 어머니가 살해되었으나 아직도 그 복수를 하지 못했고 나를 낳자마자 두레박에 태워버린 생모가 누구인지도 모르는 가엾은 처지가 아닌가?'
여홍은
사실 자신의 출생 비밀을 알아보기 위해 흑림에 들어간 것이었다.
그러나
지금까지 확인한 것은 삼양법사가 가달성으로 끌려갔을 것이라는 것과,
생모(生母)일지도 모르는 손수건의 주인 달이 신녀는 결혼한 적이 없는 신녀였으며
모두가 이십 년 전 흑림에 들어갔으나, 생사여부를 여전히 알 수 없다는 것이었다.
당장
흑령산(山)과 가달성(城)으로 쳐들어가 볼 생각도 해보았으나 이렇게 가슴에 묻고 선협들과 함께 돌아가는 것은 저 각팔마룡과 죽음이 두려워서가 아니었다.
그것은 핏덩이를 강물에 띄운 어머니에 대한 원망이 남아있어서였다.
자식을 버리다니.. 힘들어도 함께 살아야하지 않았는가. 어머니가 미웠다.
나와의 인연은 이미 그때 끝나지 않았던가 하면서도, 한편으로 또

다시 생모를 찾게 되는 것은, 핏덩이를 버릴 수밖에 없었던 가여운 여인의
사연이 궁금하기도 해서였고 혹 생모가 살아있어 만나게 되면 물어보고 싶은 말이 있어서였다. 여홍이 가라무렌강(江)을 향하여 중얼거렸다.
"저를 강물에 띄우고 후회하지는 않으셨나요? 그 후, 한 번이라도 제 생각을 하셨나요?"
여홍의 벌판 같은 가슴에 뜨거운 눈물이 흘렀다.
'어머니의 사정이 어쩔 수 없었다면? 운명은 신이 주관하는 것이니, 주어진 삶을 반듯하게 살아가면 되는 것이라고 중양정사님이 말씀하셨다.'
여홍은 강물에 비친 달을 보다 문득 사부님과 두약이 떠올랐다. 보고 싶었다.
'사부님을 뵙지 못한 지도 벌써 몇 년이 흘렀다. 내 일을 마치고 돌아간다고 했으니 신녀국(國)에 잠시 들렀다가 사부님께 돌아가야겠다.'
가라무렌강의 하늘에는 여느 때처럼 별들이 찬란하게 빛나고 있었다.

사흘 뒤, '얼룩호'는 비리성 항구에 도착했다. 항구에는, 갈단이 전서구를 띄워 미리 대기시킨 대형 상선 풍이(風夷)호가 정박해 있었다.
얼룩호에서 모두 하선하여 범표, 이화, 12소년을 전송했다.
소북과 주조, 옥지, 부르가는 범표, 이화, 12소년과 일일이 포옹하

며 전송했다. 구조대 열세 명의 선협도 범표와 이화, 소년들과 작별했다.
특히
여홍과 12제자들의 작별은 지켜보는 선협들의 가슴을 미어지게 했다. 창해신검과 제자들은 지금 헤어지면 평생 다시는 보지 못할 작별이었다.
맏도비(- 큰 제자) 구성(九星)을 따라 소년들은 사부를 향해 눈물을 뿌리며 큰절을 올렸다.
"스승님,
짧은 시간이나 너무도 많은 것을 배웠습니다. 저희들은 곧 조선을 떠날 것이나, 스승님을 영원히 잊지 않겠습니다. 늘 건강하시고 평안하십시오."
여홍이 담담하게 인사를 받았다.
"너희처럼 의롭고, 용감한 소년들을 제자로 둔 것을 한울님께 감사드린다.
떠나더라도 전수한 무공 수련을 게을리 하지 말고, 어디에 있건 의(義)를 잊지 말라.
부디 대양을 건너 새로운 땅을 찾고 부족의 동량(棟梁)이 되어 이상(理想)국가를 세우기 바란다."
여홍은 12제자들을 일일이 안아주고 배에 승선시켰다. 이후 12소년은
달단 족이 새로운 땅에 정착하여 그들의 나라를 세우기까지 눈부신 활약을 펼치게 된다.

얼룩장주 갈단이 작별하면서 범표와 이화에게 말했다.
"소년들의 과하마 12필과 항해에 필요한 식량과 물품들을 실었습니다.
부디 행운이 함께 하기를 기원하겠습니다."
선협들은 '풍이호'가 출항하여 수평선에서 사라질 때까지 지켜보다 돌아섰다.
그들은 비리성주의 관저로 찾아가 이틀을 지내며 흑림에서 있었던 일들을 알려주었다.
그동안 부르가는 주조와 많이 친해졌다. 부르가와 가까워지는 걸 어색해하는 주조에게 부르가가 말했다.
"호호호. 주조님, 제가 꼭 혈성에 놀러 갈 테니 그때 잘해주셔야 해요."
"알았소, 기다리겠소."
여홍은 갈단의 '얼룩호'를 타고 가륵성으로 떠났고, 소북은 주조, 옥지와 함께 악탕가 가한에게 보고를 드리기 위해 봉림성(城)으로 향했다.

제7 권 아바간성의 두 영웅 계속

고조선 역사대하소설
구이원(九夷原) 제 6권 - 조선 디아스포라

초판 1쇄   2023년 6월 26일

지은이   무곡성(武曲星)
발행인   나현
총괄/기획   경쟁우위전략연구소장 강성근
마케팅   강성근
디자인   안준원

발행처   삼현미디어
등록번호   841-96-01359
주소   고양시 덕양구 원흥1로 11, 1206-407호
팩스   0504-045-0718
이메일   kmna1111@naver.com
가격   16,500원
ISBN   979-11-974951-8-2   04810

무곡성(武曲星) 2023, Printed in Korea.
 - 이 책은 저작권법에 따라 보호받는 저작물이므로 무단전재와 무단복제를 금지하며, 책 내용의 일부 또는 전부를 이용하려면 저작권자와 삼현미디어의 서면 동의를 받아야 합니다.
 - 파본이나 잘못된 책은 구입처에서 교환해드립니다.